GENO

GENO

e o selo negro de Madame Crikken

Moony Witcher

Tradução
Elena Gaidano

BestSeller

CIP-BRASIL. CATALOGAÇÃO-NA-FONTE
SINDICATO NACIONAL DOS EDITORES DE LIVROS, RJ.

W777g   Witcher, Moony
        Geno e o selo negro de Madame Crikken / Moony Witcher;
        tradução: Elena Gaidano. – Rio de Janeiro: BestSeller, 2010.

        Tradução de: Geno e il sigillo nero di Madame Crikken

        ISBN 978-85-7684-277-4

        1. Literatura infanto-juvenil italiana. I. Gaidano, Elena. II.
        Título.

        09-2625M   CDD: 028.5
                                              CDU: 087.5

Texto revisado segundo o novo Acordo Ortográfico da Língua Portuguesa.

Título original italiano
GENO E IL SIGILLO NERO DI MADAME CRIKKEN
Copyright © 2006 by Giunti Editore S.p.A., Firenze – Milão
Copyright da tradução © 2009 by Editora Best Seller Ltda.

Capa: Studio Creamcrackers
Editoração eletrônica: FA Editoração

Todos os direitos reservados. Proibida a reprodução,
no todo ou em parte, sem autorização prévia por escrito da editora,
sejam quais forem os meios empregados.

Direitos exclusivos de publicação em língua portuguesa para o Brasil
adquiridos pela
EDITORA BEST SELLER LTDA.
Rua Argentina, 171, São Cristóvão
Rio de Janeiro, RJ — 20921-380
que se reserva a propriedade literária desta tradução.

Impresso no Brasil

ISBN 978-85-7684-277-4

Seja um leitor preferencial Record
Cadastre-se e receba informações sobre nossos lançamentos
e nossas promoções
Atendimento e venda direta ao leitor
mdireto@record.com.br ou (21) 2585-2002

*A Pammi, que vive
sob o céu de Bangladesh*

Sumário

Cap. 1	A noite dos ruídos	9
Cap. 2	O segredo de Flebo Molecola	35
Cap. 3	O mistério de René	67
Cap. 4	Dentro do Selo Negro	89
Cap. 5	Os espiões invisíveis da Arx	121
Cap. 6	A Palavra Bloqueadora	153
Cap. 7	Salvo por um Hipovoo	187
Cap. 8	Lobo Vermelho no UfioServo	207
Cap.9	A fuga de Madame Crikken	235
Cap. 10	As palavras de sangue	263
Cap. 11	O GalApeiron dos Psiofos	295
Cap. 12	A verdade sobre a foto despedaçada	321
REGULAMENTO	Iniciático da Arx Mentis	355

CAPÍTULO 1

A noite dos ruídos

Havia uma sombra no seu coração. Uma sombra que pesava mais que o mundo estranho que o rodeava. Era um vazio nunca preenchido, porque somente o amor que lhe tinha sido arrancado poderia devolver-lhe a alegria de uma família. O que fazia falta eram as carícias dos seus pais, cujo cheiro nem sequer se lembrava. Porém, ele sentia que eles ainda estavam vivos. Seu instinto não podia estar errado.

Geno Hastor Venti, 11 anos ostentados com tímido orgulho, tinha pensamentos enrolados como seus cabelos negros e um destino que o aguardava, oculto naquela dor longínqua. Mistérios e suspeitas relativas ao desaparecimento repentino dos seus pais devoravam-lhe a mente. A incompreensão e a solidão acabavam sempre por arrastá-lo para o interior daquele vazio que, dia após dia, transformava-se num redemoinho.

Mas, como acontece às vezes, repentinamente a vida dá uma guinada e basta um sopro de vento para que as nuvens desapareçam, revelando um céu azul e sem mais tristeza. Isso, porém, com uma condição: para ver a realidade nua e crua é preciso ter coragem. A coragem de entrar naquele vazio e conhecê-lo, modificando a própria existência.

E Geno de fato modificou-a, incorporando a coragem com todos os seus espinhos.

Até aquela noite de 17 de outubro, a verdade sobre seus pais tinha ficado suspensa como neblina.

Às 3h em ponto, enquanto Geno estava sonhando com o voo de um magnífico falcão de asas douradas, um ruído alto o acordou subitamente. Ele acendeu a pequena luminária de vidro azul na mesinha de cabeceira e levantou-se da cama resmungando, com os cabelos desgrenhados. Instintivamente, abriu a boca para chamar o tio, o pacífico e robusto doutor Flebo Molecola, que dormia no quarto ao lado. Mas não conseguiu dizer nada. Sonolento, ficou em silêncio fitando o teto mofado.

A velha casa rural em que morava estava bastante deteriorada, as vigas aparentes estavam parcialmente podres e as paredes mostravam sinais do tempo: não seria de se estranhar caso o teto despencasse! Isso sem mencionar os banheiros: os azulejos do que ficava perto dos quartos de dormir, no andar de cima, estavam parcialmente quebrados; e no outro, localizado no andar térreo ao lado do consultório médico do tio, os canos de água pingavam continuamente.

Depois de ter olhado para o teto durante alguns segundos, Geno se deu conta de que o barulho não vinha de dentro da casa, mas do lado de fora. Da rua.

Aproximou-se da janela, afastou as cortininhas rendadas e olhou para baixo. A cena pareceu-lhe bastante curiosa. Pela rua do Doce Alecrim passavam um grande caminhão, uma caminhonete e um crepitante conversível de época. Era mesmo estranho que naquela hora e naquela rua houvesse tanto trânsito.

Na verdade, fazia tempo que não acontecia nada de interessante em Sino de Baixo. Na pequena vila, situada entre os verdes Outeiros Melífluos, moravam ao todo duas mil almas. Geralmente, o único barulho que trazia um pouco de alegria era a algazarra das crianças. E, normalmente, isso só acontecia nas tardes ensolaradas. Ninguém jamais descera à rua para criar confusão no escuro.

Capítulo 1 – A noite dos ruídos

Geno esfregou os olhos, observou bem aquele grande caminhão e o viu parar justamente no número 67, diante da última casinha de paredes cor de pêssego. A caminhonete e o conversível também estacionaram ali. Uma figura feminina desceu do carro, tendo na cabeça um chapeuzinho extravagante do qual despontavam plumas e flores. A mulher carregava uma cesta de vime e caminhava com passos miúdos. Os poucos postes de luz iluminavam mal a rua, e Geno não conseguiu ver mais nada.

– Quem é aquela senhora? – pensou em silêncio.

Com efeito, fazia tempo que a casinha rosa estava desocupada, porém, estranhamente bem conservada: o jardim era bem cuidado, as paredes pareciam recém-pintadas e o reboco não tinha rachaduras. Era como se o tempo não tivesse deixado marcas, e isso gerava superstições e inquietações entre os moradores de Sino de Baixo. Embora se esforçasse para recordar, Geno nem sequer lembrava de quem havia morado nela. Mas uma coisa ele sabia a respeito daquela casa: era assombrada! Na vila, dizia-se que ela estava cheia de fantasmas.

Mentiras? Lendas? Talvez, mas o fato é que tio Flebo também nunca quisera falar a respeito da casinha. E a maior parte das crianças de Sino de Baixo mantinha distância daquele local misterioso, que lhes dava muito medo.

O garotinho permaneceu com os olhos fixos no grande caminhão e um calafrio percorreu-lhe as costas. Entreabriu a janela, apagou a luz e voltou para a cama pensando na casinha assombrada, sem conseguir pegar no sono.

Sua agitação interior não lhe permitia deixar as pernas paradas, tanto que as calças do pijama haviam subido até a altura dos joelhos. De nervoso, acendeu a luz novamente e voltou a fitar as vigas do teto.

Para adormecer, começou a contar os furos feitos pelos cupins:

— Vinte e dois, 23, 24, 25... ai... eu preciso dormir! Amanhã tenho teste de matemática! — resmungou o garotinho.

Geno Hastor Venti cursava o sexto ano do ensino fundamental e realmente não queria desapontar o tio. Gostava dele. Flebo Molecola, irmão de sua mãe, era tudo para ele. Tinha sido sua família desde quando Corinna Molecola e Pier Hastor Venti desapareceram misteriosamente. Geno tinha então poucos meses de idade e não se dera conta da tragédia. Na vila, diziam que eles haviam sido sequestrados por pessoas estranhas. Levados sabe-se lá para onde. E sabe-se lá por quê.

Nunca mais se soube nada dos dois, que eram bons farmacêuticos. Nem se estavam mortos ou vivos. Nunca chegara sequer uma carta ou telefonema deles. Depois de passarem por uma angústia compreensível, as pessoas da vila não quiseram mais falar a respeito. O assunto ficou suspenso em meio às lembranças a serem esquecidas, e a Farmácia Hastor Venti de Sino de Baixo foi fechada, e sua porta, lacrada. Ninguém mais ousou entrar naquele estabelecimento, no número 4A do beco do Lírio Negro. Mesmo Flebo Molecola, que era o médico da vila e tentava ser benquisto pelos pacientes, jamais quis tocar no assunto com qualquer pessoa. E muito menos com o sobrinho.

As poucas casas ao lado da farmácia haviam sido abandonadas pelos moradores, na tentativa de evitar o azar que havia atingido os Hastor Venti. Assim, o beco do Lírio Negro se enchera de espinheiros e mato alto.

A única coisa que Geno compreendera com o passar dos anos era que sua família era considerada esquisita. Um tanto louca. Diferente das outras. Uma família azarada. E ele também havia sido rotulado como louco: para todos, Geno era bizarro.

Capítulo 1 – A noite dos ruídos

Magro como uma enguia e com olhos que devoravam o mundo, ele crescera com o tio Flebo na humilde casa da rua do Doce Alecrim. Tinha um gênio bastante irritadiço, o que não era de se admirar, tendo em vista sua situação. Seu coração estava sempre em busca de um carinho materno e do olhar atento que somente um pai pode ter.

Mas, naquela noite de 17 de outubro, o jovem Hastor Venti não encontrou sossego; na verdade, foi a partir daquele momento que sua vida tomou um rumo difícil e desconhecido. A confusão da rua o deixou nervosíssimo: claro que ele não queria chegar na escola atordoado. Bem sabia que seus colegas de classe não o ajudariam no teste de matemática. E muito menos Mirta Bini, a chata rabugenta que se sentava ao seu lado.

Num determinado momento, um grande barulho de ferragem o fez estremecer novamente.

– Ah, não! Isso está demais! Agora estão exagerando! – exclamou, chateado.

Saiu da cama de novo. Na pressa de alcançar a janela, tropeçou na cadeira e caiu no chão, batendo com a testa. Com a cabeça dolorida, tornou a espiar a rua e viu que as portas traseiras do caminhão estavam abertas. O barulho de ferragem era realmente ensurdecedor, porém não havia uma alma viva diante da casinha. Nem sequer a sombra de uma pessoa. A mulher misteriosa também desaparecera.

De repente, viu um enorme e espesso círculo negro de bordas prateadas sair da parte de trás do caminhão. Tinha uns três metros de altura. Era muito reluzente. Parecia um gigantesco sinete feito de tinta ou cera. Sim, era de fato um sinete, um selo daqueles que se usavam antigamente para lacrar mensagens particularmente importantes. Podia-se vislumbrar, no centro desse objeto incrível, duas letras do alfabeto, de cor vermelha, mas que Geno não conseguiu ler.

Nunca tinha visto algo assim! Quem poderia ter criado um selo daquele tamanho? Para que servia?

Aquela coisa esquisita permaneceu suspensa no ar, a cerca de meio metro do chão. Parecia um sol negro sustentado por uma densa nuvem de vapor.

— Impossível! — exclamou Geno, arregalando os olhos.

Sentiu um pouco de tontura, a pancada que acabara de levar doía muito, mas ele estava demasiadamente curioso para ver o que estava acontecendo na rua do Doce Alecrim.

Enquanto o círculo negro mantinha-se suspenso como por magia, pequenos embrulhos saíram voando das janelas da caminhonete. Um deles se espatifou no chão, abrindo-se: cacos de pratos e estilhaços de copos espalharam-se por toda parte.

Enquanto ele assistia com espanto àquela cena, ouviu uma fina voz de mulher comentar o incidente em francês:

— *Mon dieu de la France!*

Assustado, sentou-se na cama. Fechou os olhos e pensou:

— Não! Não é possível! Estou enlouquecendo!

A bem da verdade, frequentemente aconteciam coisas estranhas a Geno Hastor Venti. Em primeiro lugar, ele sonhava coisas bastante esquisitas, que se realizavam na maior parte das vezes. Como daquela vez em que sonhou que a antipática Mirta estava pendurada num galho da grande árvore da escola: ela gritava, apavorada porque não conseguia mais descer e, inclusive, havia deixado cair os óculos. No dia seguinte, a coisa aconteceu de verdade. Mirta Bini havia subido na árvore para espiar os professores que estavam reunidos no segundo andar do prédio da escola e fora salva pelos inspetores. Geno se divertira bastante vendo-a choramingar e pedir socorro.

Contudo, naquela noite de 17 de outubro, ele certamente não estava sonhando. Realmente vira o círculo negro suspenso no ar! Caminhando sem fazer barulho, saiu do seu quartinho e dirigiu-se até a porta do quarto do tio, encostou

Capítulo 1 – A noite dos ruídos

o ouvido e ouviu nitidamente que Flebo roncava como um trem. Nem mesmo um bombardeio conseguiria acordá-lo! Com o coração aos saltos, regressou à janela e debruçou-se lentamente para olhar de soslaio para a casinha rosa. Com profunda surpresa, viu que o grande círculo não estava mais lá. E também o caminhão e a caminhonete haviam desaparecido. Só o automóvel de época permanecia estacionado no mesmo lugar. Observou as janelas das casas vizinhas. Nenhuma luz acesa. Ninguém acordara. Como era possível que somente ele tivesse ouvido aquela barulheira?

Com os olhos arregalados e a cabeça latejante, deitou-se na cama e recomeçou a contagem dos furos de cupins, tentando não pensar mais no que vira. Mas aquela vozinha feminina que falava francês levou-o a imaginar várias coisas.

— Por que cargas d'água uma estrangeira chegaria em Sino de Baixo na calada da noite? Com certeza, trata-se de uma personagem misteriosa. E como é que aquele enorme selo conseguiu flutuar, ficando erguido meio metro acima do chão? Será que a mulher é uma bruxa? E por isso é que veio morar na casa dos fantasmas? — As perguntas ecoaram em sua cabeça até a manhã, mantendo-o acordado.

Com os olhos fixos na foto de seus pais, posicionada ao lado da luminária azul, pensou sobre o desaparecimento. Queria muito tê-los conhecido e poder contar com eles naquele momento. Mas ele não se lembrava mais nada do pai, nem da mãe, nem ao menos do som de suas vozes. Enquanto olhava para o rosto sorridente da mãe, o despertador tocou. Já eram 7h.

Levantou, espreguiçando-se, calçou os chinelos e desceu para a cozinha. Tio Flebo juntou-se a ele pouco depois, resmungando como de costume.

— Não acho os óculos! Você os viu? — perguntou o doutor Molecola, amarrando o cinto do roupão.

15

GENO e o Selo Negro de Madame Crikken

— Estão em cima do aparador, ao lado do pote de café — indicou-lhe Geno, sem se virar.

— Ah, obrigado. Se não fosse por você... — respondeu Flebo, que colocou os óculos e então ajudou o sobrinho a servir o leite nas canecas.

Depois de tomar dois goles, o garoto perguntou:

— Você não ouviu nada esta noite?

— Esta noite? Não, por quê?

Flebo ergueu os olhos e o observou, curioso.

— Por nada, tio. Por nada... — disse Geno, pensando em não contar o que havia visto, porque tinha medo de que o tio caçoasse dele.

— Vamos, diga. Fale! — insistiu o tio.

— Estalidos. Ouvi estalidos. Talvez seja necessário trocar as vigas da casa. Estão cheias de cupins. E as paredes também precisam de uma pintura.

Geno terminou de tomar o leite e foi se lavar, deixando que Flebo pensasse no que fazer.

— Você tem razão, esta casa está caindo aos pedaços. Minhas economias não são suficientes para pagar uma reforma — respondeu o tio, dando de ombros.

— Você é bonzinho demais. Trata de todos depressa e cobra pouco — retrucou o jovem sobrinho.

— A medicina é um assunto sério — protestou o tio. — Você deveria ter orgulho de mim. Você bem sabe como as pessoas são. Na vila, dizem que você e eu somos um pouco esquisitos. Mas eu sei tratar e curar muitas doenças!

O garotinho vestiu uma calça e uma camiseta verde-escura, amarrou a jaqueta em volta da cintura, pegou a mochila com os livros e colocou-a sobre o ombro. Saiu, dizendo:

— Vejo você na hora do almoço. Se o teto da casa não desabar.

No caminho, ergueu os olhos em direção à *casa misteriosa*. Viu que o automóvel de época da senhora francesa já

CAPÍTULO 1 – A noite dos ruídos

não estava mais diante do portão. Absorto em seus pensamentos, foi atingido nas costas por uma pedra. Virou-se:

— Ei, Mirta, chateando como sempre!

— Você é um frouxo! — foi a resposta seca da garota que, ajeitando os óculos, fez uma careta de escárnio.

Geno deixou que ela passasse na sua frente e, meneando a cabeça, seguiu-a até a parada do ônibus escolar, onde os outros colegas de turma já estavam.

Os primos Fratti — Galimede, magro como uma enguia; e Nicósia, gorducho e com uma franjinha que lhe encobria sempre os olhos — estavam conversando debaixo do abrigo, enquanto Gioia Sereni e Mariônia Caffi riam alegremente. A primeira mostrava seu penteado novo, com os cabelos louros presos por um grampo elegante, e a outra se vangloriava das meias coloridas, presente de sua mãe.

— Já são quase 8h. O motorista deve ter perdido a hora hoje — grasnou Mirta, olhando para o relógio que os pais lhe haviam dado de aniversário.

— Se o ônibus não passar, é melhor. Assim, não iremos à escola e escaparemos do primeiro teste de matemática — disse Nicósia, sorrindo.

Geno sentou-se no banco, cruzou as pernas e inclinou a cabeça, bocejando.

— Olhem quem está chegando! Sem dúvida, é uma velha que não tem todos os parafusos no lugar! — exclamou Mirta em voz alta.

Geno ergueu novamente a cabeça e, de repente, o coração lhe subiu à garganta. A senhora francesa que ele havia visto descer do conversível estava passeando tranquilamente pela calçada da rua do Doce Alecrim. Usava um chapeuzinho diferente: uma espécie de tubo roxo do qual saíam molas enfeitadas. Trajava um vestido lilás e sobre os ombros tinha uma mimosa capa rosa clara. Segurava graciosamente uma bolsinha, roxa como o chapéu. Atrás dela seguia um grande gato branco de pelo comprido, com o focinho erguido.

O rosto da mulher era marcado por fortes rugas, que lhe davam um aspecto grave. Até mesmo a armação dos óculos era original: eram perfeitamente redondos e com as hastes de prata espiraladas que tocavam de leve os cabelos alvos, lisos e bem presos sob o chapeuzinho.

Os garotos olharam para ela fazendo mil caretas.

Geno não se moveu.

Quando a senhora francesa passou diante dele, o jovem sobrinho de Flebo Molecola sentiu como se uma onda do oceano tivesse entrado em sua cabeça. Fechou os olhos, coçou as orelhas e tossiu.

O gato, enfadado, virou-se subitamente e bufou. A mulher encarou-o com reprovação e, então, o branco felino miou e voltou a caminhar aos pulinhos, agitando nervosamente o rabo longo e plumoso.

— Quem é essa? — perguntou Marlônia, mastigando um chiclete.

— Sei lá, nunca vi antes — respondeu Gioia, gesticulando.

Geno não resistiu e disse, levantando-se:

— Ela é francesa e chegou esta noite. Mora na casinha rosa, no número 67.

— Esta noite? E como é que você sabe? — perguntou a marrenta Mirta, olhando-o através de seus óculos horrorosos.

— Eu a vi. Ela saltou de um automóvel conversível engraçado — contou Geno, alvo do olhar curioso de todos.

— Na casinha rosa? Mas ela está vazia há tanto tempo! É a casa dos fantasmas! — acrescentou Nicósia com medo, afastando a franja dos olhos.

— Sim, eu sei. Talvez não haja fantasmas e aquela velha a tenha comprado — respondeu Geno.

— Velhinha estranha. Muito estranha — disse Galimede, observando enquanto ela se afastava.

CAPÍTULO 1 — A noite dos ruídos

— Geno, mas como é que você sabe que ela é francesa? — perguntou Mirta, aproximando-se do rosto do garotinho. — Bem... eu a ouvi falar — respondeu, constrangido. Mas percebeu que havia falado demais e que, agora, todos iriam caçoar dele.

— Você falou com ela esta noite? Não diga asneiras! — Mirta empurrou-o e derrubou a mochila dele.

Marlônia começou a rir:

— O mentiroso de sempre!

O sobrinho de Flebo não respondeu e pegou a mochila. A chegada do ônibus escolar chamou-os de volta à ordem. Subiram um a um e o jovem Hastor Venti foi sentar-se no fundo. Sozinho. Sua cabeça estava tão confusa que não conseguia mais controlar os pensamentos. Dez minutos depois, chegaram a Caribonda Alta, a vila que ficava a poucos quilômetros de Sino de Baixo, e entraram na escola correndo. O sinal das oito já havia batido, Mirta abriu a porta da sala e o grupo entrou de cabeça baixa. O professor de matemática estava sentado atrás da mesa. O teste estava prestes a começar.

Geno abriu a mochila e arrumou livros e cadernos na carteira. Ele tentou concentrar-se ao máximo, embora ouvisse um zumbido constante.

Foi muito mal na prova de matemática. O garotinho não se lembrava de mais nada e entregou a folha em branco. O professor foi muito severo:

— Você não estudou o bastante. Como sempre, está com a cabeça nas nuvens. Pelo menos me diga se chegou a abrir o livro!

— Eu vi um grande selo negro voando.

A resposta sem nexo de Geno fez a classe toda cair na gargalhada.

O professor, entretanto, não achou nenhuma graça. Deu um murro na mesa e gritou:

21

GENO e o Selo Negro de Madame Crikken

— Chega dessas bobagens! Você acha que é engraçado? Desta vez, a coisa não vai ficar assim, meu caro Geno Hastor Venti. Vou falar com o diretor.

O garotinho tentou pedir desculpas. Não entendia mesmo o porquê de ter dito aquela frase. Não queria falar do círculo misterioso em público, mas as palavras haviam escapulido sem controle.

Quando voltou para casa, ficou sentado na cama olhando a foto dos pais. Pensou que se seu pai estivesse ali com ele, o ajudaria a enfrentar os problemas na escola e lhe daria conselhos úteis para não se meter em encrenca. Claro que tio Flebo era um bom homem, mas seu trabalho de médico o mantinha muito atarefado. No fim das contas, o tio tinha um gênio fraco e não conseguia dizer "não" a ninguém. E muito menos poderia discutir com os professores!

Às 15h, quando o grupo de amigos se reencontrou na rua do Doce Alecrim para brincar, Mirta teve uma ideia:

— Ei, Geno, vamos até a casa rosa. Vamos ver se você disse a verdade sobre aquela velha louca. Vamos ver se você tem medo dos fantasmas.

Ele se opôs, mas os primos Fratti pegaram as bicicletas e o convenceram a pedalar até o número 67.

— Você disse que ela chegou em um automóvel conversível. Mas ele não está no pátio — observou imediatamente a garota antipática que, embora tivesse medo daquele lugar, fazia de tudo para parecer corajosa.

— Não sei. Talvez...

Geno foi interrompido por Marlônia:

— Talvez você tenha sonhado tudo isso. Como de costume.

— Não. Eu juro! Eu até vi um grande selo negro flutuar no ar — disse Geno, e logo mordeu a língua: novamente, havia contado sobre aquela coisa de que ele realmente não queria (e não devia!) falar.

CAPÍTULO 1 – A noite dos ruídos

– Um selo voador? Mas você está completamente enlouquecido! – acrescentou Nicósia, coçando a barriga, que sobressaía bastante sob o moletom.

– Não bastou o papelão que você fez hoje de manhã na escola? – falou Mirta, sempre impertinente.

– Não há sequer marcas de pneus no chão. Se um carro tivesse chegado, daria para ver as marcas! – observou Gioia.

Geno olhou para a casinha rosa-pêssego: com efeito, todas as janelas estavam fechadas e o pátio estava deserto. Enquanto os outros riam de sua cara abobalhada, Geno manteve os olhos fixos na casa. Uma janela abriu-se ligeiramente. O garotinho arregalou os olhos e viu uma mão, que voltou a fechá-la imediatamente.

– Olhem! – gritou Geno.

Porém, quando os colegas de classe se viraram, não viram absolutamente nada.

– Agora chega! Você está mesmo aloprado! Essa brincadeira já não está divertida. Você está louco. Louco como toda a sua família – concluiu Mirta, e, então, pulou na sua bicicleta e foi embora, seguida pelos outros, que cantarolavam em voz alta:

– Geno bobo. Geno bobo. Geno bobo.

Somente Nicósia permaneceu parado, ainda observando a casa dos fantasmas. Com o rosto sério e a franja que lhe tapava os olhos, virou-se para o jovem Hastor Venti:

– Puxa, vamos embora. Não dê bola para eles, você sabe como são. Acontece que você está sempre inventando novidade!

Ele não respondeu a Nicósia que, depois de ter afastado a mecha de cabelos dos olhos, perdeu a paciência, montou na bicicleta e juntou-se ao grupinho.

Geno continuou a fitar a janela, com o semblante tenso. Poucos minutos depois, a porta se abriu e o gato branco saiu. Miou algumas vezes e, então, tornou a entrar.

GENO e o Selo Negro de Madame Crikken

O garotinho agarrou-se às barras do portão e tentou chamá-lo de volta:

— Venha cá, bichano. Venha, não vou lhe fazer mal.

Mas a porta fechou-se novamente, deixando Geno entregue a uma curiosidade mórbida.

Voltou para casa pedalando lentamente. A rua do Doce Alecrim pareceu-lhe uma rua repleta de segredos. À noite, não jantou. O tio levou-lhe um pouco de sopa e uma maçã no quarto, mas ele não tocou em nada. Ainda tinha aquele estranho zumbido nos ouvidos.

— Você está passando mal? Quer duas colheradas do meu milagroso xarope Enxota-problemas? — perguntou Flebo passando-lhe a mão sobre a testa para ver se estava com febre.

— Não. Só estou com sono. Boa noite, tio! — E dizendo isto enfiou-se debaixo do lençol e apagou a luminária azul.

A luz dos poucos postes da rua do Doce Alecrim entrava pela janela e o jovem Hastor Venti pensava naquela senhora francesa e seus mistérios. A imaginação deslocava-se a galope e o zumbido voltava ciclicamente a torturar-lhe a mente. Virou-se e revirou-se na cama, mas não conseguiu conciliar o sono. Levantou-se de supetão, vestiu a jaqueta por cima do pijama e calçou o tênis. Desceu as escadas devagar para não acordar o tio e saiu de casa, deixando a porta entreaberta.

O céu estava iluminado. A lua e as estrelas brilhavam como pequenos fogaréus e o perfil dos Outeiros Melífluos se destacava no horizonte. O ar estava fresco, com cheiro de outono. Nada parecia perturbar a noite de Sino de Baixo, muito embora Geno sentisse que qualquer coisa estava errada. Montou na bicicleta que rangia e pedalou até o número 67.

O silêncio reinava soberano. Eram 22h e não havia ninguém nas paragens. Sentia medo. Ainda que não acreditasse muito na história dos fantasmas, ele começou a tremer mesmo assim. Apoiou o guidom no portão da casa rosa e fitou

Capítulo 1 – A noite dos ruídos

as janelas fechadas. Da janela do andar de baixo, provavelmente a da cozinha, emanava uma luz fraca.

— Então ela está lá. Está em casa! — sussurrou, arregalando os olhos. Apurou os ouvidos para captar algum ruído. Mas nada. Depois de algum tempo, a luz foi desligada. Geno abaixou a cabeça, desconsolado. Bocejou demoradamente e, embora não tivesse a menor vontade, decidiu que era hora de dormir.

Voltando para casa, com a brisa noturna lhe acariciando os cabelos, pensou que era absolutamente necessário conhecer aquela velha senhora. Desejava isso acima de qualquer outra coisa. E não era apenas pelo fato de ter visto um círculo voar. Queria entender o motivo pelo qual uma francesa tinha vindo morar logo naquela casinha amaldiçoada de Sino de Baixo. Antes de chegar em casa, parou diante do início do beco do Lírio Negro: o capim estava altíssimo e as paredes da farmácia, cobertas de hera avermelhada. O letreiro de ferro forjado também tinha sido devorado pela vegetação e mal se podia ler a inscrição: "Farmácia Hastor Venti." Permaneceu alguns segundos em equilíbrio sobre o selim da bicicleta, pensando que também aquele beco tinha se tornado nefasto para os moradores de Sino de Baixo. Se por um lado esse assunto lhe causava um grande dissabor, por outro, ele começou a sentir um tênue prazer. Havia alguma coisa que ligava o misterioso sequestro dos seus pais, ocorrido dentro da farmácia, à chegada daquela estranha velhota à casinha dos fantasmas. O vínculo era certeiro: aqueles dois lugares eram evitados por todos.

E somente Geno estava, de certo modo, ligado a ambos. Voltou para a cama com um leve sorriso nos lábios, mas seu sono foi agitado mais uma vez.

De manhã, debaixo do abrigo do ponto de ônibus, enquanto esperavam o costumeiro ônibus escolar, os primos

Fratti riram dele novamente, embora Nicósia piscasse o olho para ele de vez em quando. Nicósia sentia simpatia por Geno, mas não queria romper o equilíbrio do grupo ao demonstrar um pouquinho de amizade por esse garotinho um tanto esquisito e escarnecido por todos. Hastor Venti sabia que a amizade deles jamais seria assumida publicamente. Isto é, não era uma verdadeira amizade. Por isso, não tentava nenhuma aproximação, embora o instinto lhe dissesse para fazer o contrário.

Geno deu um sorriso, que Nicósia retribuiu. Assim que Mirta, Gioia e Marlônia se juntaram a eles, viram chegar novamente a extravagante velhota.

Desta vez ela usava um chapeuzinho vermelho de abas largas, com penas alaranjadas, uma capa também laranja e um vestido comprido até os pés, de cor incerta, entre o amarelo e o ocre. O gato branco andava aos pulinhos, elegante, mantendo o ritmo dos passos da anciã.

Geno deixou cair a mochila no chão e aguardou.

A velhota ergueu o olhar e, com marcado sotaque francês, disse:

— *Bonjour*, Geno Hastor Venti — e com calma passou ereta, como se os outros não existissem.

Geno engoliu em seco e, com um fio de voz, respondeu, quase gaguejando:

— Bom... bom dia, s-s-senhora.

Mirta deu duas cotoveladas em Gioia e Marlônia, que permaneciam de boca aberta, e quando chegou ao lado de Geno, sibilou:

— Então você realmente a conhece! Quem é?

— Pois é, quem é? Vamos, diga, não vamos mais gozar de você — tentaram persuadi-lo Galimede e Nicósia.

— Não sei! Juro que não sei! — exclamou o garoto dando uns passos para trás. Ele realmente não compreendia como era possível que aquela mulher soubesse seu nome.

Capítulo 1 – A noite dos ruídos

— Você quer dar uma de misterioso? Então está bem. De qualquer maneira, o que é que a gente tem com isso? É apenas uma velha esquisita — concluiu Mirta, levando a mão ao nariz e dando de ombros.

Marlônia sussurrou alguma coisa ao ouvido de Gioia e, juntas, desataram numa gargalhada.

Nicósia, fazendo valer seu físico maciço, tomou-o pelo braço, arrastou-o um pouco para a frente e disse:

— Para mim, você pode dizer. Confie em mim!

Geno sacudiu a cabeça, apanhou a mochila e, fitando a senhora francesa que já ia longe, fechou-se num mutismo absoluto.

As coisas na escola não andaram como deviam naquela manhã também. Continuava a ouvir aquele zunido enfadonho dentro da cabeça e não conseguia se concentrar. Era como se um daqueles cupins das vigas podres lhe tivesse entrado cérebro adentro, e o assunto o preocupava seriamente.

Além disso, a história do selo voador já havia circulado por toda a escola. Nos corredores, nos banheiros e no pátio não se falava em outra coisa. Os estudantes o observavam como se ele fosse um extraterrestre. E isso sem mencionar os rostos dos professores e do diretor: olhavam-no de lado!

E ele não encontrava um jeito de explicar. Era evidente que suas palavras resultavam incompreensíveis, Geno tinha consciência disso, mas ninguém tinha um mínimo de sensibilidade. Ninguém ia além da mera realidade dos fatos. Não obstante, o jovem Hastor Venti estava convencido de que havia uma explicação. Um motivo que ele mesmo desconhecia.

Em casa, ele ainda não dissera nada ao tio Flebo. Não tinha coragem para isso. Sentado na cama, pegou a foto emoldurada dos pais e perguntou o que devia fazer. Em voz baixa, contou tudo, como se aquelas duas imagens realmente pudessem escutá-lo. A melancolia e a tristeza enchiam seu coração. Abriu a gaveta da mesinha de cabeceira e afagou uma outra foto, de sua mãe segurando uma criança no colo.

— Como eu era pequeno. E ela... como ela era bonita — sussurrou, beijando o rosto da mãe. Virou a foto como fizera tantas outras vezes e leu o que sua mãe havia escrito a caneta azul, vários anos antes: "Para meu pequeno tesouro. Corinna."

Dos olhos de Geno escorreu uma lágrima que caiu sobre aquela frase, borrando-a. Lembrou-se que o tio lhe contara que aquela fotografia fora tirada poucos dias antes do sequestro. Apenas ele, o "pequeno tesouro", se salvara das garras dos misteriosos personagens que haviam raptado seus pais da farmácia.

— Como a vida é estranha — pensou o jovem Hastor Venti. — As pessoas vão embora e delas só restam imagens. Eram felizes. Sorridentes. Mas eu estava no colo da minha mãe e ela me abraçava. E agora eu estou aqui. Sem ela. Sem o seu abraço.

Então pegou a terceira foto. A última.

Nela se via o rosto bochechudo e simpático do seu pai, Pier Hastor Venti. Trajando um jaleco branco.

Geno sabia perfeitamente que ele e sua mãe eram farmacêuticos e que haviam se conhecido justamente entre caixas de antibióticos, infusões de ervas e tubos de pomadas. Mas aquela foto estava danificada. Rasgada quase pela metade. A parte de baixo não existia mais. Alguém a havia estragado. Ou talvez ela simplesmente se despedaçara. Tio Flebo também nunca fornecera uma explicação a respeito. Mas isso pouco importava para Geno, o fundamental para ele era olhar o rosto de seu pai.

Recolocou as fotos na gaveta e ficou alguns segundos olhando fixamente para a luminária azul. A cabeça voltou a doer.

Capítulo 1 – A noite dos ruídos

Abriu a janela para respirar a plenos pulmões. O ar refrescou seu rosto, o cheiro de resina que vinha dos abetos fez com que se sentisse um pouco melhor. Olhou na direção da casa rosa. Ali, do lado de fora, diante do portão, estava o gato branco. Sentado, imóvel. Parecia uma estátua.

— Ei, bichano... bichano! — chamou numa voz não muito alta. O gato não se moveu. Geno permaneceu na janela até que o felino branco decidiu regressar para dentro da casa rosa.

Naquela noite, também, o garotinho não conseguiu dormir nada bem. E não por culpa dos cupins no teto. Mas por causa do cupim que ele levava dentro da cabeça: conhecer a todo custo a excêntrica velhinha francesa.

Às 7h em ponto ele já estava no andar de baixo, na cozinha. O tio, como sempre, resmungava por causa dos óculos:

— Acho que eu os esqueci no consultório. Sem eles não vejo absolutamente nada. Parece que estou dentro de um aquário — disse, apertando os olhos numa fissura.

— Vou buscá-los — dito isto, o sobrinho saiu da cozinha, atravessou o pequeno hall de entrada da casa e entrou no consultório, no térreo. Os óculos estavam sobre a escrivaninha, em cima de uma montanha de prontuários clínicos e receituários. Pegou-os e saiu. O dia estava feio: o céu, cinza como chumbo, ameaçava chuva. O ar estava frio e Geno, que ainda estava de pijama, sentiu um arrepio.

Naquele momento, viu passar a velhinha. Segurava uma sombrinha rosa e o gato branco a seguia, como sempre.

Sentiu o coração subir-lhe à boca.

— Mas como? A esta hora? Mas ainda não são nem sete e meia! — exclamou, surpreso de vê-la passear tão cedo. Alcançou a rua às pressas.

As primeiras gotas de chuva caíram como orvalho.

A mulher parou. Virou-se lentamente e, sorrindo, disse:

— Hoje é um dia péssimo. Meu caro Geno Hastor Venti, aconselho você a vestir uma suéter de lã. Não creio que na escola já tenham ligado o aquecimento.

O garotinho, apertando entre as mãos os óculos do tio, criou coragem e respondeu com a voz trêmula:

— Sim, obrigado. Vou fazer isso!

A anciã sorriu de novo e, quando esteve prestes a ir andando, Geno disse algo para retê-la:

— Desculpe, senhora... senhora...

Ela levantou a sombrinha, endireitou as costas e, com ar grave, pronunciou:

— Crikken! Madame Margot Crikken!

Ele repetiu como um papagaio:

— Madame Margot Crikken.

— *Oui*. É como me chamo. E o que mais você quer saber, jovem Hastor Venti? — perguntou, permanecendo imóvel enquanto a chuva caía mais densa.

— Mora na casinha rosa, no número 67? — Finalmente, Geno conseguiu formular a pergunta.

— *Oui, mon petit garçon*. Sim, meu jovem garoto. Ao que parece, moro bem ali com meu gato Napoleon — respondeu, apontando o dedo para o gato completamente molhado.

— Então, seja bem-vinda a Sino de Baixo, senhora. Napoleon é realmente um belíssimo gato — disse o garoto, esboçando uma reverência.

— *Merci*. Obrigada, Geno. Porém, estimo que você deva retornar para casa. Você está se molhando todo. E ainda está de pijama. Vestimenta absolutamente inadequada para ficar na rua. Não acha? — A justa observação da anciã o fez enrubescer.

O garoto tossiu algumas vezes e, andando para trás, sem jamais dar as costas para a velha senhora, chegou à porta.

Capítulo 1 – A noite dos ruídos

Quando entrou, fechou-a com delicadeza e estancou quando viu que seu tio o fitava, coçando a cabeça:

— Você está ensopado! Mas onde foi que esteve?

Geno não disse nada, entregou-lhe os óculos, subiu para o quarto e trocou a roupa rapidamente. Ele não se importava por estar com os pés e os cabelos molhados. Estava feliz. Feliz de ter falado com Madame Crikken.

Antes de sair, vestiu a jaqueta, deu um beijo no tio — que derrubou a xícara de leite pela emoção — e saiu assoviando baixinho sob a chuva forte.

Os colegas de sala já estavam lá, esperando o ônibus escolar das 7h45. Todos estavam de guarda-chuva. Mas não Geno! Ele caminhava de boca aberta para beber as gotas da chuva que caía copiosamente.

— O palhaço de sempre! — começou Mirta, ajeitando a capa de chuva amarelo-canário.

— Ei, Geno, você quer beber toda a chuva? — perguntaram em uníssono Galimede e Nicósia.

— Sim. A água do céu é boa! — respondeu, alegre, o garotinho, que subiu no ônibus escolar primeiro.

Mirta percebeu que ele estava um pouco feliz demais naquela manhã e, na escola, durante o intervalo, se aproximou dele com uma desculpa banal.

— Você tem 10 centavos para me emprestar?

O garoto revistou os bolsos e fez que não com a cabeça:

— Sinto muito. Estou duro.

— Você não tem nenhum trocado, mas está feliz. Ou estou enganada? — perguntou maliciosamente Mirta.

— Pois é, feliz! — disse Geno, apoiando os cotovelos no parapeito da janela.

— É por causa daquela velha? Hoje de manhã não a vimos! — retrucou a garota, comendo pipoca.

— Eu vi!

GENO e o Selo Negro de Madame Crikken

— Quando? De madrugada? À noite? Ela estava voando? — Mirta começou a rir de modo exagerado, chamando a atenção dos outros estudantes. — Ouçam, Geno viu a velha voando.

Gioia e Marlônia se dobraram de dar risada e Nicósia, aproximando-se, disse:

— Em Sino de Baixo, os selos e as velhas senhoras voam.

Galimede gritou do fundo do corredor:

— Agora, tudo voa. E é tudo por mérito daquele gênio do Geno.

O sobrinho de Flebo passou as mãos pelos cabelos encaracolados e então cruzou os braços, fitando todos com desprezo:

— Vocês não passam de crianças mimadas. Não sabem nada da vida. Nada!

— Hastor Venti! Pare de fazer graça! — A voz, ressoante e ameaçadora, era a do professor de matemática. O professor o agarrou pela orelha arrastando-o até o banco. — Você bem pode saber tudo da vida. Mas não sabe nada, realmente nada, de matemática! Em vez de se ridicularizar, aprenda a estudar! — concluiu, cada vez mais zangado.

Geno baixou o olhar, enquanto a sala se enchia com os murmúrios dos estudantes.

Mirta estava visivelmente satisfeita com o papelão que Geno havia feito e exultava com as amigas. Para Hastor Venti, esse era apenas um dos tantos episódios que o tornavam diferente dos outros. Uma distinção que vinha de longe. Do passado. Do desaparecimento dos seus pais.

— Por que haviam sido sequestrados? O que é que eles haviam feito de errado?

Perguntas atrás de perguntas, para as quais Geno nunca soube encontrar resposta. Somente quando viu a Madame Crikken chegar, com seu selo negro e o gato branco, é que sua irrefreável curiosidade pela vida parecera desembocar em algo maior. Em algo de misterioso. E, talvez, medonho.

Capítulo 1 – A noite dos ruídos

Pensamentos confusos, imagens que se sobrepunham e os olhos que se fechavam sozinhos por causa do sono atrasado. Ele também estava emagrecendo. E Flebo percebera isso.

— Você tem que comer. Precisa crescer e criar músculos. Você não vai querer ficar igual a um esqueleto! – disse o tio, pondo-lhe um grande bife malpassado no prato.

O jovem deu somente duas garfadas. Então, levantou-se da mesa e, enquanto se preparava para subir ao seu quarto, o tio lhe fez uma pergunta:

— Ela é simpática, não é?

O garoto voltou-se e, enrugando a testa, perguntou:

— Quem?

— A senhora do 67! – esclareceu Flebo.

— Você a conhece? – perguntou, surpreso.

— Talvez... – respondeu o tio, comendo um pedaço de maçã.

— Como talvez? Você a conhece ou não? – insistiu Geno.

— Calma... calma. Não fique alterado por tão pouco. Você se parece com sua mãe; ela também não tolerava incertezas. – Flebo levantou-se da mesa e, olhando o sobrinho, fez que sim com a cabeça.

— Você realmente a conhece? De onde vem? Quem é exatamente? O que ela veio fazer aqui? – Geno formulou uma enxurrada de perguntas.

O tio ergueu as mãos e disse, muito sério:

— Não tem pressa. Você vai saber quando chegar o momento. A única coisa que posso dizer agora é que Margot Crikken é uma mulher extraordinária. Você pode confiar nela.

Geno aproximou-se dele e, com um jeito desconcertado, agarrou as mãos do tio:

— Por que todo esse mistério? O que essa senhora tem a ver conosco? Por que ela sabe meu nome? E como é que você sabe o dela?

O tio não disse uma palavra sequer, mas o garoto insistiu:

— Ela vive na casa dos fantasmas! Você entende? É como se nós voltássemos a ir à farmácia do beco do Lírio Negro. Esses lugares são considerados assombrados. Malditos! Por que tudo isso está acontecendo?

O doutor Flebo Molecola afagou-lhe a cabeça e o abraçou com afeto.

— A farmácia... pois é... pois é. Não pense nisso. Eu criei você como pude. Talvez eu não tenha sido um pai de verdade para você. Mas você vai me perdoar...

Geno o abraçou e, com os olhos brilhando, só conseguiu dizer:

— Diga-me que meus pais não estão mortos. Diga! Por favor, diga-me para onde os levaram! Eu gosto de você, tio. Gosto muito de você.

Capítulo 2

O segredo
de Flebo Molecola

No sábado à tarde, o consultório estava sempre lotado de pacientes. Geno estava com pressa para falar com o tio: acontecera uma coisa grave. Porém, havia uma fila de pessoas que esperavam sua vez para consultar o médico. Homens, mulheres e velhos estavam apinhados na pequena sala de espera. Embora a temperatura tivesse despencado rapidamente, Flebo pingava de suor por causa da ansiedade. Com o estetoscópio no pescoço, auscultava o coração de um velho camponês. Depois de alguns minutos, o sobrinho perdeu a paciência e bateu na porta envidraçada, fazendo os vidros tilintarem.

— Tio, eu preciso falar com você com urgência — disse timidamente.

Flebo Molecola abriu a porta subitamente, com os óculos na ponta do nariz, e exclamou:

— Você sabe muito bem que não deve incomodar!

— Aconteceu uma coisa... — Geno não teve coragem de terminar a frase, porque sentiu que havia gente demais observando.

— Vamos, diga! — insistiu o tio, que não queria deixar seu paciente esperando.

O garoto fez sinal para o tio para se abaixar e murmurou-lhe ao ouvido:

— A foto do meu pai desapareceu. Aquela partida ao meio.

Flebo apoiou as mãos na maçaneta e sacudiu a cabeça:

— Vamos falar sobre isso à noite.

Rapidamente fechou a porta envidraçada, deixando o garoto plantado; e ele foi embora, arrastando-se tristemente

GENO e o Selo Negro de Madame Crikken

até o meio-fio. Sentou-se sobre uma pedra, brincando com um galhinho e pensando na foto desaparecida. Ela não podia ter evaporado. Estava fechada na gaveta do seu quarto. Ninguém, além do tio, podia abrir aquela gaveta! E para que é que Flebo teria apanhado a foto do seu pai? E se não tinha sido ele, quem poderia ter interesse em roubar uma foto velha e rasgada?

Enquanto açoitava o ar com o galho, viu o gato de pelo longo e branco chegar correndo.

— Napoleon! — exclamou, surpreso.

O felino refreou o passo e, mantendo-se a certa distância, miou arregalando seus grandes olhos azuis.

Geno viu um pedaço de papel enrolado enfiado na coleira do gato. Estendeu a mão para pegá-lo, mas Napoleon, com grande velocidade, o arranhou.

— Ai! O que você está fazendo? Você é um gato mau!

O garotinho olhou para as costas da mão: o ferimento, pequeno porém profundo, sangrava.

Napoleon miou mais uma vez, semicerrou os olhos, satisfeito, virou-se, ergueu o rabo plumoso e correu em direção à casa rosa.

O bilhetinho ficou caído na rua. Geno apanhou-o e logo viu que estava assinado por Margot. Leu avidamente a frase:

Caro Flebo, espero você às 22h.

A curiosidade cresceu excessivamente. Mas, agora, ele não sabia o que fazer com aquele bilhete. Teria sido bastante constrangedor entregá-lo diretamente ao tio. Certamente, aquele encontro era... secreto.

Um leve sorriso iluminou o rosto do jovem Hastor Venti. A ideia de que entre Madame Crikken e o tio houvesse alguma ternura o fez enrubescer.

CAPÍTULO 2 – O segredo de Flebo Molecola

— Não, não. Não é possível — disse para si mesmo em voz baixa.

Com efeito, nunca vira Flebo cortejar uma mulher. E o fato de pensar, ainda que só por um instante, que o estimado doutor Molecola, médico oficial de Sino de Baixo, estivesse enamorado da extravagante senhora francesa era algo fora da realidade. Além disso, Madame Crikken era pelo menos vinte anos mais velha que Flebo!

Contudo, ele, certamente, não poderia ficar com aquela mensagem para si.

Assim, decidiu enfiá-la por debaixo da porta envidraçada do consultório, sem chamar atenção. À noite, durante o jantar, Flebo parecia bastante nervoso, o que fez com que Geno não voltasse a perguntar sobre a foto desaparecida. Lavou a louça, limpou a mesa, espanou as cadeiras e, para grande surpresa do tio, foi deitar cedo.

Pouco antes de o relógio bater dez horas, ele o ouviu sair de casa. Sinal evidente de que encontrara o recado! Flebo montou na bicicleta e pedalou pela lateral da rua do Doce Alecrim até alcançar o número 67. Geno, que não podia usar sua bicicleta porque a corrente enferrujada teria feito barulho demais, o seguiu a pé, procurando não passar embaixo dos postes de luz para não ser visto.

Ao chegar em frente ao portão da casa rosa, ele viu claramente que na janela da cozinha havia luz. Transpôs o portão em alguns poucos lances. Alcançou a casa de quatro, como um cachorro. Estava um pouco frio e, para não ficar doente, ajeitou o cachecol em volta do pescoço. Agachado debaixo da janela, apurou os ouvidos. Ouviam-se perfeitamente as vozes de Madame Crikken e do tio.

Os dois estavam sentados um diante do outro e tomavam uma bebida quente aos golinhos.

— Quando é que você vai dizer para ele? — perguntou Margot.

37

— Ainda não sei. Mas você não acha que é cedo demais? Ainda é garoto — respondeu Flebo.
— Não há tempo. Expliquei para você. A situação está muito grave. Temos de ter confiança, Geno aprenderá depressa. Está com 11 anos e deve enfrentar seu destino — disse a anciã.

Hastor Venti sentiu seu coração bater com força. Estavam falando dele! Sabiam coisas que Geno ignorava. Portanto, Flebo e Madame Crikken tinham um segredo!

O garoto ficou confuso. Estar ali, no escuro, debaixo da janela da casa rosa, com um cachecol em volta do pescoço, e ouvir o tio falar sobre ele com aquela misteriosa mulher francesa lhe parecia esquisito demais.

CAPÍTULO 2 – O segredo de Flebo Molecola

Apoiou as mãos no chão e, pensativo, permaneceu nessa posição por alguns segundos. Ouviu um barulho atrás dele. "Os fantasmas!", pensou, tremendo como uma folha seca. Virou-se e, no escuro, viu dois grandes olhos azuis brilhantes que o olhavam fixamente.

— Napoleon! – ele gritou, assustado.

O gato eriçou-se, abriu a boca e bufou como um tigre. Geno levantou-se de repente e bateu com a cabeça no parapeito da janela. Era a segunda pancada em poucos dias! Napoleon miou muito alto e o garoto se pôs a correr em direção ao portão, com medo de que o tio e Madame Crikken o descobrissem.

Com efeito, alertada pelos ruídos estranhos e pelo miado do gato, a anciã abriu a janela e olhou ao redor. Por sorte, a escuridão foi cúmplice de Geno. A fraca luz da cozinha não permitiu que ela o visse saltar por cima do portão como uma gazela.

Resfolegando e com as bochechas vermelhas, chegou em casa. Subiu a escada e jogou-se sobre a cama como um saco de batatas. Estava com dor de cabeça e o zunido continuava a torturar seus ouvidos. Mais uma vez, dormiu muito mal. Pensou nas palavras pronunciadas por Madame Crikken: "A situação está muito grave (...) Geno aprenderá depressa."

O garoto não tinha a menor ideia do que ele devia aprender!

Às 9h em ponto os sinos da vila tocaram festivamente: era domingo.

Flebo já se levantara havia tempo e o café da manhã estava pronto. Geno abriu os olhos e, com o rosto cansado, se pôs de pé: ainda vestia as roupas da véspera.

Quando desceu à cozinha, o tio estava sentado com os braços cruzados. Parecia impaciente.

— Que cara feia! Ainda não está se sentindo bem? – perguntou ao sobrinho.

GENO e o Selo Negro de Madame Crikken

— Dormi mal — respondeu ele, sem olhar Flebo nos olhos.

— Por causa dos cupins? — inquiriu o tio em tom irônico.

— Sim, por causa dos cupins. — Geno permaneceu impassível, agarrou a xícara com o leite e bebeu-o todo de uma vez.

— Preciso falar muito seriamente com você.

Geno sentiu o sangue gelar nas veias. A hora chegara. Flebo iria contar a verdade sobre o sequestro? E também sobre o segredo que o ligava a Madame Crikken? O garotinho, para não mostrar sua reação, tentou controlar-se e perguntou num tom casual:

— Tio, você quer falar sobre a foto desaparecida?

— A foto do seu pai? Bem, não é bem isso. Preciso falar com você sobre um projeto. — O doutor Molecola levantou-se da cadeira e aproximou-se dele.

— Projeto? — repetiu Geno, observando os movimentos de Flebo.

— Se eu dissesse que você deve fazer uma viagem sozinho, o que pensaria?

— Sozinho? Para onde devo ir? E por quê?

As perguntas atrapalharam Flebo ainda mais e ele começou a suar.

Geno sentia que as mãos do tio apertavam seus ombros como se quisesse mantê-lo quieto. Segurá-lo ali, naquele lugar. Naquela casa onde o vira crescer.

Ao mesmo tempo em que o doutor Molecola lhe pedia para ir embora, segurava-o firmemente! Era um comportamento realmente contraditório.

O jovem Hastor Venti foi tomado de pânico e uma pontada no estômago lhe deu ânsia de vômito.

Correu até o banheiro e ficou se olhando no espelho por um bom momento, enquanto Flebo, do lado de fora da porta, continuava a perguntar se ele precisava de ajuda.

Quando abriu, o tio estava ali, parado, com as mãos suadas e os olhos reluzentes.

CAPÍTULO 2 – O segredo de Flebo Molecola

– Não quero que você vá embora. Mas temo que você realmente tenha de ir. Acredite em mim!
– Mas tio! Não entendo! O que foi que fiz de mal? Talvez seja por causa da escola?
– Não. A escola não tem nada a ver. Você é um bom garoto. Os seus pais se orgulhariam de você. Mas eu tenho...
Flebo não conseguiu terminar a frase, abraçou o sobrinho com força, desceu as escadas correndo e saiu de casa.
Geno permaneceu petrificado, enquanto a água continuava jorrando da torneira da pia. Quando tentou alcançar o tio, viu que ele se afastava em direção à vila, pedalando com todas as forças.
Desconsolado e com medo, Geno voltou para seu quarto. Aquele domingo de outubro começara realmente mal.
Flebo Molecola não regressou para o almoço e o garoto teve que se virar com o que encontrou na geladeira.
Às três da tarde, os primos Fratti o convidaram para ir de bicicleta até o rio.
O garoto não estava realmente com vontade, mas os amigos insistiram tanto que, por fim, ele aceitou. Juntaram-se a eles também Gioia, Marlônia e a chata da Mirta.
Para chegar ao rio era necessário passar diante da casa rosa e, quando os garotos se aproximaram de bicicleta, viram a anciã junto do portão. Ela segurava alguns embrulhos nas mãos; alguns caíram no chão.
– *Mon dieu de la France!* – exclamou a velhinha.
Geno freou de repente e apeou da bicicleta. Apanhou os embrulhos e os estendeu à senhora.
– *Merci beaucoup!* Muito obrigada! Você é gentil – respondeu Madame Crikken, esboçando um leve sorriso.
Os outros haviam seguido adiante e só Mirta, na metade do caminho, virou-se, gritando:
– Deixe estar. É uma velha louca! É um fantasma daquela casa maldita!

41

GENO e o Selo Negro de Madame Crikken

Geno enrubesceu por causa da falta de educação da colega, mas Madame Crikken, tocando de leve em seu chapéu verde, disse:

— Você quer ir com os seus amigos ou vai me ajudar a carregar esses pacotes para casa?

Sem dizer uma palavra, Geno postou-se diante do portão, esperando que a mulher o abrisse. Napoleon estava no pátio, esparramado sob um grande cipreste e, assim que viu sua dona chegando, miou, lambendo o focinho.

— Venha, vou fazer um bom chá para você — disse a anciã, fazendo-o entrar na casa.

A primeira coisa que Geno sentiu foi um perfume específico. Um cheiro bom e muito doce. Então viu, sobre o banco ao lado da porta, algumas pequenas bugigangas e um estranhíssimo triângulo de metal.

Vendo que ele estava muito curioso com aquele objeto, Madame Crikken disse:

— É um Vertilho, não toque nele.

— Vertilho? — repetiu o garoto.

— *Oui*, mas não me pergunte para que serve, porque agora não posso explicar — respondeu secamente Madame.

O garoto permaneceu em silêncio. Madame Crikken tirou o chapeuzinho e a capa e o fez sentar-se na cozinha. Era lindíssima!

O aparador, a mesa e as cadeiras de madeira pintada de rosa eram decorados com pequeníssimas flores brancas e azuis. Na porta da geladeira verde-clara minúsculos ímãs azuis seguravam uns bilhetes escritos à mão, nos quais estavam anotadas substâncias estranhíssimas: Coco husserliano: 2 gramas; Jasmim taletiano: 0,5 grama; Canela pitagórica: 4 gramas; Erva preta: 1 quilo; Água de plumas: meio litro.

Na parede da esquerda, sobre prateleiras, destacavam-se dezenas de pequenos e grandes potes de vidro ou metal, so-

CAPÍTULO 2 – O segredo de Flebo Molecola

bre os quais estavam gravadas algumas letras do alfabeto. Geno esquadrinhava tudo com grande curiosidade, até pousar os olhos no fogão, grande e reluzente. Nele encontravam-se três panelas vermelhas de formas originais: uma era comprida e estreita, outra, larga e baixa, e a terceira tinha o aspecto de um grande despertador. Todas as três tinham duas letras impressas: "A. M."

— Sente-se. O chá estará pronto em poucos minutos — disse a senhora francesa, agarrando o pote branco em que estavam gravadas as letras "R. S."

Napoleon saltou sobre a mesa e sentou-se diante do rosto de Geno, ergueu os bigodes e cheirou o hóspede. O garoto permaneceu imóvel: temia ser arranhado outra vez.

Madame Crikken, depois de ter remexido no fogão, colocou duas xícaras brancas sobre a mesa e verteu nelas a cheirosíssima bebida de cor brilhante.

— O chá é R. S., de Rosa Severina. Uma verdadeira delícia, *doux*. Doce — disse ela, observando com seus olhos azuis claríssimos a expressão incrédula de Geno, que levou a xícara aos lábios e provou. Era o chá mais gostoso que já bebera.

A senhora abriu o aparador e pegou um pratinho com biscoitos redondos e verdes.

— *Biscuits* P. N., biscoitos de Pistache Nulo. Tenho certeza de que você vai gostar.

Geno estendeu a mão e pegou um. Sem dúvida, tinha um sabor delicado que combinava bem com o chá.

— Rosa Severina? Pistache Nulo? Mas que ingredientes são esses? — perguntou, curioso.

— Cozinha *Métaphysique*... metafísica — respondeu Margot, tomando golinhos do seu chá.

— Cozinha, o quê? — inquiriu o garoto, rindo.

— Eu sou especialista em Cozinha Metafísica — respondeu, erguendo a colherzinha.

GENO e o Selo Negro de Madame Crikken

— Então, a senhora é uma professora de culinária?
A pergunta ridícula divertiu a anciã:
— Conheço matérias especiais. E, de fato, eu atuo um pouco como cozinheira, e os alimentos contêm ingredientes filosóficos — retrucou, apoiando as mãos finas sobre a xícara.
— Filosóficos? Nunca ouvi uma coisa assim! — comentou Geno.
— *Oui*. Sim, sim, eu bem sei — sussurrou a anciã, semicerrando os olhos.
— A senhora é professora aposentada? — perguntou o garoto, fazendo alusão à idade da mulher.
— Aposentada? Mas não me venha com brincadeiras! Ainda posso ensinar muitas matérias interessantes — foi a resposta seca.
A senhora francesa alisou seus cabelos alvos, presos num coque romântico, pigarreou e acrescentou:
— Eu sei que você quer me perguntar muitas coisas. Mas, hoje, eu não poderei lhe dar todas as respostas.
Hastor Venti parou de comer os biscoitos e fitou sua enigmática interlocutora com preocupação.
— De fato, eu gostaria de saber como é que a senhora conhece a mim e ao meu tio Flebo — disse Geno.
— Eu e seu tio nos conhecemos há muito tempo. Você tinha acabado de nascer. Tornamo-nos amigos... como você vê, eu falo italiano perfeitamente — explicou Margot, olhando para as mãos.
— Então, a senhora conheceu meus pais também? — O garoto foi tomado de uma alegria repentina.
— Sim. Sinto muito pelo que aconteceu — disse a mulher, baixando o olhar para o gato, que estava sentado num canto da mesa.
— Sabe quem foi que sequestrou meu pai e minha mãe? — indagou Geno, com o coração aos saltos.

Capítulo 2 – O segredo de Flebo Molecola

Madame Crikken ergueu os olhos para o teto, sem falar.
— Estão vivos? — exigiu saber, desesperado.
— É provável. Mas fique calmo. Vou explicar tudo para você no momento certo — respondeu Madame Crikken, quase aborrecida.
— O quê? A senhora sabe e não quer me dizer nada? Mas eu... eu nunca os vi. Entende?
Geno sentiu a raiva subir-lhe à garganta. Queria saber a verdade. Fazia 11 anos que o vazio do desespero reinava em seu coração.
A velha senhora tomou o rosto do garotinho nas mãos enrugadas e disse docemente:
— Eles não abandonaram você. Foram obrigados a deixar Sino de Baixo. Eu posso afirmar isso.
— Onde é que eu posso encontrá-los? — O garoto estava cada vez mais agitado e não conseguia se controlar.
— Beba o chá. Vou explicar para você nos próximos dias. Tenha paciência. Aquilo que vou ter que lhe dizer não é fácil — disse Madame Crikken com um fio de voz.
— Por que veio morar aqui? — A pergunta veio como um raio.
— Por você! — foi a resposta, igualmente instantânea.
— Por mim? E por quê? Para me levar embora? Para me levar até meus pais? — Geno apertou os punhos e mordeu os lábios de nervoso.
— Seu tio ainda não lhe contou nada? — replicou Margot.
— Ele me falou de uma viagem. De um projeto. Mas não me explicou direito. Saiu de casa hoje de manhã e não voltou mais — respondeu, enquanto um calafrio percorria suas costas e parecia haver uma bolha de ar na boca.
Madame Crikken estendeu uma das mãos e tomou as do jovem Hastor Venti: estavam geladas!
— Você está se sentindo bem? Quer mais chá? — inquiriu docemente.

45

GENO e o Selo Negro de Madame Crikken

O garoto abriu a boca de supetão como que para expelir a bolha de ar, mas não aconteceu nada. Sentiu-se ridículo. O contato das mãos da senhora francesa o deixara em polvorosa.

— Vai ver que hoje à noite seu tio vai explicar tudo. Não tenha medo. Confie em Flebo e em mim — disse, retirando a mão e provocando em Geno a enésima confusão mental.

— A senhora é uma bruxa? — perguntou-lhe, sem se dar conta disso.

Madame Margot Crikken desatou numa risada copiosa:

— *Sorcière?* Bruxa? Mais... mais... as bruxas são menos competentes que eu.

O garoto levantou-se da cadeira, apavorado.

Ela também se ergueu e, sempre sorrindo, acompanhou-o para fora da cozinha. No corredor, havia duas portas: uma estava escancarada e dava para o quarto, enquanto a outra estava entreaberta. Napoleon passou de raspão entre as pernas de Geno e, saltitando, subiu pela escada que levava ao sótão.

— Ele dorme lá em cima. Ali é meu quarto e aqui... bem, aqui eu não posso deixar você entrar — afirmou Margot, fechando a porta.

Justamente naquele aposento proibido Geno percebera parte do enorme selo negro que havia visto voando na primeira noite.

Quando esteve junto da porta de entrada, ele se virou para o rosto enrugado, porém sereno, da misteriosa mulher francesa:

— Sinto-me atordoado. A senhora é muito gentil, mas não sei se posso confiar na senhora. Talvez seja melhor não nos vermos mais. Não sei se a senhora está mesmo me dizendo a verdade sobre os meus pais.

Madame Crikken tirou os pequenos óculos, aproximou o rosto do garoto e com uma voz persuasiva afirmou:

CAPÍTULO 2 – O segredo de Flebo Molecola

— Duvido muitíssimo que não nos vejamos mais. Pelo contrário, tenho absoluta certeza que, de hoje em diante, você virá me ver à hora do chá. *Bonne soirée.*

— Boa noite — repetiu Geno, enquanto a senhora fechava a porta.

O garotinho foi embora cambaleando como se tivesse acabado de descer de um carrossel. Sete horas da noite! As horas na casa de Madame Crikken haviam passado voando mesmo. Quando voltou para casa, encontrou o tio esperando-o, visivelmente perturbado.

— Desculpe-me por hoje de manhã. Agora, vou contar o que você deve saber — disse Flebo, permanecendo de pé diante da janela da cozinha.

— Estou ouvindo, tio. Mas primeiro preciso contar uma coisa.

Geno serviu-se um copo de água, que engoliu num instante. Então, criou coragem e relatou a conversa que tivera com Madame Crikken, explicando que não queria mais vê-la.

— Você vai vê-la de novo! Margot veio para Sino de Baixo por sua causa. Não deve ter medo. É uma mulher muito sábia — afirmou o tio com firmeza.

— Mas ela é estranha! Diz coisas que não entendo e também faz mistério demais. Ela diz que é perita em Cozinha Metafísica! Acho que ela não tem todos os parafusos no lugar! E você também, tio, está mudado desde que ela chegou — disse Geno, apoiando-se à geladeira.

— Você vai entender tudo. Não vai demorar muito. Você deve ir embora. Precisa se preparar — O tom de Flebo estava cada vez mais decidido.

— Me preparar? Para fazer o quê? E ir para onde? — O garoto começou a ficar bravo.

— Você deverá ir para um lugar longínquo e encontrar... seus pais. Só você pode fazer isso. — Flebo não aplacou em nada a ira de Geno.

47

GENO e o Selo Negro de Madame Crikken

— Meus pais? Mas então é verdade o que Madame Crikken disse! — gritou muito alto.

— Sim! Você sabe que... — Flebo não acabou de falar porque Geno o interrompeu.

— Que eles estão vivos! Diga-me, tio, estão vivos ou não? Quem foi que os sequestrou?

— Margot pode ajudar você a encontrá-los — respondeu o doutor Molecola, segurando a cabeça entre as mãos.

— Vocês estão todos loucos! Estão gozando da minha cara! O garoto fez menção de subir a escada, mas o tio o agarrou pelo moletom.

— Pare! Ouça! A partir de amanhã, você irá todas as tardes à casa de Madame Crikken. Exatamente às 17h. Ela explicará melhor para você. Tenho que deixar você ir. Não tenho alternativa. Tem que ser assim!

— É tudo besteira! Eu não vou embora e nunca frequentarei a casa rosa! Está claro? — berrou Geno, furioso.

O fato de que, 11 anos após o desaparecimento dos seus pais, surgisse uma verdade nova e totalmente irreal o estava deixando louco.

— Faça por mim. A frase de Flebo atingiu o sobrinho direto no coração. — Essa viagem será importante. Por outro lado, eu prometi que, quando você completasse 11 anos, deixaria você ir.

Esta afirmação do tio alimentou novamente o medo do garoto.

— Você prometeu? Para quem? — indagou, agitadíssimo.

— Margot contará tudo para você.

O tio subiu a escada e se trancou no quarto, deixando o garoto entregue a uma crise histérica. Naquela noite, nenhum dos dois jantou.

Dessa vez, apesar da agitação, Geno conseguiu dormir. Dormiu tanto que acordou às quatro e meia da tarde do dia

CAPÍTULO 2 – O segredo de Flebo Molecola

seguinte. Assim que abriu os olhos, olhou para o despertador. Achou que eram quatro e meia da manhã, mas pelas frestas da janela percebeu imediatamente que era dia claro! Vestiu-se e correu para o consultório do tio. Não havia ninguém! Na porta, apenas um aviso dependurado: "Consultas suspensas." Geno foi tomado por um pânico total. Na rua, percebeu que seus amigos estavam jogando bola.

– Ei, você matou as aulas hoje de manhã! Está doente? – perguntou Nicósia.

– Agora estou bem – respondeu Geno, perturbado.

– Ontem a velha fez feitiçaria com ele. Olhem a cara dele! – disse Mirta, destilando veneno.

Hastor Venti montou em sua bicicleta enferrujada e pedalou até o número 67, deixando todos sem fala. Olhavam-no se afastar e ficaram pasmos. "Geno-bobo" não tinha medo de aproximar-se da casa dos fantasmas e encontrar a louca velha francesa. Às 17h em ponto estava diante do portão da casinha rosa. Estava aberto. Ele entrou, encostou a bicicleta na parede e bateu à porta. Mas foi inútil: a porta também já estava aberta.

– Entre. O chá e os biscoitos já estão prontos! – A voz fina de Madame Crikken vinha da cozinha.

Geno atravessou o corredor e lançou uma olhada para a porta do quarto proibido. Estava fechada!

– Sente-se. Beba o chá, está quente, no ponto certo. – A senhora, toda de branco, parecia uma velha noiva.

O garoto sentou, comeu alguns biscoitos verdes e tomou a bebida quente aos golinhos.

– Seu tio lhe contou? – perguntou a mulher calmamente.

– Sim. Para onde devo ir? – indagou, olhando a anciã.

– Você irá para a Arx Mentis, a Cidadela da Mente – disse Madame Crikken com frieza.

GENO e o Selo Negro de Madame Crikken

— O que é isso? Um internato? Eu bem que sabia que a escola tinha a ver com isso! Não estou indo muito bem, mas não quero ir para um internato! — respondeu, mergulhando um biscoito na xícara.

— Não é uma escola, porém um local *secret...* secreto, onde os poderes da mente são estudados e praticados. A Arx Mentis é frequentada, sobretudo, por adultos. Os garotos são pouquíssimos — foi a explicação de Crikken, que não esclareceu em nada os pensamentos de Geno.

— Meus pais estão lá? — O garoto sentiu novamente um calafrio nas costas e suas mãos ficaram geladas de repente. Madame Crikken pegou Napoleon no colo e acariciou-o.

— Acho que talvez eles ainda estejam lá.

— Como talvez? — perguntou o garotinho, cada vez mais inquieto.

— Foram levados para a Arx Mentis imediatamente após o sequestro, mas não tenho certeza de que ainda estejam lá — explicou a anciã, aflita.

— Mas a senhora já os viu alguma vez? — Geno estava transtornado.

Madame Crikken não respondeu.

— São prisioneiros? Estão em uma cela? Uma gruta? E por quê? Afinal... — gritou, batendo na mesa com os punhos.

— Acalme-se. Sei que para você é difícil entender, mas estou tentando explicar. Você deve escutar e ter paciência. Seu tio fez uma promessa.

— Pois é, ele me falou. Isso também não está nada claro para mim — disse o garoto, tomando o último gole de chá.

— E você sabe que é preciso cumprir promessas. — E, ao dizer isso, a mulher largou o gato, saiu da cozinha, abriu a porta do quarto proibido e entrou, fechando-a atrás de si.

Geno ficou na cozinha com Napoleon. Depois de alguns segundos, Madame Crikken voltou, segurando alguma coisa.

50

Capítulo 2 – O segredo de Flebo Molecola

– Tome. É sua – falou, estendendo para o garotinho a foto rasgada do pai dele.

– Como é que estava com a senhora? Roubou-a? – Geno levantou-se da cadeira, vermelho de raiva.

– Não! Não a roubei. Simplesmente precisava dela. A resposta da velha francesa não satisfez Geno nem um pouco.

– Precisava? Para fazer o quê? Esse é o meu pai! – bradou o jovem Hastor Venti.

O gato escancarou a boca e bufou, enquanto Madame Crikken se dirigia para a porta.

– Agora vá, Geno. Por hoje já chega. *Bonne soirée.*

– Chega nada! Estou cansado de suas brincadeirinhas, minha cara Madame Margot Crikken! Roubar é uma coisa que realmente não se deve fazer! Admira-me isso da senhora!

Tendo dito isso, Geno precipitou-se para fora, montou na bicicleta com toda pressa e pedalou com força. Corria como o vento e as lágrimas que lhe caíam dos olhos voavam como gotas de chuva. Percorreu a rua do Doce Alecrim sem dar por si. Até mesmo a corrente enferrujada da sua bicicleta deixou de ranger.

Ao chegar em casa, entrou como um foguete, bateu a porta com tanta força que o tio se sobressaltou, subiu a escada e refugiou-se no quarto. Tirou do bolso a foto rasgada e chorou. Chorou como jamais chorara em sua vida.

– O que está acontecendo? – indagou o tio entrando sem bater.

– Vá embora! Vá embora! Vocês são loucos! – berrou o garoto, apertando a foto.

– Acalme-se. Não chore! – Flebo sentou-se na cama e abraçou-o.

Ficaram assim por uma hora. Em silêncio. Por fim, Geno adormeceu, apertando a foto do pai nas mãos.

GENO e o Selo Negro de Madame Crikken

No dia seguinte, ele acordou de novo às quatro e meia. Encontrou um bilhete na mesinha de cabeceira.

Vá à casa de Madame Crikken.
Ela lhe espera às 17h em ponto.
Eu lhe peço, faça-o por mim.
Tio Flebo

Geno rasgou o papel. Sentou-se na cama com a cabeça entre as mãos: não sabia realmente o que fazer. Era o segundo dia que não ia às aulas, e isso provocaria não poucos problemas com os professores. Particularmente com o de matemática.

Abriu a janela e viu o céu coberto por nuvens cinzentas e pretas. Estava prestes a chover e fazia frio. Seus amigos não se encontravam na rua, que estava deserta. Virou a cabeça em direção à casa rosa e viu, ao longe, Napoleon diante do portão. Ele esperava. A vontade de não ir à casa de Madame Crikken era grande, mas tudo parecia indicar-lhe que seu destino não estava em Sino de Baixo. A viagem que devia fazer já havia sido decidida e nada poderia modificar as coisas. Absolutamente nada.

Sentado no selim da bicicleta, ele pedalou olhando para o céu de chumbo. Respirou devagar e sentiu-se envolvido pela onda cinza e azul que vinha das nuvens. As árvores, as casas e os lampiões pareciam saídos de um cartão-postal de outros tempos. Cores antigas, cheiros insólitos. Como os de Madame Crikken.

A xícara de chá R. S. e o prato com os biscoitos P. N. estavam sobre a mesa. A panela em forma de despertador com as letras A. M. impressas fervia no fogão e o vapor perfumava a cozinha.

Madame entrou. O vestido de veludo azul roçava o chão. Na mão, segurava uma vela roxa. A chama iluminava-lhe o rosto e refletia nas lentes dos pequenos óculos.

CAPÍTULO 2 – O segredo de Flebo Molecola

— Bem-vindo de volta, Geno. Hoje o tempo está péssimo. E, na minha idade, sinto dores nos ossos — disse, colocando a vela sobre a mesa.

— Sim, péssimo — repetiu o jovem hóspede, sem demonstrar sua raiva.

A mulher voltou-lhe as costas para checar a panela no fogão.

— Por favor, fale-me da promessa de meu tio — perguntou o garoto à queima-roupa, saboreando um biscoito.

Margot apagou o fogo e sentou-se à sua frente. Ela tomou delicadamente a xícara e bebeu o chá aos golinhos. Então, começou a falar, sem desviar os olhos do garoto.

— Seu tio estava presente quando sequestraram seus pais — começou a francesa de repente.

— É mesmo? — perguntou o garoto, sentindo uma pontada no estômago.

— Claro. E foi ele quem salvou você — respondeu Margot.

— Mas como foi que aconteceu? — Geno tremia como uma folha.

A mulher abriu os braços e, olhando para o teto, afirmou:

— Eu também estava lá. E também havia um homem, o alemão Yatto Von Zantar.

— O quê?

— Agora eu vou explicar. Mas você deve ficar calmo — sussurrou a mulher. — Eu sou uma Sapiens. Faço parte do grupo dos Sapientes, os Sete Sábios da Arx Mentis. Yatto Von Zantar é o Summus Sapiens, o Grande Sábio. Os garotos que frequentam a Cidadela da Mente são Anteus, os adultos, Psiofos. No mundo há, ao todo, 555 deles — explicou, falando calmamente.

— Anteus, Psiofos... que nomes! A Arx Mentis deve ser um lugar muito estranho. Nunca ouvi falar disso — comentou Geno.

GENO e o Selo Negro de Madame Crikken

— Pois é. É um lugar estranho e desconhecido pela maioria das pessoas. E deve permanecer secreto. Eu sempre cuidei de *Cuisine Métaphysique*, Cozinha Metafísica, e outras matérias. Tudo parecia correr bem. Mas, então, aconteceu uma coisa terrível... terrível. Seu pai e sua mãe tornaram-se um perigo para nós, Sapientes.

— Um perigo? Mas eles eram simples farmacêuticos! — interrompeu-a Geno.

— Você era pequeno. Estava com 3 meses e não pode se lembrar de nada. Mas, 11 anos atrás, eu e Von Zantar saímos da Arx Mentis para vir para cá, para Sino de Baixo.

— Mas por quê? — perguntou Geno, cada vez mais perturbado.

— Porque seus pais haviam inventado um remédio estranho. Uma substância líquida que, quando tomada em pequeníssimas doses, potencializava a mente. — A explicação da mulher deixou o garotinho atordoado.

— Uma substância? Uma droga? — Geno estava completamente confuso.

— Um líquido criado por acaso no laboratório farmacêutico deles. Talvez eles pensassem ter feito um xarope de vitaminas, mas, em vez disso... tinham inventado o ClonaFort. — Madame Crikken levou a mão à boca, como que para não falar mais.

— ClonaFort? Nunca ouvi falar — disse Geno.

— *Oui!* Claro, você não pode saber dessas coisas. Nem eu nem Von Zantar podíamos permitir que muitas pessoas o tomassem. Os efeitos mentais teriam sido devastadores e incontroláveis. Você entende? — inquiriu Madame Crikken, angustiada.

— Não! Não entendo! — retrucou Geno.

— Se as pessoas tomassem o ClonaFort, talvez tivessem começado a usar os poderes da mente de modo errado e pe-

Capítulo 2 – O segredo de Flebo Molecola

rigoso. Coisas absurdas teriam acontecido em Sino de Baixo. Terríveis! Quem possui poderes mentais pode controlar os outros. Você entende isso? – insistiu a mulher.

– Sim, entendo. Mas os meus pais nunca teriam feito algo de mau – tentou explicar Geno.

– A única culpa dos seus pais é ter criado aquele remédio. Não sabiam que as consequências teriam sido graves para todos. Por isso, nós intervimos. Nós, Sábios, que temos o dom de usar a mente de forma controlada. Fui clara? – indagou a anciã francesa com voz ligeiramente alterada.

– Vocês? Mas quem são vocês? E como é que podem decidir pelos outros? – Geno estava ficando cada vez mais nervoso.

– Nós fazemos parte de uma comunidade que, por séculos e séculos, ocupa-se com o estudo dos poderes mentais. Da espiritualidade. Da meditação. Da utilização das forças energéticas da natureza. Certamente, esses argumentos podem parecer loucos para você, mas, acredite, é isso mesmo – explicou Madame Crikken com extrema calma.

– Está bem. Mas por que vocês não disseram essas coisas para os meus pais? Eles teriam compreendido e destruído o ClonaFort... – Geno não conseguiu sequer terminar a frase, porque a mulher o parou.

– Eles conheciam a fórmula para criar o ClonaFort. Teria sido perigoso demais deixá-los aqui, em Sino de Baixo. E, depois... eles também o haviam tomado.

– Então, eles haviam se tornado superinteligentes!

– Na verdade, haviam começado a fazer coisas estranhas. Não conseguiam mais controlar seus pensamentos. Por isso, as pessoas de Sino de Baixo começaram a evitá-los. Dizia-se que eles eram perigosos – Margot respirou profundamente e continuou sua narração. Assim, eu e Von Zantar os levamos embora, destruindo todos os frascos do poderoso remédio.

55

A porta da farmácia foi lacrada. Você bem sabe que, agora, só há mato no beco *du Lis Noir*, do Lírio Negro, e ninguém ousa sequer pisar ali — concluiu com os olhos que já estavam vidrados.

— Sim, eu sei. Uma vez, eu e Nicósia tentamos chegar até a porta, mas, no meio do mato, vimos ratos e baratas. Fugimos, embora eu tivesse muita vontade de ver a farmácia dos meus pais. — Geno estava muito sério e triste.

— Nunca mais faça isso. Não tente entrar na farmácia. Poderia ser perigoso — explicou a mulher, levantando a voz.

— Perigoso? Poderia morrer? — perguntou, apavorado.

— *Oui* — afirmou Madame Crikken, olhando-o fixamente nos olhos.

— É por isso que nem tio Flebo quis entrar na farmácia! — exclamou o garoto sacudindo a cabeça.

— Seu tio dedicou onze anos a você. Lembre-se sempre disso — disse a mulher. — Mas para que você tivesse uma infância tranquila ele teve de fazer uma promessa a Von Zantar.

— Explique melhor. — O garoto, cada vez mais impaciente e nervoso, começou a tamborilar com os dedos na mesa.

Madame Crikken levantou-se e, com os braços dobrados, imitou a cena.

— Flebo apertava você nos braços quando Von Zantar e eu pegamos seus pais à força. Ele suplicou para deixarmos você ali. Você era pequeno e Flebo não conhecia a fórmula do ClonaFort, portanto não poderia ter revelado nada a ninguém. Eu dei um jeito para que Von Zantar aceitasse deixar você com seu tio em Sino de Baixo. E assim foi.

A anciã francesa passou a mão de leve pelo seu rosto e a comoção invadiu seus severos olhos, enchendo-os de lágrimas.

— Então... então, a senhora me salvou — disse Geno, estendendo as mãos em direção a Madame Crikken.

CAPÍTULO 2 – O segredo de Flebo Molecola

– Deixei você nos braços do seu tio. É a ele que você deve agradecer – explicou Margot, meneando a cabeça.

– Agora, o que tenho que fazer? Por que a senhora veio para cá? Por que não trouxe meus pais de volta? – inquiriu Geno, enrijecendo outra vez.

Àquela altura, a mulher pigarreou e voltou a falar:

– O Summus Sapiens Von Zantar fez seu tio prometer que, ao completar o 11º ano de vida, você iria para a Arx Mentis.

– Eu? E por qual motivo? – perguntou o garoto, arregalando os olhos e a boca.

– Porque talvez você tenha poderes mentais ocultos, que devem ser mantidos sob controle; e, como todos os garotinhos particularmente dotados, agora, na sua idade, quando o desenvolvimento físico e psicológico marca o início do ingresso na futura vida adolescente, você poderia ter reações estranhas. Bem sei que você sonha coisas que depois se realizam. Certo? – disse Madame Crikken, apontando o dedo indicador da mão direita para o garoto.

– Sim, de fato tenho sonhos estranhos e às vezes me perco em mil pensamentos, mas não tenho nenhum poder particular! – respondeu secamente o jovem Hastor Venti.

– Você mamou o leite do seio de sua mãe. E ela havia tomado grandes doses de ClonaFort. O medicamento entrou também no seu sangue, no seu cérebro. É preciso verificar. Entende? É para o seu bem.

Geno não entendia mais nada.

Parecia estar ébrio de palavras.

– Leite? ClonaFort? Mas a senhora está realmente louca! – exclamou.

– Você vai entender, você vai entender. Deve seguir seu instinto. – Madame pronunciou esta frase de modo muito persuasivo.

57

— Instinto? — repetiu Geno.

— Pois é, justamente o instinto. Você deve fiar-se sempre em seu instinto. De qualquer maneira, quando estiver na Arx Mentis, você vai conhecer os outros garotos, os Anteus.

Geno escutou-a ainda. O tio nunca lhe dissera nada a respeito de toda essa história e, por isso, seu espanto e sua curiosidade eram incontroláveis.

— Então, eu tenho que ir para esse lugar estranho em que vocês trancafiaram meus pais porque vocês temem que eu também tenha poderes mentais que agora se manifestam? Aos 11 anos? — perguntou, com o coração subindo-lhe à garganta e sem fôlego.

— Sim. Yatto Von Zantar é um homem inteligente e muito poderoso. Ele tem capacidades mentais realmente extraordinárias — continuou a anciã.

— O que é que ele faz de tão perigoso? — quis saber, aterrorizado.

— Ele pode entrar na cabeça das pessoas e convencê-las. Ele faz isso também com os garotinhos — respondeu Madame Crikken tapando os olhos.

— E o que ele quer de mim? — indagou Geno, sentindo cada vez mais medo.

— Ele quer checar se você possui poderes mentais. Seu tio deve deixar você ir. Ele prometeu.

— Mas, se é perigoso, por que vocês querem me mandar para a Arx? O Summus, o que ele poderia fazer comigo, se eu não fosse?

— Coisas que você sequer pode imaginar — respondeu a Madame, semicerrando os olhos.

— Mas se eu realmente possuir poderes mentais, o que vai acontecer? — perguntou o garoto, cada vez mais assustado.

— Você os usará, demonstrando para Von Zantar o que sabe fazer. — Margot juntou as mãos e abaixou a cabeça.

CAPÍTULO 2 – O segredo de Flebo Molecola

— Mas depois vou voltar para casa. Certo? — Geno estava fora de si.

— Agora eu não posso prometer nada para você. Mas você deve ser forte. Eu e seu tio Flebo não queremos que você o procure somente por causa da promessa. Também há outro motivo. Mais importante e urgente — disse a senhora francesa, erguendo-se da cadeira.

— O que há mais? — perguntou Geno, bebendo chá.

— Você poderá procurar seus pais — respondeu a Madame.

— E a senhora, por que não os procurou? — o garoto estava desconfiado.

— Não posso. Eu não sei onde Von Zantar os mantém, e ele se vingaria caso eu descobrisse. Seria expulsa para sempre da Arx e não poderia nunca mais ajudar você — respondeu a velha Sábia, muito séria.

— Somente eu posso procurá-los? — indagou Geno, cada vez mais receoso.

— Sim. Mas vamos falar sobre isso amanhã. Acho que eu já dei várias respostas para você hoje. — Margot levantou-se com dificuldade da cadeira e acariciou o rosto de Geno, que, dividido entre o medo e a curiosidade, não conseguia mais parar de fazer perguntas.

— Mas onde é que fica a Arx Mentis?

— Seu tio vai explicar para você. Agora, vá. Nossa conversa prosseguirá amanhã. *Bonne soirée.* — E, dito isso, a anciã o acompanhou até a porta.

O céu estava negro como breu e o ar cheirava a chuva. Rajadas de vento frio fustigavam as árvores e as folhas avermelhadas caídas dos galhos forravam a rua do Doce Alecrim.

O outono chegara e logo o inverno traria geadas e neve.

Quando Geno voltou para casa, não encontrou o tio. Esperou-o longamente para jantar. Estava louco para saber onde ficava esse local misterioso de estudos mentais!

Às 22h horas, Flebo ainda não voltara. Por fim, o garoto decidiu deixar a caderneta escolar sobre a mesa, para que ele justificasse as faltas. Ao lado, escreveu um bilhete:

> Querido tio,
> Onde fica Arx Mentis?
> Geno

O garoto queria toda a verdade! Flebo já não podia mais se fazer de desentendido. Cheio de sono, foi para a cama pensando que, no dia seguinte, finalmente voltaria às aulas. Mas não foi o que aconteceu.

Pela terceira vez acordou às quatro e meia. Por causa dessa coincidência, Geno começou a suspeitar que dormisse tanto assim por causa do chá de Rosa Severina e dos biscoitos de Pistache Nulo. Talvez tivessem sonífero!

Preocupado e zangado, procurou o tio. Chamou-o várias vezes. Porém, Flebo não respondeu. Entrou no quarto dele: a cama estava intacta, não dormira em casa. Isso nunca acontecera antes! Desceu para a cozinha, o bilhete e a caderneta escolar ainda estavam ali. A justificativa não havia sido assinada nem havia resposta quanto à Arx.

O garoto pensou que alguma coisa grave tivesse acontecido com o tio. Correu até o consultório: havia vinte pessoas na sala de espera. Bateu na porta envidraçada. Depois de certo tempo, Flebo abriu:

— Geno, você bem sabe que não... — Mas foi interrompido imediatamente pelo sobrinho.

— Onde você esteve esta noite? — indagou, agitado.

— Tive muitas coisas urgentes para resolver. À noite nos veremos para o jantar. — Flebo fez menção de fechar a porta, mas Geno impediu-o com o pé.

Capítulo 2 – O segredo de Flebo Molecola

– Sei de tudo, tio. Sei sobre a chantagem do Summus Sapiens. E também a respeito do ClonaFort. Agora, diga-me onde fica a Arx Mentis. – O garoto esperou pela resposta.

O tio ficou perturbado por um momento e murmurou:

– Não posso explicar para você aqui. Tem gente.

– Diga-me! Madame disse que você é que tem de me dizer! – insistiu Geno.

Flebo Molecola virou-se para o paciente que estava atendendo e pediu-lhe para aguardar um minuto; então, enganchou o braço no do sobrinho e saiu do consultório. Do lado de fora, enquanto a chuva caía copiosamente, os dois se puseram a falar ao lado da porta.

– Então? – perguntou com tom arrogante o jovem Hastor Venti.

– Nunca mais pronuncie a palavra ClonaFort perto das pessoas! – disse Flebo, com semblante ameaçador.

– Sim, você tem razão, mas é que eu... – Geno ficou vermelho.

– Você o quê? Deve ficar calado. Entendo que você esteja confuso. Mas é uma coisa muito séria – respondeu, enxugando o suor da testa.

– Mas esse medicamento perigoso é conhecido aqui em Sino de Baixo? Sabem que os meus pais... – O jovem Hastor Venti teve uma sensação de terror.

– Não. Não creio que saibam toda a verdade, embora, quando seus pais experimentaram o ClonaFort, seguros de que se tratava de uma supervitamina, tenham acontecido coisas estranhas. Eles tinham... tinham ficado diferentes e as pessoas começaram a dizer que eles haviam enlouquecido. Claro que Corinna e Pier eram farmacêuticos muito bons, que vendiam remédios novos, e eu aconselhava os meus pacientes a tomar todas as ótimas pastilhas deles contra a dor de garganta e os xaropes de ervas para a febre. Porém, com o ClonaFort, ultrapassaram os limites e ninguém mais confiou neles. — o tio enxugou mais uma vez o suor da testa e olhou para Geno.

Naquele momento, o jovem Hastor Venti compreendeu porque muitos dos seus colegas da escola sempre o haviam tratado como alguém que tivesse um parafuso a menos. Esse era o motivo!

— Quando seus pais desapareceram — continuou Flebo —, enfim, quando foram sequestrados, o boato se espalhou por toda a vila e muitos começaram a dizer que eles eram...

— Loucos! — exclamou Geno com a voz entrecortada.

— Sim, loucos. E eles já não podiam ficar em Sino de Baixo porque haviam se tornado perigosos. Incômodos. Por isso é que ninguém tentou descobrir como eles haviam desaparecido ou se alguém os sequestrara. Apesar do susto, todos acharam que era melhor assim. Você entende? — contou o tio, cada vez mais abatido, com as pernas ligeiramente dobradas e as costas curvadas.

— Sim, agora entendo porque é que me chamam de louco... Geno escondeu o rosto entre as mãos e desatou a chorar.

— Não, não, não faça isto. Agora você conhece a verdade. E se conseguir encontrá-los e trazê-los de volta para casa, todos entenderão que foi apenas um mal-entendido — Flebo Molecola, cujo coração batia forte, tentou confortá-lo. Ele gostaria tanto que Corinna e Pier já estivessem com eles ali!

— Está bem, tio. Vou procurá-los. Mas, agora, diga-me onde fica Arx — indagou o sobrinho.

— Arx fica na Vallée des Pensées. É um lugar distante — respondeu, tirando os óculos.

— Vallée des Pensées? Vale dos Pensamentos — repetiu o garoto, com certa excitação.

— É um local secreto. Somente quem frequenta a Arx o conhece — explicou o tio em voz baixa.

Capítulo 2 – O segredo de Flebo Molecola

– E se chega lá de trem ou de ônibus?

– Margot é quem lhe dirá isso. – Ele olhou para o relógio, faltavam três minutos para as 15h. – Rápido, corra para a casinha rosa, ela está esperando você.

– Mas eu não vou mais à escola? – perguntou Geno, preocupado.

– Acho que não. De qualquer maneira, amanhã vou acompanhar você até a escola e falarei com os professores. Tudo vai ficar bem – respondeu o tio, voltando para o consultório.

O garoto montou na bicicleta e, debaixo de chuva, se dirigiu à casa rosa, enquanto o tio voltou para o consultório com passos lentos.

Naquela tarde, Margot explicou a Geno outras coisas. Assuntos importantes para a viagem que ele devia enfrentar.

– Durante a primeira parte da viagem, você estará sozinho – disse a mulher, vertendo o chá na xícara de sempre. – Depois, você vai encontrar os outros Anteus, garotos que têm mais ou menos sua idade.

– Verdade? – perguntou Geno, surpreso.

– *Oui*. Sim, serão seus colegas – continuou Madame Crikken.

– Mas de onde vêm?

– Vêm do mundo inteiro. De lugares onde a meditação e a espiritualidade são estudadas e experimentadas desde sempre. Quando você chegar lá, vão lhe fazer um monte de perguntas, mas não se preocupe. Seu nome já está inscrito no registro das chegadas e, se você encontrar dificuldades, eu o ajudarei. Porém, ninguém deve suspeitar de nada – explicou a senhora francesa com muita calma.

– Mas são magos? – perguntou Geno, preocupado.

– Alguns são. Embora seja fácil ser mago – respondeu Margot, tocando de leve nos caracóis de prata dos óculos.

– Fácil? – retrucou o garoto.

GENO e o Selo Negro de Madame Crikken

— Basta uma vara de condão e ter estudado umas poucas feitiçarias. Mas para atravessar os confins da mente é preciso muito mais que isso — explicou a mulher, falando com extrema calma.

— Mas do que você está falando? — perguntou Geno, que não entendia nada daquela conversa.

— Magipsia! Sabe o que é? — Madame Crikken esfregou as mãos e perscrutou os olhos do garoto.

— Não, mas de qualquer maneira é uma coisa que diz respeito à magia — disse ele, em dúvida.

— Não está correto! *Absolument!* Absolutamente! A Magipsia é o estudo das energias psicológicas. Claro, há magia, mas não é propriamente a que todos conhecem. Os Anteus, os Psiofos e nós, Sábios, possuímos poderes mentais. É apenas isso — respondeu a anciã.

— Poderes mentais específicos? — repetiu Geno, levando as mãos à cabeça.

— Você saberá de tudo. Lembre-se que para encontrar seus pais você deverá ser muito prudente. Agora, me escute bem e não tenha medo. — A mulher abriu um potinho de porcelana branca. Na tampa havia a inscrição: "Argolas de Sophia." Enfiou a mão dentro dele e pegou três pequenas argolinhas de cristal negro.

— Observe-as e mantenha o olhar fixo — disse Madame Crikken com tom decidido.

Geno obedeceu. Olhou para as argolinhas apoiadas na mesa e, depois de alguns segundos, os objetos começaram a se deslocar para a esquerda.

O garoto se pôs de pé, assustado.

— Sente-se. E recomece — mandou a mulher, que permaneceu de pé diante da mesa.

Geno obedeceu mais uma vez. Com os olhos fixados nas argolas negras, viu que elas se deslocavam rapidamente entre a xícara e o bule de chá.

CAPÍTULO 2 – O segredo de Flebo Molecola

– *Bien!* Bom. Muito bem – disse Madame Margot Crikken, recolocando as argolinhas dentro do pote de porcelana.

– Eu fiz isso? – Geno não conseguia acreditar.

– Pois é. Isso chama-se Telecinésia. Ou seja, a capacidade de deslocar objetos com o pensamento – respondeu calmamente a mulher.

– Mas é uma brincadeira? – O garoto sorria.

– Não! De jeito nenhum! É uma coisa séria. Veja, meu jovem Hastor Venti, sua mente é bastante forte. Você está usando capacidades naturais. Eu o ajudei um pouco com o chá e com os biscoitos...

– A senhora me drogou! Eu percebi isso. Por outro lado, há dias que eu acordo de tarde. Nunca havia me acontecido uma coisa desse tipo. E, então, agora... com essas argolinhas de cristal... – O garoto viu Madame Crikken aproximar-se da porta da cozinha.

– Nenhuma *drogue*. Garanto a você. É sua mente que decide tudo. Talvez Von Zantar tenha razão: o ClonaFort corre em suas veias. Na Arx você vai aprender outras coisas. Algumas boas, outras menos. Mas vamos falar sobre isso amanhã. Agora, vá. Seu tio o espera para jantar. *Bonne soirée*. – Margot o acompanhou para fora da casa.

Geno montou na bicicleta e atravessou a rua do Doce Alecrim transtornado.

Flebo já pusera a mesa. Havia uma boa sopa quente e espinafre na manteiga. O garoto permaneceu em silêncio. O tio não perguntou nada. Na cozinha, só se ouvia o barulho da concha dentro da sopeira.

CAPÍTULO 3

O mistério de René

— Sabe, doutor Molecola, não é que seu sobrinho seja um rapaz malcriado. É que ele não estuda. Não se aplica. Ele é desatento. E, acima de tudo, diz coisas estranhas. Enfim, não é como os outros alunos.

O professor de matemática falava gesticulando, enquanto Flebo e Geno permaneciam de pé na sala dos professores da escola de ensino médio de Caribonda Alta.

— Entendo. Porém, o distinto professor deve considerar que Geno foi criado por mim. Não foi fácil educá-lo — respondeu o tio, apoiando as mãos sobre os ombros do sobrinho.

— Claro, claro. É compreensível. Mas da última vez, na aula, fez todos rirem. Imagine que ele começou a falar de objetos que voam. O senhor se dá conta? — disse o professor, abrindo os braços.

— Efetivamente, neste momento, Geno está um pouco estranho — retrucou Flebo, lançando um olhar cúmplice ao sobrinho.

— Ah, então é por isso que ele se ausentou por vários dias. Não está passando bem? — perguntou, curioso, o professor.

— Sim. Não está bem. Inclusive, decidi enviá-lo para uma clínica. Longe de Sino de Baixo — explicou Flebo Molecola, um tanto constrangido.

— Mas, então, é algo sério. Realmente, sinto muito. — O professor levantou-se da cadeira e, aproximando-se de Geno, afagou-lhe a cabeça.

— O senhor pode explicar tudo ao diretor? Sabe, nós estamos com pressa — concluiu o tio, enxugando a testa com o lenço. Embora o mês de novembro já estivesse avançado, ele suava como se estivessem no verão.

— Claro, claro. Mantenha-nos informados. Tenho certeza de que ele logo ficará bom — disse o professor, acompanhando o tio e o sobrinho até a porta, de onde se despediu sorrindo.

Quando Geno atravessou o pátio da escola, viu que Mirta, Nicósia e Marlônia estavam nas janelas. Ergueu a mão para saudá-los e Mirta gritou:

— Você está doente?

Ele respondeu com um aceno da cabeça. Mirta riu e, junto com os outros, fez alguns gestos eloquentes. Mais uma vez, estavam gozando dele. Para eles, Geno estava doido! Só Nicósia permaneceu imóvel, olhando o amigo esquisito com sua cara grande e redonda.

O tio bufou e ambos montaram novamente nas suas bicicletas e retornaram para Sino de Baixo.

— Esperemos que o professor tenha acreditado na história da clínica — comentou Geno, perplexo.

— Acreditou, sim. Não se preocupe — tranquilizou-o o tio.

Enquanto pedalavam, o sobrinho perguntou:

— Como é que hoje de manhã acordei às oito? Normalmente, com os biscoitos e o chá de Madame Crikken, não consigo abrir os olhos antes das quatro da tarde.

— Madame Crikken prevê todas as coisas. Você ainda não percebeu isso? — respondeu Flebo, levantando o colarinho do sobretudo.

— Pois é. Estou percebendo. Estou com medo! — confessou Geno e, então, freou e permaneceu na beira da estrada.

Flebo virou, girando o guidom. Parados na curva que levava para Sino de Baixo, tio e sobrinho olharam-se nos olhos.

CAPÍTULO 3 – O mistério de René

— Eu também tenho medo por você. Mas você deve ir para a Arx — disse o médico, tirando os óculos empoeirados.
— Eu me sinto numa armadilha. Durante tantos anos, você nunca me disse nada. E, agora, estão acontecendo coisas demais. Coisas incompreensíveis. Por que você não pode ir comigo? — Geno assoou o nariz e olhou os outeiros gelados pelo frio.
— Eu? Não, Von Zantar nunca permitiria isso. A promessa é que só você deve ir. Hoje à tarde Margot vai explicar outras coisas importantes para você. Nós gostamos de você — acrescentou, tossindo.

O jovem Hastor Venti voltou a colocar as mãos no guidom e recomeçou a pedalar, olhando o céu cinzento.

Quando faltavam cinco minutos para as 17h, já estava fora de casa. Os colegas da escola estavam na rua.

— Então você está mesmo doente? — perguntou Mirta causticamente.

— Sim — foi a resposta seca.

— E o que você tem? — falou Marlônia, aproximando-se.

— Não sei.

— Você está com febre? Alucinações? Vômitos? — perguntaram Galimede e Nicósia.

— Não. Agora me deem licença, preciso ir.

Hastor Venti começou a pedalar em direção à casa rosa.

Mirta pegou algumas pedras e jogou-as contra ele, gritando:

— Você está louco e aquela velha maluca é uma bruxa.

Marlônia, Gioia e Galimede também jogaram seixos e pedras, atingindo-o nas costas. Nicósia ergueu os braços para fazê-los parar, mas, naquele momento, Geno freou. Largou os pedais e, virando-se, lançou-lhes um olhar cheio de ódio. Seus olhos negros fitaram os garotos e, subitamente, um punhado de pedras ergueu-se do solo, como que transporta-

69

das por uma lufada de vento, e acabou atingindo as cabeças dos terríveis colegas de sala.

Mirta urrou, Gioia e Marlônia agacharam-se, Galimede fugiu a toda pressa e Nicósia ergueu os braços, gritando:

— Eu sou seu amigo. Amigo, entende?

Geno permaneceu imóvel diante da cena sem responder a Nicósia. Seu coração disparava e as mãos estavam suadas. Teria feito alguma magia com o pensamento? As argolinhas negras de Madame Crikken e a conversa sobre Magipsia e Telecinésia voltaram à sua mente. Com raiva, pedalou até a casinha cor de pêssego. Largou a bicicleta no chão e entrou gritando:

— Madame Crikken, eu consegui!

A anciã saiu do quarto secreto onde estava o grande círculo Negro, fechou a porta e pegou o jovem pela mão.

— O que você conseguiu? — perguntou, ajeitando o longo vestido vermelho de flanela e seda.

— Telecinésia. Com o pensamento, suspendi pedras, que acertaram meus amigos... estavam gozando de mim — respondeu ele, perturbado.

— Nunca mais faça isso! Você deve aprender a controlar os poderes da mente — disse a mulher, dando pancadinhas nas mãos de Geno.

O garoto se sentou, enquanto ela lhe servia o costumeiro chá R. S. e os biscoitos P. N.

— Ouça-me bem. Hoje vou contar para você minha história — disse a senhora, tomando golinhos da bebida doce e quente.

Napoleon permaneceu enroscado sobre a geladeira, com os olhos abertos em fenda e mexendo os bigodes. Com o rabo, roçou de leve num pequeno pote de vidro, fazendo-o tilintar, e Madame Crikken ergueu o indicador direito, exclamando:

Capítulo 3 – O mistério de René

– Nada de brincadeiras, Napoleon! Precisamos de silêncio. O gato recolheu a cauda plumosa em volta do corpo e não se mexeu mais. A anciã francesa apoiou as mãos na mesa e, com ar melancólico, explicou como a Arx Mentis fora agradável durante algum tempo. Um tempo que já passara.

– Entre nós, Sapientes, reinava amizade e solidariedade. Os Psiofos, os adultos, eram pessoas muito educadas e de bem, que sabiam controlar os poderes da mente e realizavam pesquisas e estudos com escrúpulo e curiosidade – disse Margot, enquanto Geno a escutava com curiosidade. – Mas, quinze anos atrás, quando o velho Summus Sapiens, o professor Riccardo Del Pigio Ferro, faleceu, as coisas começaram a ir muito mal.

– Riccardo Del Pigio Ferro? Como é que ele morreu? – perguntou o jovem Hastor Venti, mordiscando outro biscoito P. N.

Os olhos de Crikken ficaram vidrados e, por trás das lentes dos óculos, era possível perceber sua tristeza.

– Morreu de velhice. Estava com 105 anos.

– Nossa! 105 anos. Muito velho! – exclamou Geno.

– *Oui*. Dedicou sua vida à Arx Mentis. Era um homem extraordinário. Foi graças a ele, meu caro Geno, que o italiano tornou-se a língua oficial da Arx Mentis. E, até agora, tanto os velhos Psiofos, quanto os Anteus, provenientes de todos os países do mundo, falam sua língua na Cidadela.

– Que doideira, no lugar em que se praticam todas as técnicas de Magipsia fala-se a minha língua! – exclamou o jovem Hastor Venti, contente.

– *Oui*, é uma das poucas regras que permaneceram. Quando do Del Pigio Ferro faleceu, Yatto Von Zantar foi nomeado Summus Sapiens no lugar dele. Logo no primeiro dia da posse, ele mudou parte dos três Regulamentos da Arx. São

71

GENO e o Selo Negro de Madame Crikken

três livros que os Anteus devem conhecer: Iniciático, Mediano e Largo. Depois, Von Zantar começou a realizar estranhas experiências, utilizando perigosamente fantasmas e ectoplasmas.

— Fantasmas? Ectoplasmas? — repetiu o garotinho, amedrontado.

— Sim. Existem de verdade — retrucou Madame Crikken.

— Assustador! — disse Geno, encolhendo-se em sua cadeira.

— Bem, as matérias de magia, unidas de forma irresponsável aos sagrados e sérios ensinamentos de Magipsia e Filosofia, criaram alguns problemas — prosseguiu a anciã. — Alguns Sábios e um grande grupo de Psiofos seguem o novo rumo dado por Von Zantar, embora a maior parte continue a se comportar como antigamente, sem entrar em polêmica com o Summus. Eu também não estou absolutamente de acordo com Von Zantar, e ele sabe muito bem disso.

Geno interrompeu-a:

— Então, o Summus acha a senhora muito antipática.

— *Oui*. Mas Von Zantar sabe que sou uma boa Sapiens, e por isso me respeita. Meus poderes mentais sempre foram muito elevados. Von Zantar tem medo de mim, mas precisa de mim — explicou Crikken, olhando a expressão estranha no rosto do jovem Hastor Venti.

— Para que existe a Arx? Para que serve? — perguntou, desconfiado.

Madame Crikken levantou-se da cadeira e, de pé e ereta, disse:

— Explicar para você o porquê não é fácil. Digamos que a Arx nasceu muito tempo atrás, por necessidade. Mais precisamente, em 1555. Ela foi fundada na secreta Vallée des Pensées por homens e mulheres que julgavam indispensável

CAPÍTULO 3 – O mistério de René

aperfeiçoar os poderes da mente. Por filósofos, alquimistas, médiuns, sensitivos e xamãs que queriam compreender a fundo os poderes da prenunciação e do estranhamento do corpo. Matérias que, por muito tempo, foram consideradas perigosas e subversivas. Até agora, muitos acreditam que sejam apenas teorias de arquiloucos, e que os sensitivos sejam, na realidade, prestidigitadores e mentirosos perversos. Decerto, muitos são charlatães. É por isso que a Arx é importante. Só pode ser frequentada por quem tem poderes mentais reais. Podemos fazer muita coisa com nossos pensamentos. É possível compreender o que não se pode perceber com os outros sentidos. As técnicas são bastante complexas e é preciso paciência e estudo para usar corretamente a energia das nossas mentes.

Geno tomou mais uns golinhos de chá e sacudiu a cabeça.

– E os meus pais foram sequestrados somente porque tinham inventado o ClonaFort? Mas é uma coisa de louco!

Margot fez que sim e, esfregando as mãos, disse:

– Pois é. Sequestrados por causa de um medicamento considerado poderoso e perigoso. Von Zantar certamente não queria que a coisa fosse divulgada.

Geno arregalou os olhos.

– Ele machucou meus pais para que não falassem?

– Não sei. Por outro lado, eles detêm a fórmula do ClonaFort. – A mulher levou as mãos ao peito e suspirou.

– Magias... Não acredito em magos! Enganam as pessoas! Iludem e mostram um mundo que não existe de jeito nenhum – disse Geno.

– Você tem razão, em parte. Mas eu pareço uma maga para você? – inquiriu Madame Crikken.

– Bem... não – respondeu o garoto, constrangido.

– E, além disso, você já teve algumas provas. Aquela das Argolas de Sophia e as pedras lançadas contra os colegas de classe seguramente não são fruto de fantasia ou alucinações. E você vai ver o que será capaz de fazer mais adiante — afirmou a anciã, com um tom de voz um pouco duro.

— Por que tio Flebo não pode ir comigo? — perguntou o garoto, angustiado.

— Seu tio não pode colocar nem um pé na Arx. Não possui nenhum poder mental. E, depois, se os Psiofos ou os outros Sapientes o vissem, poderiam intuir a coisa toda. Eles não sabem nada acerca do sequestro dos seus pais e, quando você chegar, pensarão simplesmente que você é um novo Anteu. Enfim, um Anteu como os outros. Somente eu e o pérfido Von Zantar conhecemos a história da sua família. Mesmo que entre nós não haja entendimento, esse assunto nos une inexoravelmente — explicou a Sapiens francesa.

— Então, vocês sequestraram meus pais, mas agora a senhora não se dá mais com Von Zantar. Vocês dois me parecem loucos — comentou, com uma expressão tremendamente séria.

— Pois é, a coisa pode parecer complexa para você. Mas eu lhe asseguro que, agora, eu quero ajudá-lo. — E, ao dizer isso, Margot voltou a sentar-se diante dele.

— A senhora irá comigo... ficará ao meu lado? — perguntou Geno, sorrindo ligeiramente.

— *Oui*. Mas não pense você que poderemos trocar confidências em público quando estivermos na Arx. Você deverá seguir as regras. Von Zantar enviou-me aqui somente para buscá-lo. Entendeu? — disse, erguendo um pouco a voz.

— Certo, estou pronto. Quero abraçar meu pai e minha mãe. — O garoto sentiu uma alegria imensa no coração.

— *Alors...* Então, como estava dizendo, eu e Von Zantar não nos damos muito bem. Contudo, somente eu podia vir pegar você em Sino de Baixo. Ele precisou confiar em mim. Entendeu? — repetiu Madame, nervosa.

CAPÍTULO 3 – O mistério de René

— Mas como vou fazer para encontrar meus pais? — quis saber Geno.

— Você é filho deles. Tem o mesmo sangue. A mente e o coração se unem e o amor entre pais e filhos é tão grande que pode fazer milagres — disse a anciã francesa, sorrindo.

— Certo... milagres. Mas por que Von Zantar fez meu tio prometer que eu iria à Arx? — indagou, sempre mais curioso e desconfiado.

— Uma chantagem! Von Zantar concedeu a Flebo a liberdade para educá-lo até os 11 anos em troca de sua vida futura. — A explicação deixou Geno petrificado.

— Mas eu não nasci com poderes mentais especiais. Sou uma criança normalíssima... ou quase — respondeu com voz rouca pela emoção.

— Bem, você não foi educado para fazer exercícios mentais. Como pode ver, bastou lhe dar um pouco de chá de Rosa Severina e alguns *biscuits* de Pistache Nulo para fazer aflorar suas verdadeiras potencialidades. Agora, você está pronto para a Arx — a anciã francesa estava bastante séria e o garoto a ouvia com extrema atenção.

— Mas isso quer dizer que todos podem frequentar a Cidadela da Mente se comerem P. N. e beberem R. S.! — provocou o jovem Hastor Venti.

— Não. Não é assim. Você estava predisposto... você tomou, embora em pequeníssimas doses, o ClonaFort, através do leite de sua mãe. Eu já expliquei isso para você — respondeu a mulher, enquanto tirara da manga esquerda um mapa amarelado.

Geno observou a grande folha amarrotada e dobrada em quatro. Abriu-a e viu que se tratava do mapa de uma grande construção.

— O que é? Outra das suas loucuras de Magipsia? — perguntou, de forma impertinente o garoto.

Madame Crikken alisou a folha com as mãos e sorriu.

— Esta é a cópia do mapa da Arx Mentis. Não está completa. O único que tem o original é Von Zantar e ele o guarda bem escondido em seus aposentos secretos.

Geno olhou e viu sinais oblíquos, linhas retas, ângulos, círculos, palavras e frases, setas e pontos de interrogação distribuídos ordenadamente na parte de trás e também no lado direito da folha amarelada pelo tempo. No centro do mapa havia a planta de uma enorme construção de vários pavimentos, com escadas grandes e pequenas, amplos espaços, corredores, portas, túneis e, no alto, no último andar,

Capítulo 3 – O mistério de René

havia torres estranhas, cúpulas e uma espécie de terraço circular que coroava a misteriosa Cidadela da Mente.

– Interessante – afirmou, olhando para ele.

– Sim, e eu o roubei do Arquivo Pensório; espero que Von Zantar não se dê conta de nada. Ele vai muito pouco ao Arquivo. Mas servirá para você – respondeu, sem levantar o olhar.

– Arquivo Pensório? Mas que espécie de lugar é esse? – inquiriu, divertido.

– É um lugar proibido até para nós, Sapientes. Anteus e Psiofos nunca entraram lá. Fica na cúpula grande da Arx, aqui não está indicado. Somente o Summus Sapiens pode entrar no Arquivo Pensório. Ali há muitos segredos, mas é muito perigoso entrar lá. Eu desafiei a sorte por você. Consegui pegar este mapa, embora ele não esteja completo. Agora, não posso explicar os detalhes para você, nem como a Cidadela da Mente é estruturada. Você entenderá. Contudo, você não pode ficar com ele agora, queria somente mostrá-lo para que você se desse conta do quanto essa construção é complexa. Vou entregá-lo para você antes que parta. Agora, beba o chá e escute – replicou a senhora, decidida.

– E se eu não quisesse ir para a Arx? – Geno levantou-se da cadeira e aproximando-se da porta da cozinha, fez menção de sair.

Napoleon, do alto da geladeira, bufou e miou. Madame Crikken apertou os punhos, exclamando:

– Sente-se! Não seja *imbécile*... bobo! Há outro motivo pelo qual você deve, friso, deve ir para a Arx.

Geno ouviu o costumeiro zunido nos ouvidos e uma trovoada dentro do cérebro. Voltou a sentar-se e fitou a anciã, balbuciando:

GENO e o Selo Negro de Madame Crikken

— Um outro motivo?

— Sim. Um segredo, um grande segredo. Você vai encontrar um garoto que tem poderes elevadíssimos. — E, enquanto Margot pronunciava estas palavras, a mesa começou a tremer, fazendo tilintar as xícaras e o bule de chá.

— Um garoto? E quem é? — indagou Hastor Venti.

— Chama-se René, ele tem 14 anos — respondeu Madame.

— Seu sobrinho? — Geno estava curiosíssimo.

— Não. Eu não tenho sobrinho. René foi criado durante 11 anos por Von Zantar — explicou, agitada, a anciã.

— Então, René chegou à Arx quando estava com apenas 3 anos? E o que devo lhe dizer quando o encontrar? — perguntou ingenuamente.

— Não é fácil falar com ele. Ele é bastante tímido. Não convive muito com os outros garotos, os Anteus. Porém, você tem um gênio muito parecido com o dele. Nós pensamos... — Crikken não concluiu a frase, Geno interrompeu-a bruscamente.

— Nós? Nós quem? — O jovem queria ter fugido daquela casa rosa. Sentia que devia fugir daquela mulher tão misteriosa que lhe dava medo.

— Eu e seu tio Flebo, naturalmente. Enfim, nós pensamos que somente você pode fazer amizade com esse garoto. Você tem um... dom... sim... um dom que ninguém mais tem — afirmou Madame Crikken, permanecendo vaga.

— Dom? Mas o que está dizendo, senhora? — Geno não conseguia mais ficar com as pernas paradas e elas se moviam descontroladamente por baixo da mesa.

— O dom de saber convencê-lo. Quando o encontrar, você deverá usar seu instinto. Entende? O instinto! Não nos deixe na mão. — A anciã francesa tocou no mapa e durante alguns segundos suas mãos se tornaram repentinamente transparentes.

78

CAPÍTULO 3 — O mistério de René

Geno estava tão nervoso que seu estômago parecia rebelar-se e, com um fio de voz, perguntou:

— Convencê-lo? A fazer o quê?

— A revelar onde Von Zantar mantém seus pais — disse Margot.

— Ele sabe? René sabe onde eles estão? — O garoto estava atordoado.

— *Oui.* Ele sabe. É a única pessoa que frequenta livremente os aposentos privados do Summus e tem conhecimento de muitos segredos. Mas você deve ficar atento. René é gentil, porém... também é muito poderoso — explicou a mulher, um tanto ansiosa.

— Eu... eu... não sei se conseguirei me virar sozinho — murmurou Geno, com os olhos vidrados.

— Von Zantar não pode suspeitar que você chegará sabendo tantas coisas assim... — A explicação de Madame tornava-se cada vez mais difícil.

— A senhora quer me fazer encontrar René porque ele sabe onde posso encontrar meu pai e minha mãe. Entendi bem? — indagou Geno, que estava concentrado e tentava colocar ordem em seus pensamentos.

— Exato. Nenhum dos outros Anteus jamais conseguiu fazer amizade com ele. E sequer os Psiofos tiveram sucesso. René fica quase sempre sozinho, realizando ensaios e pesquisas sobre as técnicas de Magipsia. — A Sapiens anciã esperava muito ter sido convincente.

— Se René é tão inteligente quanto a senhora diz, ele saberá bem que eu sou filho de Corinna e Pier. Nunca vai dizer para mim onde estão, terá medo de Von Zantar. Ou, pior, será seu cúmplice — disse o garoto, rouco.

— Eu tenho confiança em você. Você vai conseguir.

— Mas onde é que eu vou encontrá-lo? — perguntou, assustado.

79

GENO e o Selo Negro de Madame Crikken

— René frequenta livremente as várias salas da Arx. Por isso é que roubei o mapa do instituto. Isso ajudará você, mesmo que os lugares secretos não estejam marcados. Mas falaremos com calma sobre isso. Agora você está com as ideias mais claras? — Madame Crikken começava a dar mostras de cansaço.

— Se eu convencer René a levar-me até meus pais, Von Zantar vai me matar! — exclamou Geno.

— *Possible*. Não excluo isso. — A resposta da mulher fez o jovem Hastor Venti sobressaltar-se. — Porém, quando você chegar na Arx, o Summus Sapiens pensará apenas que Flebo respeitou o combinado. Assim, você poderá se aproximar do garoto com paciência e convencê-lo a levar você até seus pais. Pelo menos é o que eu e seu tio esperamos.

— É difícil, e não sei se estarei à altura da situação — disse Hastor Venti, decidido. — Mas vou poder pedir ajuda aos Anteus, enfim, aos garotos que já frequentam a Arx?

— Eles não sabem nada a respeito dos seus pais. Certamente, os que frequentam a Arx há pelo menos dois anos conhecem René, mas eles não poderão nunca infringir as regras. Temem Von Zantar e, sobretudo, têm medo de serem expulsos. Fazem muita questão de continuar as pesquisas e os experimentos de Magipsia. — Madame Crikken pigarreou e aguardou a reação do garoto.

— Quantos são os Anteus? — indagou o garoto.

— Os dos Segundo e Terceiro Níveis são três ao todo. Junto com você, chegarão mais dois novos, dos quais conheço apenas o nome. Evidentemente, nunca os encontrei — explicou a velha francesa.

— E esses três que a senhora conhece, são simpáticos? — indagou, fazendo uma expressão cômica.

— Bem... não todos. Sabe, se acham importantes e especiais porque sabem usar os poderes da mente — disse Margot.

80

CAPÍTULO 3 – O mistério de René

— Geniozinhos chatíssimos, já entendi! Eu não quero ter nada a ver com fantasmas, ectoplasmas, magos, bruxas e bobagens desse tipo. Prefiro frequentar um grupinho de amigos despeitados como Mirta, Galimede, Nicósia, Gioia e Marlônia do que acabar num manicômio como esse! — A afirmação de Geno era intransigente. A mulher, porém, não se deu por vencida e continuou a lhe dizer que somente ele podia encontrar os pais.

— Faça-o pelo seu tio. Faça-o por mim. Você terá maior liberdade de ação durante os Intercantos, isto é, as pausas nas aulas e nas pesquisas — explicou a mulher, ainda.

— Intercantos? Pausas? — perguntou Geno, que começava a sentir uma grande dor de cabeça.

— Depois de trinta dias, você, como os outros Anteus, irá para um lugar mental...

Assim que Crikken concluiu a frase, Geno estendeu as mãos para a frente, como que para parar o que ela dizia.

— Não, não. Isso eu realmente não entendi. O que é um lugar mental?

— É uma viagem da mente. Os Intercantos levam para outros mundos do pensamento. Passar um Intercanto significa passar na prova — disse Madame Crikken, muito séria.

— Prova? — replicou Geno.

— Sim. Os Intercantos são provas da mente. Passá-los é algo complexo, mas não se preocupe. Você vai entender. Entenderá tudo. O período do Intercanto é de oito dias. Depois, cada Anteu, se passar na prova, retorna para seu próprio país, para casa. Fica aí somente três dias, e então parte de novo para a Arx Mentis, para enfrentar o ciclo seguinte. Isso acontecerá três vezes. — A mulher sabia ter dito coisas bastante pouco inteligíveis.

GENO e o Selo Negro de Madame Crikken

— Mas é absurdo! A gente vai e volta da Arx, passando por um Intercanto que, na realidade, é uma viagem da mente. Me parece uma loucura colossal. E também tenho medo. Se eu não passar o primeiro Intercanto, o que vai acontecer comigo? — perguntou Geno.

— Pois é, passar os Intercantos não é fácil. São provas importantes e arriscadas. Somente os Anteus que conseguem fazê-lo se tornam Psiofos, mas teremos oportunidades para falar sobre isso. Não tenha medo. Tudo correrá bem. Ao cabo dos três Intercantos, quando você estiver no Terceiro Nível, entrará em vigor o Contra Único.

— Contra Único? Que coisa é essa? — quis saber o garoto, ficando com a boca ligeiramente aberta.

— O Contra Único é o dia dos exames! Provas de habilidade em matérias magipsíquicas. Todos os Anteus de Terceiro Nível devem demonstrar plena consciência do que é a Magipsia — explicou a mulher, sorrindo confiante.

— Exames também? Imagine! — Geno riu, nervoso.

— Essas são as regras, e para os Anteus funcionam assim. Repito, tendo passado o Contra Único, a pessoa torna-se finalmente Psiofo. Mas nem todos conseguem — disse Margot, com uma expressão estranha.

— Nem todos os Anteus do Terceiro Nível conseguem? — perguntou o garoto, curioso.

— É exatamente assim. É o GalApeiron que decide quem passa e quem não. Enfim, quem se tornará Psiofo. — O esclarecimento de Madame se tornava cada vez mais enigmático.

— GalApeiron? Mas que raio de nomes esquisitões são esses que vocês usam na Arx? — repetiu o jovem Hastor Venti, cada vez mais preocupado.

— É a Grande Congregação de todos os Psiofos. Dura oito dias. Enquanto os Anteus enfrentam os Intercantos, eles vi-

82

CAPÍTULO 3 – O mistério de Rene

vem na Arx Mentis, e a cada noite conversam e se enfrentam. Enfim, são os Psiofos que decidem se os Anteus do Terceiro Nível passam no Contra Único. De qualquer maneira, falaremos mais adiante de todas essas coisas. Saiba apenas que os Psiofos, ou seja, os magos, xamãs, sensitivos e médiuns frequentam livremente a Arx. Sua presença depende das pesquisas que estão fazendo – concluiu Madame Crikken, tomando as mãos de Geno e apertando-as entre as suas.

– Não entendo mais nada! – exclamou Hastor Venti. – Tudo é tão absurdo! Meu tio nunca me explicou essas coisas. A senhora chegou, com seus chapeuzinhos esquisitos, seu chá e biscoitos mágicos, e diz que meus pais estão vivos e que, para salvá-los, eu devo conseguir a ajuda de um tal René, que nem sei quem é.

Geno falava de forma objetiva e, embora tivesse em mente todas essas perguntas sem respostas precisas, sentia que sua cabeça já estava raciocinando de maneira diferente. Tudo estava confuso, mas também terrivelmente claro.

– Você vai entender muito rápido porque tudo isso está acontecendo com você. René, diferentemente dos outros Anteus que chegam à Arx ao completar 11 anos, foi educado por Von Zantar e nunca saiu da Cidadela da Mente – explicou Madame, tirando os pequenos óculos de prata.

– Prisioneiro de Von Zantar desde pequeno? Mas é terrível! E por que ninguém o ajudou antes? Por que é que somente a senhora, Madame Crikken, está tão afeiçoada a René? – insistia Geno, curioso e desconfiado.

– É um garoto maravilhoso, porém azarado. No início, parecia que o Summus Sapiens realmente gostava dele, mas depois... depois compreendi que as experiências e as técnicas usadas por Von Zantar estavam se tornando más. Quan-

83

to mais os anos passavam, mais me dava conta que René estava em perigo. Nenhum Sábio me ajudou a libertá-lo das técnicas mentais do Summus. Tinham medo ou não acreditavam que Yatto fosse tão malvado — explicou Margot, tomando golinhos do chá.

Geno experimentou uma sensação incrível; seu coração disparava, o estômago revoltava-se e a boca estava seca. Quanto mais repetia o nome de René, mais sentia que as forças lhe faltavam.

— Mas quem são os pais de René? — indagou.

Madame Crikken ficou alguns segundos em silêncio, depois disse:

— Não se sabe.

— Mas como? Nenhum de vocês Sapientes descobriu de onde veio aquela criança e quem eram o pai e a mãe? Mas, então, para que servem os poderes mentais de vocês? — A pergunta deixou a senhora cautelosa.

— Não. Ninguém descobriu. Na verdade, os poderes mentais são úteis, mas nesse caso... bem... é difícil — respondeu, constrangida.

— Não posso acreditar! A senhora está me escondendo alguma coisa. — Geno levantou a voz e endireitou as costas como se devesse enfrentar orgulhosamente um desafio.

— Creio que fiz você beber chá demais. Você ficou nervoso. Está com as ideias um pouco confusas e eu posso entender. Mas agora acalme-se e fique tranquilo. — A mulher mudou habilmente a conversa e, com um passo decidido, caminhou até a porta da cozinha. Virou a maçaneta e, dando as costas para Geno, disse: — Nesta sala há uma coisa que você deve ver.

O garoto seguiu-a e, com ar de sabichão, começou dizendo:

— Sim. Eu sei. Tem um grande círculo... um selo de cor escura.

Capítulo 3 – O mistério de René

Madame estacou de chofre no meio do corredor e, virando-se lentamente, apontou o indicador da mão direita para Geno:

– *Attentif...* Atenção, não fale de coisas que você não conhece!

– Eu o vi! Quando a senhora chegou, eu vi tudo pela janela do meu quarto. O círculo voava! – disse, com a veemência de dias e dias de dúvidas e silêncios.

– É mesmo? E você acha que eu não sabia que você estava na janela? – retrucou a mulher, com um sorriso cínico.

– A senhora... a senhora sabia? Fez de propósito? – Geno empalideceu.

– O que é que você acha? – disse Margot enquanto abria a porta do quarto secreto.

– Bem... de fato... eu devia imaginar que a senhora prevê tudo. – O garoto engoliu em seco e, com os olhos fixos na porta, esperou para ver o enorme círculo voador.

– Clarividência – disse a mulher, rindo docemente.

– Pois é, prevê e lê os pensamentos das pessoas. Certo? – continuou o garoto, que agora sentia certa familiaridade com aquela senhora tão extravagante.

– *Exact!* Então, cuidado com o que você pensa. Eu... já sei – afirmou seriamente enquanto abria a porta.

Madame Crikken entrou no quarto. Estava escuro. Não havia janela. A anciã estendeu a mão esquerda e, com um gesto rápido, apertou sequencialmente quatro botões na parede. Oito lâmpadas rosas compridas e finas, bem posicionadas no chão, acenderam-se imediatamente, iluminando o quarto. Apoiado na parede de frente para a porta ele apareceu: o grande Selo Negro! Era realmente lindo, reluzente como se fosse de verniz. Em toda a volta tinha uma moldura de prata, repleta de extravagantes entalhes: números, asas de morcego, triângulos e objetos mágicos.

85

GENO e o Selo Negro de Madame Crikken

— Puxa vida! É realmente enorme! A moldura é maravilhosa. O que querem dizer esses entalhes? — perguntou o garoto, abrindo os braços.

— São representações do mundo magipsíquico e simbolizam a Arx Mentis — respondeu Madame, muito séria.

De repente, por baixo do Selo saiu um vapor verde. A delgada manta de névoa permaneceu suspensa, encobrindo somente a parte inferior da moldura. Geno cheirou o ar.

— Perfume de ciclâmen? — perguntou baixinho.

— Não. É Alfazema Gorgiana. Eu gosto muito. É o cheiro que eu escolhi para você — respondeu Madame Crikken.

— Boa ideia. Mas por que há, no centro, duas letras vermelhas: "A. M."? — inquiriu o garoto, aproximando-se com temor.

— Não toque! Fique perto de mim. E não seja curioso demais. Logo você vai saber para que serve o Selo Negro. As duas letras são evidentemente as iniciais da Arx Mentis — disse a anciã francesa num tom severo.

Naquela altura, o jovem Hastor Venti sussurrou:

— Mas é perigoso?

— Não. Se você fizer aquilo que eu disser para você, não correrá nenhum perigo — explicou a mulher, afagando-lhe a cabeça.

— Para que serve esse Selo? — indagou o garoto, enrijecendo-se novamente.

— Você terá de entrar nele. Parece óbvio! — respondeu Margot, seráfica.

— O quê? Eu devo entrar dentro dessa coisa estranha? Mas a senhora é realmente louca!!! — Geno fez menção de sair do quarto, mas a velha francesa agarrou-o por um braço.

— Calma! Você deve ficar calmo! Hoje você ficou sabendo e viu o suficiente. Agora recomponha-se, você está com o rosto transtornado. Vamos deixar o mapa da Arx aqui.

86

Capítulo 3 – O mistério de René

Você o pegará antes de partir. – E, dizendo isso, Madame Crikken delicadamente arrastou o garoto em direção à porta. Ela apagou as luzes com um toque leve e trancou o quarto à chave.

– Então vou para casa, para junto do meu tio. Está tarde, ele deve estar me esperando – balbuciou rapidamente o jovem Hastor Venti.

– *Oui*, está tarde. Flebo deve estar impaciente. E veja lá, coma e durma bastante. Você tem jornadas cansativas pela frente – disse a anciã, acompanhando-o até a saída.

– Voltarei a ver o Selo Negro? – perguntou Geno, quando já estava com um pé do lado de fora da porta.

– Claro. Já falei para você, você deve entrar nele. Mas não pense nisso agora, suba na bicicleta e corra para casa. Já está escuro e está frio. *Bonne soirée*. – Margot despediu-se dele agitando um pouco a mão.

CAPÍTULO 4

Dentro do Selo Negro

Eram exatamente 21h quando Geno entrou em casa. O tio o aguardava de pé diante do fogão. Assim que viu o sobrinho, andou ao seu encontro e o abraçou.

— Tudo bem? — perguntou, ajudando-o a tirar a jaqueta.

— Na verdade, não muito. Madame Crikken me contou um monte de coisas e eu sequer consigo me lembrar de todas — começou o jovem, servindo-se de um copo de água fresca da jarra.

— Imagino. E o que você acha da viagem para chegar à Arx? — perguntou Flebo, pondo na mesa um prato cheio de batatas fritas.

— Eu tenho medo e acho que essa história é absurda. Mas preciso mesmo ir lá? — indagou o sobrinho, assustado.

— Sim, deve! — respondeu Flebo.

— Por que é que você nunca me disse nada durante todos esses anos? — inquiriu Geno, um pouco chateado.

— Porque eu temia sua reação. Achei que você teria se assustado. Que não teria compreendido. Você era pequeno demais. Sinto-me culpado. — E, enquanto o tio lhe contava com dificuldade, sobre seus temores, Geno sentiu a cabeça estourar, as mãos ficarem geladas e as pernas tremerem.

Os efeitos do Pistache Nulo e da Rosa Severina começavam realmente a provocar-lhe reações estranhas. Procurou controlar o mal-estar concentrando-se no prato de batatas fritas. De repente, o prato deslocou-se para a borda da mesa e Geno parou-o a tempo, apenas com o olhar.

Fungando, o garotinho continuou a conversa.

— Você se sente culpado? Certamente, não agiu bem ao dizer sim a Von Zantar. Você devia defender meus pais! — gritou, olhando para o tio, que sequer havia percebido o deslocamento do prato.

— Eu sei. Mas eu não tinha alternativa. Não soube me impor a Von Zantar. Ele... é poderoso — explicou Flebo, baixando a cabeça.

— Madame disse que, talvez, um tal René possa me dar uma ajuda. Não sei se vou conseguir convencê-lo — explicou Geno, apertando os punhos.

— René. Pois é, René — repetiu o tio, olhando para o teto.

— Você o conheceu? — O jovem Hastor Venti esperava que o tio lhe revelasse alguma coisa a respeito daquele garoto.

— Não... não... Margot é que me falou dele. Mas tenho certeza que ele ajudará — respondeu Flebo entre os dentes.

— E em sua opinião, por que Madame quer que eu entre em um enorme círculo reluzente? Me parece realmente um pedido maluco! — acrescentou Geno, aproximando-se da escada para subir ao seu quarto.

— O Selo Negro! Você o viu? — perguntou Flebo, ajeitando os óculos que haviam escorregado para a ponta do nariz.

— Claro. É um objeto estranho. Sei que voa. E também solta vapor por baixo — disse o garotinho, bocejando.

— Realmente é um selo estranho. Estranhíssimo — afirmou o tio, olhando-o com ternura.

— Você também entrou nele? — quis saber Geno, olhando Flebo atônito.

— Não. Eu não posso — respondeu ele, sério. — Eu gostaria de ajudar você, sei que errei. Fiz tudo errado na minha vida. Eu deveria ter parado seus pais, mas não me dei conta da situação e, assim... — Flebo tirou os óculos e escondeu

CAPÍTULO 4 – Dentro do Selo Negro

sua emoção encobrindo o rosto com as mãos. Nunca, jamais, ele poderia querer que acontecesse algo de ruim com Geno. – Eu sou um covarde. Devia ter impedido Von Zantar, mas não é possível aprender a ser corajoso. Faz parte do caráter. E eu sou um fraco – disse, balbuciando.

Geno pegou um lenço do bolso da calça e entregou a ele. – Você está chorando? Mas... eu... não queria fazer você chorar. – O garoto abraçou o tio e fechou os olhos para não ver o sofrimento e a dor daquele grande homem, bom e frágil.

– Não ligue para isso. Logo vai passar – disse Flebo, assoando o nariz.

– Diga-me, quem é René? – perguntou Geno à queima-roupa.

– René... é uma criança... isto é, um garoto. Um jovem com uma mente poderosa – respondeu o tio, constrangido.

– Poderosa e perigosa. Eu não sei se vou conseguir convencê-lo.

– Você vai conseguir – afirmou Flebo, apertando o sobrinho contra o peito.

Geno subiu para o quarto e, deitado na cama com a luz da luminária azul iluminando o teto, olhou para as vigas podres. Abriu a gaveta da mesinha de cabeceira e pegou a foto rasgada do seu pai. Apertou-a contra o peito e adormeceu pensando naquele misterioso Selo Negro. Geno continuou a frequentar a casinha rosa por mais de um mês, para escutar as conversas de Madame Crikken, mas muitos segredos e muitas dúvidas ficaram em aberto.

Às quatro e meia, o despertador tocou. Do lado de fora estava quase escuro, e nevava. E isso era extremamente normal, tendo em vista que faltavam apenas cinco dias para o Natal. Geno havia dormido durante dez dias! Dez dias passados sob as cobertas. Sem saber que o tempo passara

91

GENO e o Selo Negro de Madame Crikken

de uma maneira tão insólita, ele vestiu a jaqueta às pressas, calçou sapatos quentes e enrolou o cachecol de lã em volta do pescoço. Quando desceu para a cozinha, sentiu um gorgolejo estranho no estômago: estava com fome! Pegou duas grossas fatias de pão e comeu-as avidamente. Mas, quando abriu a geladeira para procurar algo de maior substância, viu que o calendário marcava o dia 20 de dezembro. Permaneceu com um pedaço de pão apertado entre os dedos e, com a boca cheia, exclamou:

— Impossível! — Olhou novamente para o calendário. — É realmente dia 20. Mas quanto tempo eu dormi? — pensou, transtornado.

Correu para fora: o consultório estava fechado! Não havia nem sinal do tio. Fez menção de pegar sua velha bicicleta, mas deixou-a de lado, porque, com a rua cheia de neve, não teria conseguido avançar sequer um metro. Os flocos caíam silenciosamente e não havia ninguém na rua do Doce Alecrim. A rua estava muito bonita naquela noite: lâmpadas vermelhas e amarelas brilhavam entre um poste de luz e outro, anunciando a chegada do Natal.

Hastor Venti caminhou com pressa, esforçando-se para não escorregar. Não via a hora de falar com Madame e pedir uma explicação sobre o fato de ter dormido como uma pedra. Não era possível que o chá e os biscoitos tivessem tido esse efeito. De repente, por cima do barulho dos seus sapatos que afundavam na neve, o garoto ouviu uma voz.

— Ei, Geno!

Na calçada, ao lado de um grande abeto, estava Nicósia.

— O que você está fazendo aqui sozinho, na neve? — perguntou-lhe Hastor Venti.

— Eu briguei com Galimede. Às vezes meu primo é realmente insuportável — explicou Nicósia, apanhando um pouco de neve com as mãos sem luvas.

Capítulo 4 – Dentro do Selo Negro

– Eu sei. Ele realmente tem péssimo gênio. Mas você também não fica atrás – respondeu Geno, levantando a gola da jaqueta.

– Eu o quê? Não comece a dizer bobagens. Por hoje, já ouvi muitos impropérios. – Nicósia mudou o rumo da conversa, cheio de curiosidade. – E você, para onde vai a essa hora? Na velha louca? É ela que está tratando você?

– O que você tem com isso? Eu vou para onde bem entender. – Geno deu de ombros e foi embora.

– Você quer ir até a farmácia? No Beco do Lírio Negro? Você se lembra? Da última vez não conseguimos entrar, mas talvez agora a gente consiga! – Nicósia queria encontrar um jeito de ficar um pouco com Geno, que estava se afastando. Então, agarrou-o pela jaqueta. – Somos amigos, não é?

– Amigos? Eu gostaria, mas você e os outros me tratam sempre com tanta agressividade. Agora eu preciso ir. Está tarde – concluiu Geno. Ele sentia o costumeiro zunido dentro da cabeça e começou a piscar rapidamente os olhos como se tivesse um tique nervoso.

– Você está se sentindo mal? Seus olhos... – Nicósia preocupou-se e sentiu ternura e afeição pelo garoto sozinho e sem pais, que tinha uma misteriosa doença, sobre a qual ninguém sabia nada.

– Deixa pra lá. Logo passa. Vá para casa, Nicósia. Daqui a pouco é Natal e você vai fazer as pazes com seu primo. – Hastor Venti estendeu a mão direita e seu colega de classe fez o mesmo. Na calçada, enquanto a neve caía em flocos cada vez mais numerosos, os dois se cumprimentaram.

Geno tossiu, cobriu a boca com o cachecol e correu para longe, deixando Nicósia Fratti com um sorriso. No meio da rua do Doce Alecrim, entre as luzes e o silêncio do inverno,

GENO e o Selo Negro de Madame Crikken

talvez tivesse nascido uma verdadeira amizade. A neve fustigava o rosto de Geno, que chegou ao número 67 com os olhos úmidos e o coração batendo como um tambor. Quando entrou na casa rosa, sentiu imediatamente o perfume de Alfazema Gorgiana.

— Ah, foi isso! Esse perfume! É tudo culpa do vapor! — gritou chateado, pensando no quanto havia dormido.

— *Finalement!* Finalmente, você chegou. Fique à vontade, está atrasado. — A voz de Madame Crikken provinha do quarto secreto.

O garoto parou na soleira da porta e viu que a senhora segurava uma xícara cheia de chá numa das mãos e um prato de biscoitos verdes na outra.

— Coma seu lanche. Eu estou preparando o Selo.

Napoleon estava sentado diante do grande círculo e lambia o focinho. Geno colocou as mãos nos quadris e, tomando coragem, gritou:

— Não sou uma cobaia para seus experimentos. Não quero mais acordar e dormir quando a senhora decidir. Está claro?

— Não se altere. Não é o caso. Tudo está bem. Beba, senão o chá vai ficar frio — respondeu a anciã, sem pestanejar.

— Estou voltando para a casa do meu tio! Um abraço! — E fez menção de ir embora.

— Pare com isso! Você bem sabe que deve me ouvir. — Madame Crikken levantou a voz, e apertando uma chave esquisita na mão, olhou para o jovem Hastor Venti com um olhar gelado.

Geno abaixou a cabeça e com ar de tristeza, aproximou-se da mesa, obedecendo à ordem. Tomou uns golinhos de chá e comeu dois biscoitos sem dizer mais nada. Sua atenção agora estava centrada no Selo. Olhava-o com temor e curiosidade.

94

Capítulo 4 – Dentro do Selo Negro

– Você não deve fazer com que eu me zangue. Temos pouco tempo. Você se despediu do seu tio? – perguntou a mulher.

– Não. Nem sequer o vi – resmungou o garoto.

– *Bien*. Quer dizer que ele é que virá para saudar você – afirmou Madame.

– Aqui? Meu tio virá para a casinha dos fantasmas? – perguntou Geno, esboçando um sorriso.

– Ah, pois é, eu sei que vocês a chamam de casinha dos fantasmas. E, no fim das contas, é melhor assim. As pessoas ficarão sempre à distância – disse a anciã, enquanto manejava a grande chave de ferro e cobre em forma de gancho.

Geno mastigou o último biscoito e olhou com preocupação para a chave, compreendendo perfeitamente que ela servia para abrir o grande objeto negro.

– Por quanto tempo vou ter que ficar dentro do Selo?

– Por um bom tempo – respondeu Margot sem se virar.

– O que é que vou ter que fazer, exatamente? – A pergunta fez a mulher rir.

– Fazer? Muitas coisas: viajar, pensar, sonhar – disse a anciã francesa.

– Viajar? Mas... mas... então, estou indo embora? Devo ir agora? Com o Selo? – alarmou-se Geno.

– *Oui*, com o Selo Negro! – Madame Crikken virou-se para Geno e mostrou-lhe a chave.

– Viajar com o Selo? É impossível! Não posso! Não trouxe sequer uma muda de calça, um moletom... e, além disso, eu não estou pronto – balbuciou o garoto.

Naquele instante, bateram na porta. Napoleon miou e correu para ela. Margot colocou a grande chave sobre a mesinha, ajeitou os cabelos e seguiu o gato. Geno permaneceu tenso, com os olhos fixos no objeto mágico.

– *Bonne soirée*, Flebo. Entre. Estávamos esperando você. – A voz da mulher se fez persuasiva.

GENO e o Selo Negro de Madame Crikken

— Boa noite, Margot. Geno chegou? — perguntou o médico, passando a mão na testa, suada como sempre.

Madame fez um gesto indicando que o garoto já estava no quarto secreto. Assim que o doutor Molecola entrou, abriu os braços.

— Venha, garoto. Quero abraçá-lo bem forte antes que você enfrente a viagem.

Geno correu para o tio. Abraçou-o e fechou os olhos. Apertou o rosto contra o sobretudo frio e sentiu uma forte angústia. Madame Crikken parou na soleira da porta e observou-os, acariciando o gato.

— Tenho medo, tio — disse Geno com a voz embargada.

— Pense que poderá rever seus pais. É uma grande ocasião. Gostaria muito de ir com você — conseguiu dizer o tio, comovido.

— Não me façam ficar com os olhos cheios de lágrimas — exclamou Margot. — Agora, vou terminar de preparar o Selo.

O vapor aumentou e subiu por debaixo do círculo até encobrir quase a metade do Selo Negro. O perfume de Alfazema Gorgiana espalhou-se por toda a casa e Flebo observava a cena, segurando Geno pela mão.

O garotinho tossiu algumas vezes. Estava extremamente nervoso.

— Só vou embora com uma condição — disse repentinamente.

— Qual? — perguntou o tio, surpreso.

— Quero levar comigo as fotos dos meus pais. Vou buscá-las.

Madame Crikken fez que sim com a cabeça e Flebo também. Napoleon semicerrou os olhos azuis, miou e, com a cauda ereta, acompanhou o garoto até a porta.

— Não vou demorar. — E, dizendo isto, Geno correu porta afora.

CAPÍTULO 4 – Dentro do Selo Negro

Escuridão. Os postes de luz da rua do Doce Alecrim e a iluminação natalina estavam longe e, ao lado do portão da casinha, ele viu uma figura roliça que se movia de forma desajeitada.

– NICÓSIA! – exclamou, enquanto corria.

O amigo ainda estava ali e, energicamente, agarrou as barras do portão e fez um sinal com as mãos.

Geno ergueu os braços para que ele o visse.

– Depressa, vamos correr, senão vão nos ver juntos! – gritou, alcançando-o.

Soltando nuvens de vapor pela boca, os dois atravessaram a rua do Doce Alecrim.

– Por que você está fugindo? Você viu fantasmas? Aquela velha o assustou? – perguntou Nicósia, parando.

– Não, não estou fugindo. Venha, me acompanhe até minha casa – respondeu, cobrindo a boca com o cachecol de lã.

Assim que entrou, Geno subiu a escada para ir ao seu quarto enquanto Nicósia, segurando a barriga, levantava as pernas com dificuldade para subir os degraus.

Com as mãos geladas, o jovem Hastor Venti acendeu a luminária azul e abriu a gaveta da mesinha de cabeceira. Pegou as três fotos e, mostrando-as para Nicósia Fratti, disse:

– Aí, está vendo, esses são meus pais. Não são loucos. Agora, eu estou indo buscá-los de volta. Vou encontrá-los. Juro que vou encontrá-los!

O amigo sentou-se na cama e, ofegante e com as bochechas vermelhas, olhou as fotos.

– Sua mãe, seu pai e este... é você? Quando era pequeno?

– Sim. Eu só tinha 3 meses quando eles foram sequestrados. Nunca pensei que estivessem mortos. E eu tinha razão – disse, quase gritando.

Nicósia ficou perturbado.

– Mas onde estão?

GENO e o Selo Negro de Madame Crikken

— Não posso dizer para você. E se você for um amigo de verdade, você não contará nada a Mirta nem ao seu primo. Enfim, não diga nada aos outros. Isto é... diga-lhes que me viu partir. Que eu fui para uma clínica para me tratar. Eles têm que pensar que eu estou doente de verdade. Madame Crikken está me ajudando, e meu tio também. Mas ninguém, repito, ninguém em Sino de Baixo deve saber o que estou fazendo. Entendeu? — Os olhos de Geno estavam enormes, vidrados, e os lábios, vermelhos e secos.

— Prometo. Não direi nada. Mas, agora, o que você vai fazer? Para onde vai? — perguntou Nicósia, olhando-o estarrecido.

— Vou para a casa rosa. Devo partir. Não me siga. Não me procure. Você vai ver, não voltarei sozinho. Estarei com os meus pais. E, finalmente, terei uma família... como todos vocês — disse o jovem Hastor Venti, desceu a escada e saiu pela porta afora como um raio.

Nicósia Fratti seguiu-o por apenas uns poucos metros, depois parou sob as luzes piscantes dos enfeites natalinos e afastou a franja dos olhos. Viu-o entrar na casinha dos fantasmas. Não imaginava, decerto, que seu amigo estava prestes a iniciar sua incrível viagem. Uma aventura da qual ninguém, nem mesmo Madame Crikken, conhecia o fim.

Geno apertava as fotos e, com o rosto radiante, empurrou o portão e passou pela porta. Quando estava do lado de dentro, encostou-se na parede do corredor e respirou profundamente o perfume de Alfazema Gorgiana. Sentiu uma grande força dentro de si e seu pensamento voltou-se para Corinna e Pier.

— *Mon petit garçon!* Está tarde. — A voz de Margot ressoou, vinda do quarto secreto.

Flebo alcançou-o e levou-o rapidamente para diante do Selo:

Capítulo 4 — Dentro do Selo Negro

— Você pegou as fotos? Está tudo certo? — perguntou agitado, enquanto o vapor subia em direção ao teto. Geno sorriu, deu um beijo no tio e, então, olhou para a mulher francesa.

— Estou pronto.

— *Bien.* Pegue as chaves e o mapa da Arx. Serão úteis para você. Você encontrará o resto aí dentro — disse Madame, afagando os cabelos encaracolados de Geno.

— O Selo Negro vai me levar para a Arx Mentis, isso eu entendi. Mas como? Não há caminhão, caminhonete, não há conversível. E não estamos na rua! — Geno estava muito confuso.

— Esses meios de transportes eram necessários para mim, para eu chegar a Sino de Baixo. Na verdade, nós, Sapientes, podemos sair da Arx apenas se Von Zantar ativar a Bilocação Transversal... — Margot não havia terminado a frase ainda quando foi interrompida por Geno.

— Bilocação Transversal? Mas que coisa é essa? — perguntou, arregalando os olhos.

— Nós, Sábios, projetamos nosso corpo para fora da Arx e depois, com meios de transportes que estão à nossa disposição, automóveis, caminhonetes e outros, chegamos aos locais de destino. Foi assim que cheguei a Sino de Baixo, trazendo o Selo Negro para você. Você não possuía nenhum! Agora, esse é seu meio de transporte. Todos os Anteus têm um. Eu vou pegar meu conversível e me encontrar com você. Imagine que os Psiofos, depois de sair do seu Selo, voam com as Bi-Flap, bicicletas que têm duas grandes asas laterais, como as dos morcegos. Agora, porém, não percamos tempo — explicou Margot, sorrindo.

— Então, a senhora não vai comigo dentro do Selo? — perguntou, desanimado, o garoto que já imaginava como poderiam ser as Bi-Flap dos Psiofos.

GENO e o Selo Negro de Madame Crikken

— Não, nos veremos daqui a pouco. Num outro local. Quando você tiver saído do Selo Negro — foi a resposta da anciã.

— Estou com medo. Não sei se tenho coragem de entrar. Esse grande círculo está preso à parede e não vejo saídas. Vocês estão certos de que vai funcionar? — O jovem Hastor Venti estava agitadíssimo.

— Fique tranquilo. Não deixe o pânico tomar conta de você — tranquilizou-o o tio.

— Você tem que deixar sua mente livre e seguir seu instinto. Esta é a primeira regra que deve aprender: os pensamentos guiarão suas ações — explicou-lhe Madame Crikken, entregando-lhe a chave de ferro e cobre em forma de gancho.

— Agora nós vamos sair do quarto. Essa é uma coisa que você deve fazer sozinho. Não podemos ficar aqui — continuou o tio, com o rosto completamente suado.

Flebo saiu com a cabeça baixa e Margot pegou Geno pela mão, dizendo-lhe uma última coisa:

— Entrar no Selo Negro e enfrentar a viagem significa passar na prova e ingressar na Arx Mentis. Lembre-se: os pensamentos guiarão suas ações. Depois de entrar, você passará por três lugares diferentes, abrindo as portas. Mas, atenção: quando inserir a chave no buraco das três portinholas, não a vire, por motivo algum. Sua mente a fará mover-se, assim como você deslocou as Argolas de Sophia. No terceiro local do Selo, você vai encontrar muitos objetos e indumentárias. Você verá também um grosso livro dentro de uma caixa de madeira: o "Regulamento Iniciático". Leia-o! É importantíssimo! Agora, tire os sapatos e as meias. Você deve entrar descalço.

O jovem Hastor Venti não conseguiu dizer nada. Viu Madame sair e ficou sozinho, no meio do vapor e com as luzes que lentamente ficavam embaçadas.

CAPÍTULO 4 – Dentro do Selo Negro

Olhou para o enorme Selo, que lembrava um grande buraco reluzente, pronto a aspirar qualquer coisa. As duas letras eram feitas de cera vermelha que, por causa do vapor de Alfazema Gorgiana, estava se tornando cada vez mais opaca.

– A prova... é uma prova! Partir com o Selo é, portanto, a prova para ingressar na Arx – balbuciou Geno, tirando os sapatos e as meias.

Com as mãos úmidas, roçou a moldura de prata e enfiou a chave em gancho no buraco debaixo das letras A e M. Mas nada aconteceu. O Selo não se abriu. O garotinho olhou fixamente a chave e semicerrou os olhos; na cabeça, ouviu o zunido de sempre. A chave moveu-se sozinha: três voltas para a esquerda, duas voltas para a direita, meia volta para a esquerda e quatro para a direita. A cada volta, ouvia-se um estalo. O pensamento havia funcionado!

Dentro do Selo, perto da beirada da moldura, embaixo, abriu-se um vão de aproximadamente um metro. O jovem Hastor Venti retirou a chave em gancho, colocou-a no bolso da jaqueta e, com medo, olhou para dentro. Estava vazio. Um vazio cinza e silencioso. Estendeu as mãos para a frente e sentiu que a temperatura era diferente, um pouco fria. Avançou o pé direito e entrou finalmente no local misterioso.

O vão se fechou de repente atrás de suas costas. O vazio iluminou-se de verde, e no solo gramado e florido havia um grande cartaz prateado:

PASSO DO DESENCANTO
Abandone a realidade amena e escute

Geno ficou petrificado. Acabara numa campina! Uma campina de montanha! Sentia-se o forte odor do musgo, e o ar fresco vinha de longe. No horizonte, via os cumes das montanhas cobertas de neve, e ouvia o chilrear dos passarinhos rompendo o silêncio.

— Mas onde foi que eu me meti? — exclamou, olhando ao redor.

Foi distraído pelo correr da água de um riacho. Assim que pisou no cartaz de prata, viu que, à sua direita e à sua esquerda, o espaço estava se estreitando.

As paredes côncavas do Selo haviam aparecido de repente e se deslocavam na direção do garoto. Verdes e cobertas de galhos e folhas, elas pareciam cercas vivas altíssimas. Geno ergueu instintivamente o olhar e descobriu que o teto era, na realidade, uma laje de gelo opaco.

Ficou tonto e o zunido dentro dos ouvidos se tornou muito alto: teve medo e, como para proteger-se de eventuais perigos, agarrou o cachecol e apertou-o com força. Depois se pôs de joelhos diante do cartaz e leu-o várias vezes, repetindo:

— Abandone a realidade amena e escute.

Talvez fosse preciso fingir não ver a realidade e pensar em outra coisa? Mas em quê? E escutar o quê?

Olhou fixamente para os cumes das montanhas diante dele, o ruído do riacho tornou-se mais intenso e o cheiro do musgo penetrou nas narinas do garoto, levando-o a respirar profundamente.

Era inquietante estar ali, num lugar real, porém não totalmente verdadeiro. Geno deitou-se na campina e fechou os olhos. A mente estava em polvorosa e, mais uma vez, ele se recordou das palavras de Madame Crikken: "Siga seu instinto. Os pensamentos guiarão suas ações."

— Quero sair daqui! Imediatamente! — disse em voz baixa, enquanto suas mãos arrancavam tufos de grama cobertos de orvalho.

As paredes laterais encolhiam cada vez mais e Geno se sentiu preso. Subitamente, levantou-se e afastou os braços

CAPÍTULO 4 – Dentro do Selo Negro

para fazer parar aquelas cercas vivas em movimento, de alguma maneira paralisá-las. Porém, sua força não era suficiente para tanto.

– Preciso ficar calmo – pensou, tremendo –, é minha mente que guia as ações. Não posso desistir. Quero seguir adiante. Quero encontrar meus pais.

Sentiu os pés molhados e viu que a água do riacho havia se espalhado por toda a campina, submergindo inclusive o cartaz.

O ruído da água ficou alto. E mais alto ainda. Era poderoso! A água soava como um canto, corria rapidamente, e sua voz límpida e transparente tornou tudo fluido e suave. Geno concentrou-se e escutou o canto da água do riacho com a mente e o coração.

De olhos fechados, sentiu o corpo submerso naquele líquido frio e envolvente. A luminosa paisagem verde desapareceu e, na escuridão, ouviu apenas a agitação de pequenas ondas. Calafrios e pequenos sobressaltos nervosos percorreram-lhe as pernas e os braços. Tomando coragem, escancarou os olhos para ver o que estava acontecendo. Sentiu-se perdido no meio das trevas e do vazio que o circundavam. Teve a sensação da morte. A respiração ficou superficial, a água havia desaparecido e o vazio cinzento que ele tinha visto no início estava ali, diante dele.

Ao seu redor, era como se o espaço inteiro tivesse ficado isento de qualquer imagem, de qualquer cor, de qualquer ruído. O garoto teve a nítida sensação de ter retornado à realidade desencantada e silenciosa do Selo Negro. Teria tido uma alucinação? Campina, montanhas e riacho eram fictícios? Produzidos somente pelo seu pensamento? Confuso, apertou de novo o cachecol, como para agarrar-se a algo familiar e tranquilizador.

103

A única coisa certa era que ele passara na primeira prova. Molhado e apavorado, voltou a pegar a chave em gancho e virou para a esquerda: ele encontraria ali a portinha para entrar no segundo local misterioso. Geno tinha certeza disso, embora não conseguisse ver nada de concreto no espaço cinzento. Contudo, seus pensamentos o estavam guiando e ele certamente não podia se opor a isso. Sentiu um arrepio nas costas e o zunido voltou a torturar seus ouvidos. Naquele instante, a portinhola apareceu na sua frente, com a fechadura no centro. Ele enfiou rapidamente o gancho e aguardou. Dessa vez a chave fez duas voltas para a esquerda, duas para a direita, meia novamente para a direita e três para a esquerda. A pequena porta se abriu e uma luz ofuscante iluminou o rosto do jovem Hastor Venti.

Uma brisa morna acariciou-lhe os cabelos encaracolados. O garoto entrou, curioso: percebeu que seus pés estavam apoiados sobre uma pequena nuvem. Ergueu os olhos e, ao redor, viu apenas céu. Um belíssimo céu azul, onde apareceu outro cartaz, dessa vez, dourado:

PASSO DO CÉU REFLEXIVO
Sonhe e se deixe transportar

Uma aragem de vento quente o atingiu no peito, fazendo-o cambalear. Dobrou as pernas e sentou-se na nuvem. Estava aturdido, e, enquanto lia atentamente a frase, tirou o cachecol, que voou para cima, atraído pelo céu.

De repente, o sol apareceu por detrás do cartaz: enorme e vermelho, ocupou todo o horizonte. O jovem Hastor Venti fechou logo os olhos, ofuscado pelos raios luminosíssimos. Abaixou a cabeça, cobrindo o rosto com as mãos. O vento morno chegava em ondas, mas o calor começou a ficar insuportável.

Geno pensou que se tratasse de outra alucinação, que o sol e as nuvens, o céu e o vento não existissem realmente. Procurou concentrar-se e a primeira coisa que lhe veio à mente foi fazer desaparecer aquele sol gigantesco: precisava da escuridão para sonhar. Pois é, sonhar, do jeito que o cartaz indicava.

Os raios da enorme bola de fogo penetravam nas pálpebras fechadas e, com um esforço desmedido, Geno logrou abrir lentamente os olhos e fixar a massa incendiada. Ofuscado e com a garganta ressequida pelo calor, ele se concentrou, pensando na escuridão e no frescor. Abriu os braços e as mãos, como que para parar a luz. O vento mudou, tornou-se quase frio, varreu as nuvens embora, e o sol retirou-se lentamente, ficando menor, cada vez menor, até se transformar num pontinho vermelho no céu azul. O azul da noite desceu como uma pesada cortina de pano e respingos de estrelas adornaram o segundo local do Selo. Geno olhou maravilhado para aquele espetáculo celestial e, finalmente, fechou os olhos, abandonando-se aos sonhos. Sentia-se cansado, sem forças, porém estranhamente feliz.

Deitado entre as estrelas, sua mente ficou livre e ele pôde adormecer com um sorriso apenas esboçado. Círculos de luz, sons longínquos e imagens desfocadas invadiram seus pensamentos oníricos. O rosto de tio Flebo apareceu-lhe enorme e com uma expressão triste, e um olhar preocupado atravessou as lentes dos óculos sempre embaçados.

Também havia Madame Crikken, com um de seus curiosos chapeuzinhos: permanecia silenciosa, com ar severo. Os gritos de um grupo de garotinhos sacudiram o corpo de Geno, que balançava entre a lua e as estrelas: eram seus colegas de escola que corriam. Somente Nicósia estava parado, imóvel sob a neve que caía em abundantes flocos.

Capítulo 4 – Dentro do Selo Negro

— Vou guardar o segredo — repetia o amigo de Sino de Baixo.

O sonho interrompeu-se e Geno acordou de repente. Percebeu que o céu estrelado havia desaparecido. Viu-se de pé diante da última portinhola: a terceira. Transtornado, pegou a chave em gancho e enfiou-a na fechadura. Respirava com calma, sentia a mente livre e não via a hora de entrar no último local do Selo Negro de Madame Crikken.

Fitou a porta. A chave girou mais uma vez sozinha: seis voltas para a direita, quatro para a esquerda, meia para a direita, meia para a esquerda e oito voltas para a direita.

Abriu-se, e Geno entrou, curioso.

Dessa vez ele não estava num local imaginário e irreal, porém num verdadeiro cubículo apertado: três paredes eram brancas e a quarta estava oculta por uma cortina cor de amaranto. Uma frágil lâmpada pendia do teto. Havia muitíssimos objetos no chão e outros pendurados em estranhos pregos de madeira. O garoto foi atraído por três bizarros chapéus de seda em forma de tigela: um preto, um branco e um vermelho. Cada chapéu vinha com um par de luvas, combinando na cor. Geno apanhou o preto e viu claramente que suas iniciais estavam bordadas nele em relevo: G. H. V. e, embaixo, havia os dizeres "Primeiro Nível". A mesma coisa valia para os outros dois estranhos chapéus, sendo que o branco era para o "Segundo Nível" e o vermelho para o "Terceiro Nível".

No chão, enfileirados, também havia três pares de botas bem forradas que iam até a panturrilha, nas mesmas cores dos chapéus. Ao lado, uma mochila contendo uma esfera de madeira.

De repente, ele se sentiu atraído por uma indumentária que pendia de um gancho, ao lado da cortina. Tocou-a de-

107

licadamente. Era um macacão azul, parecido com os que são usados pelos mergulhadores, mas com dois finíssimos tubinhos de plástico presos em volta do pescoço. Pegou-o e percebeu que era feito de um material emborrachado muito macio. Do lado de dentro, na etiqueta, havia o desenho de um cisne e, abaixo dele, os dizeres: "Macacão Estanque." Ficou surpreso; desviou o olhar e então viu, ao lado do macacão azul, outro objeto estranho: uma coleira de couro. Mais para o lado, rédeas e uma sela.

— Que coisas estranhas — murmurou. — Para que será que servem?

Enquanto observava, curioso, viu três caixas de madeira escura, encostadas na parede. Em cada caixa havia, marcados a fogo, os dizeres: Primeiro Nível, Segundo Nível, Terceiro Nível. As duas últimas estavam fechadas com correntes e cadeados, enquanto a primeira estava aberta. Lançou um olhar para dentro dela. Ela continha um grande livro, com o título: *Regulamento Iniciático da Arx Mentis*.

— Pronto, este é o livro que Madame me mandou ler — resmungou, folheando-o. Naquele momento, ele não tinha a menor vontade de estudar. Ao lado do *Regulamento* havia uma almofada com uma palavra bordada: "Óscio", e, dobrada cuidadosamente, uma túnica laranja, com os dizeres "Skerja". Num canto da caixa estava apoiado um estranho objeto triangular enganchado num cinto que levava um cuponzinho: "Vertilho."

— Vertilho? Já vi isso! Estava na casa rosa! Estava com Madame Crikken! — exclamou em voz alta. E, enquanto passava levemente as mãos pelo triângulo de metal, viu também as Argolas de Sophia.

— Estas eu sei usar — afirmou, com certa satisfação.

Virou os olhos e, ao lado da primeira caixa, no chão, vislumbrou uns patins. Pois é, estranhíssimos patins de rodas.

Eram vermelhos e roxos e, atrás, tinham dois tubos finos de aço, parecidos com o escape das motocicletas.

Geno fez girar as rodinhas com a mão e, involuntariamente, apertou um minúsculo botão posicionado na ponta dos patins. De repente, dos dois tubos saiu uma labareda. O garoto assustou-se e deixou cair no chão os patins, que emborcaram. Embaixo, na parte inferior, viu uma palavra: "Fogosos."

— Fogosos? — repetiu.

Enquanto observava os patins, um barulho chamou sua atenção. Parecia um automóvel com o motor ligado. Instintivamente, o garoto afastou a cortina cor de amaranto e encontrou-se diante da saída do Selo Negro. Estava fechada por uma grade de ferro, para além da qual se podia ver uma alameda arborizada. Logradouro esse que, certamente, não era em Sino de Baixo.

— Onde estou? — pensou, amedrontado.

O barulho do motor ficou cada vez mais próximo e Geno viu chegar, pela direita, o conversível de época. Madame Crikken estava ao volante. Na cabeça, mais um chapeuzinho extravagante, branco, com rosinhas amarelas, e em vez dos costumeiros óculos com caracóis de prata, usava óculos pretos de lentes alongadas.

No banco ao lado, dentro da cesta de vime, estava o fleumático Napoleon.

— *Voilà!* Meu caro Geno, cheguei — disse ela, desligando o motor.

O garoto arregalou os olhos e agarrou as barras.

— Madame! Mas... como conseguiu chegar aqui? Onde nós estamos, exatamente?

— Nada de perguntas. Calce as botas pretas e saia imediatamente do Selo. Está tarde! — disse, sem se alterar.

GENO e o Selo Negro de Madame Crikken

— Sair? Mas estas barras me impedem — respondeu Geno.

— Tem certeza? — questionou a anciã, abaixando os estorvadores óculos pretos.

O jovem Hastor Venti ficou sem palavras. Olhou para as barras, virou-se e observou os objetos estranhos que havia encontrado no cubículo, mas não percebia o que devia fazer para sair.

— Use a cabeça, Geno. A cabeça! — insistiu Margot.

O garoto soltou as barras e fitou-as intensamente. Então, fechou os olhos e concentrou-se. Porém, as barras permaneceram ali.

Imóveis.

Então, a Sapiens anciã desceu do automóvel, aproximou-se, apontou o indicador esquerdo e as barras desapareceram, como por magia.

— Não estavam aí. Era uma ilusão. Você não tinha entendido isso? — perguntou, voltando para o automóvel.

Geno olhou o espaço aberto e, incrédulo, estendeu as mãos: as barras realmente haviam desaparecido.

— *Bien*, traga-me tudo o que você encontrou no Selo e ponha dentro do carro — disse Madame Crikken, calmamente.

Sem perder tempo, o garoto calçou as botas pretas, que eram exatamente do seu tamanho. Apanhou os vários objetos e as roupas e colocou-os no banco traseiro do conversível. Por fim, carregou as três caixas. Mas os patins, os Fogosos, ele colocou no chão.

— Não, não! Esses você deve obrigatoriamente calçar — explicou a mulher.

— Aqueles? Mas... antes, eles soltaram um fogaréu. São perigosos — respondeu Geno.

— Os Fogosos não são perigosos. Se você não os calçar, certamente não conseguirá percorrer todo o caminho para chegar à Arx — acrescentou Madame.

CAPÍTULO 4 – Dentro do Selo Negro

– Mas eu não vou de carro com a senhora? – questionou, aturdido.

– Não, de jeito nenhum! Agora eu vou embora, para a Arx. Você encontrará as indumentárias, os objetos e as caixas em seu quarto. Eu preciso levar suas coisas e arrumá-las para não levantar suspeitas. Normalmente, Von Zantar se ocupa diretamente da transferência de todos os pertences dos Anteus do Selo Negro para os quartos. O *Regulamento* diz claramente: RI-AM.5a. Mas, nesse caso, ele decidiu fazer uma exceção à regra e vou levar tudo, já que fui eu que trouxe você.

– E como é que Von Zantar consegue transferir todo esse material? Ele também usa um carro? – perguntou Geno, atônito.

– Não! Ele usa somente o pensamento. Mas não vamos perder mais tempo. Calce os Fogosos; você vai chegar à Arx com eles, de acordo com o Regulamento: RI-AM.5b. – Margot ligou o carro e afastou-se, deixando Geno decepcionado.

O garoto se deu conta de que era absolutamente necessário aprender as regras. Pegou os patins com temor e calçou-os. Ajustou as tiras aos tornozelos e então, cambaleando, abaixou-se para apertar o botãozinho nas pontas.

De repente, um fogaréu saiu dos tubos de aço posicionados na parte posterior, e o repuxo foi tão forte que Geno caiu no chão. Os patins não pararam, corriam a uma velocidade constante e o garoto não conseguia levantar-se, batendo com o traseiro sobre o solo pedregoso da alameda. Arrastado pelos Fogosos, ele começou a berrar:

– Socorrooooo, Madaaaaame Crikkeeeeeenn!!!

Ergueu as costas e, com os braços estendidos, tentou permanecer em equilíbrio. Não conseguia deixar os pés paralelos e, de vez em quando, desviava de um lado para o outro,

111

tirando fino das enormes árvores da longuíssima alameda. O automóvel de época já ia longe e Geno encontrava-se em grande dificuldade, temendo bater contra o tronco de uma árvore. O garotinho não conseguia controlar a velocidade e tampouco a direção dos patins. De repente, as rodinhas desviaram para a esquerda e a mudança de percurso foi traumática. A trilha do bosque era estreita e tortuosa: valetas, buracos, pedras e galhos secos transformavam a coisa numa verdadeira gincana.

O jovem Hastor Venti estava com o coração na boca, aquela viagem era mesmo muito esquisita e repleta de imprevistos. Por causa do vento que batia em seu rosto, não conseguia manter os olhos bem abertos e os Fogosos pareciam seguir um percurso já estabelecido. Geno precisava ficar calmo, mas naquelas circunstâncias realmente não era fácil. A trilha foi descendo e o garoto, sentindo o corpo projetar-se completamente para a frente, manteve o equilíbrio com dificuldade e, quando menos esperava, os patins pararam de correr.

Geno desabou no chão, no meio de folhas e pedras. Um pouco machucado, voltou a levantar-se, sacudindo a terra e os pequenos galhos que haviam grudado na jaqueta. Ergueu a cabeça e diante dele apareceu uma paisagem incrível: a Vallée des Pensées. As montanhas, altas e cobertas de neve, abraçavam o vale secreto. Virou-se de costas para o bosque e olhou a grande campina: no centro, havia um promontório sobre o qual erguia-se, majestosa, uma construção enorme. Um castelo esquisito, uma cidadela antiquíssima, com muralhas grossas e altas. Na base do outeiro, em toda volta, um curso de água turquesa fluía em direção ao laguinho em forma de um grande S. Para chegar à cidadela era preciso atravessar uma ponte levadiça que permitia o acesso àquele lugar extraordinário.

Capítulo 4 – Dentro do Selo Negro

A cidadela era belíssima, parecia o palácio real de um mundo encantado: torres de prata e cúpulas de ouro resplandeciam ao sol, e centenas de pássaros de todas as espécies esvoaçavam livres. Num determinado momento, ele viu voar uma coisa que nunca vira antes: um homem pedalava feliz, mas a bicicleta não era como a sua. Tinha asas de morcego nas laterais! Era um Psiofo na sua Bi-Flap!

– Ultramágico! – exclamou Geno, permanecendo boquiaberto. – É a Arx. A Arx Mentis! – gritou, olhando para a cidadela.

O castelo dourado guardava os segredos da Magipsia, as muralhas protegiam mistérios invioláveis e a triste história do sequestro de Corinna e Pier. O jovem Hastor Venti permaneceu imóvel diante de tantas maravilhas, mas a lembrança de seus pais obscureceu todas as suas emoções.

Enquanto abaixava a cabeça para verificar os patins, percebeu que não estava só. Do seu lado esquerdo havia um garotinho e do outro lado, à direita, uma garotinha. Eles também acabavam de sair do bosque e usavam os Fogosos.

Assustado, não sabia se devia lhes dar confiança e chamá-los ou não. Então lembrou-se que, quando Madame Crikken lhe falara sobre os Anteus, dissera que dois deles ingressariam na Arx pela primeira vez junto com ele. Portanto, eles eram seus novos companheiros.

O garotinho à sua esquerda, magríssimo, vestia um casaco de pano roxo e calças largas cinzentas. Os traços do seu rosto eram diferentes, orientais: cabelos negros curtíssimos e olhos amendoados. Ele não olhou para Geno, tirou os patins e, sem esboçar nenhum gesto amigável, caminhou em direção à ponte levadiça, enquanto a garotinha parecia estar com dificuldades. Empunhava uma bengala branca, que ela movia de um lado para o outro.

113

GENO e o Selo Negro de Madame Crikken

— Quem está aí? Quem são vocês? — gritou a garota, que vestia um longo sobretudo rosa meio rasgado.

— Eu me chamo Geno. E você, quem é? — respondeu instintivamente, enquanto o outro não se virou e continuou a caminhar em direção à cidadela.

— Eu me chamo Suomi. Por favor, venha cá, eu me machuquei — disse ela, agitando a bengala.

Geno tirou os patins e correu em sua direção. Quando chegou perto, percebeu que os grandes olhos verdes de Suomi tinham alguma coisa de estranho.

— Não se assuste, sou cega de nascimento — exclamou, sem sequer dar tempo de Geno dizer alguma coisa. — Caí e minhas costas doem. Esses Fogosos são realmente perigosos.

O sotaque de Suomi era bastante engraçado e Geno compreendeu que ela não era italiana, embora se esforçasse para falar corretamente.

— Cega? Sinto muito — disse o jovem Hastor Venti.

— Eu também. Mas pode ter certeza de que consigo ver muito melhor do que você — respondeu, tirando os patins.

— Em que sentido? — perguntou Geno.

— Com a mente! É óbvio! — retrucou a garotinha, esboçando um sorriso.

O sobrinho de Flebo ficou pasmo. Aquela garotinha loura era, seguramente, muito inteligente, e possuía refinados poderes mentais. E isso o assustou, ainda que, olhando-a com atenção, não parecesse nem um pouco má. Pelo contrário, ela era doce e muito gentil.

— Você é italiano, não é? — A pergunta constrangeu Geno, que sabia que não podia contar muito sobre sua família. Madame Crikken tinha sido muito clara a esse respeito.

— Sim, venho da Itália. E você? — perguntou, timidamente.

— Sou finlandesa, mas minha prima Dorathea, que está com 13 anos, terminou o Terceiro Nível e passou o Con-

114

CAPÍTULO 4 – Dentro do Selo Negro

tra Único no mês passado, tornando-se Psiofa, ensinou-me direitinho a língua de vocês. O italiano é obrigatório para frequentar a Arx. Você tem sorte – respondeu Suomi, apalpando as costas doloridas.

– Você quer se apoiar em mim? – Geno foi galante e pegou-a por baixo do braço.

– Meu nome é Suomi Liekko e sou de Kemi, um porto finlandês onde, durante o inverno, se constrói um belíssimo castelo de neve. Se você for lá, poderá vê-lo. Eu o imaginei desde que era pequena e tenho certeza de que ele é como o vejo em minha mente.

– Interessante. Eu sou de Sino de Baixo e o meu sobrenome é Hastor Venti – respondeu, esperando não ter falado demais.

– Hastor Venti? Que lindo sobrenome. Seus pais são Psiofos ou Sapientes? Talvez minha prima Dorathea os conheça. Como disse, ela terminou seu último Intercanto há apenas um mês. – A pergunta deixou Geno gelado; ele não sabia o que responder e desviou a conversa.

– Você sabe que não estamos sozinhos? Há um outro garotinho, ele foi adiante e não se apresentou.

– Sim... eu senti umas vibrações. Vai ver que vamos conhecê-lo daqui a pouco – respondeu Suomi, calmamente.

– Vibrações? – repetiu Geno.

– Como não posso ver, apurei muito meus sentidos e consigo perceber as presenças ao meu redor – respondeu Suomi.

– Posso dizer que, diante de nós, há uma vista maravilhosa. A Arx Mentis é antiga e encontra-se sobre um promontório – explicou Geno com gentileza.

– Eu a imagino e não vejo a hora de entrar nela – respondeu a garotinha, ajeitando o sobretudo estragado durante o tombo.

115

GENO e o Selo Negro de Madame Crikken

Geno e Suomi caminharam lentamente e, tendo chegado à ponte levadiça que atravessava o fosso, encontraram finalmente o terceiro Anteu.

Suomi foi a primeira a falar:

— Oi, como você se virou com os Fogosos?

O garotinho dos olhos amendoados escrutinou os dois e, com um ar arrogante, respondeu:

— Sou japonês, me chamo Yudi Oda e não estou com vontade de conversar.

Geno fez uma careta que, naturalmente, Suomi não pôde ver. Porém, a garotinha deu uma cotovelada no jovem amigo que a amparava e, com uma vozinha melodiosa, disse:

— Bem, então não percamos tempo com conversas e entremos. O Summus Sapiens Yatto Von Zantar seguramente já terá transportado todas as nossas coisas com o pensamento.

— Pois é — confirmou Geno, que logicamente não queria explicar que, para ele, o assunto era um pouco diferente.

— Há uma ponte levadiça para atravessar e, ao lado, vejo umas vinte Bi-Flap estacionadas de maneira ordenada — explicou o jovem sobrinho de Flebo Molecola, assumindo um tom importante, enquanto Yudi caminhava já adiante.

— As Bi-Flap são as dos Psiofos. Eles as deixam aqui antes de subir para a Arx. Minha prima Dorathea me disse que é muito legal voar nelas — respondeu Suomi, falando com dificuldade.

— Eles chegam voando, e nós, rolando com os Fogosos. Este mundo é esquisito, muito esquisito — resmungou o garoto.

— Esquisito? — repetiu a garotinha, com curiosidade. — Mas é obvio que eles chegam assim e nós, não. Parece que o esquisito é você — acrescentou a finlandesa, sorrindo.

CAPÍTULO 4 – Dentro do Selo Negro

– Sua prima Dorathea está aqui? – perguntou Geno, curioso.

– Não, ela está envolvida numa pesquisa de magia na Finlândia. Espero que venha para a Arx no próximo ciclo. Dessa vez ela não tomará parte do GalApeiron. Tenho muito orgulho dela – respondeu Suomi sorrindo e, por um momento, não pensou mais nas dores que sentia.

As tábuas da ponte estalavam a cada passo, mas pareciam suportar bem o peso; a água turquesa corria por baixo e entreviam-se numerosos peixinhos coloridos. De repente, um enorme cisne branco saiu da água. Lindíssimo! Na sua garupa estava um grande homem que vestia o Macacão Estanque azul, idêntico ao que Geno vira dentro do Selo Negro. O homem ria feliz e segurava na boca os dois tubinhos que estavam presos na gola do macacão. Ele segurava nas mãos umas tiras amarradas à coleira de couro do cisne. Ave e homem permaneceram na superfície por poucos segundos, e então o cisne mergulhou novamente a cabeça e o pescoço na água e desapareceu, junto com seu cavaleiro, por entre os peixes coloridos.

Geno ficou imóvel diante da cena e disse:

– Nunca vi coisa parecida!

– O quê? – perguntou a garotinha.

– Um cisne gigantesco cavalgado por um homem. Juntos, nadam dentro e fora da água – explicou Hastor Venti.

Suomi riu às gargalhadas.

– Mas é um Subcando cavalgado por algum Sábio ou Psiofo. Juntos, vão até o belíssimo fundo do canal que desce do Lagotorto.

Geno olhou para a garotinha, estranhando-a.

– Subcando? Lagotorto?

117

GENO e o Selo Negro de Madame Crikken

— Não me diga que você não sabe nada sobre os Subcandos! E que não leu nada a respeito do Lagotorto, o lago da Arx que forma um S enorme! — disse Suomi.

— Eu, na verdade... — Geno não sabia absolutamente o que dizer.

— Os Subcandos são os grandes cisnes brancos com os quais se pode nadar. Tornam as pessoas felizes. Transmitem serenidade. Tenho a séria impressão de que você vai ter que aprender muitas coisas, caro Hastor Venti — respondeu a finlandesa, um tanto surpresa.

Ele deu de ombros e seguiu adiante. Curioso, observava as muralhas que circundavam a cidadela e, de vez em quando, voltava a olhar para o canal para ver se o Subcando voltaria a emergir. Parecia-lhe engraçado encontrar-se nesse local secreto, e não via a hora de encontrar Madame Crikken. Queria pedir informações sobre Yudi; aquele garotinho era realmente antipático.

E o jovem japonês, depois de ter passado pela ponte levadiça, foi o primeiro a começar a subir a comprida escada escavada na rocha. Não seria fácil chegar ao topo, ao portão de entrada da Arx.

— Por que não pegamos o elevador? — perguntou ingenuamente Geno, que havia percebido a cabine de ferro e cobre pronta para ser usada. O original elevador era sustentado por grossas cordas de aço que deslizavam paralelas às muralhas.

Em coro, Suomi e Yudi responderam:

— O elevador? Você quer dizer o BaixAlto! Mas somente os Psiofos podem usá-lo!

Hastor Venti se deu conta de ter perguntado uma coisa errada; efetivamente, a Antea finlandesa apontou a bengala branca para o chão e disse:

CAPÍTULO 4 – Dentro do Selo Negro

— Você não sabia?

Geno desculpou-se dizendo que estava um pouco cansado e, ajudando a nova amiga, subiu os quinhentos degraus que levavam à Arx Mentis.

Na Vallée des Pensées, três garotos de nacionalidades diferentes entravam no local secreto que o Summus Sapiens, o alemão Yatto Von Zantar, dominava.

CAPÍTULO 5

Os espiões invisíveis da Arx

O sol se punha atrás da Cidadela da Mente, a escada esculpida na rocha já estava na penumbra e a temperatura caía rapidamente. Yudi Oda chegara ao topo, enquanto Geno, arfando, arrastava Suomi, que estava cansadíssima, com dificuldade.

— Coragem, ainda faltam uns poucos degraus — disse Hastor Venti, enquanto a garotinha, ajudando-se também com a bengala, levantava os pés lentamente.

— Minhas costas doem terrivelmente — queixava-se Suomi, à beira do choro.

O Anteu japonês já se encontrava diante do maciço portão de entrada e o observava atentamente: tinha a forma de um arco e apresentava um anel vermelho em relevo, com as letras da Arx Mentis gravadas em ouro: "A. M." Idênticas às do Selo Negro.

Yudi Oda estava prestes a puxar a longa corda trançada que pendia ao lado do portão, mas titubeou por alguns segundos.

Suomi e Geno, que haviam subido o último degrau, sentaram-se para recuperar o fôlego. A garotinha finlandesa, intuindo o que Yudi estava fazendo, gritou-lhe:

— Não! Não puxe a corda. Espere por nós!

Yudi, sem se virar, respondeu causticamente:

— Cega boba. Aqui, entra um de cada vez. O Pêndulo Seco funciona assim. Estude direito o Regulamento Iniciático: RI-AM.6a.

GENO e o Selo Negro de Madame Crikken

— Pêndulo Seco? — repetiu Geno, sem entender nada.

Yudi deu de ombros, puxou a corda e ativou o Pêndulo Seco, o grande relógio posicionado do lado de dentro e que marcava os dias e as horas das entradas e das saídas dos Anteus e dos Psiofos. Além de ativar o mecanismo de abertura do portão, era um importante instrumento de controle.

Assim que a corda foi puxada, ouviu-se a música de um órgão e um coro de crianças que riam. Era o sinal de que um Anteu estava entrando na Arx. O portão em arco se abriu e o japonês avançou sozinho.

Geno se pôs de pé, preocupado.

Olhou para Suomi e perguntou-lhe:

— Você conhece o Regulamento? E como é que você fez para lê-lo se... bem, você é...

— Cega! Sim, mas nós cegos também podemos ler com o alfabeto Braile. Todos os que não enxergam leem com as mãos. Você também não sabia disso? — A garotinha irritou-se.

— Pois é, desculpe. É verdade — balbuciou Geno, envergonhado.

— Tudo bem. De qualquer maneira, não li o Regulamento todo. Há um monte de RI-AM — disse ela, um pouco preocupada.

— RI-AM? — O garoto não sabia de que se tratava.

— Mas são as regras! — explodiu Antea, dessa vez realmente chateada. — São muitas e, para dizer a verdade, não me lembrava da do Pêndulo Seco. Acho que Yudi tem razão: é a RI-AM.6a, faz parte das Regras do Tempo. Na Arx, entra-se um de cada vez — concluiu, com voz de quem está sofrendo.

— Mas... Você encontrou o Regulamento dentro de uma caixa? — perguntou, esperando uma confirmação.

— Claro! Dentro do Selo Negro! Como todo mundo! — exclamou a garotinha, cada vez mais surpresa.

CAPÍTULO 5 – Os espiões invisíveis da Arx

– Pois é, que bobeira! – disse, corando por causa da nova mancada.

Geno lembrou-se das palavras de Madame Crikken: todos os Anteus possuem um Selo Negro. Portanto, Suomi e Yudi também haviam passado pelo Desencanto e pelo Céu Reflexivo. Por outro lado, essa era a prova para poder ser admitido na Arx.

Naquele exato momento, um chiado desviou a atenção dos dois, que olharam para baixo, na direção da ponte levadiça. O BaixAlto estava em movimento: a cabine subiu ao topo com muita velocidade.

Ajudando-se com a bengala, Suomi levantou-se cheia de dores e disse, apoiando-se em Geno:

– Um Psiofo está chegando.

Hastor Venti ficou muito sério e sobressaltado: jamais encontrara um Psiofo!

Quando o elevador chegou ao nível do portão, um homem magro de cabelos ruivos até a altura dos ombros saiu. Vestia um sobretudo branco que roçava o solo, calçava botas e usava luvas. Na cabeça trazia um chapéu cinza de seda em forma de tigela, igual aos que Geno havia visto do outro lado da terceira porta do Selo.

O homem tinha um jeito orgulhoso, lançou um olhar em direção aos dois Anteus e esboçou um sorriso, dizendo:

– Vocês estão atrasados.

Então, puxou a grossa corda que pendia e ouviu-se novamente a música do órgão e, logo em seguida, o canto de um tenor acompanhou a abertura do portão. O Psiofo entrou, deixando os dois garotos do lado de fora.

Geno tremeu. Estava totalmente confuso. Quando Yudi entrara, havia ouvido um coro de crianças e agora, em vez disso, o canto de um tenor. Suomi o pegou pela mão:

123

— Você está com medo? — perguntou, preocupada.

— Um pouco. Tudo aqui é tão estranho — sussurrou-lhe o jovem Hastor Venti.

A garotinha sacudiu a cabeça.

— Me parece que você está se sentindo um peixe fora d'água. Não há nada de estranho. Claro, para mim também é a primeira vez, mas eu não via a hora de vir para a Arx. Você não?

— Bom, sim... claro. Mas não esperava que fosse assim — tentou explicar Geno.

— Você que é estranho.

— Pois é, todos me dizem isso — retrucou ele, chateado.

— Ande, puxe a corda; dessa vez, sou eu que vou entrar — disse Suomi.

Geno obedeceu, agarrou a grossa corda e deu um puxão. O som do órgão e o coro de crianças rindo ressoaram mais uma vez: o portão se abriu.

A Antea cega entrou, segurando os Fogosos com uma das mãos e agitando sua bengala branca com a outra.

A escuridão da noite tornou a encantadora paisagem um pouco soturna. Geno Hastor Venti, do alto da muralha, olhou para baixo e viu, na penumbra, a campina que atravessara. Sentiu um baque no coração. Sozinho e com frio, pensou em tio Flebo e na velha casa malconservada de Sino de Baixo. Nunca antes tinha desejado tanto sua cama, as vigas perfuradas pelos cupins e até rever seus colegas de classe e a cara bochechuda de Nicósia, quanto agora. Mas o desejo de encontrar seus pais era grande. Maior do que o medo.

Criou coragem pensando na foto do pai e então prendeu os patins sob o braço esquerdo e, quando estava prestes a puxar a corda, viu o BaixAlto descer e voltar a subir rapidamente. Mais alguém estava chegando. Dessa vez era uma Psiofa. Uma mulher de aproximadamente 20 anos saiu do

CAPÍTULO 5 – Os espiões invisíveis da Arx

elevador. Não era muito alta e vestia um sobretudo preto. Tinha na cabeça um chapéu de seda laranja, usava luvas e botas da mesma cor.

– Olá! Sorte sua ter usado os Fogosos, eu, porém, congelei voando com a Bi-Flap – disse num tom simpático, e depois acrescentou: – Você está atrasado!

A Psiofa puxou a corda e, diferente das outras vezes, depois da música do órgão ouviu-se o gorjeio de uma soprano. O portão voltou a se fechar e Geno, cada vez mais assustado, ficou quase no escuro. A cidadela estava parcamente iluminada pela lua.

Embora não tivesse lido o Regulamento, havia compreendido uma coisa: o Pêndulo Seco tocava de maneiras diferentes: para os Anteus, entrava um coro de crianças, um tenor cantava para os Psiofos e uma soprano para as Psiofas. Somente a música poderosa do órgão é que era comum a todos. Verificou se tinha dentro da jaqueta o mapa da Arx que lhe fora dado por Madame Crikken, encontrou alguns biscoitos P. N. no bolso e comeu um. Criou coragem, agarrou a corda e puxou.

A profunda música do órgão ressoou e, logo depois, subiu um fortíssimo coro de crianças. O portão abriu-se mais uma vez. Finalmente, Geno estava entrando na Arx Mentis.

O hall retangular era muito amplo; o teto de vidro verde e as paredes, construídas com grandes tijolos aparentes nivelados, tinham nuances diferentes. Dezenas de lâmpadas amarelas suspensas em diferentes pontos iluminavam pinturas estranhas: cenas de lutas entre gigantes, danças de graciosas donzelas vestidas apenas com véus e desenhos de animais monstruosos. No centro do cômodo, havia três largos degraus de cristal sobre os quais se erguia uma enorme escultura de mármore que representava um belíssimo cavalo alado negro que parecia levantar voo.

O jovem Hastor Venti permaneceu boquiaberto diante daquela figura majestosa. O cavalo tinha no dorso uma preciosíssima sela de ouro e as asas pareciam fortes como as de uma águia e leves como o ar.

Assim que o coro de crianças rindo se extinguiu, Geno desviou sua atenção da estátua e virou-se para o portão, agora fechado. Procurava compreender de onde vinham a música e os coros.

Não havia nem sinal do órgão, mas viu um móvel extravagante, comprido e estreito, no centro do qual tinha um grande relógio oval de madeira com ponteiros de cobre. O mecanismo do relógio estava ligado a uma barra de ouro com a ponta arredondada que balançava ritmicamente para a direita e a esquerda. Era o Pêndulo Seco!

Uma gavetinha contendo uma folha saiu da base do móvel. Geno aproximou-se com medo, pegou o papel cinza escuro e viu que nele estava impresso o anel vermelho e dourado da Arx Mentis, idêntico ao emblema que vira no portão. Colocou os Fogosos no chão e, com as mãos trêmulas, leu rapidamente o texto:

IDENTIDADE

Posição: Anteu
Nível: 1º
Nome: Geno
Sobrenome: Hastor Venti
Idade: 11 anos
Nacionalidade: italiana
Capacidade: Telecinésia
Dia do ingresso: 21 de dezembro
Horário: 19:33
Dia da saída: ...
Horário: ...

CAPÍTULO 5 – Os espiões invisíveis da Arx

Geno sorriu ao ler Telecinésia e murmurou baixinho:
— Pois é, as Argolas de Sophia. Tudo por mérito de Madame Crikken!

— Você está atrasado, Geno Hastor Venti — disseram duas vozes em uníssono.

O garotinho, que pensava estar só, virou-se assustado. Diante dele havia um homem, uma mulher e três cães da raça bassê, sendo um, filhote. O homem, de meia-idade, era macérrimo, com o rosto fino, olheiras azuladas, todo vestido de preto: trajava umas calças cigarrete, uma camisa de três botões e um paletó largo. No pescoço ele usava uma longa corrente da qual pendia um medalhão brilhante. A mulher, de uns 30 anos, era alta e vestia um longo vestido de cor café, bastante decotado. Os cabelos castanhos claros estavam presos num elegante rabo de cavalo por uma fita prateada. Os olhos, pequenos e negros, sobressaíam do rosto roliço como dois alfinetes. Nenhum dos dois usava chapéu em forma de tigela. Os dois cachorros maiores, um macho, com o pelo preto, e uma fêmea marrom escuro, estavam sentados aos pés da mulher e olhavam para Geno com a língua de fora, enquanto o filhote, marrom claro com uma mancha branca no focinho e no peito, dava voltinhas sacudindo o longo rabo.

O jovem Hastor Venti não sabia com quem estava lidando. Com certeza, aqueles dois não eram Psiofos e tinham um ar ameaçador. Os únicos simpáticos eram os cães. Eram quadrúpedes de aspecto engraçado e sério ao mesmo tempo: pálpebras caídas, corpo alongado, patas curtas e longas orelhas que tocavam o chão.

— Desculpem-me... eu não sabia que estava tarde — disse o jovem Anteu, engolindo com dificuldade por causa do nervosismo.

GENO e o Selo Negro de Madame Crikken

O homem avançou, olhando fixamente para o garoto.
— Você não sabia? Mas você tem de saber! Nada de desculpas! — resmungou, e voltou a falar, com tom contrariado:
— Eu me chamo Pilo Magic Brocca, sou um Sapiens italiano.
Ocupo-me de Levitação, Bioenergia e ensino como cavalgar os Hipovoos. Sou o Mestre de Cerimônias da Arx Mentis e lhe darei indicações úteis sobre como se comportar.

Geno permaneceu com a folha de papel na mão, olhando para as duas pessoas à sua frente, e pensou:
— São Sapientes, como Madame Crikken. E o Mestre de Cerimônias é italiano.

Imediatamente, experimentou uma sensação que ele já conhecia: zunido nos ouvidos e sabor de biscoitos P. N. e de chá R. S. na boca. Não tinha compreendido bem o que Pilo Magic Brocca estava dizendo e, sobretudo, ignorava o que eram os Hipovoos; mas, para não fazer feio, preferiu ficar calado.

— Bem, Geno Hastor Venti, apresento-lhe miss Butterfly O'Connor. — Dizendo isto, Magic Brocca tomou a mão da senhora, que se aproximou do garoto, seguida pelos cães.

A mulher olhou curiosamente o jovem Anteu e, pigarreando, exclamou com sotaque tipicamente inglês:
— Italiano, certo?

— Sim, miss O'Connor, italiano — respondeu prontamente Geno.

— *Very good.* Sou a Sapiens perita em Telecinésia, Fantasmas, Telepatia e Telempia. Cuido da logística da Arx Mentis, inclusive, sou a Governanta — disse a mulher e, logo em seguida, apontou para os cães. — Estes são os meus bassês. A mãe se chama Ofélia, o pai, Ottone, e aquele é o pequeno Oscar. São muito carinhosos, mas mão quero que ninguém os afague. Você entendeu? — Miss O'Connor havia sido muito clara e Geno fez que sim com a cabeça. — Recolha os Fogosos, eles acompanharão

Capítulo 5 – Os espiões invisíveis da Arx

você ao seu apartamento – disse a Sapiens, dando a volta na estátua do cavalo alado.

Oscar cheirou as botas de Geno e espirrou sacudindo as orelhas, enquanto Ofélia e Ottone caminharam saltitando preguiçosamente atrás de miss O'Connor. O Mestre de Cerimônias italiano despediu-se da mulher e, virando-se para o garoto, disse:

– Depois do jantar, às nove e meia em ponto, o Summus Sapiens, Yatto Von Zantar, aguarda você na Sala da Visão, no terceiro pavimento. Vista a Tuia preta e as luvas do Primeiro Nível. Não se atrase. Aqui, não é permitido brincar com o tempo.

Geno assentiu com a cabeça e compreendeu imediatamente que Pilo, embora fosse italiano, não lhe facilitaria a vida. Perplexo e amedrontado, continuou a seguir miss O'Connor, que já havia passado pela estátua do cavalo e estava caminhando por um amplo corredor.

– Tuia preta? Deve ser aquela espécie de boné em forma de tigela – pensou o jovem Anteu, preocupado, já imaginando a cena com o Summus Sapiens.

O pérfido Von Zantar teria certamente tentado penetrar em sua mente para saber o que ele estava cogitando. Por outro lado, como é que o jovem Hastor Venti poderia não pensar em seus pais e em como procurar por eles? O medo de não aguentar o confronto era muito grande e, por isso, Geno esperava poder falar com Madame Crikken antes do encontro, mas não fazia ideia de onde poderia encontrá-la.

Ottone caminhava sem vontade, enquanto Ofélia, como mãe apreensiva, observava Oscar: o filhote tentava manter o passo, mas de vez em quando tropeçava em suas próprias orelhas. Isso se repetiu tantas vezes que miss O'Connor decidiu pegá-lo no colo. Tendo percorrido o corredor pouco iluminado, chegaram ao grande Salão dos Fenicopterídeos. O piso era rosa claro, as paredes, azuis e verdes, e as quatro janelas tinham suntuosas cortinas de veludo vermelho. O teto apresentava afrescos e dois grandes fenicopterídeos rosas em toda sua beleza.

No centro, estava pendurado um enorme lustre de cristais azuis que refletiam a luz, conferindo um aspecto elegante aos sofás e às poltronas adamascadas. Cadeiras e mesinhas de nogueira estavam posicionadas de forma ordenada. De pé, ao lado de uma estante repleta de livros, havia um grupo de Psiofos que falavam entre si. As mulheres usavam o chapéu laranja, e os homens, o cinza.

Alguns dentre eles pareciam ermitões, com barbas longas e brancas, outros tinham um aspecto estranho e usavam

GENO e o Selo Negro de Madame Crikken

óculos escuros embora já fosse noite. Duas mulheres de pele escura e lisa, com magníficos colares de conchas no pescoço, seguravam nas mãos plumas e madeiras, agitando-as pelo ar. Seguramente, eram xamãs.

Geno permaneceu alguns segundos com os olhos arregalados: aquele mundo verdadeiramente estranho o fazia sentir-se pouco à vontade. Olhou para ver se Suomi e Yudi estavam ali, mas só viu Psiofos naquele salão. Num canto, sentado numa confortável poltrona cor de vinho, ao lado de uma deliciosa lareira em estilo *art déco*, reparou num garoto absorto lendo um livro. Tinha espessos cabelos encaracolados e louros, não usava nenhum chapéu em forma de tigela e trajava uma túnica cor de ouro que lhe chegava até os pés. Soberbamente, levantou os olhos, grandes como duas pérolas negras, e olhou para Geno. Um arrepio percorreu as costas do jovem Hastor Venti, que parou, abaixou a cabeça e respirou profundamente. Num intervalo menor que um segundo, sentiu um leve deslocamento de ar, ergueu a cabeça e percebeu que o garoto tinha se levantado da poltrona, passando muito próximo dele.

— Está tarde! Depressa! — gritou miss O'Connor virando a maçaneta de uma das duas portas brancas na parede esquerda do salão.

Ainda aturdido, Geno apressou-se, porém, mal deu um passo, viu chegar do fundo do aposento uma bola de madeira clara que corria, soando como um carrilhão.

— É idêntica a que há na mochila do Selo — pensou.

A bola dirigiu-se para o grupo de Psiofos e estancou diante de um deles. O homem, bastante idoso, tinha cabelos completamente roxos e compridos até o chão. Quando viu chegar a bola, exclamou:

— Oh, uma Parobola para mim. Será seguramente algum bobalhão que me escreve para fazer troça. A mentira que eu

CAPÍTULO 5 – Os espiões invisíveis da Arx

disse hoje durante os testes de Cascátia fez os meus cabelos ficarem assim...

Ele abaixou-se, apanhou a esfera, puxou uma alavanca e abriu-a. Colocou a mão dentro dela e extraiu uma pequena folha. Recolocou a bola de madeira no chão, que rolou sem emitir mais nenhum som, e leu a mensagem. Então, despediu-se do grupo e foi embora apressadamente, em direção à saída.

O jovem Hastor Venti estava cada vez mais confuso, olhava para todas as coisas com muita curiosidade. No canto da parede diante dele, leu uma plaquinha que trazia a figura de uma seta dupla e indicava "Alimentos Sublimes" e "Estáforas Invertidas". Parou por um segundo e pensou que, talvez, Madame Crikken estivesse nos Alimentos Sublimes. Sem dúvida, o nome remetia à matéria preferida pela anciã, isto é, à Cozinha Metafísica.

Contudo, um segundo grito de miss O'Connor sobressaltou-o novamente. A porta que a senhorita e os cães estavam atravessando introduzia ao lado oeste da Arx e, para chegar lá, era preciso percorrer um corredor muito estreito e iluminado por pequenas luzes azuis. A parede da direita estava completamente nua, enquanto a outra, ao contrário, apresentava uma série de portas pintadas em um azul desbotado, uma do lado da outra.

De um prego enferrujado pendia uma plaquinha com duas indicações: reto, ia-se em direção dos apartamentos dos Anteus, e à direita, para a Sala Cercada.

Ofélia e Ottone seguiram reto e deitaram-se diante do quarto de número 5. Miss O'Connor inseriu a chave na fechadura e abriu:

— Este é seu apartamento. Lembre-se que às nove e meia em ponto você deve se apresentar ao Summus Sapiens, no terceiro pavimento — repetiu, com a costumeira expressão grave.

133

GENO e o Selo Negro de Madame Crikken

Geno estava prestes a agradecer quando um poderoso assovio, vindo sabe-se lá de onde, quase o matou de susto. Oscar latiu, Ofélia e Ottone levaram as patas à cabeça e miss O'Connor, sem pestanejar, exclamou:

— É o Apitomolho. Dentro de poucos minutos vão trazer o jantar para você.

A expressão do garoto traiu seu despreparo.

— Vejo que você não leu o Regulamento Iniciático! Não conhece as RI-AM? Você já deveria saber como a Arx Mentis funciona. Você me parece assustado — disse a mulher, ainda segurando o pequeno Oscar no colo.

Geno abaixou os olhos e então a Governanta fez um sinal para os outros dois cães que, aborrecidos, voltaram a segui-la mais uma vez.

O garotinho perguntou em voz alta:

— Mas e a chave do quarto?

— Todas as chaves ficam comigo. As portas permanecem abertas. Leia o *Regulamento Iniciático*: RI-AM.14a — respondeu causticamente miss O'Connor, afastando-se.

Hastor Venti permaneceu ereto diante da soleira da porta e, então, decidiu entrar. Por sorte, o apartamento era muito agradável e cheirava a zimbro. A cama ficava ao lado de uma janelinha de vidros grossos e sem cortina. Mais adiante havia uma mesa, quatro cadeiras de vime, um armário que ia até o teto, um gaveteiro em estilo barroco, um sofazinho de dois lugares, esmeralda e, ao lado de uma portinha verde-clara, uma escrivaninha com muitas penas e um tinteiro. Geno abriu a portinha e entrou no banheiro: limpíssimo, com cerâmica dourada e um espelho de moldura de cobre.

Na cama, sobre três almofadinhas de linho branco, estavam as Tuias: as toucas preta, branca e vermelha em forma de cuia e as respectivas luvas. No chão, enfileiradas, botas

Capítulo 5 – Os espiões invisíveis da Arx

brancas e vermelhas. O garoto, que ainda segurava os Fogosos nas mãos, olhou com curiosidade ao redor, e, ao lado da escrivaninha, viu as caixas. Colocou os patins sobre uma cadeira e, abrindo rapidamente a primeira caixa, extraiu dela o *Regulamento Iniciático da Arx Mentis*. Suspirou longamente. Era absolutamente necessário ler aquele livro para não voltar a fazer feio. Virou os olhos em direção à janela e sorriu: penduradas num ferro embutido na parede estavam as rédeas, a sela e a coleira de couro, enquanto o Macacão Estanque e a mochila estavam pendurados num gancho. Portanto, Madame Crikken havia chegado e já trouxera todas as indumentárias e objetos encontrados no terceiro local do Selo Negro.

Geno ia tirar a jaqueta quando bateram à porta.

– *Bienvenu*, Geno, eis seu jantar – disse Margot Crikken, entrando com uma bandeja sobre a qual havia pratos de prata repletos de comida, uma jarra de água e um copo de vidro amarelo-palha.

– Madame! Finalmente! – O garoto gritou de contentamento.

Mas a senhora anciã permaneceu impassível e, com um olhar eloquente, fez Geno compreender que não devia demonstrar demasiada confiança, mesmo que estivesse a sós.

Na Arx Mentis, até as paredes tinham ouvidos, e não era apenas um modo de dizer. Com efeito, Timpatubos estavam espalhados pelas paredes dos quartos e dos corredores: eram instrumentos em fibra de borracha, em forma de pequenas orelhas, que se camuflavam assumindo a cor das paredes. Substancialmente, serviam para espionar as conversas de Psiofos e Anteus, e Von Zantar, em circunstâncias suspeitas, ouvia tudo quando abria as Escantópias, caixas sonoras redondas e metálicas que ficavam unicamente em seu apartamento.

135

As Escantópias estavam conectadas aos Timpatubos através de um emaranhado de fios e tubinhos que corriam por dentro das paredes, dos tetos e dos pisos, terminando no quarto do Summus Sapiens. Geno, assim como os Anteus, os Psiofos e os Sapientes, não sabia nada a respeito dos espiões invisíveis. Somente Madame Crikken descobrira isso, porém ela não tinha tido tempo de explicar a ele antes de partir.

A Sapiens anciã, depois de ter colocado a bandeja sobre a mesa, aproximou-se da escrivaninha, pegou pena e tinteiro e escreveu numa folha de papel:

Leia imediatamente o lado posterior do mapa.

Geno mexeu no bolso interno da jaqueta e pegou o mapa amarelado da Arx Mentis, desenrolou-o e olhou a parte de trás. Com grande surpresa, viu que toda a grande folha estava repleta de frases escritas em minúsculos caracteres. Margot, com o indicador direito, mostrou a linha que explicava a existência dos Timpatubos e das Escantópias.

Mal teve de tempo de mostrar-lhe o que devia ler antes que o Badalo Trêmulo, o sino da Arx Mentis, tocasse. O garoto, sobressaltado, contou 21 badaladas.

— São 21h! — exclamou, olhando para ela.

Ela sorriu, pegou o bilhetinho que havia escrito e colocou-o sob o gracioso chapéu que usava, para não deixar rastros e, então, indicando a bandeja, disse em voz alta:

— Com este alimento começa o novo ciclo dos Intercantos para vocês, Anteus de Primeiro, Segundo e Terceiro Níveis. A cada início de período de Intercanto altera-se o cardápio e a letra do alfabeto. Está bem explicado na RI-AM.12a. Agora, está na vez da letra "F", de "Força". A Força está na Mente. Lembre-se que às 21h30 o Summus Sapiens espera por você. Bom jantar.

CAPÍTULO 5 – Os espiões invisíveis da Arx

A mulher saiu deixando o jovem Hastor Venti sem fôlego. Dispunha de apenas meia hora para ler, comer e vestir as luvas e a Tuia pretas.

Colocou o mapa da Arx sobre a mesa e, sem sequer olhar para o que havia no prato, levou à boca uma garfada de macarrão em forma de parafusos. Quando mastigou, sentiu um sabor extremamente esquisito. Olhou para o macarrão fumegante e viu o cardápio ao lado do copo. Leu-o rapidamente:

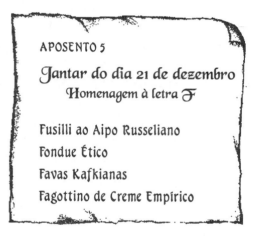

APOSENTO 5
Jantar do dia 21 de dezembro
Homenagem à letra F

Fusilli ao Aipo Russeliano
Fondue Ético
Favas Kafkianas
Fagottino de Creme Empírico

— Homenagem à letra F? Mas o que é isto? — disse, fitando os diferentes pratos.
Então, deu de ombros:
— Pois é, estava esquecendo: Cozinha Metafísica!
Experimentou as Favas Kafkianas e um pedaço de Fondue Ético. Na verdade, eram gostosos. Isso para não falar da sobremesa: uma delícia!
Enquanto saboreava o jantar metafísico, lia avidamente a parte de trás do mapa. Finalmente, descobriu a existência dos espiões invisíveis. Percebeu que era melhor não falar

137

GENO e o Selo Negro de Madame Crikken

demais por causa dos Timpatubos e Escantópias. Acendeu todas as luzes do quarto e passou os dedos pelas paredes, tentando achar um Timpatubo; porém, infelizmente, as orelhas espiãs estavam escondidas bem demais. E na Arx Mentis havia muitas outras armadilhas.

— Insídias projetadas por Von Zantar para controlar as conversas de todos — pensou Geno, lembrando-se do que Madame Crikken lhe contara. Recordou-se que a anciã francesa havia falado do quanto a Arx Mentis era diferente quando o Summus Sapiens anterior, Riccardo Del Pigio Ferro, ainda estava vivo.

Enquanto raciocinava, calçou as botas pretas e colocou o estranho chapéu de seda. Correu para o banheiro para se olhar no espelho: com a Tuia na cabeça, estava realmente ridículo. Tirou o chapéu em forma de tigela e fez uma careta.

— Não! Eu nunca vou usá-lo! Todos aqui são loucos!

Lavou as mãos e ouviu baterem à porta. Pingando, foi abrir: era Suomi. Lindíssima! Trajava uma minissaia vermelha, as luvas, as botas e a Tuia preta com suas iniciais: "S. L." As grossas meias pretas e uma camisetinha de lã cinza-escura conferiam-lhe um aspecto agradável. Além disso, ela trançara os cabelos.

— Bom jantar, não é? Gostei muito da homenagem à letra F — começou Suomi com seus grandes olhos verdes fixos no vazio.

— Pois é, ótimo. Como você está... bonita — disse Geno, constrangido.

— Obrigada. Mas você deixou a torneira do banheiro aberta. Depressa, daqui a pouco o Badalo Trêmulo vai tocar.

— Já são 21h30? — O sino tocou pontualmente enquanto Geno estava perguntando.

O jovem Hastor Venti recolocou a Tuia na cabeça, vestiu as luvas e caminhou junto com a amiga.

138

CAPÍTULO 5 – Os espiões invisíveis da Arx

— Mas como é que você fez para saber que eu estava no quarto 5? — perguntou Geno, desconfiado.

— Ouvi quando levaram o jantar para você. Eu estou no apartamento 8 — explicou Suomi, tranquilamente.

— E a dor nas costas? — perguntou, olhando-a preocupado.

— Me deram uma infusão contra a dor. Estou melhor — respondeu a garotinha, sorrindo.

Geno olhou ao redor.

— Para que lado devemos ir?

— Boa pergunta! Nem tudo está escrito no *Regulamento*. Seria preciso ter um mapa, mas é proibido. A única cópia está com Von Zantar, e minha prima Dorathea explicou que é absolutamente proibido vê-la — disse Suomi, um pouco chateada.

— O mapa! — gritou Geno, lembrando-se que o havia deixado sobre a mesa quando Suomi chegara.

— Por que está gritando? Está louco? — irritou-se a garotinha finlandesa.

Hastor Venti certamente não podia contar a respeito de Madame Crikken e do mapa. Claro que não era o original, mas, se Von Zantar descobrisse que alguém o roubara do Arquivo Pensório, seria uma encrenca para todos. Geno deveria regressar ao seu apartamento, porém estava tarde e não podia realmente abandonar Suomi.

Os dois Anteus dirigiram-se para o Salão dos Fenicopterídeos: estava deserto. Não havia um Psiofo sequer. Yudi Oda chegou correndo e, para passar, deu um empurrão em Suomi, que cambaleou, equilibrando-se com sua bengala branca.

— Que modos! — exclamou Geno.

Embora Yudi tivesse sido mal-educado, havia feito uma coisa boa: estava indicando o caminho para chegar ao terceiro pavimento, onde Von Zantar aguardava.

139

Geno e Suomi seguiram-no através de corredores e salas semiescuras, mas ao chegar diante de duas largas escadas de mármore vermelho sustentadas por enormes colunas roxas não souberam qual pegar. Yudi havia desaparecido. Quatro candelabros, com dez velas acesas em cada um, criavam uma atmosfera inquietante.

Ao lado das escadas, duas grandes bocas pretas saíam das paredes. Pareciam baixos-relevos de vidro opaco. De repente, a boca da esquerda começou a falar, quase matando Geno de susto.

— Direita, direita. É preciso ir para a direita — disse a boca preta com uma voz profunda.

— Não lhe dê ouvidos. Esta é uma Estáfora Invertida. Na maior parte das vezes, as bocas não dizem a verdade. É preciso fazer o contrário — explicou a jovem cega com tom decidido.

— Estáfora Invertida? — Geno estava transtornado e observava com nojo aqueles grandes lábios de vidro preto que se moviam como se fossem vivos.

— Mas que coisa! Você não sabe de nada! — explodiu Suomi, cansada de ter de explicar tudo.

A garotinha virou a bengala para a esquerda e começou a subir a escada, seguida por Geno.

— Se bem me lembro, na RI-AM.14a está escrito que no primeiro pavimento ficam os apartamentos das mulheres Psiofas e das Sapientes. É ali que miss O'Connor realiza os experimentos de Telecinésia e outras matérias — explicou, subindo a escada.

— Pois é, sim... acho que é isso mesmo — acrescentou Geno, fingindo saber.

— Depois, no segundo andar, deveriam ficar os apartamentos dos homens e a Sala da Leveza, onde se experimenta a Levitação, matéria que nós não podemos assistir

CAPÍTULO 5 – Os espiões invisíveis da Arx

porque somos do Primeiro Nível. Depois, há as salas de Nabir Kambil, a Sala do Oblívio, onde se cursa Meditação, e a Sala Límbica, onde se fazem os exercícios de Sonhos Vivos. Mas essa prova magipsíquica também é somente para os Anteus do Terceiro Nível – explicou novamente Suomi. Hastor Venti a ouvia, tentando memorizar tudo o que ela lhe dizia.

Tendo chegado ao último piso, no terceiro andar, cruzaram com uma mulher muito bonita, de pele morena: cabelos longos da cor do mogno, olhos azuis, magra e alta. Vestia uma longa saia de veludo rosa-pastel com uma blusinha branca de renda.

– Estão atrasados – disse, observando-os.

– Sabemos disso – respondeu Suomi que, logo em seguida, perguntou: – A senhora é uma Psiofa?

– Não. Não uso a Tuia. Chamo-me Ranja Mohaddina. Sou uma Sapiens árabe perita em Cascátia, ajudo Madame Margot Crikken na Cozinha Metafísica – explicou, sorrindo.

– Conhece Madame Crikken? – começou Geno, ingenuamente.

– Claro! Quando quiserem, poderão tentar cozinhar. A sala fica no térreo. Não dá para errar, a seta indica "Alimentos Sublimes" – respondeu Ranja.

Suomi pegou Geno por um braço e o sacudiu com força.

– Então vamos. Está tarde.

– Sigam por aquele corredor. A pequena ponte levadiça está pronta para deixar vocês entrarem. Os outros já chegaram – disse a Sábia árabe antes de ir-se.

– Ponte levadiça? Mas há quantas delas? – Geno realmente não conseguia conter-se e Suomi explodiu:

– Mas de onde você vem que não sabe de nada? Você tem certeza de que devia frequentar a Arx?

141

O jovem Hastor Venti tossiu e não respondeu. Estava pouco à vontade e só falava coisas erradas. O pensamento de que encontraria o sequestrador dos seus pais aumentava sua agitação.

Os dois chegaram à graciosa ponte levadiça em ferro batido e ouro que deveria levá-los até o Summus Sapiens. O Mestre de Cerimônias, Pilo Magic Brocca, os esperava. Estava bastante nervoso.

— Vamos, vamos, está tarde. Os outros já chegaram! — disse, empurrando os dois garotos.

Suomi e Geno se viram diante de uma porta aberta, no alto da qual, bem à vista, havia um cartaz prateado: "Sala da Visão." De lá, tinha-se acesso à Loja Psique, que era dividida em duas partes: de um lado, havia a Sala da Bilocação Fechada e da Bilocação Transversal (matérias que os garotos só podiam frequentar com a permissão de Von Zantar), e, do outro, a Sala da Materialização e Biosmia.

Um forte som de vozes provinha da Sala da Visão. Esse local era uma área privativa onde Von Zantar acolhia os hóspedes. Os dois jovens Anteus entraram, empurrados novamente pelo Mestre de Cerimônias italiano.

No centro da sala havia um grande braseiro de bronze sustentado por três dragões de ouro maciço. Pedaços de lenha e carvão estavam em chamas e deles emanava um intenso perfume de incenso.

Yatto Von Zantar ergueu-se de sua poltrona de veludo vermelho e aproximou-se do braseiro. O Summus Sapiens tinha a pele lisa e branca como o leite, olhos cinza e cabelos de duas cores: do lado esquerdo eram brancos e do direito, pretos. Ele era bastante alto e de porte robusto, vestia largas calças pretas e um paletó verde brilhante sem botões, por cima de uma casaca de cor de âmbar. No dedo médio da mão esquerda usava um grande e vistoso anel vermelho que re-

CAPÍTULO 5 — Os espiões invisíveis da Arx

produzia o emblema da Arx Mentis, o mesmo que Geno vira no portão de acesso. As duas letras, A. M., eram de ouro e brilhavam a cada vez que o Summus movia a mão.

Von Zantar abriu os braços e disse:

— Aproximem-se, jovens Anteus.

Geno estava com o coração na boca e Suomi cambaleou por um instante. Juntos, abriram caminho entre os presentes e dirigiram-se para o braseiro.

— Perdoe-nos pelo atraso — disse a garotinha em voz baixa, virando-se para Von Zantar.

Geno não conseguiu olhar aquele homem no rosto, ele lhe dava muito medo. Fixou os olhos no solo, azul como o mar profundo, e aguardou.

O Summus Sapiens deu três passos, acariciou a cabeça de Suomi e, depois, desconcertando os demais, abraçou o jovem Hastor Venti.

Um abraço falso. E Geno percebeu isso muito bem.

— Willkommen. Bem-vindos. Este é um dia importante. É o ingresso de vocês na Arx Mentis. Espero que tenham lido o Regulamento Iniciático. Cada um de vocês possui preciosos dons mentais e nós, Sapientes, procuraremos ajudar vocês a aperfeiçoá-los. Aqui, não há ensinamentos; apenas oportunidades a serem aproveitadas. Os poderes de vocês serão refinados através do estudo da magia, mas saibam que nada poderão fazer se não souberem usar a mente. A Magipsia é uma coisa muito séria. Só depende de vocês se, ao crescerem, se tornarão bons Psiofos ou Sapientes — disse, quase comovido, enquanto apertava Geno fortemente.

O garoto sentiu o coração de Yatto bater normalmente. Isso significava que Von Zantar não estava nada emocionado e que, portanto, seu comportamento era uma encenação. Um espetáculo sórdido para mostrar que ele era bom e compreensivo. Um verdadeiro sábio.

143

Suomi agitou a bengala branca, batendo de leve num dos dragões de ouro do braseiro. O Summus Sapiens, sempre segurando Geno fortemente, virou a cabeça em direção à garotinha e, com a voz modulada, disse-lhe:

— Seus olhos estão na sombra, porém sua mente vive na luz mais esplêndida. Espero que suas capacidades mentais se manifestem com toda a força.

— Obrigada, também espero isso — respondeu a jovem finlandesa.

Geno sentia sua respiração falhar e não via a hora de Von Zantar largá-lo. Aquele abraço era negativo. O corpo daquele homem tão poderoso liberava uma energia maléfica. Geno temia que ela lhe entrasse na cabeça e a fizesse explodir.

— Você está tremendo. Respira mal. Está tenso demais. Relaxe; aqui, você está em casa. Entende? — A voz de Yatto era persuasiva, porém desprezível. Não havia usado nenhuma das suas armas mentais, porém, cedo ou tarde, ele o faria.

— Sim. Vou me acalmar — respondeu Hastor Venti com os dentes cerrados; não se sentia nem um pouco em casa.

Naquele momento, chegou a sentir falta da escola de Caribonda Alta, até mesmo do severo professor de matemática. Esperava que os biscoitos P. N. fizessem efeito; se realmente ainda houvesse em seu sangue algum vestígio de ClonaFort, talvez ele conseguisse potencializar sua mente e encontrar seus pais.

De repente, o Summus Sapiens largou Geno como se tivesse compreendido os pensamentos do garoto e voltou a sentar-se em sua poltrona, movendo-se quase em câmera lenta.

Geno olhou ao redor, estranhando o lugar, e viu que, ao lado de uma grande e pesada cortina de veludo preto que enfeitava a parede direita da sala, havia um grupo de adultos. No meio avistou Madame Crikken, impassível. Encon-

CAPÍTULO 5 – Os espiões invisíveis da Arx

trava-se entre miss Butterfly O'Connor e Pilo Magic Brocca. Mais adiante havia um homem calvo, de traços orientais e tez amarelada. Trajava uma espécie de saio laranja e parecia um ermitão sem barba. Ao seu lado, uma mulher de reluzentes cabelos pretos presos numa grossa trança, não muito alta, tinha um tique nervoso perturbador e continuava a fechar repetidamente o olho esquerdo. Ao lado dela, bem visível, havia um ancião de rosto gorducho e simpático, usando um jaleco branco e um colbaque*. Era o homem que Geno vira nadar com o Subcando!

Todos usavam o cinto com o Vertilho, o estranho objeto triangular que Geno já conhecia, mas ainda não havia usado.

A voz de Von Zantar voltou a ribombar. Leu, um a um, a lista dos recém-chegados:

– Que sejam bem-vindos os novos Anteus: Yudi Oda, 11 anos, nascido em Tóquio. Bom em Magia Branca, porém sofrível em Meditação. Está no quarto número 3. Suomi Liekko, 11 anos, nascida em Kemi. Grande intuição e capacidade telepática. Mas deve esforçar-se mais em Cozinha Metafísica. Ocupa o apartamento número 8. Geno Hastor Venti, 11 anos, nascido em Sino de Baixo. Se vira bem em Telecinésia, porém é fraco no resto das matérias. Está no quarto número 5.

Três garotos um pouco mais velhos e que pertenciam aos Segundo e Terceiro Níveis aplaudiram, e Von Zantar os fez dar um passo para a frente, um a um.

– Venha para a frente, querida – disse o Summus Sapiens, passando dedos sobre seus lábios finos.

---

* Colbaque é um boné em forma de cone truncado e ornado por um pedaço de pano que pende de um lado e termina numa borla. (*N. da T.*)

145

GENO e o Selo Negro de Madame Crikken

Uma jovem um tanto feinha e com ar esnobe deu um passo para a frente. Ajeitou os óculos, passou as mãos pelos cabelos castanhos, que pareciam estopa, endireitou a Tuia branca com as iniciais A. W.

— Eu me chamo Ágata Woicik, tenho 12 anos e nasci em Varsóvia. Estou no Segundo Nível e estou aperfeiçoando as técnicas de Magia Branca. Não vejo a hora de começar a nadar debaixo da água com os Subcandos. Ocupo o quarto número 1.

Yatto sorriu, mostrando seus horríveis dentes de ouro.

— *Ja, ist Achat gut.* Sim, Ágata é competente — disse, olhando para miss O'Connor, que assentia; aquela garotinha era sua preferida.

Não obstante, Von Zantar não a elogiou nem um pouco.

— Você leu o *Regulamento Mediano*?

— Sim, mas ainda não o sei de cor — respondeu a Antea polonesa.

— Veja lá, você bem sabe que no Segundo Nível é necessário aprofundar o conhecimento de novas regras, porque o *Regulamento Iniciático* já não basta mais — acrescentou o severo Yatto.

— Sim, eu sei. Prometo-lhe que vou aprendê-lo todo em breve — concluiu Ágata, um pouco nervosa.

— Está bem, de qualquer maneira, você deve se esforçar mais em Salutria — afirmou o Summus, olhando-a nos olhos.

Logo em seguida avançaram os outros dois Anteus, que eram do Terceiro Nível. O primeiro era particularmente belo. Tinha um aspecto orgulhoso e os olhos faiscavam coragem; os cabelos, compridos e negros, tornavam-no absolutamente diferente dos outros. Usava botas, luvas e Tuia vermelhas e estava sem camisa. Tinha um colar com

CAPÍTULO 5 — Os espiões invisíveis da Arx

um talismã de madeira. Nas costas, levava uma pequena mochila de cordas entrançadas, dentro da qual havia flechas e um pequeno arco.

— O meu nome é Anoki Kerioki, dito Lobo Vermelho; tenho 13 anos. Sou um pele-vermelha da tribo dos Sioux e venho de Dakota, na América do Norte. Cheguei ao Terceiro Nível. Voo como o vento quando cavalgo os Hipovoos. Já me viro bem em Meditação e já assisti a duas provas de Bilocação Fechada. No entanto, sou fraco em Psicofonia. Estou no quarto número 2.

Anoki recuou elegantemente e, afastando-se do braseiro, deu a palavra ao outro jovem, um garotão bastante arrogante, um pouco gorducho e com os cabelos cor de cenoura que não combinavam nem um pouco com a Tuia vermelha.

— Bob Lippman, 13 anos, Terceiro Nível. Nasci na grande Nova York. Sou muito bom em Telecinésia e estou melhorando na Levitação. Já aprendi de cor o *Regulamento Largo*. Ocupo o quarto número 4.

— Muito bem. O *Regulamento Largo* — o de vocês, Anteus de Terceiro Nível — é fundamental — acrescentou Yatto, agitando as mãos.

Geno não se sentia à vontade: conseguiria um dia aprender os três *Regulamentos* imprescindíveis para os três diferentes níveis?

O Summus terminou de falar e um poderoso espirro levou todos a se virarem para o grupo dos Sábios. O homem com o jaleco branco e o rosto gorducho pediu desculpas, tirando do bolso um lenço enorme.

— Doktor Naso Bendatov, logo o senhor pegou um resfriado? — indagou Von Zantar, chateado.

— Pois é, embora não o tenha pegado durante as nadadas com os Subcandos nem cavalgando os Hipovoos durante

147

minhas excursões aéreas. De qualquer maneira, não é nada grave — respondeu o médico da Arx Mentis, constrangido.

A cena parecia quase engraçada, até porque, por causa do espirro, o colbaque do Sábio descera, cobrindo-lhe a testa toda.

Geno sorriu, o comportamento um pouco desajeitado de Naso Bendatov lembrou-lhe perfeitamente tio Flebo, despertando nele uma simpatia imediata.

— Na verdade, há demasiadas correntes de ar em diversas salas. E eu também estou um pouco resfriada — explicou a Sapiens da trança preta, enquanto continuava a piscar com a pálpebra do olho esquerdo.

— A senhora também, Eulália Strabikasios, não está bem? Sinto muito, espero que suas pesquisas sobre a Retrocognição, Magia Branca e Vidência não sejam interrompidas por isso. Talvez seja o caso de miss O'Connor verificar todas as janelas — disse o Summus Sapiens olhando para a Governanta, que concordou imediatamente.

— Permita-me, Von Zantar — começou o Sapiens careca com o saio de ermitão —, julgo que o ar quente misturado às correntes de ar frias na Sala do Oblívio, onde desenvolvo meus experimentos, não precise de verificação alguma. Portanto, miss O'Connor pode até evitar ir à minha sala.

— De acordo, Nabir Kambil, pelo menos o senhor não está se queixando — respondeu o Grande Sábio, voltando a levantar-se de sua poltrona.

O encontro estava encerrado.

Pilo Magic Brocca e miss O'Connor aproximaram-se de Von Zantar. A senhorita irlandesa pigarreou:

— Jovens Anteus, retornem para seus quartos. Amanhã de manhã, pontualmente às 7h, tocarei a Trombota. Vocês encontrarão o café da manhã do lado de fora da porta. Cada um de vocês lerá o *Programa* do mês. Os Intercantos come-

CAPÍTULO 5 – Os espiões invisíveis da Arx

çarão dentro de trinta dias. Depois, os alunos do Terceiro Nível enfrentarão o Contra Único. *Good night.* Boa noite para todos. Ágata Woicik saiu com a Governanta. O médico russo, Naso Bendatov, caminhava conversando com o tibetano Nabir Kambil, enquanto a Sapiens grega, Eulália Strabikasios, atravessou a ponte levadiça sem dar confiança a ninguém. Por vezes, o tique nervoso tornava-a bastante irascível.

Geno lançou um olhar interrogativo para Madame Crikken, imóvel diante da grossa cortina de veludo preto. Quando a anciã fez um sinal de despedida para o Summus Sapiens e retirou-se, o jovem Hastor Venti sentiu-se perdido.

O arrogante Bob Lippman aproximou-se do antipático Yudi Oda e apertou-lhe a mão; entre os dois já havia um entendimento. Anoki Kerioki olhou para todos e despediu-se de modo educado, retirando-se com altivez.

Geno ainda se encontrava ao lado de Suomi, que se orientava para a saída, quando o Mestre de Cerimônias a tomou pelo braço.

– Venha, senhorita Liekko, eu a acompanho até seu quarto.

O jovem Hastor Venti permaneceu ao lado do braseiro, sozinho com Von Zantar. Em poucos segundos a Sala da Visão ficou imersa em silêncio e o perfume do incenso se tornou cada vez mais intenso. A pesada cortina de veludo preto oscilava com os deslocamentos de ar provocados pela saída dos Sábios e Geno reparou que, atrás dela, havia uma parede colorida, talvez um mosaico.

O Summus Sapiens deu uma volta em torno do garoto como que para inspecioná-lo através de sua energia. Hastor Venti já não tinha mais saliva na boca, e seguia com o olhar cada movimento do homem.

149

GENO e o Selo Negro de Madame Crikken

— Sei tudo a seu respeito. E você sabe que eu sei — murmurou Von Zantar.

— Não... eu... eu não sei... — tartamudeou o garoto.

— *Das falsche nicht sagen.* Não minta. Eu vejo e sinto o que você pensa. — O homem apoiou uma das mãos sobre a cabeça de Geno e riu.

— Estou aqui porque meu tio Flebo Molecola fez uma promessa a você — respondeu, procurando ser gentil.

— *Ja*, é verdade. Madame Crikken fez um excelente trabalho. Agora, nós veremos se você vai se tornar um bom Anteu e, quem sabe, um Psiofo. Ou, talvez, até um Sapiens. Passar os três Intercantos não será fácil e, no fim, quando você se apresentar no Contra Único, então... bem, então veremos o quão potente você terá se tornado. — A voz de Von Zantar tornou-se mais dura.

— Onde estão os meus pais? — perguntou Hastor Venti à queima-roupa.

— Boa pergunta! Parabéns! Você tem poucos poderes, porém tem muita coragem, meu garoto — disse o Summus, rindo ainda.

— Não me faça mal. Eu só quero voltar para casa com meu pai e minha mãe — replicou Geno.

— Eu sei, eu sei. Não impedirei você — exclamou o alemão, tirando a mão e puxando levemente os cabelos encaracolados do garoto.

— Verdade? — perguntou Hastor Venti, ingenuamente.

— Claro. Mas há uma condição — sibilou o homem.

— Qual? — inquiriu Geno, conturbado.

— ENCONTRE-OS VOCÊ MESMO! — berrou Von Zantar, dando uma gargalhada.

Uma rajada de vento ergueu a pesada cortina preta, que permaneceu suspensa como se tivesse ficado petrificada por um encanto. Diante da parede completamente coberta por

CAPÍTULO 5 – Os espiões invisíveis da Arx

um mosaico multicolorido, que retratava em tamanho natural a imagem de Yatto e dos Sete Sábios da Arx, apareceu o jovem que Geno vira no Salão dos Fenicopterídeos. Estava de pé, ereto como uma estátua, com a túnica dourada que ondulava e roçava o solo.

– O que você está fazendo aqui? – perguntou Yatto, visivelmente surpreendido.

O garoto louro não falou nada, levantou a mão direita e apontou o indicador para duas cadeiras, que começaram a girar como piões.

Geno deu uns passos para trás, assustado, e depois fugiu em direção à saída. Von Zantar puxou a alavanca ao lado da sua poltrona de veludo vermelho e a pequena ponte levadiça subiu, impedindo Hastor Venti de ir embora.

O garoto com a túnica dourada avançou alguns passos e, focalizando os olhos na alavanca, abaixou-a novamente.

A ponte desceu e Geno ficou alguns segundos imóvel, como uma pedra; acabara de assistir a uma impressionante demonstração de Telecinésia. O garoto louro conseguira fazer girar as cadeiras e abaixar a alavanca apenas com o olhar.

Hastor Venti sentiu um forte zunido nos ouvidos. Tomado pelo pânico, correu como uma lebre.

Desceu as escadas quase rolando e encontrou-se de novo diante das grandes bocas negras que, estranhamente, permaneceram em silêncio. Não se lembrava mais como fazer para retornar ao seu quarto. As quarenta chamazinhas que dançavam sobre os candelabros estavam se apagando lentamente e, na penumbra, uma mão tocou em seu ombro.

Geno deu um pulo pelo susto.

– Nervoso? – disse Anoki Kerioki, retirando a mão.

– Lobo Vermelho... é você. Sim, de fato, estou um pouco nervoso – respondeu o jovem Hastor Venti, ofegante.

151

GENO e o Selo Negro de Madame Crikken

O pele-vermelha indicou o corredor para se chegar aos quartos e Geno encontrou finalmente o número 5. Entrou e permaneceu alguns segundos com as costas apoiadas contra a porta. Olhou para a mesa e viu que a bandeja do jantar ainda estava lá, porém o mapa havia desaparecido. Não tendo podido trancar a porta à chave, qualquer um poderia ter entrado. Sentiu que a raiva subia-lhe à garganta. Fechou os olhos e chorou. Medo e terror, angústia e saudade galopavam em seu coração. Muitas coisas estranhas haviam acontecido em pouco tempo. Deixou-se escorregar para o chão e ficou sentado, levando as mãos aos cabelos pretos encaracolados. Não sabia o que fazer. Sentia-se inadequado; pensou que nunca mais veria seus pais novamente, tampouco tio Flebo. A Arx Mentis era um lugar inacreditável e nunca, jamais, sairia vivo dali. Depois, voltou a pensar naquele jovem com a túnica dourada que desafiara Von Zantar:

— Mas, claro! É René! É o garoto sobre quem Madame Crikken me falou. Talvez ele me ajude. Talvez...

CAPÍTULO 6

A Palavra Bloqueadora

Geno, sentado no chão do seu quarto, não conseguia pensar em outra coisa. No coração, carregava a esperança de que René pudesse realmente ajudá-lo. Aquilo que vira entre o garoto louro e Von Zantar fora um desafio violento e inexplicável. O jovem da túnica dourada o defendera, deixando o Summus Sapiens irado; usara suas artes mentais, desafiando a sorte.

Quando René aparecera do nada, da espessa cortina preta, Geno notara que a parte superior da parede retratava uma figura não totalmente formada, mas devido ao alvoroço e à penumbra não havia conseguido ver todo o grande mosaico muito bem.

Por que René se escondera ali? Oculto atrás da pesada cortina de veludo preto, certamente ouvira tudo o que fora dito, e isso demonstrava que, talvez, a relação entre Von Zantar e René não fosse tão idílica assim.

Geno fazia perguntas a si mesmo e o fato de não encontrar as respostas corretas desorientava-o cada vez mais. Não tinha vontade alguma de dormir, até porque a ideia fixa de que alguém lhe havia roubado o preciosíssimo mapa roía-lhe a alma.

O Badalo Trêmulo, o grande sino da Arx Mentis, tocou uma única vez. Era 1h.

Um segundo depois, Geno ouviu uma estranha musiquinha que vinha do corredor e, então, alguma coisa bateu contra a porta. O garotinho levantou-se lentamente do chão e, na penumbra, aproximou-se da maçaneta, abriu a porta devagar e deu uma olhada para fora. Não havia ninguém no corredor iluminado apenas pelas pequenas luzes azuis. Enquanto fechava a porta outra vez, reparou numa esfera de madeira na soleira. Era uma Parobola idêntica à que vira rolando em direção a um Psiofo, no Salão dos Fenicopterídeos.

O carrilhão havia parado de tocar e Geno decidiu pegá-la, mas não conseguiu fechar a porta a tempo e viu Suomi sair do quarto número 8. Estava de pijama!

— Ouvi o carrilhão. Quem é que manda mensagens para você? — perguntou em voz baixa a garotinha, curiosa.

— Não sei. Volte a dormir — respondeu ele, nervoso.

Mas Suomi aproximou-se depressa, brandindo sua bengala branca.

— Vamos, eu não estou com vontade de dormir. — E, dizendo isto, empurrou o jovem Hastor Venti para dentro do quarto.

— Deixe-me sozinho. Não insista.

Geno não queria ser grosseiro, mas certamente não podia contar-lhe todos os seus problemas. Suomi suspirou e retornou para o quarto, pensando que o Anteu italiano possuía segredos demais.

O jovem Hastor Venti fechou a porta, esperando que Von Zantar não estivesse ouvindo através dos espiões invisíveis. Depois daquilo que acontecera, os Timpatubos e as Escantópias seguramente estariam abertos, mesma naquela hora avançada.

Revirou a esfera de madeira e encontrou a pequena alavanca. Puxou-a, enfiou a mão dentro e pegou uma carta.

Era de Madame Crikken.

CAPÍTULO 6 – A Palavra Bloqueadora

Eu soube do confronto entre Von Zantar e René.
Preciso falar com você imediatamente. Quando o Badalo Trêmulo
soar duas vezes, saia do quarto e leve o mapa com você.
Siga o corredor em direção às Estáforas Invertidas, queime esta
carta sobre as velas.
Depois, suba a escada da esquerda até o primeiro pavimento e
procure o UfioServo. Está muito bem indicado no mapa.
Se encontrar alguém, não pare.
Não fale. Não responda.
Agora, faça a Parobola rolar para fora do seu quarto.

Madame Crikken

O jovem Hastor Venti leu a carta duas vezes para compreender exatamente o que devia fazer. Com raiva, amassou a folha e murmurou:

— Não o tenho mais. Como é que eu vou fazer agora?

Sem o mapa, era muito difícil encontrar o UfioServo. Era praticamente impossível.

Com um gesto rápido, Geno fez a Parobola rolar para fora do quarto. Passeou de um lado para outro entre o armário e a cama, nervosamente. Logo, o Badalo Trêmulo tocaria as duas badaladas.

Aproximou-se da janela e olhou a paisagem mal iluminada pela lua, encoberta por uma camada de grossas nuvens. Nada naquele lugar lhe pertencia. Até mesmo as montanhas e os bosques, as campinas e as rochas tinham um aspecto estranho. A janela do seu quarto dava para a parte de trás da Arx e ele entreviu que, na praça embaixo, logo em direção ao lado oposto, havia grandes cubos de pedra aos quais estavam presas umas cordas que subiam em direção ao céu. No alto, estranhíssimas pipas de diversas formas

GENO e o Selo Negro de Madame Crikken

voavam. Curioso, observou a cena durante alguns minutos. "Pipas? Para que é que servem? Talvez nos deixem brincar", pensou, estupefato.

Quem sabe se na Arx também era possível se divertir! Um ligeiro sorriso apareceu em seu rosto, mas, naquele momento, os pensamentos leves não podiam levantar voo. Sentou-se sobre a cama e pensou que não podia faltar ao encontro.

O sino bateu duas badaladas secas.

Era chegada a hora.

Saiu do quarto com a carta na mão e atravessou o corredor, chegou às Estáforas Invertidas com passos miúdos e estacou. A crepitação das chamas que flutuavam dos candelabros parecia anunciar perigos e surpresas. As pequenas chamas criavam sombras e brincavam sobre as paredes, pareciam corpos de fantasmas e de monstros, mãos gigantescas e olhos endiabrados. Suas pernas começaram a tremer, mas, a essa altura, ele não podia retroceder.

As grandes bocas negras que sobressaíam das duas paredes laterais moveram os lábios e falaram:

— Para a esquerda, você deve ir para a esquerda.

Dessa vez estavam falando a verdade. De fato, também na carta estava escrito para subir justamente pela escada da esquerda.

Hastor Venti pôs a carta de Crikken sobre as velas e deixou que queimasse. Antes de subir os degraus, reparou que, ao lado da boca negra da parede esquerda, havia uma plaquinha onde estava escrito: "Clínica Vaga."

— Com certeza, a sala do doutor Bendatov ou a enfermaria ficam por aquele lado — pensou Geno que, naquele momento, não dispunha absolutamente do tempo necessário para verificar isso. Subiu os degraus na ponta dos pés para

Capítulo 6 – A Palavra Bloqueadora

não fazer barulho. Tendo chegado ao primeiro pavimento, ele olhou ao redor. Não sabia por qual corredor devia seguir. Seu coração dava saltos. As poucas lâmpadas tornavam o ambiente bastante medonho.

Leu a plaquinha presa à parede: "Apartamentos Psiofas e Sapientes." Lembrou-se de que Suomi já lhe explicara isso. Ali também ficava a Sala do Pensamento Sutil de miss O'Connor. Sem pensar demais, decidiu prosseguir reto e tomou o corredor mais largo, na esperança de cruzar com Madame Crikken, já que aquele pavimento era o dos apartamentos das mulheres. Talvez o UfioServo estivesse próximo.

Encontrou-se num hall de forma circular. Nele havia três portas em arco. Prestou atenção, mas não ouviu ninguém falando. O silêncio era total. Na primeira porta encontrou uma plaquinha com os dizeres: "Sala do Pensamento Sutil."

"É a de miss O'Connor. O UfioServo não pode ser aqui", pensou.

Assim, agarrou a maçaneta da segunda porta: estava trancada! O mesmo na terceira. Desiludido, começou a retornar, mas ouviu vozes provenientes da escada. Encostou-se de costas contra a parede e aguardou. Dois Psiofos estavam chegando, em companhia de Nabir Kambil.

— Esta noite eu espero mesmo que vocês façam sonhos interessantes. Da última vez, vocês me entediaram — disse Kambil, passando as mãos sobre a cabeça careca.

Os magos riram e o mais novo disse:

— Vou me concentrar mais na segunda fase do Sono-Sonho. Mas o senhor, distinto Kambil, faça com que nos chegue mais energia positiva. Senão, o experimento não vai vingar.

Os três subiram ao segundo andar e Geno suspirou de alívio. O garoto deu alguns passos para a frente e dirigiu-se

157

para um outro corredor, com as paredes amarelas e o piso preto. Havia duas pequenas portas e duas janelas. Assim que tentou abrir a primeira porta, sentiu um vento no pescoço. Virou-se, sem ver nada. Uma das janelas abriu-se de repente e o garotinho quase morreu de susto. Retrocedeu e esbarrou contra alguma coisa... alguém.

— *Tokiyla la?* — perguntou Anoki Kerioki.

Geno olhou aterrado para o pele-vermelha sem camisa. Era a segunda vez que Lobo Vermelho o surpreendia pelas costas.

— O que foi que você disse? — perguntou, assustado.

— *Tokiyla la* significa para onde você vai? Eu falo Lakota, minha língua. Eu só queria saber se você tinha se perdido de novo. Seu quarto fica no pavimento térreo, no número 5 — frisou o Anteu de Terceiro Nível.

Hastor Venti fez que sim com a cabeça.

— Mas você não tem mais voz? — insistiu Anoki.

Geno fez que não com a cabeça.

— Você é esquisito. Eu estou indo para o segundo andar, na sala de Nabir Kambil. Pedi para participar do experimento do Sono-Sonho e eu já vi Ágata Woicik subir. Você está indo para onde? — perguntou gentilmente Lobo Vermelho.

— Para lugar nenhum — conseguiu dizer Geno, que observou que o talismã do garoto reproduzia um totem em miniatura.

Anoki deu de ombros e subiu a escada. Hastor Venti parou-o com uma pergunta:

— Você sabe onde fica o UfioServo?

O índio estacou. Olhou Geno diretamente nos olhos e com o rosto grave disse:

CAPÍTULO 6 – A Palavra Bloqueadora

— UfioServo? O que é isto?

— Nada... deixa pra lá — retrucou Geno, que já estava arrependido de ter falado com Lobo Vermelho. Crikken tinha sido clara na sua carta: não devia falar com ninguém.

O pele-vermelha voltou a descer os degraus, estendeu o braço direito e pôs a mão ao lado da testa de Hastor Venti:

— Você está mentindo. Sinto-o. Não sei o motivo pelo qual você está procurando o UfioServo. De qualquer maneira, sei guardar um segredo. — E dizendo isto foi embora, deixando Geno bastante constrangido.

Da escada do alto desceu Madame Crikken, acompanhada pelo seu inseparável gato Napoleon. Atrás dela estava miss O'Connor, seguida apenas por Ottone, que mantinha devida distância do felino.

— Hastor Venti! O que é que você está fazendo aqui? Você já quer fazer o experimento do Sono-Sonho de Kambil? — perguntou, desconfiada, a Sapiens irlandesa.

Geno, antes de responder a miss O'Connor, olhou para Madame Crikken, esperando em vão por ajuda. Ela se afastou em direção aos apartamentos, deixando Geno sozinho com a Governanta. Napoleou soprou com despeito e Ottone agitou as longas orelhas e sentou-se em um degrau, bocejando.

— Para dizer a verdade, miss O'Connor, eu queria participar, mas depois me lembrei que, estando no Primeiro Nível, não posso. Agora estou cansado e vou voltar para meu quarto — balbuciou Geno.

A mulher acariciou o bassê e exclamou:

— *Very good*. Então, eu desejo a você uma boa noite — e saiu também, em direção aos apartamentos.

O garoto lançou uma olhada curiosa e viu Napoleon voltar. Seguiu-o bem devagar e o gato, depois de passar por uma série de corredores estreitos, parou diante de uma es-

159

GENO e o Selo Negro de Madame Crikken

tátua que representava uma mulher com um grande vaso vermelho de porcelana na cabeça.

Geno observou a estátua e, enquanto pensava no que fazer, viu Madame Crikken chegar apressada.

A Sábia anciã o fulminou com o olhar. Colocou as mãos sobre o vaso vermelho da estátua, girando-o para a direita. A estátua deslocou-se e, na parede, abriu-se uma passagem. O gato entrou, Madame Crikken segurou Geno por um braço e arrastou-o para dentro.

A estátua deslocou-se novamente, fechando a passagem secreta.

— Afinal, você leu a carta direito? Eu havia escrito para você seguir as indicações do mapa! Faltou pouco para que miss O'Connor descobrisse tudo — disse, bastante irada.

— Roubaram o mapa — respondeu Geno, abaixando a cabeça.

— *Mon dieu de la France!* Quando foi que isso aconteceu? — Margot levou as mãos ao chapeuzinho.

— Quando eu regressei ao quarto, já não estava lá. A porta deve ficar aberta, conforme o *Regulamento*, e eu tinha posto o mapa sobre a mesa — explicou, angustiado.

— Péssimo! Agora, vamos tentar não perder a calma. Venha comigo! — Madame caminhou para a frente, seguida por Napoleon.

O UfioServo era um lugar bastante esquisito. A sala, em forma hexagonal, não estava mobiliada. Só havia esteiras de palha e algumas almofadas no chão. As paredes estavam cobertas de grandes e pequenos hexágonos de madeira, mais de uma centena deles, dos quais saíam umas maçanetas de cobre, como se fossem muitas gavetas posicionadas umas acima das outras, cada uma com um número impresso.

No centro do teto, preto como carvão, uma única luminária em forma de sol iluminava levemente o ambiente.

CAPÍTULO 6 — A Palavra Bloqueadora

— Temos pouquíssimo tempo. Ouça o que vou dizer — disse a mulher seriamente, enquanto Napoleon deitava-se na almofada mais macia.

Hastor Venti interrompeu-a com uma confissão:

— Perguntei a Anoki Kerioki onde ficava o UfioServo.

— *Malédiction!* Você errou! Lobo Vermelho é neto de Urso Quieto, o maior xamã sioux em vida — exclamou a anciã francesa, preocupada.

— Urso Quieto? Mas ele está aqui na Arx? — perguntou Geno, agitado.

— Não. Ele vive em Dakota, mas, às vezes, nós, Sábios, e também Von Zantar o procuramos para resolver alguns problemas magipsíquicos — explicou Margot apressadamente.

— O Anoki também vai tornar-se xamã? — A pergunta fez a Crikken sorrir.

— Não sei. Com efeito, Lobo Vermelho puxou muita coisa do avô. Ele é legal e não creio que diga alguma coisa, sabe manter segredos. Mas eu tinha dito a você para não falar com ninguém! Você é realmente imprudente. Agora, o problema é reencontrar o mapa! — A anciã sentou-se numa esteira e bateu com os punhos fechados no chão, assustando inclusive Napoleon que, aborrecido, foi se sentar mais longe.

— Vão me matar? — perguntou Geno, ajoelhando-se diante de Madame Crikken.

— Não! O fato é que Von Zantar está com muita raiva de você e de René — disse Margot, ajeitando o chapeuzinho sobre o qual estavam costurados grandes cachos de lã vermelha.

— Pois é, René. Ele fez uma coisa incrível — começou Geno.

— O fato de ele ter se rebelado significa que as coisas vão mal entre eles. E isso é algo positivo — afirmou Margot.

— Mas Von Zantar poderia vingar-se — frisou o jovem Anteu.

161

GENO e o Selo Negro de Madame Crikken

— Pois é. Por isso é que pedi para você vir aqui. Não há Timpatubos no UfioServo. É uma sala secreta. Só eu a conheço. É um lugar precioso para mim, onde venho para pensar. Antes, era usado por Riccardo Del Pigio Ferro — explicou Madame Crikken, agitada.

— E ninguém pode nos ouvir? — perguntou, preocupado.

— Não. É uma sala com tratamento acústico, como todas as outras salas de aula — respondeu rapidamente Margot.

— O que é que devemos fazer? — indagou, amedrontado.

— Você deve fechar os olhos — respondeu a mulher.

— O quê? — Geno afastou-se levemente de Madame.

— Feche os olhos e abra a mente. Vou dar-lhe a Palavra Bloqueadora. Desse modo, ninguém, nem mesmo Von Zantar, poderá ler seus pensamentos. Decidi fazê-lo porque é a única salvação. Você é ingênuo e inexperiente demais. Você ainda tem muitas coisas a aprender e deve usar os dotes psicológicos e mentais com consciência. Os biscoitos P. N. e o chá R. S. podem ajudá-lo, mas não bastam. — A explicação da Sapiens não acalmou Geno nem um pouco.

— Palavra Bloqueadora? Mas é perigosa? — perguntou o garoto.

— Oui, sim. É perigosa. Agora eu preciso conectar minha mente à sua, e isso pode fazer você perder os sentidos por dias, ou até mesmo por anos. Mas não existe alternativa. Se você quiser reencontrar seus pais, não pode cair nas armadilhas de Von Zantar ou de algum Sábio ou Psiofo arguto. Você bem sabe que há numerosas técnicas para penetrar na mente e controlá-la, e aqui na Arx todos são capazes de utilizá-las em maior ou menor grau — concluiu Madame Crikken, que então pigarreou e estendeu as mãos na direção de Hastor Venti.

O garoto começou a tremer.

Capítulo 6 – A Palavra Bloqueadora

– A Palavra Bloqueadora poderia ativar a força do Clo-naFort que eu tomei? Vou enlouquecer?

– Essa experiência vai tornar você mais seguro. Vai levar algum tempo, mas, depois, sua mente não terá mais barreiras e as energias farão você compreender aquilo que agora sequer consegue imaginar. Quando você usar a Palavra Bloqueadora, ninguém poderá ler seus pensamentos.

– Tenho medo – disse Geno, com os olhos fixos naquela mulher que o arrastara para uma aventura grande demais para ele.

– *Je comprend.* Eu sei. Sinto isso. Eu também teria, no seu lugar. Mas você deve confiar em mim. Desejo apenas que você encontre seus pais. Foi Riccardo Del Pigio Ferro que me ensinou a Palavra Bloqueadora; foi sua derradeira refinada descoberta, e ele a revelou para mim pouco antes de morrer. Somente eu sei usar essa técnica. – Dizendo isto, Madame levantou-se e abriu a quadragésima segunda gaveta hexagonal, tirando dela uma velha vareta de bambu de aproximadamente trinta centímetros de comprimento. Então, abriu outra gaveta, a décima terceira, da qual saiu uma fumaça púrpura muito perfumada. Por fim, dirigiu-se à septuagésima: dentro dela havia uma ampulheta dupla, contendo pó de ouro.

Voltou a sentar-se diante de Geno, que observou os estranhos objetos com muita curiosidade. Margot lhe disse para acrescentar duas almofadas sobre a esteira, de tal maneira que, quando estivesse sentado nelas, a cabeça do garoto ficasse na altura da dela. Geno obedeceu imediatamente. Madame colocou a ampulheta no chão e o pó começou a descer, enquanto a fumaça púrpura se espalhava por todo o UfioServo. Ela apoiou a vareta entre sua testa e a de Hastor Venti. Seus rostos encontravam-se muito próximos. Geno conseguia ver as profundas rugas de Madame Crikken e sentiu que devia confiar nela.

GENO e o Selo Negro de Madame Crikken

— Feche os olhos e não se mexa. A vareta não deve cair — disse a Sapiens anciã em voz baixa.

A mulher respirou profundamente e ergueu os braços para cima, mantendo sempre a cabeça ereta para não deixar a vareta cair. A respiração de Geno também se tornou lenta, e, durante alguns segundos, ele ouviu o costumeiro zunido dentro dos ouvidos; então, um raio atravessou seus olhos e as pálpebras começaram a se mover ritmicamente. Sentiu tontura e, embora estivesse sentado, teve a sensação de cair dentro de um abismo desconhecido e escuro.

Agora, a fumaça vermelha que saía da 13ª gaveta já tinha enchido completamente a sala e, quando o pó de ouro da ampulheta encheu a primeira bolha de vidro, a anciã entrou em transe. Mantendo sempre os braços erguidos, mexeu os lábios recitando a Palavra Bloqueadora: "CUM IMPERIO ESSE."

Geno, sem se dar conta disso, inclinou a cabeça para trás e desabou na esteira. Perdera os sentidos e a vareta ficara presa na testa dele.

Margot cambaleou e, com um gesto lento, abaixou os braços, levando as mãos às têmporas. A fumaça vermelha voltou a entrar na gaveta, como se estivesse sendo atraída por uma força oculta. A respiração da Sapiens se normalizou e, com os olhos cheios de esperança, ela olhou para o jovem Anteu estendido sobre a esteira. Ele estava imóvel. Soltou-lhe a vareta da testa, esfregou com os dedos a pele ainda suada e aguardou que a segunda bola da ampulheta se enchesse de pó.

Ela desceu até o último grão, mas Geno não voltou a se erguer.

Napoleon miou e, aproximando-se do corpo do garotinho cheirou-o, eriçando os bigodes.

164

CAPÍTULO 6 – A Palavra Bloqueadora

Madame Crikken apoiou as mãos no peito dele: o calor liberado pela poderosa energia da Sapiens anciã quase queimou suas roupas, mas nem assim o garoto despertou.

A mulher andou em direção às gavetas hexagonais, abriu a centésima sexagésima e pegou uma pequena caixa que continha Arbórea Pervinca, uma erva mediúnica que crescia unicamente na Vallée des Pensées. Ela fora plantada meio século antes pelo mítico Riccardo Del Pigio Ferro. As folhas da erva estavam secas e esfarelavam em mil pedacinhos só ao tocá-las. A mulher retornou para junto de Geno com os farelos de Arbórea Pervinca entre as mãos e espalhou-os no rosto branco e frio.

Naquele momento, a mente do garoto encontrava-se em outra parte. Longe. No passado, no presente e no futuro.

Geno Hastor Venti via imagens desbotadas que se desenrolavam: o rosto assustado de sua mãe Corinna enquanto estava sendo levada embora por Yatto Von Zantar. Ela gritava e se debatia; e não queria deixar a farmácia de Sino de Baixo. Ao lado do balcão estava Flebo Molecola, segurando um embrulho no colo. Debaixo da coberta estava ele: o pequeno Geno. De frente para o tio, com uma expressão triste e preocupada, estava Madame Crikken. A imagem desaparecia e chegava outra, a de seu pai. Pier estava desesperado e tentava explicar para o Summus Sapiens que eles não queriam criar um xarope perigoso. O ClonaFort devia servir de supervitamina. Pier segurava alguém pela mão, mas Geno não conseguiu ver quem era. As imagens estavam fora de foco. Talvez fosse a mão de sua mãe, ou a do tio Flebo... ou a de Crikken.

Mal se podia ouvir as vozes e Geno, no estado de inconsciência em que se encontrava, não compreendia o que estava acontecendo. De repente, outras imagens vieram, de outras cenas. Os seus colegas da escola. No primeiro plano apareceu o rosto antipático de Mirta Bini, que ria, estirando os cantos da boca como se fossem de borracha. Ao lado dela estavam as outras duas garotas chatas, Gioia e Marlônia, comendo bolinhos de creme. Os primos Fratti mantinham-se à distância. Galimede estava sério e Nicósia também não ria nem um pouco, coçava a barriga e sacudia a cabeça, fazendo balançar a longa franja que lhe cobria os olhos.

A cena mudou novamente, como se tivesse sido eliminada por um golpe de apagador num quadro-negro. Geno não via mais o passado nem o presente. Estava no futuro.

Capítulo 6 – A Palavra Bloqueadora

No céu límpido e azul da Vallée des Pensées, viu voar um belíssimo falcão de plumas douradas. As asas dobravam-se e estendiam-se de acordo com as correntes de ar. Altivo e elegante, o falcão pousou sobre o ombro do jovem Hastor Venti. Na pata esquerda tinha um objeto brilhoso. Um anel idêntico ao de Von Zantar. Um anel com o símbolo da Arx Mentis. O grito do falcão tornou-se agudo e, repentinamente, Geno sentiu seu corpo cair novamente dentro do abismo. Abriu a boca e emitiu um gemido.

Margot levantou-lhe a cabeça.

— Geno, Geno... responda-me. Abra os olhos.

O jovem Anteu abriu-os. Seu olhar estava mudado. Seus olhos até expressavam assombro, porém misturado com conhecimento.

Margot sorriu e as rugas do seu rosto pareceram dobras macias que acolhiam afetuosamente o despertar daquele garotinho frágil, porém corajoso. Deu-lhe um beijo na testa, levantou-se, deixou que as emoções se esvaíssem e então disse:

— Agora você está seguro. Ninguém poderá ler seus pensamentos.

— Eu vi quando você e Von Zantar sequestraram meus pais. Meu pai segurava alguém pela mão... era a senhora, Madame? — perguntou o jovem Anteu, ainda atordoado.

— Eu e o seu pai, de mãos dadas? Não me consta nada disso! — A Sapiens anciã enrijeceu-se. A cena incompleta que Geno havia visto inquietou-a sobremaneira, tanto é que ela até mudou de expressão. — E depois, o que mais você viu? — perguntou, desconfiada.

— Os meus amigos da escola e um falcão. Um belíssimo falcão — disse, escandindo bem as palavras.

— Um falcão? — perguntou Margot, novamente surpresa.

— Sim, exatamente, um falcão. Parece-me idêntico àquele com o qual sonhei na noite em que a senhora chegou a Sino de Baixo — explicou com ênfase.

GENO e o Selo Negro de Madame Crikken

— É estranho. Você já o viu na realidade? — indagou a Sábia francesa, cada vez mais incrédula.

— Não, nunca. E, também, ele tinha um anel na pata esquerda. Um anel idêntico ao de Von Zantar — disse Geno, levantando-se com dificuldade.

Madame Crikken tirou os óculos e passou a mão pela testa. Então, voltou a colocá-los e, olhando para o garoto, explicou:

— É uma imagem do futuro. E por mais que eu tente não consigo entender o que significa. Eu não estava preparada para isso. Não esperava por isso.

— Mas a Palavra Bloqueadora funcionou? — perguntou o garotinho, coçando a cabeça repleta de caracóis.

— Claro. Agora, você está protegido. Mesmo que as insídias psicológicas que Von Zantar utilize sejam bastante poderosas. Cada vez que você quiser fechar sua mente como um cofre, só precisa repetir "Cum Imperio Esse", e ninguém poderá captar seus pensamentos — disse Margot, recolocando a ampulheta e a varetinha em suas respectivas gavetas.

Napoleon miou, estava farto de ficar ali dentro. De fato, duas horas haviam passado. O Badalo Trêmulo tocou quatro toques naquele momento.

A anciã caminhou em direção à saída, tocou a parede e a passagem secreta voltou a se abrir. Do lado de fora, espalhou ao redor Carvalho-Sá, um antigo pozinho preto extraído das raízes de carvalho, e Cinza Pedrosa, e então explicou para Geno que era a única substância capaz de apagar qualquer rastro da sua passagem. Assim, ninguém poderia descobrir que eles haviam estado ali, no UfioServo, nem sequer usando a primeira técnica da Telempia.

— Vamos, eu vou levar você de volta ao seu quarto. Vou descobrir quem roubou o mapa — disse Madame Crikken, deixando Geno assombrado.

168

Capítulo 6 – A Palavra Bloqueadora

Hastor Venti seguiu-a, procurando não fazer barulho; atravessaram os corredores e desceram as escadas, passando pelas Estáforas Invertidas, até chegarem à porta do quarto. No corredor iluminado pelas costumeiras luzes azuis tudo parecia tranquilo. Os Anteus estavam dormindo, faltavam somente Anoki Kerioki e Ágata Woicik, ainda envolvidos com Nabir Kambil.

Madame Crikken, falando baixinho por causa dos Timpatubos, explicou que usaria a primeira das duas técnicas de Telempia, a que permitia saber quem havia frequentado um local nas últimas horas. Somente assim eles ficariam sabendo imediatamente quem havia entrado no quarto número 5 na ausência de Geno e roubado o mapa.

– Puxa vida! Que coisa boa, a Telempia – respondeu excitado o jovem Hastor Venti. – Somos os únicos que possuem o pozinho preto que apaga tudo, não é?

Margot tapou-lhe a boca; estava falando demais e os Timpatubos certamente estariam à escuta. A anciã aproximou-se do ouvido do garoto e sussurrou:

– Sim, somos os únicos. Nem miss O'Connor, perita em Telempia, sabe disso. Nos próximos dias, você vai fazer os experimentos telempáticos com ela. Leia o *Regulamento*, RI-AM.8d. Agora, observe e aprenda.

A Sábia francesa fechou os olhos e tocou a porta do quarto 5 apenas com os dois dedos indicadores. Seu corpo começou a vibrar, fazendo dançar o longo vestido que ela trajava. Geno permaneceu imóvel, olhando-a. Contudo, o experimento foi interrompido de forma imprevista. As luzes azuis se apagaram e uma corrente de ar criou um vórtice no corredor. Uma presença misteriosa estava avançando em silêncio. As lâmpadas voltaram a se acender depois de alguns segundos, e René apareceu. Segurava o mapa na mão. Madame Crikken

GENO e o Selo Negro de Madame Crikken

soltou os dedos da porta e olhou-o, estarrecida. Com medo, Geno escancarou a boca como se fosse gritar.

O garoto louro lançou o precioso documento, que permaneceu suspenso no ar. A Sapiens anciã estendeu uma das mãos, mas a folha voou em direção a Geno que, desajeitado, não conseguiu pegá-lo.

O mapa caiu aos seus pés. Abaixou-se para apanhá-lo e, então, virou-se para René, olhando-o com grande admiração. As pupilas do garoto de túnica dourada eram pretas, grandes e reluzentes. Dentro daqueles olhos havia um mundo secreto, rico de enigmas e dores. Havia doçura misturada com rigor. René sorriu e pela primeira vez dirigiu a palavra a Geno:

— Use-o. Espero que ele realmente sirva a você. Sua mente está pronta para enfrentar a vida na Arx. Madame Margot Crikken sabe muita coisa. Ela deve buscar mérito para ser perdoada e está conseguindo.

O jovem com a túnica dourada estava certo de que aquela conversa não era ouvida por Yatto Von Zantar, já que ele fechara as Escantópias. René sabia da existência dos espiões invisíveis, mas não sabia que, exatamente naquele momento, o Summus Sapiens as havia reaberto e estava prestando atenção ao que diziam.

Logo, sua vingança seria realizada, mesmo que Von Zantar não conseguisse compreender o que René entregara para Geno. A palavra "mapa", com efeito, não havia sido pronunciada, porém o Summus intuíra perfeitamente que havia um acordo entre os dois garotos e a Sapiens francesa. E isso, para ele, era intolerável.

Possuía projetos bem específicos para Geno e, caso o garoto fizesse amizade demais com René, eles poderiam escoar pelo ralo. René conhecia muitos segredos, sobre os quais Geno e a Crikken não deviam absolutamente sequer suspeitar.

Capítulo 6 – A Palavra Bloqueadora

O jovem dos caracóis louros foi embora, veloz como o vento, deixando os dois petrificados. Madame Crikken passou as mãos pelos cabelos alvos eriçados pelo vórtice de ar, tentando ajeitar o chapeuzinho de borlas vermelhas. Ela estava visivelmente perturbada. As palavras de René eram verdadeiras. Ela se aproximou de Geno, que permanecia imóvel no centro do corredor e, indicando o mapa, disse:

— Agora guarde isso num local seguro. René vai ajudá-lo, tenho certeza disso. E é verdade, estou ajudando você para ser perdoada. Eu nunca teria imaginado que sequestrar seus pais teria provocado tanta dor. Você sabe disso, não é? — disse, com grande dignidade.

— Pois é. Eu sei. E René também sabe — respondeu Hastor Venti.

— Mas tome cuidado para não dar confiança demais aos outros Anteus. Alguém pode dar uma de espião e ficar pior que Ágata Woicik, aquela do Segundo Nível. — Margot não acrescentou mais nada.

Saiu do corredor, seguida por Napoleon.

O garotinho entrou no quarto, escondeu o mapa dentro de um dos patins Fogosos e jogou-se sobre a cama macia, pensando na misteriosa força mental de René. Assim que fechou os olhos, uma imagem voltou, nítida e precisa: a do falcão com o anel do Summus Sapiens. Se o falcão representava o futuro, então ainda havia muitas coisas que Geno precisava compreender.

A alvorada chegou, iluminando de rosa as campinas e montanhas do Vale dos Pensamentos; os primeiros raios de sol acariciavam as cúpulas douradas e as torres da Arx Mentis, enquanto um vento leve e frio deslizava ligeiro por entre as árvores dos bosques. Às 7h em ponto miss Butterfly O'Connor já empunhara a Trombota, a gigantesca trompa

GENO e o Selo Negro de Madame Crikken

que acordava todos os hóspedes. Ottone e Ofélia, que não suportavam mais os diversos ruídos de sinos e apitos que abalavam pontualmente a Arx, tinham se escondido sob um dos sofás do Salão dos Fenicopterídeos. O pequeno Oscar chegara a enfiar o focinho por baixo do tapete.

A Sábia irlandesa soprou na Trombota com toda a potência dos pulmões: o som agudo e altíssimo fez janelas e vidros tremerem. Assim, iniciava-se o primeiro dia do novo ciclo dos Intercantos.

As bandejas de prata com os cafés da manhã já estavam do lado de fora de cada quarto. Psiofos e Anteus abriram as portas com cara de sono, cada um pegou a própria bandeja e voltou ao seu quarto. Infusões e doces, pães temperados e geleias de diferentes sabores constituíam um convite para provar os produtos originais e únicos da Arx.

Ranja Mohaddina havia preparado um café da manhã metafísico realmente energético: Suco de Anassimandrea, Leite Eraclítico, Infusão Junguiana, Creme Filosófico, Manteiga Lógica, Geleia de sabores Hegeliano, Popperiano e Cartesiano, Pão Aristotélico e Socrático. Sem dúvida, uma carga de calorias mentais que teria posto em movimento até mesmo o mais cansado dos hóspedes.

Pilo Magic Brocca não havia, decerto, esquecido de colocar em cada bandeja o programa dos experimentos que seriam desenvolvidos durante o mês. Embora o Mestre de Cerimônias se revelasse bastante antipático, ele tinha o mérito de verificar que os procedimentos fossem sempre seguidos. Por outro lado, o *Regulamento* devia ser respeitado e era preciso comunicar o horário de ingresso nas diferentes salas de aula administradas pelos Sapientes.

Quando Yudi Oda, usando sua Tuia preta, saiu do quarto número 3 para pegar a bandeja, não se dignou sequer a lançar uma olhada para Hastor Venti, que estava apanhando a sua.

Capítulo 6 – A Palavra Bloqueadora

Geno suspirou, incomodado com a rudeza do Anteu japonês. Naquele instante, Suomi também apareceu e, sentindo a presença de alguém, disse:

— Bom dia. Quem está aí?

— Geno, você quer saber o programa do mês? — respondeu, alegre.

— Ok. Vou tomar o café da manhã no seu quarto, assim, você pode lê-lo para mim. — Dizendo isto, Suomi meteu-se no quarto número 5.

Geno agarrou uma fatia de Pão Aristotélico, cobriu-a com Geleia Cartesiana e começou a ler a folha em voz alta, demonstrando boa vontade com a nova amiga que tratara um pouco mal, na noite anterior.

Suomi terminou de beber o Suco Anassimandrea e, torcendo o nariz, observou:

— Em minha opinião, hoje Von Zantar nos enviará uma Parobola para avisar-nos de que não vai permitir que frequentemos as provas de Materialização e Biosmia.

Geno sorriu e pensou que as matérias de Magipsia eram realmente difíceis.

— Já que sou fraca em Cozinha Metafísica, irei na Ranja Mohaddina. Na semana que vem, voarei com os Hipovoos — disse a garotinha com ar satisfeito.

Hastor Venti, que estava degustando uma colherona de Creme Filosófico, aprovou a escolha da amiga finlandesa, inserindo, para si, algumas modificações: ele já sabia fazer Telecinésia e pensou em participar, portanto, dos experimentos de Telempia. Com a Palavra Bloqueadora, estava certo de que nem mesmo miss O'Connor poderia ler seus pensamentos. Cada vez mais curioso, pediu a Suomi mais explicações sobre os Hipovoos e Ressaltafios.

Programação do mês

Yatto Von Zantar

♦ LOJA PSIQUE ♦

MATERIALIZAÇÃO E BIOSMIA

Os horários serão comunicados por via telepática ou com as Parobolas.

Acesso livre para os Psiofos. Para os Anteus, é necessária uma autorização.

BILOCAÇÃO FECHADA

Nenhuma prova. Os Sapientes não poderão usufruir dessa técnica durante todo o ciclo, já que a Roda Cônica está quebrada.

BILOCAÇÃO TRANSVERSAL

Somente por concessão de Von Zantar, para os Sapientes.

♦ CAMPINA VELOSA ♦

RESSALTAFIOS

São utilizados somente pelos Anteus do 3º Nível.

As provas estão temporariamente suspensas, por motivo de manutenção.

Madame Margot Crikken e Ranja Mohaddina

♦ SALA ALIMENTOS SUBLIMES ♦

Das 8 às 12h: COZINHA METAFÍSICA — Acesso livre

Das 15 às 16h: CONTRAFÍSICA — Acesso livre

Das 18 às 19h: CASCÁTIA — Acesso livre

Eulália Strabikasios

♦ SALA DA HIPNOSE ♦

Das 8h30 às 11h30: VIDÊNCIA — Para Anteus do 3º Nível

Das 15 às 18h: RETROCOGNIÇÃO — Para Anteus de 2º e 3º Níveis

Das 22 às 24h: MAGIA BRANCA — Arcoloria, Odoria e Venofia — Acesso livre

Miss Butterfly O'Connor

♦ SALA DO PENSAMENTO SUTIL ♦

Das 9 às 13h: TELEMPIA — Acesso livre

Das 15 às 16h: TELECINÉSIA — Acesso livre

Das 17 às 19h: TELEPATIA – Para Anteus do 2° Nível
Das 22 às 2h: FANTASMAS – Para Anteus do 3° Nível

Pilo Magic Brocca
◆ ESCUDERIA RICCARDO DEL PIGIO FERRO ◆
Das 13 às 15h: Hipovoos – Acesso livre

◆ SALA DA LEVEZA ◆
Das 16 às 18h: LEVITAÇÃO – Para Anteus de 2° e 3° Níveis
Das 21 às 23h: BIOENERGIA – Para Anteus de 2° e 3° Níveis

Nabir Kambil
◆ SALA DO OBLÍVIO ◆
Das 14h30 às 17h: MEDITAÇÃO – Acesso livre

◆ SALA LÍMBICA ◆
Das 2 às 8h: SONHOS VIVOS – Para Anteus de 2° e 3° Níveis

Naso Bendatov
◆ LAGOTORTO ◆
Das 14 às 16h: SUBCANDOS – Para Anteus de 2° e 3° Níveis

◆ CLÍNICA VAGA ◆
Das 17h30 às 18h30: SALUTRIA (Facultativa) – Acesso livre

◆ MEGASSOPRO ◆
Das 21 às 24h – PSICOFONIA – Acesso livre

– Os Psiofos estão livres para frequentar qualquer matéria.
– Todos os Anteus podem ter acesso às salas de aula fora do horário, porém somente com o consentimento dos Sapientes.
– Uso livre de Subcandos e Hipovoos para Psiofos e Anteus do 3º Nível.

Summus Sapiens Yatto Von Zantar

GENO e o Selo Negro de Madame Crikken

A garotinha finlandesa sorriu, irônica:

— Geno, mas você realmente não sabe nada! Sua família ou quem fez você vir para cá avaliou um pouco mal as coisas. Eu acho que você nunca nem abriu o *Regulamento*. Um dia, você vai me explicar sua história e por que você veio para cá. Você tem certeza de que tem poderes mentais?

Geno ficou sério e não respondeu.

— Não fique bravo, eu não queria ofender. Acontece que você é realmente uma figura estranha e cheia de segredos. Eu nunca me engano sobre essas coisas. De qualquer maneira, fique tranquilo, já vou explicar tudo para você. Os Hipovoos são magníficos cavalos negros alados. Não é fácil cavalgá-los. Os Ressaltafios são pipas de Transpapel, um material resistente e transparente. Elas voam se você conseguir mantê-las no mesmo nível dos pensamentos. São usados somente no 3º Nível e durante o Contra Único. Os Ressaltafios são a prova mais difícil, e é Von Zantar que dá as aulas. Ficou claro, agora? — E, sem esperar uma resposta, Suomi levantou-se e saiu do quarto, levando sua bandeja.

Geno ficou espantado com as explicações e, sobretudo, com as intuições da garotinha cega. Havia realmente o risco de ela descobrir a verdade. Olhou distraidamente do lado de fora da janela: as pipas estavam ali. Algumas cordas estavam no chão e outras se erguiam direto para o céu.

"Fazer as pipas voarem com a mente... que coisa estranha...", pensou, observando, encantado, os Ressaltafios. Ele pegou o *Regulamento* e folheou-o rapidamente. O que leu correspondia exatamente ao que Suomi dissera. Percebeu que era absolutamente necessário estudar todo o livro! Assim descobriu que para frequentar Telempia era preciso usar o cinto com o Vertilho, o triângulo que havia na primeira caixa. Pegou-o e, com ar incrédulo, enganchou-o no cinto.

Capítulo 6 – A Palavra Bloqueadora

Nunca o jovem Hastor Venti teria imaginado passar da tranquilidade um pouco maçante de Sino de Baixo para o mundo incrível e extraordinário da Arx Mentis.

Portanto, a manhã iniciara de modo frenético, numerosas Parobolas giravam pelos corredores, pelas escadas e salas. As mensagens e as cartas eram de boa sorte. Alguns Psiofos haviam vestido o Macacão Estanque e estavam prontos para dar uma nadada feliz com os Subcandos no Lagotorto.

O Badalo Trêmulo tocou oito vezes e Geno decidiu sair ao ar livre, enquanto esperava a prova de Telempia. Vestiu a Tuia preta, as luvas, as botas e colocou o mapa no bolso. Queria ver os Hipovoos, dos quais tanto ouvira falar.

O percurso para chegar eles não era complexo: bastava atravessar o Salão dos Fenicopterídeos, seguir o corredor que passava junto da Sala de Alimentos Sublimes e sair do lado leste da Arx, onde se encontrava a Escuderia que levava o nome do mítico Riccardo Del Pigio Ferro.

Quando ele chegou diante da Sala dos Alimentos Sublimes, viu um grupo de Anteus e Psiofos que aguardavam Ranja Mohaddina. Entre eles também estavam Ágata Woicik e Bob Lippman, que apenas acenaram uma saudação. Suomi, entretanto, ainda não havia chegado.

Geno alcançou a saída leste da Arx e viu o pequeno Oscar correr em sua direção. O cachorrinho abanava o rabo e latia alegremente. Acariciou-o na cabeça, mas foi imediatamente repreendido por miss O'Connor, que apareceu por detrás da esquina.

— Eu falei que não se deve tocar nos meus cães! — vociferou, brandindo um chicote de manejo.

— Desculpe. Não vou fazer mais isso — respondeu Geno, abaixando o olhar.

Oscar, porém, tinha vontade de brincar e deitou-se de barriga para cima. Hastor Venti explodiu numa gargalhada, mas a Governanta deu uma pequena chicotada no cachorrinho, fazendo-o uivar.

Geno olhou para ela com ódio. A Sapiens irlandesa retribuiu, lançando-lhe um olhar severo. De cabeça erguida, ela disse:

— A experimentação de Telempia começa às nove. Espero que queira experimentar a força mental que você tem durante a semana inteira.

— Claro. É minha intenção — respondeu em tom adequado o garotinho, encaminhando-se para a escuderia. O edifício de tijolos com telhado de madeira maciça era bem grande e ficava a uns cem metros de distância da Arx. Em toda a sua volta, estendiam-se campinas verdes, cobertas de geada; uma trilha tortuosa e íngreme descia em direção aos bosques e ao vale. Geno ia correndo, mas, de repente, estacou olhando o céu: um Hipovoo planava elegantemente. As grandes asas batiam lentamente e seu cavaleiro gritava feliz, segurando as rédeas.

Era Lobo Vermelho, o pele-vermelha do poderoso tórax.

Hastor Venti permaneceu encantado; arrebatado pela cena. Alcançou rapidamente o recinto da escuderia, onde viu outros dezenove Hipovoos. As crinas e as caudas estavam bem penteadas e as pelagens negras assumiam, no sol, luminosos reflexos azuis e roxos. Nas laterais, notavam-se claramente as asas dobradas. Dois Psiofos selavam dois deles para os montarem. Anoki, ao contrário, saltou do cavalo alado e afagou-lhe o focinho.

— Você quer experimentar? — gritou o pele-vermelha a Geno.

Mas o garoto italiano sorriu:

— Nunca cavalguei na minha vida. Imagine se vou subir aí.

CAPÍTULO 6 – A Palavra Bloqueadora

— Você vai aprender depressa. — O sorriso de Anoki fez Hastor Venti também ficar de bom humor, já se imaginava montando um daqueles cavalos extraordinários.

— Mas você não sente frio? — perguntou-lhe Geno.

— Não. Meu sangue ferve. Pertenço aos sioux, uma tribo forte e acostumada às baixas temperaturas — respondeu o pele-vermelha, passando a mão sobre os ombros.

— Você nunca tira o talismã? — inquiriu, curioso.

— Não, dentro dele está o espírito dos meus ancestrais. Eles sempre me ajudam. — O índio sorriu e apertou o talismã de madeira.

O Badalo Trêmulo tocou nove vezes. Hastor Venti despediu-se rapidamente de Lobo Vermelho e correu para a Sala do Pensamento Sutil de miss O'Connor.

Tendo passado pelas Estáforas Invertidas e subido pela escada da esquerda, alcançou o primeiro pavimento. Seguiu reto, pois já se lembrava de onde ficava a sala. Depois de atravessar o corredor, encontrou-se no espaço circular: duas portas estavam fechadas, enquanto a do Pensamento Sutil permanecia aberta.

Entrou. A sala era grande, o teto muito alto e quatro luminárias de ferro forjado iluminavam suavemente o ambiente. Pequenos apliques de cerâmica estavam pendurados nas paredes. Num canto, Geno viu um espelho estranhíssimo, de aproximadamente dois metros de altura e cuja superfície era mole e ondulante. Não refletia a imagem real da sala com as pessoas presentes, mas apenas a sala vazia. Geno ficou perplexo.

Uns vinte médiuns, sensitivos e xamãs estavam sentados em confortáveis poltronas de veludo roxo e conversavam tranquilamente. Cada um usava o cinto, porém segurava o Vertilho na mão. Ao lado da lareira, perto de uma janela

GENO e o Selo Negro de Madame Crikken

larga e comprida, havia duas cadeiras. Uma era ocupada por Yudi Oda. Geno sentou-se ao seu lado, porém não lhe dirigiu a palavra. Assim que miss O'Connor entrou, os Psiofos pararam de conversar.

Dois médiuns aproximaram-se do estranho espelho no canto, perguntaram à Sábia se podiam evocar dois fantasmas para experimentar alguns influxos mentais.

– Não é possível usar o Hiato agora. Vocês poderão fazer isso mais tarde, quando os Anteus tiverem ido embora – respondeu a irlandesa.

Geno olhou para o Hiato com terror – nunca, jamais teria imaginado que espectros e fantasmas poderiam sair de um espelho. Lembrou-se que Von Zantar havia desenvolvido novas técnicas para o estudo dessas entidades assustadoras e, certamente, miss O'Connor as partilhava com ele.

A Sapiens trajava um longo vestido verde-escuro e usava o cabelo solto, porém seu aspecto agradável contrastava com a expressão severa. A primeira coisa que fez foi aproximar-se dos dois Anteus, mandando-os mostrarem os Vertilhos:

– Bem-vindos à primeira prova de vocês na Arx. Lembrem-se de que os Vertilhos brilham apenas quando o experimento de Telempia está sendo bem-sucedido. Depois, quando vocês tiverem aprendido essa técnica, deverão manter o triângulo com vocês no cinto, senão não poderão enviar as mensagens. Não se preocupem com os Psiofos presentes. Eles farão as provas de atualização deles.

Yudi agradeceu e Geno fez que sim com a cabeça, ajeitou as luvas pretas e segurou delicadamente o triângulo de metal entre o indicador e o polegar da mão direita.

– Como vocês sabem – disse miss O'Connor aproximando-se de um enorme quadro que representava um homem e uma criança em fase de concentração –, a Telempia dife-

Capítulo 6 – A Palavra Bloqueadora

rencia-se muito da Telepatia. Com efeito, com a Telepatia é possível ler o pensamento de todos sem problema, enquanto que a Telempia permite contatar mentalmente outras pessoas sem ler todos os seus pensamentos. Trata-se de uma simples relação mental que, entretanto, requer um gasto de energia. Portanto, não aconselho a vocês fazerem isso com demasiada frequência durante um único dia. Este é o motivo pelo qual temos as Parobolas na Arx. As mensagens chegam velozmente e sem problema. Mas, no mundo real, as mensagens telempáticas são importantíssimas. A Telempia tem muitas funções: com ela podemos também verificar quem passou por uma sala ou um local que nos interessa e quando, por exemplo; mas hoje peço-lhes para experimentar somente os contatos mentais. O café da manhã metafísico que vocês tomaram hoje seguramente terá dado energia suficiente a vocês.

Geno engoliu em seco e arregalou os olhos. Realmente não sabia como fazer. Olhou para Yudi que, impassível, revirou o Vertilho nas mãos.

Miss O'Connor fechou a cortina da janela, mostrou seu triângulo e, dirigindo-se aos Psiofos, anunciou o início da prova, dizendo:

— Que o silêncio reine soberano. Agora, só fala o pensamento.

Todas as luzes se apagaram. Na completa escuridão, Geno viu brilhar, aqui e acolá, os triângulos dos Psiofos que já estavam trabalhando. Os mais ativos eram quatro homens e duas mulheres, que, devido aos seus trajes, eram claramente xamãs e alquimistas. A sala era um lugar onde as cintilações e as luzes se moviam em perfeita sincronia. Não se ouvia nenhum barulho; tampouco alguma palavra, mas apenas pequenos flashes de energia mental aprisionada nos

Vertilhos. O jovem Hastor Venti sentiu um leve choque na cabeça. Fechou os olhos e compreendeu que Yudi estava tentando enviar-lhe uma mensagem telempática. Deixou a mente livre e, sem temor, deixou a mensagem entrar.

— Não gosto de você — dizia o pensamento do Anteu japonês.

A primeira reação de Geno foi e levantar-se da cadeira. Teria gostado de dizer-lhe poucas e boas, mas manteve a calma. Ele também queria ser bem-sucedido na prova. Sentiu-se forte porque aquele rapazinho não podia ler todos os seus pensamentos com a Telempia; a Palavra Bloqueadora era uma proteção segura.

Concentrou-se e deu forma à sua mensagem para Yudi. Um pensamento sucinto e claro:

— Nem eu de você!

Os Vertilhos dos dois Anteus brilharam. Ambos haviam obtido sucesso na prova.

Geno imediatamente se deu conta de que, na realidade, a Telempia é praticada por todos os seres humanos, sem que sequer se apercebam disso. Quantas vezes, olhando para a odiosa Mirta Bini, ele lhe dirigira pensamentos sobre seu comportamento antipático. E, quem sabe, ela pode inclusive tê-los percebido. A Telempia era, portanto, a técnica que permitia às sensações tornarem-se opiniões claras, comunicadas sem palavras.

Geno começou a se divertir. Na boca, sentiu o gosto do café da manhã metafísico que havia ingerido: os ingredientes filosóficos realmente funcionavam. Era só continuar.

— Você é um fraco — foi a segunda mensagem de Yudi.

— Tente roubar meus pensamentos e verá — foi a resposta seca de Geno, que imediatamente ativou a Palavra Bloqueadora, esperando que funcionasse de verdade.

Capítulo 6 – A Palavra Bloqueadora

O Anteu japonês aceitou a provocação e tentou. Mas se deu mal. Seu Vertilho se inflamou de repente, soltando de suas mãos e voando como um pião enlouquecido para o meio da sala escura. A Palavra Bloqueadora cumprira seu dever. Miss O'Connor percebeu o incidente e imediatamente os repreendeu:

— Nada de Telepatia! Eu disse que não era para captar os pensamentos do outro. Outro erro desse tipo e eu vou expulsar vocês da sala.

O triângulo da Sábia brilhou com uma luz ofuscante e um fluido energético parecido com uma onda gigantesca alcançou as mentes de Geno e Yudi.

Yudi Oda, porém, não queria desistir. Realmente não podia tolerar ser vencido por Geno. Levantou-se da cadeira e recuperou seu triângulo: ainda estava pelando. Abaixou-se, tentando não incomodar os Psiofos, mas Geno aproveitou para mandar-lhe a terceira mensagem:

— Então, quem é o mais fraco? Eu ou você?

O Anteu japonês rebelou-se e gritou:

— Agora chega! Você não passa de uma boba criança italiana.

As luzes voltaram a se acender, para grande desapontamento dos Psiofos, e miss O'Connor aproximou-se de Yudi Oda e Geno Hastor Venti, falando em voz alta:

— O que significa essa confusão? Mas onde é que vocês acham que estão? Vocês não leram o *Regulamento Iniciático*?

Geno permaneceu em silêncio e Yudi, ofendidíssimo, saiu correndo da sala.

A Sapiens, despenteada e com o rosto tenso, olhou para o Anteu italiano e fez-lhe um sinal para sentar-se novamente. A escuridão voltou e os Vertilhos dos Psiofos recomeçaram a brilhar, suas conversas telempáticas prosseguiram, complexas e profícuas.

Miss O'Connor, do fundo da sala, mandou uma mensagem para Geno:

— Você se acha muito poderoso?

O jovem ficou surpreso com o pensamento da Sapiens, pela mensagem muito similar à de Yudi. Assim, respondeu cautelosamente:

— Não. Estou aprendendo.

A mulher irlandesa quis ir além e entender o que fora que provocara a reação de Yudi Oda. Transgredindo todas as regras que ela mesma havia ditado, penetrou na mente de Geno para captar seus pensamentos ocultos.

A Palavra Bloqueadora impediu-a. Geno sentiu um choque e começou a tremer descontroladamente. Sua barreira mental era tão forte que a Sábia sentiu falta de ar e sua respiração ficou ofegante. Tentou novamente, porque não podia acreditar que um simples Anteu do 1º Nível tivesse tais poderes. Mas, no fim, o Vertilho dela também se inflamou, rodando por entre os Psiofos.

As quatro luminárias voltaram a se acender. Geno, que caíra da cadeira por causa do choque, estava deitado no chão com os olhos abertos e fixos no teto. Três Psiofas correram em sua direção para reanimá-lo.

Miss O'Connor, confusa e zangada, interveio prontamente, sentando-o.

— Psiofos, peço-lhes para abandonarem a sala e chamarem o doutor Naso Bendatov. Este Anteu não está nada bem — disse com um fio de voz.

Compreensivelmente perturbados, os homens e as mulheres saíram da Sala do Pensamento Sutil, e depois de poucos minutos entrou o médico da Arx Mentis.

Geno o observou e, em seu rosto, reviu o do tio Flebo Molecola, tanto que o chamou justamente desse jeito:

CAPÍTULO 6 – A Palavra Bloqueadora

— Tio Flebo, me leva pra casa.

O médico russo sorriu, e dirigindo-se para a Sapiens, disse:

— Este garoto está em estado de confusão mental, mas logo estará bem. Vou levá-lo para a Clínica Vaga. Dentro de poucas horas estará completamente restabelecido.

Bendatov ajeitou o colbaque, pegou Hastor Venti no colo e, calmamente, regressou à Enfermaria. A entrada não era muito agradável: as prateleiras estavam cheias de vasos de vidro contendo estranhos pedaços de carne, cérebros, orelhas, narizes e olhos.

Num canto, havia um esqueleto humano e, mais adiante, algumas cabeças de animais embalsamadas. Sobre uma comprida mesa apoiada contra a parede havia montanhas de pílulas de todas as cores, potes com unguentos e garrafas cheias de líquidos multicoloridos. Ao todo, as camas eram cinco, mas apenas uma estava ocupada, por um paciente muito jovem: Bob Lippman, que tinha queimado as mãos durante a prova de Cozinha Metafísica.

Entregue ao delírio, Geno não se deu conta de nada. Naso Bendatov aplicou-lhe uma injeção de MegaCoralina, um reagente bastante poderoso, e deixou que ele descansasse.

185

CAPÍTULO 7 ————————————————————

Salvo por um Hipovoo

Miss Butterfly O'Connor estava muito agitada e nem sequer Pilo Magic Brocca conseguiu detê-la.

— Preciso ver imediatamente o Summus Sapiens, deixe-me entrar — disse em voz alta a mulher irlandesa, ofegante e com o rosto completamente vermelho: subira até o terceiro andar às pressas.

— Mas não é possível. Von Zantar está meditando no apartamento dele. E mais, você deveria estar na Sala do Pensamento Sutil! — respondeu o Mestre de Cerimônias, segurando-a pelos braços.

— Me largue! Preciso falar com ele! É uma coisa urgente! — gritou miss O'Connor.

— Envie-lhe uma mensagem telempática, ou então use a Telepatia ou uma simples Parobola. Você sabe que não deve interromper os exercícios espirituais. Você deveria conhecer muito bem a RI-AM.14a do *Regulamento Iniciático* — respondeu Magic Brocca, impondo a voz.

A Sapiens deu-lhe um empurrão, fazendo-o cair no chão.

— Se você quiser manter sua posição de Mestre de Cerimônias, não deve se intrometer entre mim e Yatto. Faça o que mandamos sem protestar, ou vai ter problemas sérios — vociferou a mulher.

Pilo se levantou num salto e, tocando no medalhão que levava pendurado no pescoço, sacudiu a cabeça. Não disse nada. Sabia que não podia reagir, sob pena de perder o cargo.

GENO e o Selo Negro de Madame Crikken

Com os cabelos esvoaçando para todos os lados, a irlandesa atravessou a ponte levadiça, e chegando à pesada cortina de veludo preto da Sala da Visão, abriu-a. Diante dela apareceu o grande mosaico que representava o grupo dos Sapientes, o quadro ainda parcialmente incompleto, no qual faltavam algumas peças. Miss O'Connor sabia muito bem como abrir aquele mosaico: apoiou a mão exatamente sobre a figura que reproduzia a si mesma e a parede abriu-se.

No meio da sala, iluminada unicamente por dezenas de velas e perfumada com óleos essenciais, o Summus Sapiens estava sentado em posição de ioga no centro de um grande tapete vermelho.

— Butterfly! Mas o que você está fazendo aqui? — perguntou Von Zantar atônito, vendo sua Sábia predileta.

— Caro Yatto, desculpe-me, não queria perturbar você. Mas aconteceu uma coisa grave — explicou a mulher com a voz angustiada.

— Deve ser realmente gravíssimo para interromper-me desta maneira! — replicou o Summus Sapiens, erguendo-se.

— Aquele Anteu italiano é perigoso. Você está certo de que Madame Crikken executou suas ordens quando foi buscá-lo? — A pergunta de miss O'Connor deixou Von Zantar ainda mais inquieto.

— Nein! Não! Madame Crikken deu explicações demais a esse garotinho. Acho que estão maquinando algum plano — disse o Summus, enrugando a testa.

— Contra você? — exclamou a mulher.

— Ja! Sim, e com a cumplicidade de René — explicou friamente Von Zantar.

— René? Mas você não o controla? — perguntou, assustada.

— Ele se tornou insolente demais. Ontem à noite, ousou desafiar-me diante de Geno e, depois, também tentou fechar

Capítulo 7 – Salvo por um Hipovoo

as Escantópias para não me deixar ouvir o que estava acontecendo diante do quarto de Hastor Venti. Madame também estava lá. – O relato deixou a irlandesa preocupada.

– E o que aconteceu? – indagou miss O'Connor, agitada.

– Não sei exatamente. Tentei penetrar na mente de René, mas ele consegue resistir e não deixa escapar nada. E, certamente, não podia entrar na de Madame. Ela teria me descoberto! De qualquer maneira, as visões não me ajudam. Estou nervoso demais. Mas, diga-me: o que aconteceu com Geno? – inquiriu Von Zantar, tocando no anel com o símbolo da Arx Mentis.

– Tenho a prova de que há ClonaFort em seu sangue – afirmou a irlandesa, aproximando-se do rosto de Yatto.

Von Zantar arregalou os olhos. Seu olhar maligno encheu-se de maldade e de inveja.

Miss O'Connor explicou o que acontecera durante a prova de Telempia com Yudi Oda e confessou ter usado Telepatia para ler os pensamentos de Hastor Venti.

– A mente dele é capaz de bloquear qualquer ingresso. Inclusive o meu! Isto significa que Geno possui grandes poderes psicológicos e mediúnicos. E Margot não assinalou isso. É realmente uma traidora! – comentou a irlandesa, caminhando de um lado para o outro, entre a grande cama redonda de Von Zantar e as velas posicionadas do outro lado do quarto.

– Não pode ter sido uma intervenção externa realizada propositadamente por René para provocar a resistência mental de Geno? – perguntou o alemão, desconfiado.

– Não senti nenhuma interferência entre meu pensamento telepático e a mente de Geno – disse a mulher, acendendo um SigaCromo, um charuto comprido e fino de Relaxfolhas.

GENO e o Selo Negro de Madame Crikken

— *Ich verstehe.* Entendo. Mas nós precisamos estar certos de que Geno esteja manifestando os dons mentais graças ao ClonaFort. Se for realmente como acho que é, então Geno Hastor Venti é a criança que eu estava esperando. Porém, Madame Crikken há de se ver comigo! Ela quer criar confusão, aquela velha louca! — E, dizendo isto, acendeu também um SigaCromo.

— Eu lhe avisei sobre a completa instabilidade daquela francesa. Ainda está demasiadamente ligada às lógicas do falecido Riccardo Del Pigio Ferro. Ela nunca foi fiel a você. É competente nas técnicas de Magipsia. Mas nunca esteve realmente do seu lado. Se ela soubesse que eu sei... — A Sapiens fez uma breve pausa e, então, continuou a falar: — Ela conhece profundamente toda a história dos Hastor Venti e também sabe demais sobre René — concluiu.

A fumaça do charuto criou uma pequena nuvem em redor do rosto de miss O'Connor, que pareceu mais pérfido que nunca.

Von Zantar murmurou:

— Os Hastor Venti... Pois é. Mas não se preocupe, René não será mais um perigo. Daqui a pouco, não poderá mais nos prejudicar. Eu vou fazê-lo parar com isso. Depois, cuidaremos de Geno. Vai ser interessante continuar os experimentos com ele. De qualquer maneira, é necessário que ele continue frequentando as várias salas sem que suspeite de nada. Não podemos alarmar os outros Sábios. Deixemos que Geno Hastor Venti faça outras provas, sem puni-lo. — O olhar de Yatto perdeu-se nos pequenos olhos pretos de Butterfly. O Summus queria conquistar Geno para seu lado. Queria aliciá-lo. Convencê-lo. Modificá-lo. Com René, conseguira fazer isso, mas só parcialmente. E era por isso que agora o garoto dos cabelos dourados precisava ser detido.

Capítulo 7 – Salvo por um Hipovoo

– Mas, Yatto, os outros Sábios vão se dar conta de que Geno possui poderes fortíssimos e ficarão desconfiados – acrescentou a mulher.

– *Brunnen!* Bem! Se descobrirem, será divertido ver as reações de todos eles. Particularmente a de Madame, que não sei realmente como fará para fingir não saber de nada. Talvez possamos soltar espectros e fantasmas para ver as reações do garoto. Como enfrentaria os olhos de gelo dos Froder, capazes de bloquear qualquer pensamento. Ou, então, fazê-lo encontrar-se com os Olenos, os Espectros roxos de bocas amarelas capazes de aspirar a força psíquica, que podem ser realmente... instrutivos! Ou, melhor ainda, as Ífidas, as belíssimas figuras de mulher capazes de roubar os sentimentos... – disse com um sorriso de escárnio o pérfido Summus, que não via a hora de experimentar suas loucuras mágicas.

Butterfly reteve a respiração.

– Você está falando sério?

– *Sicher!* Claro! – afirmou o Grande Sábio.

– Somente nós, Sapientes, e alguns Psiofos fidelíssimos sabemos da existência dessas entidades perigosas. A maioria só teve contato com fantasmas e espectros normais. E não imagino que reação Madame Crikken poderia ter. Você sabe tanto quanto eu que ela é absolutamente contrária a esses nossos experimentos magipsíquicos – insistiu miss O'Connor.

– Sei muito bem disso. Mas faremos tudo com esperteza. Se Geno vencer certos traumas, poderemos prosseguir com experimentos muito mais complexos. Por outro lado, Geno deve enfrentar seu destino. Já não posso mais contar com René – respondeu, dando uma risadinha.

– Pois é, seu destino. Espero que isso não provoque outros incidentes – disse a Governanta, baixinho.

GENO e o Selo Negro de Madame Crikken

— Nós vamos controlar tudo perfeitamente. E também vou olhar na Esfericonda — afirmou Yatto, apontando o dedo para o escrínio apoiado sobre uma preciosa mesinha antiga de carvalho.

— Você quer abrir o escrínio e usar a Esfericonda? — indagou Butterfly, surpresa.

— *Sicher!* Claro! Bem sei que é perigoso usá-la, mas, se for necessário, o farei! — Von Zantar estava decidido.

— Ainda me lembro de quando você a usou pela primeira vez. Foi justamente para ver... — Miss O'Connor se conteve, não queria irritar o grande Summus.

— Pois é, usei-a exatamente onze anos atrás para ver o que teria acontecido em Sino de Baixo e o que teriam aprontado Corinna e Pier Hastor Venti se tivessem continuado a usar o ClonaFort. A Esfericonda foi muito útil! Bloqueei os dois farmacêuticos e iniciei meus experimentos na Arx. Aqueles dois agora são inócuos! E, depois, a esfera de cristal me fez ver muito bem como eu podia manipular o pequeno René. Você se lembra? — Enquanto falava, Von Zantar saboreava as tragadas de SigaCromo. O mundo maléfico que ele criara paralelamente ao da Arx era realmente assustador. Butterfly conhecia-o em parte, e ela estava absolutamente escravizada pelo pensamento do seu criador.

— Lembro-me muito bem. René aprendeu depressa. Por sorte, Margot não conseguiu impedir que você fizesse experimentos com ele. Além do mais, a francesa não sabe nada sobre a Esfericonda. Certo? — perguntou a Governanta.

— *Nein.* Não. Somente eu e você conhecemos o segredo daquela esfera. Eu a trouxe para a Arx quando fui nomeado Summus Sapiens — explicou Yatto, acariciando o escrínio que continha o estranhíssimo objeto.

192

CAPÍTULO 7 – Salvo por um Hipovoo

– Mas é preciso usá-la com prudência – insistiu miss O'Connor.

– Eu sei bem o que faço. Confio em você. Você é muito competente com espectros e fantasmas. Diria até insuperável! Agora, volte para a Sala do Pensamento Sutil; não quero que os Psiofos e Anteus suspeitem de alguma coisa – concluiu Yatto com um tom severo.

– *Good*. Está bem. Você pode encontrar Geno na Clínica Vaga. Depois da prova de hoje de manhã, perdeu a consciência – disse miss O'Connor antes de sair do aposento.

– Hoje será um dia pesado na Arx. Prepare-se para qualquer evento. – Von Zantar riu, mostrando seus horríveis dentes de ouro. Alisou os cabelos pretos e brancos e olhou a irlandesa que se afastava com passo sinuoso.

Os dois cúmplices estavam ligados por um pacto maldito e por intentos cruéis: juntos, procurariam armar uma cilada para Madame Crikken e subjugar o jovem Anteu italiano.

Contudo, mais do que nunca, mantinham esse acordo em segredo, escondendo seus fins por trás de um decoro formal diante dos outros frequentadores da Arx.

Quando miss O'Connor desceu as escadas, encontrou no patamar do primeiro piso justamente a anciã francesa, que apertava Napoleon nos braços. Margot estava falando com um bruxo africano, que lhe contava o que acontecera na Sala do Pensamento Sutil.

A Sapiens irlandesa interrompeu a conversa.

– Nada de preocupante. O Anteu italiano logo ficará bom. Foi a primeira prova dele e nem todos são suficientemente fortes para vencer os obstáculos iniciais.

Margot colocou Napoleon no chão, ajeitou o chapeuzinho vermelho repleto de botões azuis e, alisando o vestido de lã turquesa, disse:

193

GENO e o Selo Negro de Madame Crikken

— *Oui*, miss O'Connor, são coisas que acontecem.

O Psiofo tranquilizou-se e seguiu a irlandesa, deixando Margot impassível. Madame percebeu que a Governanta havia subido ao terceiro andar para ver Von Zantar, e a coisa não a agradava, de jeito nenhum.

O Badalo Trêmulo bateu onze toques. Seguindo a indicação da Sábia irlandesa, Magic Brocca enviou vinte Parobolas aos Psiofos que aguardavam a continuação da prova de Telempia. Dentro de poucos minutos miss O'Connor recomeçou o experimento com os Vertilhos, acalmando os participantes.

Madame Crikken dirigiu-se à Clínica Vaga, seguida pelo inseparável gato branco. Quando entrou, viu que Naso Bendatov estava massageando a cabeça de Geno com o Olicantro, um líquido oleoso especial que reativa a circulação dos capilares cerebrais.

— *Da, da...* sim, sim, que surpresa! A perita em Cozinha Metafísica na Enfermaria! — exclamou alegremente o médico russo, derrubando involuntariamente um vaso contendo o olho de um elefante.

Bob Lippman olhou para Madame enfezado, mas ela retribuiu o olhar com um sorriso de cortesia, exclamando:

— *Parbleu!* Bob Lippman, você também está aqui? Estou surpresa. Vejo que está com as mãos enfaixadas.

— Culpa do fogo e dos alimentos metafísicos — respondeu o americano, chateado.

— Tenho a impressão de que você tem de apressar-se a ficar melhor. Daqui a quatro semanas deverá enfrentar o último Intercanto e o Contra Único — especificou em tom cáustico Margot, que não suportava a arrogância do americano.

Bob virou-se para o outro lado, bufando. Geno, entretanto, ainda tinha o olhar transtornado e não dizia sequer uma palavra.

CAPÍTULO 7 – Salvo por um Hipovoo

— Como está o Anteu italiano? — perguntou a Sapiens a Naso Bendatov, ocupado em recolocar o olho de elefante dentro do vaso.

— *Khorochó*. Bastante bem. Mais alguns minutos e ele ficará novinho em folha. Tem uma cabeça forte, este rapaz — respondeu o médico, espirrando.

— O resfriado o persegue, caro Naso. Mas daqui a pouco a Governanta virá verificar as janelas. De fato, aqui há umas correntes de ar bastante incômodas. Certamente, miss O'Connor vai resolver o problema — disse; mas enquanto falava olhava para Geno com preocupação.

O garoto, talvez por causa da injeção de MegaCoralina, do Olicantro ou pelo barulho provocado pelo poderoso espirro de Bendatov, soltou repentinamente um suspiro:

— Ahhhhhhhhh... Minha cabeçaaaaa!!!

Napoleon ronronou e escondeu-se sob a cama, balançando o rabo plumoso.

O médico russo olhou para Margot, satisfeito com o fato de o garoto ter acordado bastante bem. A Sapiens esboçou um sorriso e, aproximando-se do jovem Anteu, disse:

— Sarou?

Geno ficou feliz em ver Madame Crikken e, com um gesto instintivo levantou as mãos para abraçá-la, porém a anciã lançou-lhe um olhar reprovador e ele se assustou: o mapa estava saindo de seu bolso. Recolocou-o para dentro e abaixou o olhar, como que para pedir perdão pelo seu jeito atrapalhado.

Bob Lippman, enjoado por essa cena demasiadamente apatetada, dava uns risinhos de escárnio, levando as mãos enfaixadas à boca para não ser visto.

— Geno Hastor Venti, agora você vai para fora, pegar ar livre. Depois de algumas horas respirando uma boa quan-

195

GENO e o Selo Negro de Madame Crikken

tidade de oxigênio, poderá voltar às suas provas. Não receberá nenhuma punição. As regras RI-AM não preveem nada para esses casos — explicou Naso Bendatov.

O garotinho desceu da cama e voltou a vestir-se rapidamente, enfiando a Tuia e o cinto com o Vertilho. Passou diante de Bob, que zombou dele imitando-lhe a careta de dor. Geno deu de ombros e, quando esteve diante dos dois Sábios, perguntou:

— Posso fazer outras provas magipsíquicas?

O médico deu-lhe uma palmadinha no rosto.

— Claro, e espero que sejam melhores do que a que você enfrentou hoje de manhã.

Geno, sob o olhar atento de Bob Lippman, saiu da Clínica Vaga, seguido por Margot e Napoleon.

Madame ajeitou o cinto com o Vertilho e com ar de seriedade mandou uma mensagem telempática a Geno:

— Mas o que foi que aconteceu?

O garotinho não se virou, embora ficasse surpreendido com o inesperado ingresso de Madame em sua mente.

Olhou para seu Vertilho, viu que brilhava e, imediatamente, respondeu com a mente.

— Foi tudo culpa da Palavra Bloqueadora. Talvez miss O'Connor a tenha descoberto. — A resposta chegou instantaneamente a Crikken, que reagiu prontamente.

— Impossível! Ela deve estar pensando que você tem uma mente poderosa. Eu sabia que mais cedo ou mais tarde isso aconteceria. Vá até onde ficam os Ressaltafios e me espere. — O pensamento telempático da Sábia encerrou a conversa e Geno continuou a caminhar em direção às Estáforas Invertidas. Ele teria gostado de se virar e conversar, mas sabia bem que os espiões invisíveis estavam ativos.

Capítulo 7 – Salvo por um Hipovoo

Naquele momento, Von Zantar desceu pela escada da direita: vestia calça cinza e casaca branca de seda, carregava uma magnífica sela debaixo do braço e segurava as rédeas na mão.

– Geno Hastor Venti, vejo que você está bem – disse, alegremente, disfarçado perfeitamente a raiva. Margot ativou sua Palavra Bloqueadora, pois a situação estava um tanto estranha e ela temia que o Summus lesse seu pensamento. Normalmente, isso não ocorria, mas não podia confiar nele.

Os dois trocaram rapidamente um olhar, Yatto chegou até a esboçar um sorriso. Um sorriso maléfico que revelava ódio e rancor. Madame percebeu isso muito bem e, sem dizer palavra, despediu-se com um aceno de cabeça, afastando-se em direção à Sala de Alimentos Sublimes.

O jovem Anteu ficou sozinho diante das Estáforas Invertidas com o pérfido Yatto, que ainda sorria.

– Você está bem? – perguntou-lhe Yatto, fitando-o nos olhos.

– Muito bem, obrigado. Agora vou dar o passeio que o médico recomendou – respondeu Geno, com a cabeça erguida.

O Summus agitou as rédeas, fazendo brilhar o grande anel de ouro que refletia as luzes das velas. Não tentou penetrar na cabeça do garoto. Não era hora, mas ele o observou da cabeça aos pés, deixando-o constrangido.

– Não perca muitas provas, senão você vai chegar mal ao primeiro Intercanto. Espero muito de você – disse Yatto como se não fosse nada, e seguiu em direção à Escudaria.

Geno seguiu pelo mesmo caminho, porém, depois de sair, deu uma olhada no mapa para assegurar-se do percurso que devia fazer. Rodeou as muralhas da cidadela e andou para o lado oeste, para onde dava a janela do seu quarto, chegando à Campina Velosa. Ali estavam os Ressaltafios. A espera foi inútil; Margot não apareceu. Com a presença de Yatto do lado de fora da Arx, não era oportuno que os dois fossem vistos juntos.

Não havia ninguém no meio da Campina Velosa, até porque estava claramente escrito na Programação que os Ressaltafios não podiam ser utilizados. Diversas cordas estavam abandonadas no chão e apenas poucas, bem trançadas, erguiam-se para o alto, fazendo algumas pipas voarem.

O jovem Hastor Venti sentou-se sobre um dos blocos de cimento e respirou a plenos pulmões o estimulante ar da montanha. Fitou o céu branco e azul e, ondulando a cabeça, acompanhou os movimentos que os Ressaltafios faziam, abandonados às correntes de ar. As pipas apresentavam o formato de gigantes e ogros, dragões e estrelas. Eram muito coloridas e transparentes. Geno perdeu-se em seus pensamentos, vendo dançar aquelas extraordinárias obras-primas de Transpapel. Ele sabia que era preciso usar a mente para fazêlas voar, embora ignorasse absolutamente a técnica exata.

Os Ressaltafios constituíam uma prova física e psicológica bastante difícil de passar e somente ao chegar ao Terceiro Nível é que se podia tentar o desafio, para depois enfrentar o Contra Único. Mesmo não tendo lido todo o *Regulamento*, lembrou-se da explicação de Suomi. Aquelas cordas eram feitas de um material particularmente sensível aos estados emotivos de quem as tocava. Nervosismo e medo provocavam o levantamento imprevisto da pipa que, sem controle mental, podia partir veloz como um raio. Somente depois de muitas provas é que os Anteus eram capazes de controlar o andamento e de identificar-se com a própria pipa, para dirigi-la com bravura e empunhar a corda com força e decisão.

CAPÍTULO 7 – **Salvo por um Hipovoo**

Enquanto seguia com o olhar o Ressaltafio em forma de dragão, viu um Hipovoo voltear na mesma altura. Era cavalgado por René. As asas do magnífico animal negro desafiavam o vento, e o jovem da túnica dourada parecia querer alcançar o sol. No alto, no espaço azul, René abandonou as rédeas, se pôs de pé, equilibrando-se perfeitamente no dorso do Hipovoo, estendeu os braços para fora e travou a andadura. As asas do Hipovoo permaneceram assim, como os braços de René: paradas, imóveis. O cavalo e seu cavaleiro pareciam não ter peso. Era como se uma estátua equestre estivesse no meio do céu.

GENO e o Selo Negro de Madame Crikken

— Como é possível? — exclamou Geno, boquiaberto. A prova de altíssimo nível que René estava executando não era outra coisa senão meditação profunda realizada no ar. Muitos Psiofos sabiam fazer isso, mas ninguém era tão bom quanto ele. A cena era realmente incrível. Geno temia que René e o cavalo fossem cair no vazio. De repente, viu um outro Hipovoo galopando no ar: Von Zantar estava montado nele. O Summus Sapiens mantinha as rédeas tesas e guiava o cavalo com a máxima destreza, enquanto René, completamente alheio ao mundo que o rodeava, continuava a manter os braços como se fossem asas.

Com uma guinada repentina, Yatto emparelhou com o cavalo do garoto. Von Zantar saltou sobre o Hipovoo de René, deixando o seu voar sozinho. Tomou as rédeas nas mãos, dirigindo o majestoso animal em direção à descida.

O garoto louro, ainda concentrado na sua meditação, não opôs resistência, deixou-se raptar pelo homem sem se dar conta da situação.

Geno agitou-se vendo aquela cena inacreditável e, ao se mexer, puxou inadvertidamente a corda que mantinha preso o Ressaltafio com o dragão, fazendo-a se soltar do cimento. O garoto foi arrastado num átimo e seus pés se levantaram do solo, enquanto soltava um grito de ajuda. Ninguém o ouviu, porque naquele instante exato o Badalo Trêmulo tocou doze vezes: era meio-dia.

A pipa que representava o dragão arrancou para o alto em grande velocidade e, embora Geno tentasse segurar a corda com força junto ao peito, não conseguia fazê-lo por causa das luvas pretas de seda, que não lhe permitiam uma pegada firme.

200

Capítulo 7 – Salvo por um Hipovoo

Quanto mais alto voava o dragão de Transpapel ao qual estava pendurado, mais aumentava seu medo de cair. Olhou para baixo e sentiu vertigem: as cúpulas e as torres da Arx Mentis estavam menores e as árvores já pareciam arbustos. Fechou os olhos, mas os raios do sol insinuaram-se nas suas pálpebras, ofuscando-o do mesmo jeito.

A corrente de ar o arrastava para sabe-se lá onde. Relembrou as técnicas mentais utilizadas nos dois locais do Selo Negro, a do Desencanto e a do Céu Reflexivo, mas o terror de espatifar-se no solo era tão forte que qualquer tentativa de concentração se esvaía imediatamente.

Repentinamente, ele foi empurrado por alguma coisa, uma pancada seca que fez perder a Tuia negra que tinha na cabeça. Aterrorizado, escancarou os olhos e, diante dele, viu um Hipovoo. Era o que Yatto abandonara. O cavalo tinha olhos azuis muito grandes e profundos. Com a asa direita, golpeou a corda do Ressaltafio, obrigando Geno a largá-la.

O dragão de Transpapel partiu para longe, em direção ao cume das montanhas nevadas, enquanto o garoto caiu suavemente sobre o dorso do Hipovoo, que continuava a agitar as asas. Com o ar gelado lhe varando as roupas, pegou as rédeas por instinto, porém permaneceu com o corpo colado ao do cavalo. O Hipovoo mudou de direção e encaminhou-se para baixo. Planou ligeiro, levando o jovem Anteu, que mal acreditava ainda estar vivo, de volta à terra.

Geno deixou-se ficar com as rédeas apertadas entre as mãos e respirou como se estivesse se afogando.

— Mas você está louco? — A voz ressoante de Pilo Magic Brocca entrou-lhe nos ouvidos como um torpedo. — Desça imediatamente! Você arriscou sua vida por nada! Se você nem sabe cavalgar, como pode pretender domar um Hipovoo sem nunca ter tido uma aula sequer! Você não leu o *Regula-*

mento? A RI-AM.10a é muito clara – continuou o Mestre de Cerimônias, cada vez mais bravo. Pilo, por sorte, não vira que ele também subira ao céu com um Ressaltafio.

Geno teria corrido o risco de uma pesada punição: ficar trancado na Escuderia por duas noites! Ele estendeu a mão e deixou-se ajudar, saltou para o chão e, olhando com olhos apavorados para Magic Brocca, não soube o que dizer.

– Tome, coloque sua Tuia preta. Voou até aqui. Você poderia ter se espatifado no chão, e não teria sido o primeiro a ter esse triste fim – prosseguiu o Mestre de Cerimônias, severo.

– Desculpe... não sei explicar como isso pode ter acontecido – disse Geno angustiado, observando o Hipovoo que o salvara do Ressaltafio enlouquecido.

– Você não sabe coisas demais! Ou talvez saiba mais que todos nós e está de gozação conosco? – repreendeu Magic Brocca.

– Não vai acontecer nunca mais – o Anteu italiano ainda tentou se desculpar, mas o Mestre de Cerimônias o assustou mais ainda, dizendo que desde 1555, ano de fundação da Arx Mentis, uns 150 Anteus e 40 Psiofos haviam morrido fazendo mau uso dos Hipovoos.

Hastor Venti recolocou a Tuia na cabeça e percebeu que suas luvas estavam completamente rasgadas. De cabeça baixa, encaminhou-se para a Arx e cruzou com um grupo de Psiofos que o olharam de maneira curiosa. Enquanto isso, o Mestre de Cerimônias mandou uma mensagem telempática a Von Zantar, informando o ocorrido, mas o Summus respondeu-lhe que não punisse Geno e o deixasse frequentar outras matérias magipsíquicas. O plano elaborado com miss O'Connor estava sendo implementado plenamente.

Geno viu Yudi Oda chegar com Bob Lippman, cujas mãos tinham sarado, e Ágata Woicik.

CAPÍTULO 7 – Salvo por um Hipovoo

Quando Ágata chegou perto dele, observou-o e disse, com desprezo:

— Você queria mostrar que era o melhor, voando com um Hipovoo sem nunca sequer ter feito uma prova com Magic Brocca?

Bob e Yudi cuspiram no chão e afastaram-se em direção à Escuderia.

Geno olhou a Antea polonesa diretamente nos olhos e respondeu:

— Tenho certeza de que não preciso pedir permissão a você para cavalgar um Hipovoo.

Ágata fez uma careta, ajeitou as luvas brancas e juntou-se aos outros Anteus. A prova com o Mestre de Cerimônias estava por começar. Depois de ter andado alguns passos, a garotinha virou-se e, gritando, disse:

— Se você quiser aprender, olhe para mim. Você é um bobo italiano e não conhece o *Regulamento*. Espero que seja punido!

Geno não deu bola para ela e entrou na Arx esperando encontrar Madame Crikken, porque estava morrendo de vontade de contar a ela sobre René e Von Zantar, mas não encontrou a Sapiens. Em vez dela, encontrou Suomi no corredor, que circulava movendo sua inseparável bengala branca.

— Como foi a prova de Cozinha Metafísica? — perguntou-lhe Geno, enganchando seu braço no dela.

— Bastante bem. Ranja é muito paciente e Madame Crikken também me elogiou. Só que, não tendo nenhuma prática com panelas em forma de despertador e frigideiras cúbicas, errei bem umas três vezes nas colheres que precisava utilizar. Também estraguei as luvas pretas nas pontas dos dedos — respondeu Suomi.

— Você sabe para onde Crikken foi? — perguntou o garotinho.

GENO e o Selo Negro de Madame Crikken

— Não sei. Agora vou descansar. Se você quiser comer alguma coisa, vá até a Sala de Alimentos Sublimes, há um monte de coisas gostosas que nós preparamos. E talvez Crikken ainda esteja lá. — Suomi, porém, fez uma expressão estranha e tocou o rosto de Geno: — Há alguma coisa errada? Sinto que você está muito perturbado. A prova de Telempia foi mal?

— Eu tive problemas com Yudi e miss O'Connor — respondeu Geno, em voz baixa.

— Que tipo de problema? — alarmou-se Suomi.

— Perdi os sentidos e me levaram para Naso Bendatov. Enfim, é difícil explicar tudo. E depois ainda voei com um Ressaltafio e um Hipovoo salvou-me a vida. Foi terrível, achei que fosse morrer — disse o jovem Hastor Venti, apertando a mão dela. Então, afastou-se sem acrescentar mais nada.

A Antea finlandesa ficou pasma, pensando que Geno era realmente um garoto imprevisível.

Diante das Estáforas Invertidas, Geno viu descer miss O'Connor, seguida pelos três bassês e três Psiofas. A Sapiens e as mulheres lançaram-lhe uns olhares e foram embora sem dizer uma palavra sequer. Oscar abanou o rabo e, tropeçando nas orelhas, rolou pelos últimos degraus abaixo, acabando deitado com as patas abertas diante dele. Então, Ottone e Ofélia correram para junto do filhote e o lamberam, até que ele voltou a se pôr de pé e, com um olhar sapeca, recomeçou a correr atrás da Sábia irlandesa.

Naquele momento, ouviu-se o som de um carrilhão e, rapidamente, uma Parobola chegou e estacou diante do garoto. A Estáfora Invertida da esquerda falou:

— Não a abra, não é para você! — enquanto a da direita incitava-o: — Abra, abra imediatamente!

Capítulo 7 – Salvo por um Hipovoo

O jovem Hastor Venti pegou a esfera de madeira e pensou:

— Uma mensagem. Deve ser de Madame.

Porém, dentro da Parobola, havia uma carta de Anoki Kerioki. O Anteu do Terceiro Nível queria vê-lo.

Hastor Venti permaneceu com a esfera na mão por alguns segundos. Ele sentia que abrindo aquela bola de madeira estaria se metendo em mais encrencas.

CAPÍTULO 8

Lobo Vermelho no UfioServo

Venha imediatamente para a Sala Cercada.
Não entre em contato comigo com a Telepatia nem com a Telempia.
Preciso falar com você urgentemente.

Lobo Vermelho

Geno deixou a Parobola cair no chão e teve um estremecimento: "Mas o que será que o índio quer comigo?", pensou. Colocou a carta sobre as velas acesas e queimou-a. Enquanto o fogo devorava a folha de papel, o jovem Hastor Venti rememorou a noite anterior, quando havia pedido informações sobre o UfioServo a Anoki. Talvez o pele-vermelha tivesse descoberto o esconderijo secreto.

— O que você está fazendo? — perguntou o simpático Naso Bendatov, saindo de repente da Clínica Vaga. Segurava uma cobra morta na mão.

— Nada! — retrucou Geno, virando-se de repente.

— Não diga mentiras. Aqui, elas logo são descobertas. Aconselho-o a seguir as provas de Cascátia. Se você mentir, seus cabelos poderão ficar verdes, roxos ou rosa, ou, então, suas unhas ficarão compridas como garras, ou então... bem... vamos deixar para lá, não quero assustar você — explicou o médico, acariciando a cabeça da serpente morta.

Hastor Venti observou, com nojo:

— Mas aqui também tem cobras?

— Claro. Senão, como poderia fazer para criar poções médicas? — respondeu Naso, muito sério. Embora ele fosse bastante esquisito, não deixava de ser um Sapiens. E muito competente, inclusive!

Geno assentiu com a cabeça e não disse mais nada. Não paravam de acontecer coisas loucas ali dentro e ele já não tinha mais como estranhar. Encaminhou-se para o Salão dos Fenicopterídeos, onde havia uma grande movimentação de Psiofos que conversavam em voz alta.

O garoto compreendeu muito bem que eles estavam atendendo ao chamado de Von Zantar para participar das provas de Materialização e Biosmia. Percorreu o corredor que levava para a saída e seguiu a seta que indicava a Sala Cercada, o lugar de encontro dos Anteus. Quando entrou, viu logo Lobo Vermelho, de pé entre a mesa redonda repleta de papéis e lápis e a fonte, constituída por uma escultura em ferro que retratava um garotinho sobre os Fogosos. A sala tinha três tanques cheios de água incendiada: as chamas, porém, não eram altas.

Anoki estava brincando com as Argolas de Sophia, deslocando-as apenas com o olhar.

— Eu também sei usá-las muito bem — disse Geno.

Lobo Vermelho recolocou as Argolas no bolso e disse:

— *Wociciyaka wacin*, quero falar com você.

Hastor Venti acenou com a cabeça, pronto para ouvir Anoki, embora soubesse muito bem que alguns Timpatubos estariam à escuta.

— Eu vi você subir como um foguete com o Ressaltafio e sei bem que não poderia ter usado a pipa porque você está somente no Primeiro Nível. Você correu um grande risco! Depois, aconteceu o lance em que o Hipovoo salvou você, e

Capítulo 8 – Lobo Vermelho no UfioServo

fiquei um pouco mais tranquilo. Mas o que me preocupa é o que Von Zantar fez. Pegou René enquanto ele estava em meditação profunda sobre o Hipovoo, e não entendo o porquê. Vi tudo, eu estava na Escuderia. Agora, explique-me: o que você tem a ver com aquele garoto da túnica dourada? – perguntou, olhando-o diretamente nos olhos.

O Anteu italiano estava em dificuldade. Não podia decerto explicar tudo para Anoki, e não somente por causa dos Timpatubos.

– Não sei nada de René. E ter agarrado o Ressaltafio foi um erro meu. Além disso, Von Zantar deve ter tido uma boa razão para ter levado René embora – foi a resposta, que não convenceu nem um pouco.

– Diga a verdade. Você está mentindo! – reagiu o jovem sioux, irritado.

Geno não falou nada e, então, Anoki zangou-se.

– Nenhum de nós, Anteus, jamais conseguiu falar com René. Ele está sempre isolado e não nos dá confiança. Dizem até que ele é filho de Von Zantar e que foi criado aqui, na Arx Mentis. Ele sempre fez tudo o que o Summus Sapiens mandava, embora eu tenha notado alguma mudança nos últimos meses. Estou preocupado com ele. Você sabe algo de importante. Posso sentir isso. Quero ajudar você. Quero ajudar René. O ar que circula na Arx Mentis está mudando, e para pior. É uma percepção que eu tenho, e acho que não estou errado.

– Não sei o que dizer – disse Geno, colocando as mãos sobre a boca, como para fazer o amigo índio entender que não podia falar.

Anoki retrocedeu e, fechando os olhos, tentou penetrar na cabeça de Geno, pensando que fosse melhor falar através das técnicas mentais. Mas Hastor Venti ativou a Palavra Bloqueadora e o pele-vermelha deu um salto e arregalou os olhos.

209

GENO e o Selo Negro de Madame Crikken

— Mas você é poderoso! Então é verdade que você conseguiu bater até miss O'Connor! *Nituwe?* Quem é você?

Naquele momento, Geno pegou uma folha de papel e uma caneta da mesa redonda e escreveu:

— Não fale. Este lugar não é seguro.

O Anteu italiano foi embora correndo na direção do seu quarto e Anoki ficou com a folha na mão, observando o misterioso garotinho que se afastava. Olhou ao redor e tentou entender por que a Sala Cercada não era um lugar seguro, onde se podia falar livremente, mas não compreendeu os temores de Geno. Então, retirou o arco e as flechas e, sentando-se no chão, cruzou as pernas e começou a meditar. Queria aplacar sua ansiedade.

A essa altura todos na Arx Mentis comentavam que Geno Hastor Venti possuía grandes capacidades mentais. Em poucas horas, dois episódios dos quais fora protagonista o haviam marcado. As origens do jovem garoto italiano e de quem o levara para o Vale dos Pensamentos permaneciam um mistério. Havia até quem sustentasse que ele poderia ser um parente distante do falecido Riccardo Del Pigio Ferro, enquanto os três Anteus antipáticos, Lippman, Woicik e Oda, estavam seguros de que se tratasse apenas de um blefe. Enfim, aos olhos de Anteus e Psiofos, Geno era um garotinho com dotes magipsíquicos muito discutíveis.

Mais uma vez, o sobrinho de Flebo Molecola estava sendo considerado diferente.

Portanto, o destino de Hastor Venti parecia ser similar ao de René: ambos tinham um passado não muito claro, um comportamento anômalo e um futuro misterioso.

Anoki não sentia inveja de Geno, apenas não conseguia compreendê-lo. Sentado, em meditação, esperava pelo menos chegar a entender alguma coisa.

Capítulo 8 – Lobo Vermelho no UfioServo

Quando Hastor Venti entrou em seu quarto, viu na mesa uma pequena bandeja com os costumeiros biscoitos de Pistache Nulo e uma xícara fumegante de chá de R. S., sinal de que Margot havia passado por ali. Ele esperava encontrá-la o quanto antes: a situação estava se complicando. Suomi e Anoki alimentavam suspeitas demais e era preciso acalmar os ânimos, senão a busca por seus pais ficaria ainda mais difícil. O fato de Von Zantar ter sequestrado René daquela maneira tornava tudo ainda mais confuso e perigoso.

Geno não tinha vontade alguma de frequentar outras provas, embora soubesse muito bem que devia fazê-lo, mesmo porque não conhecia nada da maior parte das matérias magipsíquicas.

Pegou o *Regulamento* e, nervosamente, leu algumas páginas. Estudou como nunca fizera, nem na escola. Havia muitíssimas informações, e todas eram importantes. Reparou que algumas regras tinham sido rubricadas por Von Zantar. Uma delas chamou sua atenção, a RI-AM.3, que dizia respeito à proibição de procurar os lugares secretos da Arx.

"Claro, é óbvio que foi inserida por Yatto. Quem sabe onde é que ele mantém os meus pais escondidos?!", pensou com raiva. Levantou a cabeça e repetiu de cor as muitíssimas RI-AM, mas, olhando pela janela, viu voar uma ave magnífica entre os poucos Ressaltafios já consertados: um falcão reluzente com as asas douradas. A ave de rapina pousou sobre os galhos da grande árvore e olhou em direção à janela de Geno.

O garoto sentiu um calafrio percorrer suas costas. Abriu a janela, porém a ave fugiu. Na pata esquerda, Geno percebeu um brilhante anel, que refletia os raios de sol.

"É aquele com que eu sonhei. Aquele que vi quando Madame me deu a Palavra Bloqueadora!", pensou, extremamente surpreso.

211

GENO e o Selo Negro de Madame Crikken

O falcão existia de verdade. E já estava escrito no destino de Geno que eles se encontrariam. Seria um indício de que ele encontraria os pais?

Talvez sim; mas, naquele momento, a confusão em sua cabeça era tamanha que lhe parecia não ser mais dono de seus pensamentos e gestos. Era como se, de repente, o mundo tivesse virado de pernas para o ar. Fechou os olhos e respirou profundamente, sentindo seu coração bater lentamente. Cada vez mais lentamente. Então, voltou a bater como um pequeno tambor enlouquecido. Enfim, ele conseguiu o controle de si novamente e, escancarando a boca, soltou um grito seco. Um grito de libertação que ressoou pelo quarto.

Perturbado e ofegante, largou o *Regulamento*, pegou papel e tinteiro e escreveu uma mensagem para Madame Crikken.

Vi o falcão das asas de ouro.
Precisamos nos falar.
Irei ao UfioServo quando baterem 16 horas.
Geno

Empurrou a Parobola para fora do quarto e a esfera rodou, procurando pela Sapiens anciã. Geno tirou as luvas de seda, que já estavam completamente rasgadas devido à aventura com o Ressaltafio, refrescou o rosto, comeu alguns biscoitos P. N. e saboreou o bom chá de Rosa Severina. Sentiu-se pronto para enfrentar novos problemas e ciladas. Aquele falcão lhe transmitira um sinal que ele precisava compreender.

Ajeitou a Tuia preta na cabeça, por precaução, colocou as Argolas de Sophia no bolso e saiu, esbarrando com Suomi.

— Geno! Para onde você vai correndo? — perguntou a garotinha.

CAPÍTULO 8 – Lobo Vermelho no UfioServo

– Vou lhe dizer à noite! – retrucou, saindo às pressas.
– Espere, por favor. Preciso falar com você – suplicou Suomi.

Hastor Venti parou e, meneando a cabeça, esperou a garota:

– Diga, o que você quer?
– Você está nervoso e irritado. Diga por quê! – inquiriu ela seriamente.
– Prometo que vou dizer para você. Mas não agora. Não posso. – Geno fez menção de ir, mas ela o segurou pelo braço.
– Eu vou com você – disse a Antea finlandesa, colocando-o numa situação difícil.
– Você não pode. Garanto que não pode ir para onde eu vou – concluiu Geno e, soltando-se com um puxão, saiu correndo.

Suomi agitou a bengala branca, jogando-a para a esquerda e para a direita, atingindo as paredes do corredor.
– Vou encontrar você. Minha mente vê muito bem!

O jovem Hastor Venti subiu as escadas e, olhando ao redor, encaminhou-se para o UfioServo. Uma sombra o seguia, silenciosa.

Bateram as quatro horas e Napoleon se encontrava diante da estátua da mulher com o vaso vermelho. O gato miou; Geno se aproximou para tentar acariciá-lo, mas o felino reagiu rosnando e eriçando os bigodes. A sombra misteriosa parara atrás da esquina. Geno percebeu que o gato estava agitado demais e continuava a olhar justamente na direção da esquina. O garoto ouviu uns barulhos e, com medo de ser surpreendido, fez um esforço: esticou-se para tocar o vaso vermelho com a ponta dos dedos, virou-o e a entrada se abriu logo.

Napoleon entrou primeiro, mas assim que Geno deu um passo para dentro sentiu uma mão em seu ombro:

213

GENO e o Selo Negro de Madame Crikken

— Este é um dos seus segredos? — disse uma voz atrás dele. Hastor Venti virou-se. Diante dele estava Anoki. Ele o seguira como uma sombra.

— Vá embora. Você não pode entrar. Por favor, não faça perguntas — suplicou Geno.

Porém, naquele instante, outra presença se fez sentir. Por detrás da esquina, despontou uma bengala: era a de Suomi.

— Oh, não! Ela também! — exclamou o jovem Hastor Venti, apertando os punhos.

— Você está aqui? Finalmente encontrei você — exultou a garotinha.

Anoki riu e, virando-se para Geno, disse em voz baixa:

— Mas, então, você tinha um encontro galante com esta linda *squaw*.

Ouvindo a palavra *squaw*, Suomi irritou-se.

— Quem é você? Só está falando asneiras!

— Olá, Antea finlandesa. Sou Lobo Vermelho, do Terceiro Nível. Conheci sua prima Dorathea no último ciclo. Soube que ela passou brilhantemente no Contra Único — respondeu Anoki prontamente.

— Você conhece Dorathea? — perguntou a garotinha, arregalando seus grandes olhos verdes.

— Sim. É uma pessoa lindíssima.

O ruído de alguns passos alarmou os três garotos. Geno, que temia tratar-se de algum Psiofo, empurrou os dois amigos para dentro do UfioServo.

Aqueles passos, porém, eram os de Madame Crikken, que parou na soleira da porta, ao lado da estátua, e fulminou todos os três com o olhar. Ela fechou a entrada secreta após passar e permaneceu imóvel diante dos garotos, que não emitiram um som. Apenas Suomi continuou a mover lentamente a bengala para descobrir onde se encontrava e, sobretudo, quem havia chegado.

214

Capítulo 8 – Lobo Vermelho no UfioServo

– Geno Hastor Venti, estou completamente decepciona-da com você! – disse a anciã secamente, aproximando-se.

–Madame, perdoe-me, mas não sei como eles fizeram... – Geno não conseguiu terminar a frase porque Crikken se aproximou e enviou uma descarga de pensamento poderoso para o cérebro do garoto.

Hastor Venti sentiu um estrondo e depois uma dor terrí-vel nas têmporas e dentro dos ouvidos. Ajoelhou-se e segu-rou a cabeça entre as mãos.

O índio não moveu um músculo sequer e, observando a Sábia, baixou o olhar em sinal de educação.

– Anoki Kerioki e Suomi Liekko, o que vocês estão fa-zendo aqui? Por que seguiram Geno? – perguntou Margot enquanto penetrava em suas mentes, com astúcia, para ler o que estavam pensando.

Ambos os Anteus perceberam isso, mas não opuseram resistência, deixando que a Sapiens indagasse livremente.

– Madame Crikken, eu desejava somente saber se Geno estava em apuros. Vi o que aconteceu hoje de manhã com o Ressaltafio e o Hipovoo – explicou Lobo Vermelho, erguen-do a cabeça com altivez.

– Já eu o segui com a intuição porque achava que ele estivesse escondendo alguma coisa importante – justificou-se a Antea finlandesa.

Madame Crikken estava realmente zangada. O segredo do UfioServo havia sido violado!

– Sentem-se naquelas almofadas – ordenou a Sapiens, sob o olhar severo de Napoleon.

Geno tentou falar, mas a anciã o fez calar-se imediata-mente.

– *C'est moi qui parle!* Sou eu quem vai falar. É necessá-rio que eu explique para vocês a existência desta sala secre-

GENO e o Selo Negro de Madame Crikken

ta e, também, algumas coisas sobre mim e Geno. — Margot dirigia-se para Suomi e Anoki, mostrando toda a sua autoridade. — Antes de tudo, o UfioServo é um lugar desconhecido por Von Zantar e pelos outros Sapientes. O falecido Riccardo Del Pigio Ferro, que vinha aqui para refletir, foi quem me mostrou o local — explicou Madame, nervosa.

— Portanto, não estamos transgredindo nenhum dos *Regulamentos*. Nem o *Iniciático*, nem o *Mediano*, nem o *Largo* — afirmou Anoki, titubeante.

— Estamos transgredindo, sim. Mas ninguém vai saber disso — respondeu Madame Crikken, chateada.

Embora não tivesse tido nenhuma intenção de fazê-lo, a mulher foi obrigada a dizer quase toda a verdade. Pois é, quase. Aquela parte da verdade que Hastor Venti já conhecia. Madame sabia muito mais, porém seu papel e seu próprio destino a obrigavam a avaliar bem suas palavras. O objetivo declarado era o de encontrar os pais do garoto italiano. Mas, talvez, este fosse apenas um meio para obter algo diferente e obscuro. Algo que somente Margot guardava dentro de seu coração.

Todos na Arx sabiam que Madame Crikken era uma velha médium com elevadíssimas energias mentais. Embora ela fosse a perita de Cozinha Metafísica — matéria muito útil na Magipsia, porém certamente não a mais importante — os Psiofos e os Sapientes, os xamãs, os feiticeiros e os magos que frequentavam o Vale dos Pensamentos temiam-na por causa de suas grandes capacidades, que ela sabia demonstrar quando se tornava necessário. O próprio Von Zantar tinha consciência disso e era por esse motivo que ele a requisitara, e não outro Sapiens qualquer, para sequestrar Corinna e Pier Hastor Venti. Daquele modo, o Summus Sapiens havia selado um pacto terrível com ela, tornando-a cúmplice do sequestro. Só que a francesa, com o passar do tempo e a

CAPÍTULO 8 – Lobo Vermelho no UfioServo

não libertação do casal, deixou de apoiar os experimentos de Von Zantar, rompendo assim a insana aliança que havia entre eles.

Madame Crikken queria estar no topo.

E, com efeito, ela teria sido uma ótima guia para a Arx Mentis; tanto é que, quando Riccardo Del Pigio Ferro falecera, parecia que ela era quem devia tomar o poder na antiga cidadela; mas as coisas não se passaram assim: o alemão Von Zantar foi nomeado.

Talvez Margot Crikken nunca tivesse aceitado essa situação e o caso ClonaFort, que a aliara ao seu rival, a tivesse elevado a um patamar ainda mais alto, abrindo-lhe um novo meio para expulsar o pérfido Summus Sapiens. Decerto, ela não contou para os jovens Anteus sobre sua amargura, nem sobre o desejo de sentar-se na poltrona vermelha no lugar de Von Zantar, porém explicou o verdadeiro motivo pelo qual Geno tinha chegado à Arx Mentis.

Anoki e Suomi nunca teriam imaginado que aquele garotinho de cabelos encaracolados tivesse um problema tão grave. Os pais dele estavam presos em algum lugar secreto da cidadela, mas nenhuma energia mental, nenhuma clarividência, nenhuma magia jamais revelara esse terrível problema.

O pele-vermelha deu a mão ao Anteu italiano e jurou que ficaria sempre ao seu lado. Suomi virou o rosto em direção a Geno, arregalou seus grandes olhos apagados e disse-lhe, sorrindo:

– Estarei com você.

O jovem Hastor Venti pegou o mapa da Arx e apertando ao peito as fotos de Pier e Corinna afirmou categoricamente que os encontraria.

– Eles estão aqui, prisioneiros em algum lugar da Arx. René podia me ajudar, mas não sei o que aconteceu com ele. Quando Von Zantar o arrastou embora no Hipovoo, hoje

GENO e o Selo Negro de Madame Crikken

de manhã, pensei que a vingança do Summus tivesse sido realizada.

— Você tem o mapa? Agora eu entendo porque você não o disse na Sala Cercada; a procura pelos seus pais não será fácil — disse Anoki, apoiando a mão no ombro de Geno.

— Mapa? — repetiu Suomi.

— Sim, fui eu que dei o mapa a Geno. Roubei-o do Arquivo Pensório. Mas não é o original e nele não estão marcados todos os lugares secretos da Arx. Somente Von Zantar possui o verdadeiro — respondeu rapidamente Madame.

— Entendo, porém nos será útil mesmo assim. De qualquer maneira, sinto muito por René. Vocês temem que ele esteja em perigo? — inquiriu Suomi, apertando sua bengala branca.

— Talvez — respondeu o jovem Hastor Venti com um fio de voz.

— Sua prima o conhecia. Reparei que ela o olhava com frequência... — disse Lobo Vermelho.

— Dorathea é muito séria. Não creio que ela perca tempo com os garotos. É uma maga Psiofa muito competente e, sinceramente, nunca me falou nada sobre René... Queria tanto que Dorathea estivesse aqui. Se for verdade que ela nutre alguma simpatia por René... — A garotinha finlandesa foi interrompida por Madame.

— Dorathea e René? — perguntou Margot, empalidecendo.

— Sim, Madame. Durante o ciclo anterior, reparei que eles trocavam olhares intensos — acrescentou Anoki.

— Dorathea é uma das Psiofas mais promissoras e sei que ela está envolvida numa pesquisa mágica na Finlândia. Ela regressará para o próximo ciclo e não é possível para vocês, Anteus, entrar em contato telepático ou telempático com ela. Está proibido pelo *Regulamento*: RI-AM.8c e 8d — explicou a Sábia francesa com severidade.

CAPÍTULO 8 – Lobo Vermelho no UfioServo

— Eu sei. Não se preocupe — respondeu Suomi.

Madame Crikken ajeitou o chapéu, tocou seus estranhos óculos de prata e, tossindo levemente, voltou a falar:

— *Bien*, agora que vocês sabem como as coisas estão e que descobriram o UfioServo, a existência dos Timpatubos e das Escantópias, devem se comprometer a guardar o segredo. E a única maneira para garantir isso é que eu lhes dê a Palavra Bloqueadora, a mesma que Geno já conhece. Assim, ninguém poderá ler os pensamentos de vocês.

A Sapiens abriu as gavetas hexagonais, pegou as varetas de bambu, a ampulheta dupla e a erva Arbórea Pervinca. Segurando esses objetos, sentou-se sobre uma almofada, enquanto a fumaça vermelha saía da décima terceira gaveta, nublando a sala. Tudo estava pronto.

O procedimento foi demorado e a primeira a submeter-se à experiência foi Suomi. Ela tinha medo, mas Geno afagou-lhe as mãos, dizendo-lhe que tudo correria bem. E assim foi. A garotinha finlandesa suportou a prova com a vareta perfeitamente bem e, quando retornou do estado de transe, sentiu-se um pouco tonta, embora tenha se dado logo conta de que a Palavra Bloqueadora a havia tornado mentalmente mais forte.

— O que você viu? — perguntou imediatamente Margot.

— Muitas cenas belíssimas do meu país. O castelo de gelo e meus pais, que riam felizes. Depois a imagem desapareceu e vi uma grande sala com um órgão mal tocado. Havia outros garotinhos e o doutor Naso Bendatov estava muito zangado — contou Suomi extasiada.

— É o Megassopro! — interrompeu a Sapiens.

— Megassopro — repetiu Geno, divertido.

— É o auditório da Arx — respondeu prontamente Anoki.

— E depois, o que mais você viu? — insistiu Madame Crikken.

— Um falcão. Um falcão belíssimo, de asas douradas. Voava no céu do Vale dos Pensamentos. — Assim que Suomi parou de falar, Geno olhou para Margot.

— O falcão! Eu o vi! — exclamou o garotinho.

— Pois é, eu sei. Recebi sua Parobola — confirmou a anciã francesa.

Lobo Vermelho permaneceu em silêncio, pensando nessa estranha coincidência, mesmo porque na sua cultura o falcão tinha grande importância. Apertou o talismã e pronunciou uma breve oração sioux. Madame estava curiosa para compreender como é que Suomi podia ter visto o mesmo falcão durante a prova da Palavra Bloqueadora. Aquele falcão, certamente, representava o futuro. Mas mesmo os elevadíssimos dotes mediúnicos de Madame Crikken não conseguiam desvendar o mistério da ave dourada.

A sala estava impregnada de fumaça vermelha e a anciã não perdeu tempo. Estava na vez de Anoki Kerioki. Altivo e corajoso, ele aceitou se submeter para o bem de Geno, tirou o arco e as flechas e sentou-se diante de Margot. O procedimento desenvolveu-se bem durante alguns minutos, mas então aconteceu um fato incrível. Ele não acordava. Nem sequer a erva Arbórea Pervinca conseguiu despertá-lo. Margot estava exausta, pingava de suor e a vareta não transmitia nada de bom. A ampulheta rompeu-se de repente e o pó de ouro espalhou-se sobre as almofadas. Uma força obscura libertada pela mente de Anoki tinha rechaçado a transmissão mental da Sapiens.

Geno e Suomi eram presas da agitação; o corpo da garotinha, em sua escuridão perene, começou a oscilar, como se todo equilíbrio tivesse sido perdido, à espera de que a Sábia francesa encontrasse um jeito de fazer o amigo índio voltar à realidade.

Madame Crikken, abrindo caminho em meio à fumaça vermelha, abriu a décima segunda gaveta e pegou uma fina

CAPÍTULO 8 – Lobo Vermelho no UfioServo

tabuleta de mármore. Apoiou-a sobre o peito de Anoki e ergueu os braços para o alto. As mãos da Sapiens tornaram-se transparentes. Suomi não compreendia o que estava acontecendo, porém dominou sua curiosidade e não perguntou nada.

A tabuleta de mármore levantou-se de repente do corpo de Lobo Vermelho e alcançou as mãos transparentes de Madame. A mulher abriu a boca e emitiu um leve sibilo, como um assovio sufocado. Então, meneou a cabeça.

— Nada. Este garoto está perdido no mundo da meditação. A Palavra Bloqueadora raptou sua consciência.

O jovem Hastor Venti aproximou-se, agarrou a tabuleta e olhou para Margot.

— Para que serve? Será que não se pode fazer nada para acordá-lo?

— Esta tabuleta absorve as energias negativas, chama-se Tábua Absorvente. Mas ela não funciona com Anoki. — Enquanto Margot explicava, uma fumaça começou a sair das orelhas do índio. Era um vapor de cor amarelada que devorou a fumaça vermelha. De repente, o corpo de Anoki ergueu-se do chão e subiu, como se estivesse sendo atraído pelo teto.

— Levitação! — exclamou a Sapiens, estarrecida.

Geno tentou agarrar Anoki pelas calças, para trazer o amigo de volta para baixo, mas Madame Crikken o impediu.

— Não toque nele. É perigoso.

Lobo Vermelho estava ali, no meio do UfioServo, a uma altura de aproximadamente dois metros do chão. O corpo estava rígido e ao seu redor flutuavam vapor e fumaça amarela.

Suomi deu alguns passos para a frente e tropeçou numa almofada, Napoleon rosnou como um tigre, e a garotinha estacou. Ficou assustada e começou a chorar.

CAPÍTULO 8 – Lobo Vermelho no UfioServo

— *Silence!* Calada. Anoki precisa de silêncio. Precisamos apenas esperar que as energias mentais reencontrem o equilíbrio certo — disse Crikken em tom definitivo, juntando as mãos como para rezar. Geno sentiu-se perdido.

— Mas... ele pode morrer?

— *Oui.* Sim. Ou então pode voltar a despertar daqui a alguns dias, ou até daqui a anos — respondeu a Sábia com um fio de voz.

— A senhora, Madame Crikken, não é tão competente quanto eu achava que fosse — afirmou o jovem Hastor Venti.

— Não seja insolente! Agora saiam os dois. Se não acharem vocês, começarão a suspeitar de alguma coisa. Eu vou ficar aqui. Vocês têm de confiar em mim! É uma ordem! — A voz da Sapiens havia se modificado, não era mais doce e suave, porém estridente e aguda.

— E caso vocês ainda não tenham pensado nisso, agora todos os Sapientes, Psiofos e Anteus procurarão por Anoki. Isso será um problema grave. E Von Zantar seguramente vai querer saber onde o Anteu do 3º Nível se meteu — acrescentou Madame Crikken, preocupada.

— E então? O que vamos fazer? — perguntaram os dois garotinhos.

— Nada. Se alguém tentar penetrar nas mentes de vocês, usem a Palavra Bloqueadora. Agora vão. Quando eu sair, espalharei muito Carvalho-Sá, o pozinho preto que apaga qualquer rastro de passagem — respondeu a Sábia, dirigindo o olhar para o corpo suspenso do índio.

Era evidente que Margot estava em apuros, mas nem Geno nem Suomi podiam modificar as coisas. Saíram depressa do UfioServo e alcançaram rapidamente a escada que levava ao térreo.

Passava pouco das 19h e um grupo de Psiofos acabara de sair da prova de Cascátia com Ranja Mohaddina. Duas mé-

223

GENO e o Selo Negro de Madame Crikken

diuns estavam bastante contrariadas; elas tinham dito mentiras e suas orelhas cresceram como as de elefantes.

A Sapiens árabe, que não dava nenhuma importância às duas médiuns, falava com certa excitação com Eulália Strabikasios, que continuava a piscar os olhos.

— Já enviei duas Parobolas e três mensagens telepáticas, mas Margot não responde. Daqui a pouco, será preciso servir o jantar e eu certamente não posso me virar sozinha — disse Ranja.

— Eu também enviei uma Parobola para Madame Crikken. Preciso falar com ela, mas não obtive resposta — redarguiu a Sapiens grega, fechando primeiramente o olho direito e, em seguida, o esquerdo.

Suomi e Geno compreenderam imediatamente que logo haveria sérios problemas caso Margot não aparecesse.

Ágata Woicik aproximou-se de Suomi com um jeito marrento e derrubou a bengala dela com um chute.

— Preste atenção onde coloca esse pau branco. As pessoas podem tropeçar nele!

A garotinha finlandesa não respondeu. Geno enfiou a mão no bolso, e tocando nas Argolas de Sophia olhou fixamente para a bengala no chão e a fez levantar-se com o pensamento.

— Dizem que sou bom em Telecinésia e aqui temos a prova disso. Quem tem olhos bem pode prestar atenção àquilo que vê.

Ágata fez uma careta de escárnio para ele e, à guisa de resposta, olhou para a bengala, que rodopiou no meio da sala, indo cair aos pés de Naso Bendatov.

— Anteus, o que estão fazendo? Vocês não estão na Sala Cercada, onde podem brincar! — afirmou o velho médico, enrugando a testa.

Bob Lippman e Yudi Oda alcançaram Ágata e, juntos, foram para os seus quartos, soltando risadinhas.

CAPÍTULO 8 – Lobo Vermelho no UfioServo

– Tome. Tenha cuidado com sua bengala – disse o médico, voltando a entregar o objeto para Suomi.

– Obrigada. Normalmente, costumo prestar atenção – respondeu a jovem Antea, constrangida.

Do fundo do corredor ouviram-se latidos; era Oscar. O cachorrinho, seguido com dificuldade por Ottone e Ofélia, correu direto para Geno e, com a língua de fora, esperou ser acariciado. O jovem Hastor Venti sabia bem que não podia fazê-lo. Um segundo depois a pérfida miss O'Connor dobrou a esquina.

– Doctor Bendatov, onde diabos se meteu Madame Crikken? – perguntou a Sapiens irlandesa, bastante chateada.

– Não tenho a menor ideia. Terminei as provas de Salutria há pouco tempo e, sinceramente, não vi Margot – respondeu calmamente o médico da Arx.

Geno arrastou Suomi em direção aos quartos e o filhote foi saltitando atrás deles.

– Oscar, venha cá! – ordenou miss O'Connor.

Mas o cachorro latiu e, correndo de maneira desengonçada, alcançou os pés do garoto. Naquele momento, Ofélia alongou o passo e, com olhos que expressavam apenas tolerância com a impetuosidade de seu filhote, olhou para Geno, que sorria divertido. Os três cães, abanando o rabo com calma, dirigiram-se para a saída, seguindo o ondulante vestido da irlandesa.

Às 21h em ponto o Apitomolho soou.

Geno aguardou pacientemente que o jantar chegasse e foi Ranja quem o serviu. Bateu à porta do quarto número 5, e quando Geno abriu, percebeu que ela tinha muita pressa.

– Esta noite Madame não está ajudando? – perguntou Geno, curioso para conseguir notícias.

– Sim, sim, ela chegou há alguns minutos. Margot está levando o jantar aos Psiofos – respondeu Ranja, voltando a fechar a porta.

225

O jovem Hastor Venti se tranquilizou um pouco, pensando que, com certeza, Crikken havia resolvido também o problema de Anoki.

Porém, isso não acontecera.

Depois de ter devorado num átimo os suculentos e energéticos pratos de Cozinha Metafísica, por causa da grande fome que sentia, o garoto não via a hora de ir dormir. O dia tinha sido realmente pesado! Desabou na cama e adormeceu como uma pedra, pensando em Lobo Vermelho, em René, em seus pais e no misterioso falcão.

Na manhã seguinte, a notícia do desaparecimento de Anoki já havia se espalhado por toda a Arx.

Von Zantar estava completamente louco de raiva; o *Regulamento* (RI-AM.6a) era claro: "Nenhum Anteu pode ir embora (da Arx) antes do término do Intercanto."

Não obstante, o Pêndulo Seco não havia registrado a saída de Anoki de modo algum e no seu quarto, o de número 2, tudo estava em ordem: o Macacão Estanque para nadar com os Subcandos estava pendurado no lugar, bem como a sela e as rédeas para cavalgar os Hipovoos. O pele-vermelha parecia ter sumido no nada.

Se o Pêndulo Seco não havia marcado o horário da saída, isso significava que o Anteu do Terceiro Nível tinha que estar dentro da antiga cidadela, de qualquer maneira. Onde, porém, ninguém sabia.

Nunca ninguém havia desaparecido da Arx, e isso fez com que não somente os Psiofos presentes ficassem alarmados, porém também os que começavam a chegar de longe.

Os experimentos e as provas de Magipsia continuaram, porque não se podia interromper o desenvolvimento das

CAPÍTULO 8 – Lobo Vermelho no UfioServo

atividades mentais, mas o ar estava impregnado de tensão e de preocupação.

Por ordem de Von Zantar, foi convocada uma reunião dos Sete Sábios, na Sala da Visão. Naquele vértice, suas capacidades magipsíquicas unidas deveriam ser capazes de culminar no reencontro de Anoki.

Na realidade, de acordo com miss O'Connor, o Summus Sapiens queria armar uma cilada para Madame Crikken, demonstrando que ela havia feito o pele-vermelha desaparecer para criar confusão na Arx. Ao ser acusada, a Sapiens não poderia mais ajudar Geno a procurar Corinna e Pier Hastor Venti, deixando-o como vítima à mercê dos loucos experimentos a serem realizados sob os efeitos do ClonaFort.

Aplicar essa estratégia seria complexo, porque Von Zantar e miss O'Connor não sabiam se podiam contar realmente com o apoio dos outros Sábios; por isso, o Summus havia ativado as Escantópias e os Timpatubos, sem captar nada de interessante entre os hóspedes da Arx.

A única descoberta da Sapiens irlandesa, feita através da primeira técnica de Telempia, foi que Anoki havia entrado na Sala Cercada, junto com Geno.

A situação era complicada, e qualquer detalhe, qualquer pormenor e qualquer palavra seriam capazes de destruir relacionamentos no interior da comunidade da Vallée des Pensées.

A reunião, portanto, representava um compromisso importante. Von Zantar e sua fidelíssima Butterfly deviam acusar a anciã francesa de modo clamoroso e convincente.

O cheiro do incenso era muito forte, mais de duzentas velas haviam sido acesas e iluminavam a Sala da Visão.

GENO e o Selo Negro de Madame Crikken

Von Zantar, de pé diante do braseiro e passando as mãos pelos cabelos brancos e pretos, pediu aos Sábios para se concentrarem e unirem as energias mentais para localizar o lugar onde Anoki Kerioki se encontrava.

Todos fecharam os olhos e começaram a respirar profundamente, emitindo um som profundo e prolongado. Depois de alguns segundos, os Sábios entraram em transe mediúnico. Os pés de Nabir Kambil levantaram do chão e o homem se ergueu como um fuso, alcançando a altura de um metro. Seu corpo girou lentamente, assumindo uma posição horizontal: a cabeça voltada para a parede, os pés em direção ao centro da sala. Depois dele, foi a vez de Ranja Mohaddina, Naso Bendatov, Eulália Strabikasios, Pilo Magic Brocca e miss Butterfly. Antes de realizar sua levitação, Madame Margot Crikken ativou a Palavra Bloqueadora, entrou em meditação e juntou-se aos colegas suspensos no centro da sala. O último a erguer-se foi Yatto Von Zantar.

O contato mediúnico e físico entre os sete Sapientes aconteceu por meio dos pés. Anéis transparentes de energia fluida ligavam seus pés como uma corrente. Imersos na meditação, os peritos da Arx estavam parados no ar, com os braços ao longo do corpo e as pernas ligeiramente afastadas, formando um círculo. Somente as pontas dos pés tocavam o colega ao lado, desencadeando energia fluida.

Yatto, com os olhos virados para trás, falou lentamente:

— Que energias e pensamentos circulem livremente. Qualquer rastro e sinal serão localizados para encontrar o Anteu Anoki Kerioki.

Uma ligeira brisa roçou os rostos e as roupas dos Sábios, porém uma tensão liberada de repente por Von Zantar quebrou a cadeia mediúnica. O Summus voltou a descer rapidamente e, permanecendo de pé, gritou:

Capítulo 8 – Lobo Vermelho no UfioServo

— Madame Crikken, diga a verdade: você fez Anoki Kerioki desaparecer para criar uma confusão e tomar meu lugar! Admita!

Ranja Mohaddina perdeu o equilíbrio e caiu a pouca distância do braseiro. Ela observou, pasma, a perita suprema de Cozinha Metafísica, que ainda estava suspensa no ar. Miss O'Connor e Magic Brocca trocaram um olhar de cumplicidade e juntaram-se rapidamente a Von Zantar. O Mestre de Cerimônias, embora não conhecesse o plano diabólico, compreendeu que precisava jogar do lado deles. Naso Bendatov e Nabir Kambil agitaram os braços, assustados, e acabaram caindo no chão como duas pedras. Somente Eulália Strabikasios emitiu um longo e surpreso "Ohhhhhhh" e desceu lentamente, arregalando os olhos.

Margot volteou para a direita e para a esquerda e, então, com um gesto rápido, afastou as mãos e aterrissou sobre uma cadeira. Segurando o chapeuzinho de prata com fios de cobre, ela olhou severamente para Von Zantar e respondeu secamente:

— Não admito essas insinuações! Não há provas para tanto.

Os Sábios observaram as roupas da anciã francesa e procuraram intuir o que é que o Summus podia ter descoberto naquele breve período de meditação. Von Zantar ergueu os braços para cima e suas mãos começaram a tremer cada vez mais.

A energia liberada emitiu um raio que atingiu a anciã francesa em pleno peito, fazendo-a oscilar.

Madame fixou os olhos no braseiro e, usando a técnica de Telecinésia com perfeição, levantou um punhado de brasas ardentes e o lançou contra o pérfido Summus alemão, que se desviou rapidamente, evitando ser queimado.

Nabir Kambil cruzou as mãos e, semicerrando os olhos, disse:

GENO e o Selo Negro de Madame Crikken

— Calma. Façamos as energias voltarem para dentro de nós. Precisamos compreender.

— Não há nada para compreender. Tudo está muito claro — acrescentou miss O'Connor, dando alguns passos em direção a Margot. — É ela que quer destruir a Arx Mentis. Ela queria o lugar de Yatto Von Zantar porque era a aluna predileta de Riccardo Del Piglio Ferro. Por isso, fez Anoki desaparecer. É uma estratégia dela. Transgrediu as regras: RI-AM.2 e RI-AM.4. Deve ser expulsa para o resto da vida!

Naso Bendatov virou os olhos em direção ao braseiro e, dobrando ligeiramente a cabeça para a direita, ordenou ao fogo que se apagasse:

— Njet, njet. Não, por favor, esta não é a maneira de proceder — disse, chateado.

Von Zantar abriu a boca, mostrando seus horríveis dentes de ouro.

— Madame Crikken, eu sei ver o futuro melhor que qualquer outro. Tenho enormes poderes, e você bem sabe. Eu entendi tudo. Está na hora de a senhora ser excluída da Arx!

— Eu nunca irei embora daqui. Você terá que me matar para me eliminar — respondeu ela, levando as mãos ao coração.

— Agora, chega, vocês estão exagerando — gritou Ranja Mohaddina, que abraçou Margot em sinal de defesa.

— Quais são as provas que você tem para acusar a Sapiens francesa? Eu não tive essa impressão e, certamente, os meus poderes não são poucos. Ou há alguma coisa que você está escondendo de nós? — O discurso de Nabir Kambil, breve, porém incisivo, pegou o Summus desprevenido.

— Minha mente viu a traição dela. E não estou equivocado — acrescentou Von Zantar.

— Sim, eu também senti energia falsa e negativa proveniente do corpo de Madame Crikken — disse logo em seguida miss O'Connor, sorrindo, ardilosa como uma cobra.

Capítulo 8 – Lobo Vermelho no UfioServo

Os Sábios, um após o outro, tentaram penetrar na mente de Madame Crikken para ver se ela estava dizendo a verdade, mas cada tentativa foi violentamente rechaçada pela Palavra Bloqueadora.

– Não ousem penetrar nos meus pensamentos. Não vou permitir! Sou a mais antiga aqui dentro e mereço respeito! – respondeu prontamente a mulher, fazendo todas as almofadas se erguerem e reacendendo o braseiro.

Nabil Kambil falou mais uma vez:

– Para expulsar um de nós da Arx é preciso ter certeza da culpa. Vocês bem sabem que a expulsão equivale a viver no mundo, sem ter mais nenhum poder magipsíquico. É uma tragédia para um Sapiens.

Naso Bendatov também concordou e, depois dele, Ranja e Eulália – que de nervoso aumentou a velocidade do seu piscar de olhos – fizeram que sim com a cabeça.

– Vocês têm razão – concedeu Von Zantar, que certamente não queria que os Sábios se voltassem contra ele. – Então, eu proponho que cada um de nós realize livremente sua busca para encontrar Anoki e faça indagações com exercícios e meditações para descobrir se Margot é inocente ou culpada. Aguardo uma resposta de vocês daqui a uma semana.

Todos acenaram com a cabeça em sinal de concordância. Somente a anciã francesa permaneceu com a cabeça erguida:

– Muito bem. Estou à completa disposição de vocês. – E dizendo isto encaminhou-se para a pequena ponte levadiça; mas de repente ouviu-se um estranho sussurro.

Os Sapientes viram um bater de asas atravessar a sala como um rastro luminoso: era o falcão. Belíssimo e dourado, ele abriu o bico e emitiu um grito estridente e, no fim, pousou sobre o ombro esquerdo de Von Zantar.

A surpresa foi grande para todos os presentes, porém Madame Crikken sentiu o coração subir-lhe à garganta e murmurou:

— O falcão... então, é verdade...

Com ar de satisfação, o Summus Sapiens fez o falcão subir na sua mão e exibiu-o para todos.

— Apresento-lhes Roi, o Rei dourado. É o meu falcão, um belíssimo exemplar de Gerfalke, Gerifalte. Já faz tempo que o venho adestrando.

A ave abriu as asas mostrando-se em toda a sua beleza. Os Sábios aplaudiram; nunca tinham visto um falcão com as asas cor de ouro.

Madame Crikken sentiu que ia desmaiar e repetiu diversas vezes:

— Faucon, faucon, certamente é uma criatura nascida dos seus experimentos loucos.

Atravessou a ponte levadiça com dificuldade, mas antes de ultrapassá-la virou-se novamente para admirar aquela ave tão extraordinária e percebeu que, na pata esquerda, ela usava um anel idêntico ao de Von Zantar. Ela baixou a cabeça e encaminhou-se para seu quarto para descansar, pensativa. Margot compreendia que o falcão representava algo importante, e não somente para o futuro de Geno.

Enquanto a anciã francesa ia andando a passos lentos, Von Zantar sentou-se em sua poltrona de veludo vermelho e, mantendo o falcão à vista de todos, dirigiu-se aos Sapientes:

— Madame Crikken é um perigo para todos nós. Ela não segue mais as regras. Agora vão, empenhem-se nas buscas de Anoki e também se façam ajudar pelos Psiofos e pelos garotinhos. Contudo, desconfiem de Geno Hastor Venti; é um Anteu com poderes extraordinários e acho que vocês todos já souberam o que ele fez durante as provas com miss O'Connor. Eu é que vou lidar com ele. No que diz respeito

Capítulo 8 – Lobo Vermelho no UfioServo

à anciã francesa, vocês conhecem bem os complexos exercícios mentais aos quais deverão submetê-la. Confio cegamente em vocês.

Butterfly olhou o Summus com admiração e esfregou as mãos.

— Perfeito! E parabéns pelo magnífico gerifalte.

Magic Brocca acariciou o medalhão que trazia no peito e deu uma risadinha de escárnio. Os outros suspeitaram. Nabir Kambil aproximou-se de Von Zantar e, muito calmamente, disse-lhe:

— Eu achava que René também fosse participar desta reunião. Sabemos muito bem que ele é um garoto com capacidades mentais excepcionais. Por que ele não quer nos ajudar nas buscas para encontrar Anoki?

De repente, miss O'Connor ficou vermelhíssima e começou a tossir de nervoso, tanto que o Mestre de Cerimônias logo lhe serviu um copo de água fresca.

— René? Não, ele está em meditação no meu quarto e acho que vai demorar muito tempo por lá. Não se preocupem com ele — respondeu com segurança o Summus Sapiens, camuflando perfeitamente o embaraço.

Somente Ranja Mohaddina, perita em Cascátia como Crikken, enrugou a testa ao escutar as palavras do alemão. As vibrações que invadiram o ar não pareciam regulares: o Summus estaria mentindo? Ranja não disse nada para não criar ainda mais confusão e decidiu investigar com tato e discrição.

— Então, posso ficar tranquilo também no que toca aos Subcandos. Normalmente, René dá umas longuíssimas nadadas subaquáticas e, quando regressa, o pobre cisne está exausto e não é possível utilizá-lo por dois dias — disse em tom irônico Naso Bendatov, que queria dissipar a tensão.

233

GENO e o Selo Negro de Madame Crikken

Yatto Von Zantar tranquilizou-o e, levantando-se da poltrona, fez o falcão voar pela sala; depois, a ave pousou sobre o comprido bastão em que estava pendurada a pesada cortina de veludo negro.

Os Sábios foram embora um a um e a expressão em seus rostos era de estupor e perplexidade. Somente Pilo Magic Brocca permaneceu com Von Zantar.

— Caro Mestre de Cerimônias, lembre-se de consertar rapidamente os Ressaltafios, quero que tudo funcione com perfeição. Mesmo que Anoki esteja faltando, o jovem Bob Lippman deve enfrentar o Contra Único — ordenou o Summus.

— Claro, vou fazer isso. Ademais, direi a miss O'Connor para verificar as frestas das janelas. Tudo funcionará com a perfeição de um relógio — respondeu Pilo, encaminhando-se para a ponte levadiça.

Von Zantar puxou a alavanca, levantando a ponte para não mais ser perturbado, e permaneceu no local, olhando para o braseiro inflamado. O falcão, do alto, fitava seu dono sem mexer uma pluma sequer.

CAPÍTULO 9

A fuga de
Madame Crikken

Na Arx, tudo estava em polvorosa. O Pêndulo Seco continuava a assinalar a entrada e saída dos Psiofos. A notícia do desaparecimento de Anoki Kerioki havia perturbado a tranquila e meticulosa vida meditativa, mas depois que se espalhou o rumor de que tudo era culpa da Sábia anciã francesa os acontecimentos se complicaram ainda mais. Muitíssimos alquimistas, médiuns, xamãs e feiticeiros não podiam acreditar de maneira alguma que a mulher tivesse feito Lobo Vermelho desaparecer somente para criar confusão e tomar o lugar de Von Zantar.

Alguns dos Psiofos tinha ficado na dúvida, mesmo porque eles seguiam obsequiosamente os ditames do Summus alemão. As novas técnicas relativas ao estudo dos fantasmas e ectoplasmas, que Von Zantar introduzira havia alguns anos, eram de tamanho interesse para alguns estudiosos de matérias magipsíquicas que eles jamais teriam posto em discussão os poderes de seu grande mestre.

Embora o nível de tensão fosse altíssimo, os Sapientes continuaram a desenvolver, em suas salas, as provas e experimentos conforme a programação, mesmo enfrentando algumas dificuldades de concentração.

Bob Lippman, o antipático americano do Terceiro Nível, estava sentado confortavelmente na Sala Cercada e brincava com uma barrinha de metal, fazendo-a rodopiar apenas com sopros de ar.

GENO e o Selo Negro de Madame Crikken

— Você deve estar contente por não ter mais rivais para o Contra Único. Anoki já não é mais um problema — disse a malvadíssima Ágata Woicik, dando uma risadinha de escárnio.

— Sim, estou satisfeito. Contudo, não tenho medo do Contra Único. Vou passar muitíssimo bem na prova com o Ressaltafio — respondeu Bob, dando de ombros.

— E o que vocês acham da velha? — perguntou Yudi Oda, sentando-se ao lado de Ágata.

— É culpada! Foi ela que fez Lobo Vermelho desaparecer! — disseram em coro os outros dois, virando o polegar direito para baixo, em sinal de condenação.

— Pois é, e se a velha for expulsa, então aquele bobo italiano também não vai mais poder bancar o esperto. Em minha opinião, foi Madame Crikken que lhe ensinou técnicas refinadas para potencializar a mente — continuou o Anteu japonês.

— Por que você está dizendo isso? — indagou a garotinha polonesa, desconfiada.

— Quando chegamos à Arx, no primeiro dia, ele não sabia realmente nada, parecia ter acabado de sair de um ovo de Páscoa — explicou Yudi Oda, fazendo os outros dois rirem.

Naquele instante, Suomi Liekko entrou na Sala Cercada, avançando decidida com ajuda da sua bengala branca:

— Há alguém aí? Ouço mais de uma respiração — disse, depois de dar alguns passos.

— Há fantasmas e monstros que só estão aguardando para comer carne fresca finlandesa — respondeu Ágata, venenosa.

— Ah, é você... e a essa altura imagino que também estejam aí seus dois simpáticos amigos — exclamou Suomi, parando perto da fonte.

236

Capítulo 9 – A fuga de Madame Crikken

— Falta seu genial amigo. Ele deve estar aprontando uma das suas — disse Bob Lippman, limpando o ouvido esquerdo com um dedo.

— Mas nãooooooo! Hastor Venti deve estar seguindo o rastro de Anoki, e irá encontrá-lo. Geno é como um cão de caça. Certo, Suomi? — acrescentou Yudi Oda, alisando o queixo.

A garotinha finlandesa sentiu-se pouco à vontade e, para si mesma, pronunciou "Cum Imperio Esse", ativando a Palavra Bloqueadora. Temia que os três Anteus pudessem ler seus pensamentos e descobrir a verdade acerca de Lobo Vermelho.

Ágata percebeu que a energia corpórea da finlandesa havia aumentado e, dirigindo-se para os amigos, fez-lhes um sinal para ficarem calados.

Suomi sentiu-se circundada e começou a ter medo. Atrás dela chegou velozmente uma Parobola, que seguiu adiante, parando diante de Bob. O americano pegou o bilhete e leu rapidamente, lançou a Parobola de volta e foi embora sem despedir-se de ninguém. Na porta, cruzou com Geno e deu uma ombrada nele.

— Suomi, venha comigo — disse Hastor Venti, enganchando o braço no da garotinha.

— Lindo casalzinho, não é? Ele, bobo, e ela, cega — disse Ágata em voz alta.

Geno sentiu o sangue ferver e o costumeiro zunido dentro dos ouvidos e, sem se virar, conseguiu fazer parar a água na fonte, que permaneceu como congelada. Yudi Oda tentou levantar com o olhar as canetas e lápis que estavam sobre a mesa para lançá-los contra Geno como projéteis, mas Suomi, que tinha percebido tudo, ergueu a mão esquerda afastando os dedos o máximo possível e, assim, bloqueou imediatamente a ação do japonês.

Ágata ficou de boca aberta. Respirando profundamente, tentou penetrar na mente de Hastor Venti, mas foi imediatamente impedida por uma firme recusa energética.

237

GENO e o Selo Negro de Madame Crikken

A água da fonte voltou a correr, e como uma massa de gelatina, caiu sobre a cabeça da garotinha polonesa, que lançou um grito.

— Bem, Suomi, aqui já não necessitam de nós, podemos ir — concluiu satisfeito o Anteu italiano.

Yudi tentou secar a amiga, que já estava jurando vingar-se. O Badalo Trêmulo tocou quinze vezes. Ágata, ainda completamente molhada, encaminhou-se a passos largos para a Sala da Hipnose de Eulália Strabikasios, para assistir às provas de Retrocognição — matéria bastante importante que permitia aperfeiçoar a capacidade de rever o passado, por meio de uma aliança com a memória universal. Yudi, que como Geno e Suomi se encontrava no Primeiro Nível, não podia ainda cursar essa matéria e, assim, permaneceu sentado na beira da fonte.

— Para onde vamos? — perguntou Suomi ao amigo Geno.

— Para Controfísica, na Sala de Alimentos Sublimes. Espero que Madame Crikken esteja lá — respondeu o garoto.

Quando eles chegaram, viram que o grupo de Psiofos estava conversando tranquilamente com Ranja Mohaddina. O assunto era o de sempre: as acusações contra Margot.

A Sábia árabe, porém, não forneceu muitas explicações e começou a prova.

— Experimentem os vários alimentos e bebidas que preparei na mesa redonda. Assim que alguém sentir a pele coçar ou as orelhas incharem, ou manifestar qualquer outra alergia, entrarei prontamente com o antídoto. A Controfísica é uma matéria muito útil. — Então, ela se sentou em um banco de madeira e aguardou.

Alguns Psiofos pegaram sanduíches de Salame de Diógenes e Avelãs Intelectuais; Suomi provou uma colherada de Creme Socrático e, dois segundos depois, sentiu a língua arder como fogo. Ranja a fez beber Água Grega e explicou à garotinha

238

Capítulo 9 – A fuga de Madame Crikken

que, no momento, ela era alérgica a esse alimento, porque seu estado de espírito queria encontrar respostas para tudo.

– Minha cara Suomi Liekko, não é possível saber a origem de todas as coisas. Relaxe e aguarde que um novo ciclo de experiências faça você amadurecer. É na busca que a verdade se esconde. Antes do Intercanto, você não poderá mais comer Creme Socrático. Aconselho que volte a tentar daqui a um mês.

A explicação deixou Geno atônito. Ele estava engolindo tranquilamente uma estranhíssima bebida de cor verde-escura. Parecia menta, mas tratava-se de Aporia Parmenidea. O garoto sentiu o estômago virar do avesso e viu sua barriga inchar como uma bola.

– Mas... o que está acontecendo comigo? – gritou, agitado.

Ranja riu, apoiando as mãos no ventre de Geno, produzindo um poderoso calor que o fez desinchar.

– Você está mesmo confuso. Acha que compreendeu a essência fundamental de todas as coisas, mas, ao mesmo tempo, perde de vista sua transformação.

– Em que sentido? Explique melhor, por favor – pediu o jovem Anteu, atingido no coração pela explicação. Todos os Psiofos pararam para ouvir.

Ranja alisou os caracóis de Geno e disse:

– Normalmente, é Margot que se ocupa da Aporia Parmenidea, mas posso dizer que se esta água verde faz seu estômago inchar, significa que dentro de você há uma grande certeza que não consegue encontrar o caminho. Você não vê as transformações das coisas e, assim, não pode encontrar o que procura.

Geno permaneceu com o olhar fixo, pensando naquelas palavras.

– A Controfísica serve para compreender, através dos alimentos e das bebidas metafísicas, o que está perturbando

239

GENO e o Selo Negro de Madame Crikken

nosso equilíbrio mental. Tenho certeza que você vai resolver seus problemas.

Ranja levantou-se e foi preparar outras iguarias, enquanto os Psiofos comentavam a breve porém sábia lição.

Suomi agitou a bengala e Geno agarrou-a.

— Você entendeu?

— Talvez, mas preciso pensar nisso — respondeu, alisando os cabelos.

E se a questão era compreender as transformações das coisas para chegar à solução dos problemas, quando bateram à porta da sala de aula tudo se tornou imediatamente ainda mais confuso e assustador.

Ranja abriu rapidamente e encontrou diante de si duas Parobolas. Uma era para ela e a outra continuou sua corrida em direção ao jovem Hastor Venti.

Assim que a Sapiens árabe leu a mensagem, teve um desfalecimento e conseguiu dizer somente:

— Ela fugiu! — então, sentou-se no chão, apertando o bilhete.

Geno estava prestes a ler o seu, quando entrou Naso Bendatov, ofegante, espirrou três vezes seguidas e então disse:

— Ela usou a Bilocação Transversal sem a permissão de Von Zantar! Enlouqueceu!

Os Psiofos se entreolharam, atônitos, e compreenderam imediatamente que se tratava de Madame Crikken.

Hastor Venti leu rapidamente a mensagem:

Não abandonei você. No seu quarto, você encontrará chá R. S. e dois quilos de biscoitos P. N.
Leia o Regulamento e defenda seus pensamentos.
Fique próximo a Suomi e não tenha medo nunca.
Madame Crikken

Geno pegou a mão de Suomi e arrastou-a para fora da sala.

240

CAPÍTULO 9 – A fuga de Madame Crikken

A garotinha resistiu.

— Pare, onde é que você quer ir?

— Precisamos ler atentamente o *Regulamento* e compreender o que é a Bilocação Transversal. Madame fugiu — respondeu o Anteu italiano nervosamente.

No Salão dos Fenicopterídeos reinava um grande alvoroço. Pilo Magic Brocca tinha olheiras ainda mais escuras do que de costume e falava com duas Psiofas que trajavam compridos vestidos de bruxas. Dezenas de Parobolas rodavam continuamente como esferas enlouquecidas, passando de uma sala para outra, e o som dos carrilhões parecia um concerto. Quatro Psiofos xamãs corriam em direção às Estáforas Invertidas, enquanto Ágata e Bob desciam a escada da esquerda junto com Eulália Strabikasios, que havia interrompido a prova de Retrocognição. A Sapiens grega estava extremamente nervosa e o tique tomara conta de ambos os olhos: piscava primeiro um e, então, o outro, sem conseguir controlar os movimentos.

Quando Geno e Suomi entraram no quarto número 5, sentaram-se na cama e permaneceram alguns minutos em silêncio. Eles estavam assustados. Sem Madame, sentiam-se perdidos. Sobretudo Geno, que não queria mais continuar a experiência na Arx. Desejava regressar a Sino de Baixo.

Imaginou o tio Flebo, com os seus pequenos óculos no nariz, que o aguardava na cozinha. Lembrou-se com ternura da grande cara de Nicósia e até dos rostos risonhos das garotinhas antipáticas da rua do Doce Alecrim. O garoto fechou os olhos e pensou que, em sua vilazinha, todos estavam brindando o ano-novo e a Befana,* enquanto ali, no Vale dos

---

* Na Itália, tradicionalmente, não é Papai Noel que traz brinquedos para as crianças, porém a Befana, uma velha com aspecto de bruxa que, segundo a antiga tradição, desce pela chaminé na noite de Reis, dia 6 de janeiro, para levar brinquedos às crianças. (*N. da T.*)

GENO e o Selo Negro de Madame Crikken

Pensamentos, não havia sequer uma arvorezinha enfeitada e nem uma fatia de panetone. Não, a Arx não era sua casa! Era muito melhor ficar na casinha de Flebo Molecola com as vigas podres e as torneiras do banheiro pingando.

Ele colocou as mãos no bolso e tirou dele as fotos dos pais: seu coração se despedaçou. Encontrá-los era uma tarefa impossível e os riscos de morrer aumentavam a cada dia. E agora, sem a Sapiens francesa, quem iria resolver o problema de Anoki? Suspenso no UfioServo, ele não dera nenhum sinal de melhora. E René, voltaria a aparecer? Ele ainda o ajudaria, desafiando Yatto?

— Todos os que procuram me ajudar ou arriscam a vida ou desaparecem. Você entende? — exclamou Geno de repente.

— Pois é, estou percebendo isso. Mas eu não vou deixar você sozinho — respondeu Suomi, com um fio de voz. A garotinha apoiou as mãos sobre as fotos para tentar captar as emoções que transmitiam e, com expressão de surpresa, disse: — Estas imagens liberam muita alegria; quando sua mãe e seu pai as tiraram, deviam realmente ser muito felizes.

— Imagino que sim. Eu não me lembro de nada, era muito pequeno — acrescentou Geno.

— Por acaso esta é a foto onde você também aparece? — perguntou Suomi, tocando a que estava rasgada.

— Não, aqui só está o meu pai. A foto está rasgada e não sei por quê — explicou o garoto.

— É estranho, eu tinha certeza de sentir também a presença de uma criança nesta foto — disse a Antea finlandesa, ficando séria.

— Não, não! Suas sensações estão erradas, eu estou nessa outra foto, com minha mãe — corrigiu Hastor Venti.

Suomi não conseguiu rir. A foto rasgada havia lhe transmitido algo de estranho, mas ela não quis explicar mais nada. Abraçou o amigo, que se levantou da cama constran-

CAPÍTULO 9 – A fuga de Madame Crikken

gido e, pigarreando, começou a folhear o *Regulamento*. Tendo chegado à RI-AM.5, leu em voz alta as regras 5e, 5f e 5g, dedicadas à Bilocação Fechada e à Bilocação Transversal.

"5e – As técnicas de Bilocação Fechada e Bilocação Transversal devem ser efetuadas somente na Loja Psique.

"5f – Bilocação Fechada – Presença simultânea em dois locais diferentes. Essa técnica não pode ser utilizada dentro da Arx, porém apenas no mundo exterior e em casos excepcionais. (...) É necessária a ativação da Roda Cônica mediante uma alta concentração mediúnica. A permissão para usar a Bilocação Fechada é concedida pelo Summus unicamente aos Sapientes e a Psiofos selecionados. Os Anteus podem assistir às provas somente mediante solicitação.

"5g – Bilocação Transversal – Presença de um Sapiens no mundo exterior e sua integração. O abandono por tempo indeterminado da Arx Mentis é concedido unicamente para realizar tarefas especiais entre as pessoas. É necessário entrar na O' Grande e deitar-se, permanecendo em equilíbrio entre os Três Gigantes, as pedras chatas e ricas em energia que formam um triângulo mágico. A permissão para usar a Bilocação Transversal é rara e é concedida pelo Summus Sapiens unicamente aos Sapientes, em casos excepcionais. Os Sábios que transgredirem esta regra não poderão mais ingressar na Arx pelo resto de suas vidas."

– Incrível! O que será a O' Grande e como são feitas as pedras chatas? – exclamou Geno.
– Realmente impressionante. Acho que nunca vou ser uma Sapiens; essa técnica é realmente dificílima – disse Suomi.

243

GENO e o Selo Negro de Madame Crikken

— Mas como é que Madame terá conseguido fugir usando a Bilocação Transversal sem a permissão de Von Zantar? Lembro-me que Margot me disse que tinha ido me buscar em Sino de Baixo usando essa técnica magipsíquica sob a direção de Yatto. — A conversa de Geno não esclareceu em nada as dúvidas da garotinha.

— Na Loja Psique há uma parte dedicada somente à Materialização e, outra, à Bilocação, mas nós nunca fomos lá. Só podemos participar se pedirmos permissão a Von Zantar, a RI-AM.5f explica isso muito bem — afirmou Suomi.

— E este não me parece realmente o momento para pedir isso — acrescentou Geno, tomando uma xícara de chá de Rosa Severina.

Os dois Anteus sabiam bem que sua conversa não podia se estender mais do que isso, pois certamente os Timpatubos deviam estar ativados.

De repente, Geno exclamou:

— Napoleon!

— Pois é, o gato de Madame! Que fim terá levado? — preocupou-se Suomi imediatamente.

— Ela deve tê-lo levado. Jamais teria partido deixando-o aqui sozinho. Está claro que sua fuga é muito estranha — disse Hastor Venti.

E nem sequer Von Zantar compreendia como é que Margot tinha entrado escondida na Loja Psique e praticado a Bilocação Transversal. Ela podia ter abaixado a ponte levadiça simplesmente usando a Telecinésia, mas como é que conseguira ativar os Três Gigantes, as três pedras chatas posicionadas do lado de dentro da construção chamada O' Grande?

As três enormes pedras, que formavam o triângulo mágico, liberavam uma poderosa energia e somente quem fosse capaz de modular e controlar essa força poderia transferir o corpo para outro lugar e sair da Arx sem deixar vestígios.

Capítulo 9 – A fuga de Madame Crikken

Nem sequer Von Zantar, que estava enlouquecido de raiva, sabia que Crikken possuía tal capacidade. A última vez que o Summus havia ativado o uso da Bilocação Tranversal, com seus próprios poderes, fora aproximadamente dois meses antes, quando ele pedira a Crikken para ir a Sino de Baixo buscar Geno e trazê-lo à Arx.

Durante a transferência, notara claramente que Madame possuía uma capacidade elevada para modificar o corpo, transformando-o em pura energia, mas jamais teria imaginado que um dia ela seria capaz de usar sozinha essa técnica tão difícil.

Os Três Gigantes ainda estavam quentes e flashes de luz vermelha ainda vagavam no interior da O' Grande, a estranha construção de metal em forma de ovo. Madame Crikken fora embora assim, burlando o *Regulamento*. Fugira deixando todos com dúvidas e suspeitas.

— Maldita velha louca — repetia continuamente o Summus Sapiens, remexendo em seu anel de ouro.

Ninguém, desde 1555, havia fugido usando a Bilocação Transversal!

Von Zantar sentou-se no centro do triângulo formado pelas três grandes pedras chatas e começou a balançar a cabeça para a esquerda e para a direita, respirando cada vez mais lentamente. Os flashes de luz vagavam como rastros enlouquecidos no interior da O' Grande. O Summus Sapiens estava usando a primeira técnica da Telempia para descobrir como a francesa tinha conseguido transferir-se mesmo sem sua permissão.

A cena materializou-se como num filme mudo: Madame Crikken estava envolvida por uma luz fluida que transpassava seus braços e suas pernas. Apareceram os Três Gigantes, vermelhos como o fogo, toda a construção metálica tornou-se luminosíssima e absorveu parte por parte o corpo da

GENO e o Selo Negro de Madame Crikken

Sapiens anciã. A última imagem mostrava a anciã francesa guiando seu automóvel de época.

A testa de Von Zantar pingava de suor e, prostrado pelo desmedido esforço mediúnico, ele se deitou, recuperando lentamente os sentidos. Quando voltou a levantar-se, caminhou curvado para fora da O' Grande e saiu da Loja Psique, cambaleando em direção à ponte levadiça. Naquele momento, miss O'Connor chegou.

— Yatto... você não está se sentindo bem? — perguntou a irlandesa com a intimidade costumeira.

— Ela nunca mais vai voltar. Ela conseguiu ir embora e não sei ainda se isso é bom ou ruim — respondeu com dificuldade o Summus alemão.

— Talvez tenhamos nos livrado dela definitivamente. Nós queríamos expulsá-la! Agora, podemos ir adiante com os experimentos. Geno é todo nosso. Não há mais ninguém que o proteja, agora — explicou Butterfly, inclinando-se na direção de Yatto.

— De fato. Mas que fim levou Anoki? Certamente, não podemos dizer a todos os que frequentam a Arx que perdemos um Anteu — disse Von Zantar, mordendo os lábios.

— *It's true*. É verdade. Além do mais, será difícil dar a notícia do desaparecimento para a família de Anoki — completou miss O'Connor.

— Urso Quieto não acreditará em nós e não se pode brincar com ele. Vou usar a Esfericonda! — acrescentou o Summus alemão, gravemente.

A Governanta, assustada, levou uma das mãos à altura do coração:

— Tome cuidado... você sabe que ela é perigosa.

O Mestre de Cerimônias italiano apareceu naquele momento e Yatto procurou se recompor, para não revelar sua agitação real.

CAPÍTULO 9 – A fuga de Madame Crikken

– A situação está piorando – disse Pilo Magic Brocca, mexendo no medalhão que ele costumava usar pendurado no peito. – Vocês precisam ir conversar com os Psiofos. Há uma grande confusão, e nas diversas salas de aula as provas de Magipsia não podem continuar.

– Vou enviar a todos mensagens telepáticas e Parobolas. Vou me retirar em meditação por alguns dias. Preciso refletir – disse Von Zantar, encaminhando-se para o seu quarto.

Um silêncio estranho envolveu o terceiro pavimento, enquanto uma calma inquietante vagava entre as salas de aula, anunciando outros graves acontecimentos.

O falcão das asas de ouro planou ligeiro e pousou sobre a pequena ponte levadiça. Seus olhos, grandes e amarelos, fitaram fixamente a Governanta e o Mestre de Cerimônias, que retribuíram o olhar, assustados. Ele mantinha as plumas do pescoço levantadas e o bico aberto. Pilo retrocedeu e Butterfly abaixou a cabeça.

Nada mais parecia controlável na Arx. Nem sequer o voo do magnífico Gerifalte.

Foram necessárias muitíssimas mensagens telepáticas de Von Zantar para tranquilizar os Psiofos, e dezenas de Parobolas com mensagens incitando à calma contribuíram para deixar o ambiente um pouco mais sereno, embora muitos médiuns e sensitivos não conseguissem, mesmo assim, concluir os experimentos em curso. Antes de usar a Esfericonda, o Summus alemão tentou diversas vezes captar com a força do pensamento o lugar para onde tinha ido Margot, mas os sinais eram contraditórios.

Alguns rastros luminosos indicavam que ela se encontrava na Índia, outros, na China, outros ainda, na Espanha e na França. Nervoso e com raiva, Von Zantar passou muitas horas em meditação e fazendo exercícios magipsíquicos. Foram suspensas as provas nas salas de Bilocação e de

247

GENO e o Selo Negro de Madame Crikken

Materialização, e muitíssimos Psiofos que pediam audiência eram pontualmente recusados pelo Mestre de Cerimônias.

Os dias passaram lentamente, até que Von Zantar decidiu usar a esfera para ver o futuro: sentado diante da mesa de carvalho antiga, apoiou as mãos sobre o escrínio e abriu-o com a mente. A Esfericonda estava envolvida por um pano de veludo roxo-escuro, e quando Yatto a descobriu, no interior da bola de cristal formaram-se imediatamente pequenos raios de luz azulada. O Summus se concentrou; as pupilas de seus olhos se tornaram primeiramente vermelhas e, depois, completamente brancas.

Dentro da Esfericonda formou-se um campo magnético do qual brotavam faíscas e fumaça. Depois, uma imagem desfocada apareceu: Madame Crikken estava sentada com as pernas cruzadas, falando com alguém. Von Zantar não conseguia ver o rosto da pessoa e, quando apertou as mãos sobre a esfera, todo o cristal tornou-se inicialmente vermelho e, então, completamente preto. A Esfericonda vibrou e uma labareda amarela assustou Yatto, que retirou as mãos do instrumento magipsíquico. Uma dor fortíssima na altura do estômago o fez dobrar o corpo para a frente, impedindo-o de prosseguir. A imagem da Sábia francesa desapareceu, como se o futuro não quisesse se deixar ver.

Abalado e zangado, ele se ajoelhou diante da Esfericonda.

— Vou destruir você, velha maldita! Nem que eu tenha que morrer, vou fazer isso! — gritou, vítima de uma raiva incontrolável.

A procura pela anciã francesa não dava resultados e, como se não bastasse, tampouco se sabia algo a respeito de Anoki. O Summus estava em grandes apuros, mas ainda possuía vários trunfos. Antes de tudo, tinha Geno: agora, o garotinho estava em suas mãos. O plano diabólico, então, podia continuar.

CAPÍTULO 9 – A fuga de Madame Crikken

Porém, a calma ainda não voltara completamente para a Arx. Suomi e o jovem Hastor Venti sentiam-se observados, embora as ordens precisas dadas pelo Summus alemão tivessem sido muito claras: miss O'Connor e Magic Brocca procuravam não constrangê-los, sobretudo Geno, para não criar mais tensões durante as provas.

A primeira cavalgada da garotinha finlandesa no Hipovoo teve resultados positivos: Suomi, tendo deixado no solo sua bengala branca, enfrentou com coragem o cavalo alado e, guiada pelo Mestre de Cerimônias, conseguiu voltear por dez minutos sem perder o equilíbrio. Geno também tentou, a despeito da péssima experiência anterior, e permaneceu com as costas eretas e as rédeas bem esticadas enquanto o Hipovoo subia para o alto. Era muito bom desafiar as nuvens no dorso daquele magnífico animal. O jovem Hastor Venti lembrou-se das palavras de Anoki e do quanto ele gostava de cavalgar no céu infinito. Pensamentos e sensações, desilusões e esperanças cruzavam a mente de Geno, que não conseguia mais entender o que precisava fazer e, acima de tudo, como encontrar a prisão secreta de seus pais. Mais uma vez, o sobrinho de Flebo Molecola decidiu entregar-se ao instinto e à força de sua mente.

— A força da mente... O jantar em homenagem à letra F deve ter um significado! – repetia para si mesmo, enquanto as asas do Hipovoo moviam-se num ritmo regular.

Diversos Psiofos volteavam em fase meditativa sobre as cúpulas douradas e as torres da Arx, e pareciam não ter problemas embalando-se sobre os Hipovoos. Bob Lippman fazia frequentemente acrobacias e chicoteava o pobre cavalo negro para galopar depressa e desafiar as correntes de ar gélidas provenientes das montanhas nevadas. Ele foi bemsucedido até mesmo na prova usando o Ressaltafio em formato de corvo: Bob conseguiu manter a velocidade da pipa

249

GENO e o Selo Negro de Madame Crikken

durante três minutos. Um tempo ótimo, tanto é que o próprio Von Zantar cumprimentou o Anteu de Terceiro Nível, que estava se preparando para enfrentar o Contra Único.

Fechado no quarto número 5, Geno passava várias horas lendo atentamente o *Regulamento* e estudando o mapa da Arx. Sinais e números e breves descrições enchiam o lado posterior da folha, mas não havia nenhum indício de onde a prisão de Pier e Corinna poderia estar localizada. Talvez Von Zantar os mantivesse em uma das torres, ou, então, num calabouço. A busca não dava nenhum resultado e circular pelos corredores e pelas salas da antiga cidadela sem levantar suspeitas certamente não era uma tarefa fácil. Além do mais, a preocupação com Anoki ficava cada vez mais pesada: os dias se passavam e Lobo Vermelho não dava sinais de recuperação. Às escondidas, desafiando os Sapientes, os Anteus antipáticos e os olhares indiscretos dos magos e feiticeiros, Suomi e Geno iam visitar o amigo suspenso no UfioServo, na esperança de que ele voltasse a acordar. Pacientemente, sempre espalhavam o pozinho preto perto da estátua da mulher com o vaso, e isso lhes garantia que nem miss O'Connor, nem qualquer outra pessoa poderia descobrir a entrada do local secreto.

O jovem Hastor Venti teria gostado muito de encontrar René e pedir-lhe ajuda, mas Yatto explicara que o garoto estava em meditação. Talvez ele pudesse pedir ajuda aos Sábios. Mas a quem? Em quem poderia confiar?

Naso Bendatov, o que mais estava preocupado com o desaparecimento de Madame Crikken, caíra numa espécie de depressão e, embora tivesse se dado o trabalho de nadar por três tardes seguidas com os Subcandos para reencontrar um pouco de alegria, seu estado de espírito não havia se alterado. As provas de Salutria e Psicofonia não eram muito frequentadas, porque seu mau humor e os espirros

Capítulo 9 – A fuga de Madame Crikken

contínuos incomodavam Anteus e Psiofos. Nabir Kambil e Ranja Mohaddina, ao contrário, haviam encontrado a sintonia justa para devolver a harmonia à Arx, muito embora as suspeitas sobre o estado das coisas relativas à fuga de Margot também continuassem a atormentar suas mentes.

Além da preocupação com Lobo Vermelho, Nabir também estava apreensivo por René: nunca acontecera de o garoto da túnica dourada permanecer tantos dias assim absorto em meditação. Todos sabiam que ele era um tipo estranho e esquivo, mas sua ausência certamente não ajudava a resolver os grandes problemas que pesavam como pedras sobre a cidadela.

Von Zantar e a Governanta haviam tentado várias vezes entrar em contato com Urso Quieto para dar a má notícia sobre Anoki, mas todas as tentativas mediúnicas e telepáticas falharam. Urso Quieto não respondia. O velho xamã dos Sioux, na verdade, estava empenhado em algo bastante incomum: permanecia dentro de sua tenda na aldeia pele-vermelha e bloqueara qualquer forma de comunicação mental.

Geno, perturbado e triste, seguia os exercícios magipsíquicos, na esperança de encontrar pelo menos um rastro dos seus pais. Quando entrou pela primeira vez na Sala da Hipnose para assistir às provas de Magia Branca de Eulália Strabikasios, deparou com um grupinho de Psiofos que experimentavam novas mágicas. Dois deles eram italianos, porém não lhe deram confiança.

Pouco depois das 22h começaram os exercícios dirigidos pela Sapiens grega. A sala tinha as paredes completamente brancas, nas quais estavam pendurados numerosos quadros e telas representando símbolos e letras estranhíssimas.

Nas laterais, em dois bancos muito compridos, os Psiofos estavam sentados e, no centro, bem visível, havia um poço de mármore sobre o qual estavam gravados os rostos dos

251

diferentes Sábios que, no curso dos séculos, haviam se ocupado de Magia Branca.

Eulália Strabikasios acendeu as duas pequenas lareiras posicionadas nos cantos da parede da frente e falou:

— Esta noite vamos aperfeiçoar nossos dotes mentais através das técnicas de Arcoloria — explicou a Maga, piscando o olho esquerdo. — As cores influenciam nosso modo de pensar e nosso bem-estar físico.

As luzes enfraqueceram, obedecendo a um sinal dela. A Sábia, que parecia segurar uma esfera invisível, assoprou três vezes e entre as suas mãos apareceu uma massa circular vermelha, que depois ficou azul, amarela, verde, azul-clara e, por fim, branca.

Os Psiofos fizeram o mesmo: eles já conheciam a técnica e estavam aperfeiçoando suas capacidades. Geno permaneceu imóvel, olhando.

Eulália aproximou-se e, roçando nas mãos dele, disse:

— Assopre três vezes e pense nas cores, leve seu pensamento para a esfera imaginária e você vai ver que a magia vai funcionar.

O jovem Hastor Venti tentou, mas apesar do esforço mental não conseguiu fazer nada que prestasse: entre as mãos apareceu-lhe um panetone!

Um dos dois médiuns italianos desconcentrou-se ao ver o que Geno aprontara.

Eulália Strabikasios arregalou os olhos.

— Hastor Venti, tente novamente! Aqui, não estamos na aula de Cozinha Metafísica, porém de Arcoloria. Eu entendo que você sinta a necessidade de festejar, mas os panetones não fazem parte do programa de magia.

O garoto olhou para a Sapiens e meneou a cabeça.

— Não consigo.

Capítulo 9 – A fuga de Madame Crikken

Eulália deixou sua esfera luminosa flutuando no ar e agarrou o panetone, colocando-o sobre uma mesa redonda, então, pegou as mãos de Geno e esfregou-as entre as suas.

— Tente novamente.

O jovem Anteu sentiu seu coração bater forte e um calor saiu das pontas de seus dedos. Apareceu uma pequena esfera de cor vermelha.

— Muito bem. As batidas do coração correspondem à cor vermelha. Agora, vamos ver se você consegue passar ao azul — disse a Sapiens, satisfeita, mantendo o olho esquerdo fechado por alguns segundos.

A bola luminosa efetivamente tornou-se azul, e Geno relaxou; depois veio a cor amarela e, imediatamente, pôde-se ver euforia no rosto do garoto.

— É muito lindo! — exclamou, segurando entre as mãos a esfera brilhante, que logo assumiu a cor da natureza, o verde, e depois o azul-claro e o branco.

Nesse ínterim, sobre as cabeças de alguns Psiofos apareceram tabuleiros de xadrez transparentes, compostos por quadrados de diversas cores: eram os seus pensamentos e desejos. Cada Psiofo expressava assim conceitos e sonhos a serem realizados. O controle dos pensamentos se dava, portanto, por meio das cores, e o tabuleiro evidenciava o estado de espírito. A esfera de Geno também desapareceu e, sobre seus cabelos encaracolados, criou-se um minúsculo tabuleiro preto!

— Preto? — exclamou a Sábia grega com surpresa. — Mas como é possível que você tenha composto um tabuleiro completamente preto? O preto não é absolutamente levado em consideração nas provas de Arcoloria.

Mais uma vez, os Psiofos que estavam presentes pararam suas atividades e observaram Geno de maneira suspeita.

253

— Não sei. Saiu assim — respondeu ingenuamente o garoto.

— Meu caro Anteu italiano. Seus pensamentos são realmente feios. Quais são os seus problemas? — perguntou Eulália Strabikasios preocupada, lembrando-se das palavras de Yatto Von Zantar.

Geno ficou muito sério, o tabuleiro desapareceu e os Psiofos puseram-se de pé e o circundaram. Todos tentaram penetrar na sua cabeça, para entender o que tinha aquele garoto de olhar amedrontado.

A energia produzida pela Palavra Bloqueadora criou uma barreira mental poderosíssima que os obrigou a retroceder. Eulália Strabikasios posicionou as mãos diante da fronte do jovem Hastor Venti, mas não conseguiu controlar seus poderes e começou a tremer como uma folha.

— Quem é você? Quem é você? — gritou a Sapiens, piscando os olhos com extrema velocidade.

Um rumor sacudiu a sala, fios de luz fluorescente saíram das paredes, fazendo piruetas como flechas enlouquecidas. Uma figura prateada quase invisível emergiu do poço. Era um Froder! Um fantasma de olhos de gelo, com mãos compridas e esqueléticas.

Eulália ajoelhou-se, assustada; sabia bem que os Froders eram terríveis. Uma corrente de ar fria envolveu a sala, que já não parecia a mesma. Os Psiofos apoiaram as costas nas paredes, enquanto Geno permaneceu imóvel, fitando aquela criatura espectral que se aproximava cada vez mais dele. Os olhos de gelo do ser transparente o olhavam fixamente, e esse mero contato conseguiu aterrorizá-lo.

A porta da sala abriu-se repentinamente e Nambir Kambil e Naso Bendatov entraram correndo. Eles haviam captado a presença do Froder enquanto cuidavam de seus experimentos.

Capítulo 9 – A fuga de Madame Crikken

A inquietante figura permaneceu no centro da sala sem se preocupar com a presença deles, sem virar-se para a porta. O ermitão de saio laranja escancarou a boca e, graças a vibrações que vinham da sua garganta, emitiu uma longa sequência de sons modulados: uma técnica de alheamento e força interior muito complexa, que Geno ainda não conhecia. As vibrações eram tão intensas que os vidros das janelas se estilhaçaram em mil pedaços, criando ainda mais pânico entre as pessoas.

Naso Bendatov, com o colbaque apertado sobre a testa, fechou os olhos e as mãos, concentrando-se ao máximo e esperando que a estranha criatura que ondulava na sua frente desaparecesse instantaneamente. Mas o fantasma dos olhos de gelo permaneceu ali, desafiando as regras da Magipsia.

Eulália levantou-se, procurando colocar em prática sua arte mágica, porém a energia da criatura a imobilizou. O espectro, que se aproximara de Geno, roçou sua cabeça com as mãos esqueléticas. O garotinho não sentiu mais seu corpo e caiu no chão desmaiado; e então, a criatura prateada, que subira até o teto, regressou num mergulho de cabeça para dentro do poço, como se tivesse sido puxada de volta por uma antiga corrente de ar. Um silêncio aterrorizante ribombou na Sala da Hipnose e a perturbação se estampou nas faces de todos os presentes.

Naso Bendatov correu para Geno, que não dava sinal de recuperação, e o pegou no colo, apertando-o contra o peito de maneira protetora. Nabir dirigiu-se aos Psiofos, tentando acalmá-los, enquanto Eulália retomava fôlego.

— Quem foi que desencadeou a ira do fantasma? Quem o invocou? — perguntou o eremita, angustiado, para Eulália.

A Sapiens grega estava completamente estrábica e, com a voz trêmula, respondeu:

— Veio por ele. Por Geno. Aquele Anteu tem alguma coisa estranha. Foi sua mente que o invocou.

Nabir ajeitou seu longo saio e, aproximando-se de Naso, acariciou o rosto de Geno. Este estava branco como cera e seus lábios haviam assumido uma estranha cor azulada.

Os três Sapientes trocaram um rápido olhar eloquente: o jovem Hastor Venti era, portanto, um garoto especial. Muitas coisas haviam acontecido desde sua chegada na Arx, e o mistério de seu poder mental devia ser protegido e compreendido.

— É minha culpa! — A voz estridente de miss O'Connor entrou como uma flecha. A Governanta, despenteada, es-

CAPÍTULO 9 – A fuga de Madame Crikken

tava em pé na soleira da porta e seu aparecimento surpreendeu Sábios e Psiofos. Atrás dela chegaram os três cães, agitados. Ottone estava com a língua de fora, Ofélia arfava e o pequeno Oscar abanava o rabo alegremente.

— Miss O'Connor... — Eulália pronunciou somente seu nome, piscando rapidamente.

— O Froder escapou à minha atenção. Eu estava na minha sala, diante do Hiatus, o espelho mole do qual saem todos os fantasmas. Comigo havia algumas médiuns, mas eu perdi o controle e o Froder fugiu. Desculpem-me — explicou a Sábia irlandesa, visivelmente constrangida.

Os outros três Sapientes olharam-na preocupados, pois sabiam muito bem que os Froder, os Olenos e as Ífides eram criaturas espectrais criadas nos últimos anos com o consentimento de Yatto Von Zantar.

Inadvertidamente, Naso soltou um espirro tão poderoso que o fez perder o equilíbrio, correndo o risco de deixar Geno cair dos seus braços. Nabir aproximou-se para ajudá-lo, porém Butterfly foi mais rápida: com um gesto veloz, agarrou o garoto e arrancou-o do russo.

— Eu vou cuidar dele. Sei bem como tirar o medo de fantasmas — disse miss O'Connor, enquanto Oscar começou a latir de repente.

Bendatov ficou nervoso.

— Eu é que sou o médico da Arx. E não me parece ser necessário que você cuide de Geno. É a segunda vez que este garoto sofre um acidente durante as provas. Um deles foi com você, e fui eu que o tratei.

— Todos vocês estão abalados. E eu entendo isso. Talvez seja o caso de avisar Von Zantar — afirmou a Governanta dando um chute de leve no filhote de bassê, que continuava a latir.

Ofélia e Ottone lamberam Oscar que, intimidado pelo chute recebido, abaixou a cabeça e, farejando o chão, aproximou-se do poço.

257

GENO e o Selo Negro de Madame Crikken

Enquanto isso, os Psiofos haviam se sentado nos bancos e, pensativos, ouviam o diálogo dos Sapientes, que ficava cada vez mais áspero.

— Cara Butterfly, não seja tão precipitada. Naso tem razão. Ele é o médico da Arx — disse Eulália, tentando apaziguar os ânimos.

Nabir Kambil avançou em direção a miss O'Connor e, olhando-a nos olhos, disse:

— Talvez haja coisas que não sabemos acerca deste garoto. Coisas secretas e misteriosas. Acho realmente que Von Zantar nos deve algumas explicações.

A Governanta sentiu-se constrangida e decidiu minimizar sua impertinência.

— Não está acontecendo nada tão grave assim. Sinto muito por ter falhado em controlar o Froder, mas tenho certeza de que o jovem Hastor Venti ficará bom rapidamente. Agora vou levá-lo para seu quarto e aplicar-lhe uma massagem energética nas têmporas. Você está de acordo com a minha terapia, doutor Bendatov?

Naso acenou com a cabeça e saiu a passos largos, seguido por Kambil. Eulália fez um sinal para os Psiofos saírem da sala de aula, já que a prova de Arcoloria certamente não poderia continuar. As duas Sábias ficaram a sós com os cães. Miss O'Connor, segurando Geno no colo, pigarreou e, dirigindo-se a Eulália, voltou a desculpar-se pelo ocorrido. Então, chamou os três bassês e saiu.

O silêncio tomou conta da Sala da Hipnose. Eulália Strabikasios teve uma visão repentina ao olhar a Governanta que se afastava. Seus olhos se ofuscaram e ela viu a foto de duas pessoas adultas. Um homem e uma mulher que imploravam ajuda. Eulália sacudiu a cabeça e arregalou os olhos. Sendo também perita em vidência, compreendeu que aquela visão tinha a ver com Geno. Colocou-se ao lado do poço e

CAPÍTULO 9 – A fuga de Madame Crikken

meditou profundamente: ela nunca tinha visto aquelas duas pessoas; certamente, não eram Psiofos ou Sapientes.

Miss O'Connor desceu as escadas seguida pelos três cães e atravessou o Salão dos Fenicopterídeos, sob o olhar curioso de todos os Psiofos: Geno estava em seus braços, sem sentidos, com as pernas e os braços pendentes e o rosto branco como cera.

A mulher chegou rapidamente ao quarto número 5, deitou o garoto na cama e fez a massagem energética sobre suas têmporas. Geno abriu os olhos lentamente; sua visão estava embaçada; mas quando compreendeu quem estava na sua frente, estremeceu.

— Miss O'Connor!!!

— Acalme-se, Geno. O Froder, o fantasma dos olhos de gelo, já não está mais aqui. Foi minha culpa. Perdoe-me — disse Butterfly, tentando parecer tranquilizadora.

O garoto olhou para ela aterrorizado; na realidade, já sabia que aquela Sapiens era malvada. E era a pura verdade. Miss O'Connor havia executado o plano acertado com Von Zantar. O Froder era uma primeira tentativa, para ver a reação de Geno e compreender se ele realmente tinha uma mente poderosa e se no seu sangue corria o ClonaFort. Terríveis provações aguardavam o jovem Hastor Venti, mas Butterfly e Yatto precisavam esperar que ele passasse os três Intercantos para poder seguir adiante com seus planos.

— A senhora tem contatos com os fantasmas. É terrível! — conseguiu dizer Geno, olhando fixamente para a mulher irlandesa.

— Sim, mas a matéria dos espectros e fantasmas é bastante complexa. Compreendo que você não esteja acostumado com ela, mas você vai ver que aprenderá a não ter medo — disse miss O'Connor.

259

GENO e o Selo Negro de Madame Crikken

— Não estou com vontade de aprender essa técnica — retrucou o garoto com um fio de voz.

— Você vai ter que aprendê-la! Mesmo que não venha a ter contato com Froder, Olenos ou Ífides, eles são fantasmas e espectros bastante particulares. Somente os Psiofos e nós, Sapientes, podemos invocá-los. De qualquer maneira, para vocês, Anteus, as provas com os fantasmas menos agressivos estão previstas no *Regulamento*. Você fará essa matéria quando chegar ao Terceiro Nível... se você chegar lá... — replicou a Governanta, um pouco chateada.

Geno não disse mais nem uma palavra; tinha visto somente um Froder, e já lhe bastara. Não tinha a menor ideia de como eram os Olenos e as Ífides. Levantou-se cambaleando e serviu-se uma xícara de chá de R. S. e roeu dois biscoitos P. N. Queria reencontrar logo a sua força mental e reordenar seus pensamentos. Sem Crikken, sem René, sem pais, ele se sentia vazio e perdido. Sentiu-se diferente. Diferente mais uma vez, como todos já o consideravam.

Miss O'Connor tentou ser gentil, pegou Oscar no colo e aproximou-o dele.

— Você pode afagá-lo, se quiser. Agora você pode.

O jovem Hastor Venti pôs um dedo sobre o nariz úmido do filhote e sorriu.

— É muito doce. Brincalhão.

— Pois é. Eu sei. Agora, descanse. Amanhã, você vai enfrentar outras provas. O período do Intercanto está próximo e você bem sabe que Von Zantar espera muito de você — disse miss O'Connor antes de sair do quarto.

— Eu também espero muito. E quero que Madame Crikken volte — respondeu o garoto num impulso.

— Madame Crikken? Não sei se nós vamos voltar a vê-la. Eu, ao contrário, queria reencontrar Anoki. Você, não? — perguntou a Governanta, medindo as palavras.

— Claro, claro. Anoki é um bom Anteu. Espero que não tenha acontecido nada de grave com ele. — Geno falou,

260

Capítulo 9 – A fuga de Madame Crikken

com os dentes apertados; certamente, não queria que miss O'Conor descobrisse o segredo do UfioServo.

Quando a Sapiens e seus cães abandonaram o quarto número 5, Geno se jogou novamente na cama e, olhando para o teto, pensou em tudo o que estava acontecendo. Um leve bater nos vidros da janela chamou sua atenção. Olhou para fora e viu Roi, o falcão. No bico, ele apertava um saquinho de pano azul. Geno se levantou rapidamente e abriu a janela. A ave entrou e, depois de dar duas voltas em torno da cama, pousou sobre o travesseiro e largou o saquinho. Estava com as patas ensanguentadas e até o anel com o emblema A. M. estava manchado de vermelho. Seus olhos eram grandes e reluzentes. Com o bico aberto, emitiu um grito estridente e saiu janela afora, afastando-se pelo céu já escuro.

Geno estava perturbado, um calafrio percorreu-lhe as costas: lençóis e travesseiro ficaram manchados de sangue. Então, o falcão estava ferido.

Quando o garoto abriu o saquinho, curioso, uma imagem apareceu na sua frente, como uma alucinação. Pela primeira vez, Geno viu os rostos de seus pais: estavam mais velhos do que na foto. A mãe tinha rugas debaixo dos olhos e seus cabelos estavam despenteados, o pai estava triste e desesperado. Geno tentou estender as mãos para acariciar seus amados pais. Mas, de repente, a cena mudou: viu somente labaredas de fogo. Viu horror e medo. No seu coração, ouviu um uivo.

O jovem Hastor Venti gritou o nome dos pais com todo o fôlego que possuía e voltou para a realidade. Estava tonto de emoção e, assustado, meteu uma das mãos dentro do saquinho; encontrou uma pequena bússola de ouro e uma carta. A bússola indicava o Oeste. Suspirando, ele a revirou nas mãos e, então, decidiu ler a carta.

O primeiro sinal de que Corinna e Pier estavam vivos chegara, depois de dias de espera. Roi, o falcão das asas de ouro, era, portanto, um precioso mensageiro.

CAPÍTULO 10

As palavras de sangue

SOU O REI, SOU AQUELE QUE SABE O QUE VOCÊ DESCOBRIRÁ.
SOU O REI E SEI A VERDADE.
O QUE VOCÊ PROCURA ESTÁ AO SUL. MAS NÃO SERÁ FÁCIL ENTRAR
NOS LOCAIS PROFUNDOS E SECRETOS DA ARX.
A CRIANÇA DOS OLHOS APAGADOS SERÁ SUA AMIGA.
TRÊS SAPIENTES AJUDARÃO VOCÊ ANTES E DEPOIS DO INTERCANTO.
ENFRENTANDO RISCOS PESSOAIS.
MAS VOCÊ NÃO DEVE REVELAR-LHES NADA DE SUA HISTÓRIA.
COMPREENDERÃO SOZINHOS, PORQUE TÊM CAPACIDADE PARA ISSO.
A FUGITIVA VOLTARÁ COM O URSO, E O LOBO DESPERTARÁ.
VOCÊ TERÁ MINHA FORÇA AO SEU LADO.

ROI, O GERIFALTE DE OURO

As palavras estavam escritas com sangue. Um sangue
ainda fresco. A grafia estava incerta e minúsculas gotas de
cor vermelho-rubi salpicavam o papel. Geno ficou petrificado, e, com as mãos sujas daquela substância que simbo-
lizava a vida, olhou pela janela para ver se o falcão ainda
estava ali. Mas a escuridão da noite reinava soberana sobre
o Vale dos Pensamentos e somente o halo da lua iluminava
parcialmente os cumes das montanhas.
— Rei? Gerifalte de ouro? O falcão é o Rei! Pois é... é
verdade, Roi, em francês, significa rei! — murmurou o garoto, pensando que aquele sangue era da ave ferida. O falcão
tinha escrito a carta! Releu as frases e tentou compreender

seu significado. Abalado e amedrontado, ele ainda guardava na mente as imagens dos pais e o fato de Roi ter escrito que, para encontrá-los, era preciso ir para o Sul, o fez compreender que a bússola de ouro era para isso. O Gerifalte conhecia a verdade!

— Nas profundezas da Arx... nos subterrâneos! — exclamou de repente.

Geno intuiu que seus pais estavam aprisionados em algum lugar secreto perto do Megassopro, o Auditório onde Naso Bendatov realizava as provas de Psicofonia.

Um leve sorriso iluminou o rosto do jovem, que leu a carta mais uma vez.

— A Fugitiva? Sem dúvida, trata-se de Madame Crikken! O Urso é o xamã da tribo dos Sioux, é o avô de Lobo Verme-

Capítulo 10 – As palavras de sangue

lho. Três Sábios vão me ajudar. Mas quais? — perguntou-se, falando muito baixo.

Apertou a carta manchada contra o peito e imaginou por que o falcão, criatura de Von Zantar, o estaria ajudando. Seria uma armadilha? Não, ele não podia acreditar que o Summus realmente chegasse a esse ponto.

Aquele falcão tinha olhos sinceros. Ele tinha usado o próprio sangue. Contudo, parecia incompreensível que uma ave pudesse escrever e saber a verdade. Roi conhecia o futuro e isso representava um enigma. Ainda que a Arx Mentis fosse de fato um local misterioso e secreto, onde sombras e magias, sonhos e visões esboçavam uma realidade desconhecida.

GENO e o Selo Negro de Madame Crikken

Geno adormeceu assim, entre tormentos e desejos. O vazio que tinha no coração iluminou-se com esperança: a de poder voltar a abraçar seus pais.

A Trombota tocou às 7h em ponto e Suomi entrou no quarto de Geno para tomar o café da manhã com ele, como todos os dias. As bandejas já estavam prontas e as suculentas iguarias metafísicas só estavam esperando ser degustadas. Estava começando um novo dia e a Antea finlandesa teve logo uma surpresa.

— Não faça perguntas. Vamos ao local de sempre — disse Geno. Pegou-a pela mão, tranquilizando-a. Suomi estava especialmente bonita: vestia uma calça jeans e uma camiseta lilás, seus volumosos cabelos louros estavam presos com uma fita roxa e ela usava a costumeira Tuia preta na cabeça.

Geno e a garotinha saíram do quarto número 5 e dirigiram-se rapidamente em direção às Estáforas Invertidas.

— Não subam, é preciso descer — disseram em coro as grandes bocas, mas os dois Anteus não lhes deram ouvidos e em poucos segundos chegaram ao UfioServo.

Suomi só falou depois de eles terem entrado.

— O que está acontecendo? Você encontrou um jeito para acordar Anoki?

— Não, infelizmente — respondeu Geno, observando o amigo pele-vermelha, que ainda estava suspenso no meio do UfioServo, envolto por fumaças e vapores.

— E, então? Por que você me arrastou para cá? — perguntou a garotinha, chateada.

Geno leu a carta do falcão, fez Suomi tocar na bússola de ouro e explicou o que tinha acontecido no dia anterior durante a prova de Arcoloria. Com os fantasmas, as palavras escritas em sangue e as previsões de Roi, tudo parecia ter se tornado ainda mais perigoso que antes.

Capítulo 10 – As palavras de sangue

– Mas você tem certeza que o Gerifalte de ouro não é uma armadilha de Yatto? – A pergunta de Suomi fez Geno entrar em crise.

– Acho que não, embora eu já não saiba mais em quem confiar por aqui. Em você, com certeza – disse, acariciando-lhe os cabelos –, mas começo a ter sérias dúvidas até no que diz respeito a Crikken. Talvez ela tenha ido embora porque não conseguiu tomar o lugar de Von Zantar e tenha me usado para desafiar o Summus. Ou, então, a verdade é o que diz o falcão: ela vai voltar com Urso Quieto e libertará Lobo Vermelho dessa maldita situação. Mas uma coisa é certa – continuou, falando de modo decidido –, a alucinação que tive tem algum sentido. Meus pais estão vivos! Temos que ir ao Megassopro e encontrar o esconderijo secreto em que Yatto os mantém prisioneiros.

O jovem Hastor Venti levantou os olhos e olhou para Lobo Vermelho.

– Logo você vai voltar para a realidade. O falcão não pode ter escrito uma mentira.

Quando eles saíram do UfioServo, encontraram Yatto Von Zantar na metade do corredor. Ele trajava um comprido paletó bronze e largas calças vermelhas como o fogo. Do pescoço pendia um apito estranho.

Yatto aproximou-se de Suomi e disse, sem muita consideração:

– Você pode ir. Eu e Geno temos que conversar.

Suomi seguiu adiante com sua bengala branca, despediu-se do amigo e, enquanto descia a escada, disse em voz alta:

– Ao meio-dia irei à Cozinha Metafísica, e lembre-se de que hoje à noite temos prova de Psicofonia.

Geno respondeu que se lembrava muito bem e depois fixou o olhar no Summus, esperando que o diálogo começasse.

267

GENO e o Selo Negro de Madame Crikken

— Eu soube o que aconteceu ontem durante os exercícios de Arcoloria. Estou satisfeito com suas habilidades. Você está bem agora? — perguntou Yatto, agarrando o garoto pelos ombros.

— Sim, muito bem. A massagem de miss O'Connor foi ótima para a saúde — explicou Geno, sem dar um passo.

— Você veio para cá para procurá-la? — A pergunta deixou o jovem Hastor Venti constrangido por um momento, já que ele temia a descoberta do UfioServo.

— Sim, sim... Pois é, estava justamente procurando a Governanta para agradecer — respondeu, hesitando.

Yatto pegou nas mãos de Geno e as prendeu entre as suas.

— Você tem certeza de que está dizendo a verdade?

O garoto ativou a Palavra Bloqueadora.

— Claro, eu sempre digo a verdade.

— Venha comigo. Vou levar você para meu quarto. Precisamos conversar longamente.

Yatto arrastou Geno escadas acima. O garoto não queria segui-lo, porque temia que algo grave lhe acontecesse, mas não pôde se rebelar. A força de Yatto, física e mental, obrigou-o a subir as malditas escadas.

Pilo Magic Brocca se encontrava diante da pequena ponte levadiça e cumprimentou o garoto de má vontade. Yatto e Geno atravessaram a Sala da Visão, com o braseiro aceso e o pungente perfume de incenso. Von Zantar afastou a pesada cortina de veludo preto e apoiou a mão sobre o mosaico, exatamente sobre a figura que o representava. Geno reparou que Madame Crikken já não estava ali; sua imagem havia sido apagada. As pastilhas tinham sido removidas. No lugar, não havia nada. Apenas parede. No alto, porém, onde antes não havia nada, destacava-se a figura do falcão de ouro, que voava sobre a imagem de René. Ele observou atentamente aquele estranho quadro feito de pequenas pas-

268

Capítulo 10 – As palavras de sangue

tilhas coloridas e se deu conta de sua importância. Cada Sábio estava em seu lugar, todos trajavam vestimentas lindas e preciosas e seus rostos estavam sorridentes. Mas aquela mancha cinza onde antes havia a imagem de Margot deixou-o preocupado.

Assim que Von Zantar tocou sua própria imagem, o grande mosaico se moveu, abrindo-se. Do outro lado ficava o apartamento do Summus Sapiens.

– Siga-me e não faça perguntas – disse Yatto, encaminhando-se para o lado esquerdo.

Geno olhou as paredes e os estranhos objetos que enfeitavam móveis e mesinhas de madeira antiquíssima e marchetada. A cama, grande e suntuosa, estava no fundo, enquanto justamente no canto, ao lado da janela, havia uma longa porta, estreita e branca. A maçaneta era uma placa redonda com incisões que o garoto não conseguiu decifrar por causa da distância. Diversas de almofadas de seda estavam espalhadas no chão, sobre os tapetes macios.

O Summus postou-se no centro do aposento e pediu ao garoto para sentar-se aos seus pés, sobre uma grande almofada macia e verde.

– Aquela porta branca lhe interessa muito? – perguntou Yatto.

– É estranha – respondeu Geno, que não esperava pela pergunta.

– Não se pergunte o que há por trás daquela porta. É inútil – retrucou o Summus, acendendo o costumeiro SigaCromo.

O jovem Hastor Venti intuiu que se tratava apenas de uma provocação, para fazer aumentar desmesuradamente sua curiosidade. E ele tinha razão. Atrás daquela porta branca ficava o refúgio secretíssimo do Grande Sábio. Um lugar frequentado unicamente por ele. Nem sequer miss O'Connor

269

GENO e o Selo Negro de Madame Crikken

e Pilo Magic Brocca haviam entrado ali. Por aquela porta, chegava-se à parte secreta da Arx, àquela parte que não estava desenhada na cópia do mapa.

Geno estava morrendo de curiosidade, mas conseguiu acalmar a mente e sentiu-se seguro por causa da Palavra Bloqueadora.

A porta branca se abriu de repente e René entrou no aposento, com uma expressão tremendamente triste. Esboçou apenas um cumprimento e, mudo, permaneceu em pé. Imóvel.

Von Zantar sorriu e, dirigindo-se a Geno, disse:

— René é meu aluno predileto. Executa minhas ordens, mesmo que você pense o contrário. Ele é fiel a mim. É muito competente e, quem sabe, se você, caro Hastor Venti, conseguirá superá-lo algum dia.

Geno não conseguiu dizer nada. Desesperado, olhou para o garoto da túnica dourada e pensou que ele não o ajudaria a procurar seus pais. René deixava-se ficar ali, enrijecido, com os olhos fixos, parecendo uma estátua de mármore. Geno pensou que Yatto devia tê-lo repreendido e punido. A força mental do Summus era tamanha que ninguém jamais poderia realmente rebelar-se contra suas ordens.

— Eu sou o Bem Máximo. Você deve me obedecer! — começou Yatto, permanecendo de pé e olhando para Geno que, sentado, mantinha a cabeça jogada para trás para poder olhar seu rosto.

— Obedecer ao senhor? O senhor sequestrou meus pais e os mantém prisioneiros há onze anos. Por que não posso ter meu pai e minha mãe de volta? — perguntou o jovem Hastor Venti, tentando manter a voz estável e não se deixar levar pela emoção.

— Se você for bonzinho... — Os olhos de Von Zantar tornaram-se brancos como os de um morto.

Capítulo 10 – As palavras de sangue

Geno estava aterrorizado e esperava que René reagisse. Mas o garoto da túnica dourada não moveu um dedo sequer.

O Summus parecia um monstro. Tremendo, Geno abriu os braços.

— Não farão mais ClonaFort nenhum. Eles não dirão nada e eu tampouco...

— Você? Agora você já sabe até demais. Você também tem ClonaFort no seu sangue. Você está destinado a mim. A MIM! E, já que não sou mau, ofereço a possibilidade de voltar a abraçar Pier e Corinna. MAS VOCÊ DEVE ENCONTRÁ-LOS! — Uma nuvem cinzenta formou-se sobre sua cabeça, e Geno sentiu que as forças o estavam abandonando.

— Por quê? Por que você não pode trazê-los para cá? O que significa que eu tenho que encontrá-los? — O garoto sentiu-se sufocar pelo medo.

Von Zantar acendeu um SigaCromo e lançou a fumaça no rosto de Geno.

— Você deve encontrá-los usando a mente. Você deve me mostrar quanto poder há dentro de você. Eu sou o Summus Sapiens e tenho o direito de saber se você, seu pequeno metido, é capaz disso. Você mesmo compreenderá se o seu destino é esse.

Yatto quis dar uma pequena demonstração de como a mente podia controlar e transformar a realidade. Dobrou-se como uma folha, como se seu corpo não tivesse ossos. Girou a cabeça e, com um golpe repentino, inchou o peito e soprou em direção às almofadas, que se dissolveram como água. Então, voltou à sua forma, forte e altivo, ergueu a mão e mostrou o anel. Naquele exato momento, um violento raio de luz vermelha atravessou o peito de Geno, que se sentiu arder como se estivesse no fogo. Tossiu três vezes e, tomado pelo pânico, ainda encontrou a coragem de dizer algumas palavras:

271

GENO e o Selo Negro de Madame Crikken

— Os Hastor Venti são uma família como tantas outras. Somos normais.
— Normais? E o que vem a ser a normalidade para você? A Magipsia não é uma bobagem. É uma regra de vida que se impõe àqueles que possuem dotes mentais. Nunca se esqueça disso — disse Von Zantar, sorrindo com desprezo.

Embora a Palavra Bloqueadora estivesse ativada, Geno sentiu seu equilíbrio psicológico ruir. A confusão na sua cabeça era completa e ele desejou que tudo aquilo terminasse o quanto antes. Ele imaginou seus pais sofrendo e, de todo coração, pensou se encontrar num pesadelo. Abatido, esperava que René parasse aquele homem pérfido que o fazia sofrer.

Depois de dar uma risada sádica, Yatto mandou René voltar para seus exercícios de meditação. E assim foi: o jovem voltou a abrir a porta branca e fechou-a, indo embora sem sequer se dignar a olhar para o pobre Geno.

A fumaça do charuto, o odor do incenso, a voz de Yatto e aquele aposento inquietante apavoravam Hastor Venti cada vez mais.

— Estou cansado. Não é verdade que tenho uma mente poderosa. Não acho que eu tenha ClonaFort no meu sangue. Eu não presto para nada — disse Geno, tentando desesperadamente enganar Yatto e ver sua reação.

— *Furcht?* Você tem medo? — perguntou o alemão, soprando-lhe outra baforada de fumaça no rosto.

— O medo está dentro de mim há 11 anos. Tenho medo da solidão. Tenho medo de não ser amado... — As palavras do jovem saíram sem controle e foram interrompidas pelo Summus com ferocidade.

— *Liebe?* Amor? Pois é... eu compreendo... O amor dos pais que você não teve. Na Arx, os sentimentos não contam. E sequer sua querida Crikken sente afeto ou amizade. Ela tem o coração duro como uma rocha. Usou você para me

Capítulo 10 – As palavras de sangue

combater. Mas, no fim, ela perdeu. Fugiu porque sabia que nunca tomaria meu lugar – disse Von Zantar com raiva, feliz de aniquilar qualquer certeza dentro do garoto.

Geno, embora se sentisse presa de um mundo desconhecido, teve de repente a sensação de que Yatto realmente pensava numa conspiração de Madame. E mesmo que esta fosse a verdade, decidiu fazer-lhe uma pergunta contendo uma cilada, na esperança de que o Summus caísse na armadilha.

– Ela realmente fugiu porque fez mal a Anoki?

– Claro. Ela fez Lobo Vermelho desaparecer para criar confusão. Mas depois se deu conta de que não podia me vencer. Conheço com perfeição todos os segredos da Magipsia. E se você se comportar, eu os ensinarei para você também. – O Summus levantou-se um metro acima do solo e, volteando pelo ar, fez subir as mesas e as almofadas.

Então, virou os olhos para um vaso de cristal apoiado sobre um banco longo e baixo e fez sair dele um fio de fumaça negra que, aos pouquinhos, assumiu a forma de uma serpente e, depois, de um dragão e, por fim, de um monstruoso recém-nascido. A fumaça despedaçou-se como se uma espada a tivesse cortado pela metade. Aquela cena horrível desapareceu no nada e o aposento reassumiu seu aspecto anterior.

– Magia e energia, mente e vontade. É isso que é preciso para controlar a realidade – concluiu Yatto, pondo um fim à perturbadora prova mediúnica. O Summus alemão desceu e, colocando os pés sobre o tapete, apontou o dedo para Geno. – Falta apenas uma semana para o Intercanto. Não me desiluda. Use os poderes que você tem. Mostre-me o que sabe fazer. E talvez... quem sabe... eu deixe você abraçar seus pais novamente.

Pérfido e falso, o Grande Sábio da Arx estava chantageando o jovem Hastor Venti com provas aterrorizadoras.

Contudo, Geno compreendera que Yatto não sabia absolutamente nada acerca de Anoki e muito menos sobre o retorno próximo de Madame Crikken. Portanto, o falcão tinha razão. A única coisa que ele podia fazer era concordar com o louco que governava a Arx Mentis. Geno entendeu isso! Enquanto o garoto pensava, ouviu um bater de asas. Era Roi.

O Rei tinha chegado repentinamente ao aposento. Hastor Venti não conseguiu compreender por onde ele havia entrado. O voo do falcão foi breve. Roi apoiou-se sobre o ombro do Summus e abriu o bico em sinal de desafio a Geno. As patas não estavam mais sujas de sangue e as asas brilhavam como o sol.

"Mas como? Então, ele...??? Ele também está do lado de Yatto e não do meu?", pensou estarrecido o jovem Anteu, levantando-se da almofada verde.

O Summus acariciou levemente as plumas douradas da ave e, com olhos repletos de arrogância, encarou Geno.

— Pois é, está vendo, este Gerifalte é uma criatura minha. Eu o eduquei bem. Certo? — Von Zantar tinha o aspecto de um verdadeiro diabo.

— Eu jamais manteria um falcão tão belo aprisionado numa sala. Eu o deixaria livre para voar pelas árvores e montanhas — respondeu Hastor Venti, fazendo um esforço descomunal para não gritar com aquela ave que talvez o tivesse enganado.

— Livre? Nem penso nisso — retrucou Yatto, agarrando as poderosas patas de Roi. — Olhe para o anel, é idêntico ao meu. Cada vez que o Rei tenta ultrapassar as montanhas do Vallés des Pensées, uma descarga energética faz sua pata sangrar e ele é obrigado a voltar para cá, para ficar comigo! Basta que eu toque este apito.

O Summus alemão soprou o apito, mas não se ouviu som algum. As ondas sonoras eram silenciosas, porém letais. A

CAPÍTULO 10 – As palavras de sangue

energia produzida chegava diretamente ao anel do falcão e as descargas elétricas queimavam imediatamente sua pata, fazendo-a sangrar. Tratava-se de um sistema diabólico, desenvolvido por Von Zantar para impedir que seu Gerifalte fugisse.

Roi sentiu o anel ficar ardente e queimar-lhe a pata, virou a cabeça e, com os olhos cor de âmbar, olhou para seu dono malvado. Feriu-lhe a mão direita com o bico.

Geno sorriu. O Rei odiava Yatto!

O Summus passou a mão na ferida, imprecando:

– Falcão estúpido! Se você voltar a fazer isso, quebro suas asas.

Hastor Venti suspirou e observou Roi, que volteava em cima do banco. Não podia duvidar dele: os olhos amarelos e brilhantes daquela ave mágica e inteligente falavam mais que qualquer palavra.

"A carta escrita com seu sangue diz somente a verdade... a verdade... Talvez ele estivesse procurando a prisão dos meus pais e, afastando-se demais, teve de suportar o apito de Yatto. Tudo isso é terrível, terrível...", repetia o jovem Anteu mentalmente.

Naquele exato momento, o Vertilho de Von Zantar se iluminou; estava chegando uma mensagem telempática do Mestre de Cerimônias. Yatto se aproximou da parede e abriu-a.

Nabir Kambil e Naso Bendatov encontravam-se ao lado do mosaico.

– Viemos porque precisamos falar com você – disseram os dois Sábios em uníssono.

Pilo Magic Brocca abriu os braços.

– Summus, sinto muito, mas insistiram tanto que eu...

– Está tudo bem, Pilo. Acompanhe Geno ao térreo – disse Von Zantar, mantendo a mão ferida debaixo do casaco.

275

Os dois Sapientes certamente não esperavam ver o jovem Hastor Venti sair do apartamento de Yatto. Eles queriam justamente falar com o Summus sobre ele. Uma troca de olhares foi suficiente para perceberem que o garoto estava bem e encontrava-se em plena forma. Geno sentiu o costumeiro zunido nos ouvidos e, observando os dois Sábios, pensou que, talvez, fosse neles que devesse confiar.

O Mestre de Cerimônias abriu caminho e, quando o garoto se virou para a Sala da Bilocação Transversal, deu-lhe um empurrão:

— Vá em frente, ande. Aquele não é um lugar em que você possa entrar sozinho.

Geno teria gostado tanto de ver a O' Grande, mas, dando de ombros, seguiu adiante até a escada.

O Badalo Trêmulo bateu treze toques.

Enquanto o garoto se dirigia para a Sala de Alimentos Sublimes para procurar Suomi, Naso e Nabir conversaram longamente com Yatto. O Summus disse que não havia nada de preocupante no comportamento de Hastor Venti e que a situação estava sob controle.

— Esclareci tudo com ele. Vocês não têm motivo algum para temer outros incidentes durante as provas magipsíquicas. É apenas um garotinho um pouco desajeitado que ainda não sabe calibrar suas capacidades mediúnicas — explicou Von Zantar.

Mas o ermitão oriental escrutinou atentamente o falcão que, de vez em quando, volteava pelo apartamento de Yatto. Era possível perceber perfeitamente algumas sensações e tensões energéticas, e Nabir Kambil perguntou, à queima-roupa:

— Onde está René?

Von Zantar enrijeceu-se por alguns segundos e então respondeu:

CAPÍTULO 10 – As palavras de sangue

– Está meditando.

– Mas não está aqui como você tinha dito – replicou o ermitão, desconfiado.

– É importante que eu diga o local exato onde meu predileto está se concentrando em exercícios meditativos bastante complexos? – rebateu nervosamente o Summus, lançando um olhar em direção à porta branca, que se abriu lentamente. O falcão enfiou-se porta adentro e, depois de poucos segundos, René apareceu.

– Aqui está meu René. Vocês estão vendo, ele está bem. Tem o semblante cansado, mas eu garanto a vocês que os exercícios de meditação que ele está realizando são bastante cansativos – disse Yatto, satisfeito.

René acenou um cumprimento e saiu logo, fechando novamente a porta branca. Os Sábios estranharam esse comportamento, mas estavam acostumados com René, que nunca demonstrara atitudes amigáveis ou expansivas.

Naso Bendatov tomou a palavra, pedindo que todos prestassem atenção:

– Não há mais paz na Arx. Os casos de Anoki Kerioki e de Madame Crikken certamente pesam sobre os equilíbrios psicofísicos. Por isso, considero indispensável dispor nossas mentes de maneira positiva. Eu também não estou tranquilo, mas é necessário manter a calma. As dúvidas e incertezas fazem mal para a serenidade. Além disso, dentro de alguns dias todos os Psiofos chegarão para o GalApeiron, a grande congregação para o Contra Único, e nós certamente não podemos nos mostrar nervosos.

O médico espirrou repetidamente e, sem acrescentar outra coisa, saiu da sala, seguido por Kambil.

Yatto Von Zantar fechou os punhos: tinha a intenção de encontrar Anoki e Margot numa nova tentativa com a Esfericonda.

Pensou que durante os oito dias do GalApeiron todos os Psiofos certamente exigiriam explicações sobre os eventos que estavam modificando os equilíbrios da Arx Mentis. Era absolutamente necessário impedir as intromissões dos xamãs e médiuns que não partilhavam de suas intenções, senão tudo ficaria mais difícil.

Nesse meio-tempo, Geno havia encontrado Suomi na Sala dos Alimentos Sublimes e lhe contado, por via telepática, tudo aquilo que havia acontecido no quarto de Yatto. Os dois amigos, com certeza, não podiam falar livremente, porque os Timpatubos e as Escantópias certamente estariam abertas.

A Antea finlandesa ficou desconcertada com o relato de Geno e confortou-o, tentando aliviar o peso dos problemas. A garota queria fazer Meditação com Nabir Kambil, enquanto esperava a prova de Psicofonia no Megassopro.

— Começa às 14h30 e termina às 17h. Vamos lá, será útil para o Intercanto — disse-lhe.

— Está bem. De fato, me fará bem meditar. Preciso disso — respondeu Geno, comendo uma taça de Amoras Existenciais, ótimas para a reflexão.

Os dois foram buscar o Óscio e a Skerja em seus quartos, já que eram absolutamente necessários para a prova de Meditação, como a RI-AM.7b explicava muito bem. Com a almofada e a túnica nas mãos, encaminharam-se para as Estáforas Invertidas que, como de costume, manifestaram-se quando eles estavam passando:

— Brincar e não meditar. Voltem; não subam as escadas.

Suomi sorriu e, apoiando a bengala nos degraus, subiu até o segundo andar, ajudada pelo amigo.

A Sala do Oblívio tinha uma gigantesca porta feita de madrepérola, as maçanetas eram de coral rosa e apresentavam a forma de dois grandes cavalos-marinhos.

Capítulo 10 — As palavras de sangue

Quando os dois Anteus entraram, alguns Psiofos já estavam sentados à beira de uma grande piscina de água turqueza. Vestiam a Skerja, a túnica laranja igual à de Nabir. A iluminação era escassa, proveniente de algumas tochas posicionadas nos cantos da sala e de duas luminárias em forma bojuda, que emitiam uma luz verde tranquilizante. O jovem Hastor Venti começou a descrever o ambiente para a amiga cega que, alguns segundos depois, interrompeu-o:

— Não vejo como você, mas sinto o que está ao nosso redor. Sinto o leve rumor da água que ondeia dentro de um... tanque. Certo?

— Uma piscina — corrigiu Geno.

A porta de madrepérola se escancarou e Nabir Kambil entrou. O Sapiens tibetano viu Geno e logo sorriu para ele. Bob Lippman chegou depressa atrás dele e vestiu imediatamente a Skerja.

Nabir fez um rápido gesto com a mão esquerda: todos os Psiofos e Bob sentaram-se na borda da piscina, mergulhando somente as pernas, até a altura do joelho, e então deitaram no chão, apoiando a cabeça no Óscio, uma almofada laranja especial e muito macia.

Geno vestiu sua Skerja e mandou Suomi fazer o mesmo. Apressadamente, ajeitaram a Tuia preta na cabeça, descalçaram as botas e também assumiram a posição correta: pés dentro do tanque, costas sobre o piso e a cabeça apoiada nos Óscios.

Os Psiofos e o Anteu do Terceiro Nível já conheciam a técnica de relaxamento e fecharam os olhos, cruzando os braços sobre o peito.

Nabir ajudou Suomi e, com voz firme, disse a todos:

— Meditar é fazer uma faxina dentro de si. — Então, dirigindo-se aos dois Anteus do Primeiro Nível, sussurrou:

— Libertem a mente de vocês de qualquer problema e ima-

GENO e o Selo Negro de Madame Crikken

ginem estar descendo uma escada. Contem lentamente de 21 até 1. Cada número corresponde a um degrau que fará chegarem a um local secreto, que somente vocês imaginam. Quando chegarem ao último degrau, o número 1, vocês verão uma pequena porta, atrás da qual se encontra seu esconderijo psicológico: o local dos desejos que vocês têm. Entrem naquele lugar e comecem a fase meditativa.

Os dois amigos iniciaram o exercício magipsíquico.

Geno fechou os olhos, imaginou descer a escada e, quando chegou diante da porta, empurrou-a com uma das mãos: ela se abriu! Diante dele apareceu uma grande árvore. Um carvalho secular cujas raízes nodosas mergulhavam num torrão de terra coberto de relva. Ao redor não havia nada. Não havia céu. Não havia mar. Não havia outeiros ou montanhas. A árvore estava só.

Hastor Venti aproximou-se dela e tocou o tronco enorme. A casca, espessa e dura, estava úmida e uma incisão profunda revelou o nome da árvore: "Carvalho-Sá."

O garoto prendeu a respiração.

— É o carvalho do qual se extrai o pozinho de Madame Crikken!

Deu uma volta em torno do carvalho e sentiu que aquela árvore imaginária era mais real que qualquer outra coisa. Emitia energia e doçura, paz e alegria. Entre os galhos frondosos, viu oscilar alguma coisa. Pendurado por uma cordinha, alto demais para ser alcançado, estava suspenso um objeto que ele parecia conhecer. Sem pensar duas vezes, subiu o carvalho e, enfiando-se entre as folhas, agarrou-o: era o talismã de Anoki!

— Como é possível que tenha vindo parar aqui? — perguntou-se o garoto, olhando para o minúsculo totem.

Assim que ele o pegou, o objeto desapareceu. Sumiu também o Carvalho-Sá, e Geno sentiu uma força estranha que o

280

Capítulo 10 – As palavras de sangue

arrastava novamente em direção à porta. Atraído por uma energia poderosa, voltou a subir os 21 degraus. Palavras e rumores ribombavam em sua mente, o estado de meditação era profundo e o garoto tinha a impressão de viver de fato aquela cena, embora seu corpo permanecesse imóvel como os de todas as outras pessoas que estavam realizando a prova ao seu lado.

Suomi encontrava-se em seu local secreto e nem sequer mexia mais os pés imersos no tanque.

Alguns Psiofos sacudiam a cabeça e Bob Lippman tinha um sorriso estranho estampado no rosto (quem sabe para onde o havia levado a meditação!).

Geno abriu os olhos de repente e olhou ao redor.

— Tudo bem? — perguntou Nabir Kambil, abaixando-se e apoiando as mãos sobre os ombros de Hastor Venti.

— Não sei. Vi... — não terminou de falar, porque o Sábio tapou-lhe a boca.

— Você nunca deve contar o que vê na fase de meditação. É um segredo seu. Raciocine. Seguramente, você vai encontrar uma explicação — disse Nabir.

O garoto mantinha a mão esquerda fechada, como se estivesse segurando alguma coisa. Abriu-a e esperou ver o talismã que tinha encontrado no carvalho.

Mas não foi o que aconteceu. O objeto sagrado de Anoki tinha ficado lá, naquele espaço silencioso. Naquele local criado pela mente durante a fase de meditação.

Suomi ainda estava relaxada e os outros ainda nem tinham aberto os olhos. O Sábio ermitão lhe fez um sinal para levantar-se da piscina e sair da Sala do Oblívio.

— Pode ir, tire a Skerja. Você concluiu seu exercício — disse, indicando a saída.

O jovem Hastor Venti tirou o saio laranja, dobrou-o cuidadosamente, enxugou os pés, calçou as botas, recolheu o

GENO e o Selo Negro de Madame Crikken

Óscio e foi embora, pensativo. Desceu a escada e, cautelosamente, encaminhou-se para o UfioServo. Queria verificar se Lobo Vermelho ainda estava com seu talismã. Quando torceu o vaso da estátua para abrir a entrada secreta, por trás de seus ombros chegou o Gerifalte a toda velocidade e entrou, batendo as grandes asas.

— Roi? Mas... — Geno sentiu seu sangue gelar nas veias. O falcão havia descoberto o UfioServo!

A ave de rapina girou três vezes sobre o corpo de Anoki Kerioki e, então, pousou exatamente na altura do coração. O pele-vermelha estava sempre ali, suspenso como um lampadário soltando fumaça, com o rosto quase desfigurado. Era impressionante de se ver.

Roi emitiu um grito estridente e permaneceu com o bico aberto. Geno agitou os braços, tentando afugentá-lo, para ver se o precioso objeto estava sobre o peito do amigo. Viu-o!

— Pegue-o, Roi, pegue-o você — ordenou o garoto, que a essa altura era obrigado a confiar na misteriosa ave de rapina.

O falcão arrancou o colar do peito de Lobo Vermelho e, segurando-o no bico, voou sobre a testa de Geno e deixou-o cair. Assim que o segurou na mão, o garoto ouviu elevar-se um canto Sioux: vozes e canções de ninar daquele antigo e glorioso povo ao qual Lobo Vermelho pertencia. O talismã encerrava os espíritos dos ancestrais de Anoki, Geno se lembrava muito bem. O canto era triste e intenso.

A emoção o fez dobrar as pernas até ficar de joelhos. Uma visão o fez prender a respiração: milhares de bisontes corriam em pradarias intermináveis e índios altivos, com grandes cocares emplumados e os rostos pintados, gritavam para o céu.

Uma força poderosa penetrou o coração de Geno. Uma força que se somou à Palavra Bloqueadora. Sua mente des-

CAPÍTULO 10 – As palavras de sangue

prendia energia e os olhos pretos do jovem Anteu tornaram-se enormes e brilhantes. Sem perceber, ele sussurrou:

— A Força da mente. Tudo depende disso. Madame tinha razão. Até o jantar inicial em homenagem à letra F dirigiu-me para cá. Aqui, onde meu coração vazio de amor está se enchendo.

Geno Hastor Venti olhou para cima e jurou salvar o amigo, enquanto Roi continuava a voar sobre o corpo do pelevermelha e suas asas mergulhavam na fumaça e nos vapores que o envolviam.

Geno chorou e suas lágrimas molharam o pequeno totem de madeira: o canto e a música pararam, o silêncio voltou a reinar no UfioServo. O Gerifalte se dirigiu para a porta e Geno voltou a erguer-se lentamente, seguindo-o. Quando saíram para o corredor, Roi foi embora agitando suavemente as asas e o jovem Anteu italiano espalhou, como de costume, o pozinho de Carvalho-Sá.

Já estava tarde e faltava pouco para a hora do jantar. Quatro médiuns estavam conversando nas escadas. Uma delas parecia criança, mas, na verdade, tinha sido submetida ao tratamento antimentira. De fato, durante a prova de Cascátia, ela dissera uma coisa absolutamente não verdadeira e a consequência havia sido inevitável: imediatamente, sua altura havia sido reduzida. Zangada como nunca, a médium, em que Geno esbarrara por acaso, urrou como uma possessa.

— Se você for para a Cascátia, vai se tornar um rato preto, com todas as mentiras que conta!

O jovem Hastor Venti olhou-a sem se assustar, o canto indígena ainda ecoava dentro da sua cabeça e nada podia perturbá-lo. A expressão desencantada do Anteu de Primeiro Nível desconcertou a médium, e as outras Psiofas riram com gosto. Geno desceu velozmente os degraus e passou rapidamente diante das Estáforas Invertidas; as grandes bocas negras falaram, de modo decidido:

— Você deve seguir todas as provas. Atenção, ainda faltam muitas para você antes do Intercanto. Para onde vai? Tome a via correta.

Geno ouviu e se deu conta de que as Estáforas queriam criar-lhe um obstáculo para o Intercanto. Com efeito, faltavam Salutria, que, porém, era facultativa, Cascátia e Psicofonia. E justamente essa última matéria era a que ele queria fazer com Suomi. O encontro era às 21h, no Megassopro. Era importante perceber se no Auditório da Arx havia uma passagem secreta que levasse para a prisão de seus pais. Absorto em seus pensamentos, entrou no quarto número 5. A garotinha finlandesa o estava esperando.

— Eu estava ficando preocupada; quando terminei a Meditação, você já não estava mais. Venha, sente-se aqui, o jantar está pronto e daqui a pouco temos que ir — disse Suomi, comendo Batatas Fritas Emotivas.

— Sinta o que eu achei. — Geno colocou o talismã de Anoki na mão da amiga.

— Mas é de... — Suomi compreendeu que era de Lobo Vermelho, mas não pronunciou o nome porque sabia muito bem que os Timpatubos estavam ativados. Mandou uma mensagem telempática para Geno. O Vertilho brilhou e o jovem Hastor Venti respondeu que sim e, com o pensamento, explicou à garotinha que Roi o havia ajudado.

— O falcão entrou... ali? — exclamou Suomi, cada vez mais confusa, apagando o Vertilho.

— Pois é, mas não é para se preocupar — respondeu em voz alta o jovem Anteu italiano.

A garotinha finlandesa sentiu uma agitação no estômago, não compreendia se Lobo Vermelho havia acordado ou não. Voltou a mandar uma mensagem telepática e Geno ex-

Capítulo 10 – As palavras de sangue

plicou-lhe que Anoki continuava na mesma condição, mas que provavelmente o talismã serviria. Não lhe contou sobre o Carvalho-Sá, não podia fazer isso. Nabir havia sido muito claro a esse respeito.

– Vamos para a sala de Naso Bendatov, daqui a pouco o Badalo Trêmulo vai tocar 21 badaladas. Você bem sabe que, para mim, é urgente ir lá. – Porém, as palavras pronunciadas em voz alta por Geno não acalmaram Suomi.

– Espero que tudo corra bem na Psicofonia. Estou ansiosa. Quem sabe que vozes eu vou recolher – disse a Antea finlandesa, comendo uma Maçã Calmante.

– Vozes? – indagou Hastor Venti, saboreando duas garfadas de Arroz Agostiniano.

– Não me diga que você não sabe como é feita a prova de Psicofonia! – exclamou Suomi.

– Sim... então, acho que lembro que no *Regulamento* está escrito que o microfone... quer dizer, o Vocofone do Megassopro recolhe as vozes da nossa mente e faz todo mundo ouvi-las – disse Geno, falando de boca cheia.

– Exato, é isso mesmo – respondeu a garotinha.

Geno sorriu, foi ao banheiro para lavar o rosto e penteou os cabelos encaracolados. Depois, voltou a colocar a Tuia preta na cabeça, vestiu as luvas ainda rasgadas e, antes de sair, guardou o mapa e a bússola de ouro. Para chegar ao Auditório eles precisavam passar diante da Sala de Alimentos Sublimes e percorrer uma galeria que desembocava nos subterrâneos da Arx.

Recolocou no bolso o precioso mapa e a bússola, e então pegou Suomi pela mão.

– Vai ser uma noite importante.

No Salão dos Fenicopterídeos reinava grande agitação, os cães bassês de miss O'Connor estavam brincando com duas Parobolas e a Governanta não parecia nem um pouco nervo-

GENO e o Selo Negro de Madame Crikken

sa. Uma dezena de Psiofos permutava penas coloridas e duas alquimistas seguravam nas mãos cuias de porcelana com estranhas beberagens. Pilo Magic Brocca encaminhou-se para a Sala da Leveza para a lição de Bioenergia e, passando ao lado dos dois Anteus do Primeiro Nível, perguntou:

— Tudo bem?

— Sim — responderam os garotos.

— Vejam lá. Vocês não acompanharam algumas provas do Primeiro Nível. Se continuarem assim, não acho que passarão no Intercanto — disse Pilo suspirando, e foi embora, seguido por uns vinte xamãs e médiuns. Yudi Oda olhou para ele satisfeito, enquanto ao seu lado Ágata Woicik dava uma risadinha de escárnio, fazendo caretas estranhas para Geno. Ágata segurava um saco de papel na mão e, aproximando-se de Suomi, disse:

— Vamos fazer as pazes, afinal você não é tão antipática. Neste saquinho tenho balas de Anis Estático, são muito gostosas. — E dizendo isso pegou na mão direita da garotinha cega e enfiou-a dentro do saquinho.

Suomi tentou agarrar uma bala dentro do saquinho, mas sentiu apenas poeira nos dedos.

Ágata riu às gargalhadas e correu em direção a Yudi.

— Garota boba e estúpida — disse Geno que, olhando para ela, lembrou-se muito da cáustica Mirta Bini.

Suomi ficou com a mão no ar.

— Mas o que havia dentro do saquinho?

— Somente terra ou pó vermelho, você sujou as luvas. Não fique brava — respondeu Hastor Venti.

Entre despeitos e zangas, os Anteus e quinze Psiofos atravessaram a galeria silenciosamente e desembocaram num amplo espaço iluminado somente por lâmpadas vermelhas. Na parede diante da passagem havia um enorme portão de madeira antiga. Esperaram ali que o Badalo Trêmulo soasse

CAPÍTULO 10 – As palavras de sangue

as nove horas e, depois de uns dez minutos, alguns Psiofos, especialmente dois feiticeiros mexicanos, começaram a bater. De repente, Naso Bendatov abriu o portão. Segurava o colbaque na mão e tinha a testa completamente suada.

– Alguém adulterou o Piansereno! – disse, muito sério. Uma maga Psiofa deu um passo à frente.

– Talvez nós possamos consertá-lo. Eu conheço bem a estrutura do Piansereno, frequento a Arx há muitos anos. Naso olhou para ela e, então, dirigindo-se a todos, exclamou: – Vamos logo. Se o Piansereno não funcionar, o Pêndulo Seco também não poderá registrar as entradas e saídas. O Badalo Trêmulo e o Apitomolho não tocarão. Todos os relógios e os sinos da Arx estão ligados a esse órgão. A explicação do *Regulamento Iniciático*, RI-AM.6e, é muito clara. Amanhã de manhã todos os Psiofos chegarão para o GalApeiron e Von Zantar vai ficar uma fera comigo!

Geno e Suomi entraram, junto com os outros. O Megassopro era belíssimo. Um auditório realmente extraordinário. As paredes e o teto eram azuis como o céu e as poltronas eram revestidas de veludo vermelho. No palco estava o Piansereno, o antiquíssimo órgão que datava de 1555 e que reproduzia cantos líricos e os sons de todos os instrumentos, do violino à trompa, do piano ao oboé. Os tubos, mais de mil, eram de madeira e os teclados tinham bordas douradas. Alguns eram altíssimos, e outros, ao contrário, muito baixos. A manutenção do Piansereno era cotidiana e ninguém, além do médico da Arx, podia cuidar do órgão, um instrumento importantíssimo justamente porque regulava os horários das provas magipsíquicas.

Naso e a maga gesticularam por alguns minutos, mas dos tubos só saíram sons desarmônicos. Ágata Woicik e Yudi Oda haviam se sentado exatamente na primeira fileira, para

287

GENO e o Selo Negro de Madame Crikken

assistir à cena. Geno e Suomi ainda estavam de pé e aguardavam que o problema fosse resolvido. Mas, de repente, a Antea finlandesa lembrou-se da visão que tinha tido quando Madame Crikken lhe dera a Palavra Bloqueadora.

— Naso Bendatov zangado no Megassopro — sussurrou preocupada.

Hastor Venti não ouviu a frase, porque estava demasiadamente absorto em escrutinar o auditório inteiro, de cima a baixo, para perceber onde poderia haver uma passagem secreta, porém sem reparar em nada de estranho. Pediu a Suomi para concentrar-se em captar com a mente qualquer anomalia nas paredes ou no chão, mas a garotinha não teve tempo de se concentrar porque a voz sonora da maga Psiofa a sobressaltou.

— O terceiro teclado do Piansereno foi comprometido. A tecla do Chifre de caça está travada, o quarto da Flauta, também, o vigésimo segundo do Violoncelo apresenta uma evidente impressão de mão suja de Areia Moribunda, um pó vermelho indelével e terrível. Ele consegue travar qualquer objeto. Se é que eu posso emitir minha opinião, isto é coisa de moleques.

Naso Bendatov voltou a colocar o colbaque e com voz retumbante foi até o Vocofone, o grande microfone que estava sobre o palco, pronto para a prova de Psicofonia, e anunciou:

— Quem souber de alguma coisa, que fale! Exijo logo uma resposta! Vocês bem sabem que quem transgredir a RIAM.6e é expulso no mesmo instante.

Um vozerio espalhou-se por todo o Megassopro. Os Psiofos olharam fixamente para os quatro Anteus presentes, que se sentiam como os únicos alvos da ira de Naso.

O Vocofone ainda estava ligado e se ouvia muito bem a respiração ofegante do médico da Arx que, de repente, espirrou, provocando um barulho aterrorizante.

Capítulo 10 – As palavras de sangue

— Desculpem-me, mas o resfriado não me dá sossego — disse Naso, extraindo um lenço do bolso. — De qualquer maneira, agora vou desligar o Vocofone, já que a prova de Psicofonia não vai mais ser realizada. Quero que o culpado se identifique!

Ágata se pôs de pé e, virando-se para Suomi, indicou-a.

— Foi ela quem usou a Areia Moribunda. Olhem bem para as luvas pretas que ela está usando.

Suomi estremeceu: a visão que tivera no UfioServo estava se tornando realidade. Geno deu alguns passos em direção do palco, mas Naso mandou-o parar.

— Venha aqui, Suomi Liekko — disse o Sábio médico.

A garotinha levantou-se e, agitando a bengala, alcançou os degraus do palco. Mas, em função da emoção, não conseguiu subi-los. Tinha o rosto vermelho de vergonha e a raiva lhe roía a alma. Atirou a bengala ao chão e mostrou as mãos cobertas pelas luvas. Os dedos da luva direita apresentavam grãos de cor púrpura.

O Sapiens russo desceu do palco junto com a Psiofa e constatou que a luva direita tinha traços de pó vermelho. A maga cheirou e confirmou com a cabeça:

— É Areia Moribunda.

A garotinha agitou-se e gritou:

— Não, não. Foi Ágata que me fez enfiar a mão dentro de um saquinho... eu... não sabia de nada. Não podia ver o que havia dentro! Sou cega! Sou cega!

A voz de Suomi estava carregada de angústia; a garotinha tinha perdido o controle, porque se sentia acusada injustamente. Hastor Venti interveio:

— Sim, é verdade. Eu também estava presente quando Ágata...

Naso o calou.

— Não fale. Você já tem seus problemas aqui na Arx. Você quer complicar ainda mais a situação?

289

GENO e o Selo Negro de Madame Crikken

O grande portão de madeira escancarou-se de repente e miss O'Connor entrou no Megassopro; ela fora avisada prontamente por numerosas mensagens telepáticas enviadas pelos Psiofos e por Ágata, sua predileta.

— O que está acontecendo aqui? O Piansereno foi realmente comprometido? — perguntou, chegando com passos rápidos, seguida por Oscar, Ofélia e Ottone.

— Sim, está comprometido. Um verdadeiro estrago — respondeu Naso, aproximando-se de Suomi.

— Foi ela? — perguntou a Governanta, satisfeita.

— Parece que sim. Tem as mãos sujas de Areia Moribunda.

— *Good, good.* Então, cara senhorita Liekko, agora vamos procurar Ranja Mohaddina; com a Cascátia, ela não pode enganar-se. Se você disser a verdade, não acontecerá nada com você. Mas, por outro lado, se tiver sido você, então, além dos efeitos da alteração física, você também receberá a punição do Summus Sapiens. Comprometer o Piansereno é uma coisa gravíssima. Você corre o risco de perder o Intercanto e permanecer no Primeiro Nível!

Oscar meteu as patas sobre as pernas de Suomi e a garotinha perdeu o equilíbrio, porém Naso segurou-a pelos ombros.

— Oscar, você é um filhote vivaz além da conta — disse o médico, sorrindo.

Suomi fez menção de estender a mão para afagá-lo, mas o pequeno bassê cheirou os dedos sujos de pó e espirrou. Naso também iniciou uma sequência interminável de espirros.

Miss O'Connor chamou Oscar com severidade e olhou a jovem Antea finlandesa com olhos malvados.

Yudi piscou o olho para Ágata, que sorriu. Mas Naso havia percebido seu comportamento e, antes que a Governanta levasse Suomi embora, exclamou:

CAPÍTULO 10 – As palavras de sangue

— Em minha opinião, todos os Anteus aqui presentes deveriam participar da Cascátia.

Geno arregalou os olhos e abriu um sorriso resplandecente para o médico. Miss O'Connor ergueu a cabeça e perguntou, curiosa:

— Todos ou somente... somente Geno Hastor Venti?

— Os quatro — redarguiu o médico da Arx.

Ágata e Yudi abaixaram o olhar, enquanto Geno encaminhava-se altivamente para a galeria, dizendo:

— Doutor Bendatov, eu e Suomi vamos voltar logo.

Faltavam apenas vinte minutos para as 22h e miss O'Connor estava bastante nervosa, já que devia ir para a sala dela, para a prova dos Fantasmas. Quando chegou diante da Sala de Alimentos Sublimes, ela mandou uma Parobola para Ranja, que já estava dormindo em paz no seu apartamento.

A Sábia árabe desceu apressadamente a escada e com o roupão fechado por um cinto apresentou-se diante do grupinho de Anteus.

— O que foi que aconteceu? — perguntou, bocejando.

— Bem sei que o horário não é adequado. Mas é necessário fazer uma prova de Cascátia com estes quatro Anteus. Suomi, ou alguém dentre eles, comprometeu o Piansereno — explicou apressadamente a Governanta.

— O assunto parece grave! — acrescentou Ranja, entrando na Sala de Alimentos Sublimes. Mandou os garotinhos se acomodarem sobre os banquinhos, aqueles que estavam próximos do fogão, e deu início ao exercício, explicando que era preciso que fosse executado no escuro.

Para Suomi e Geno, era a primeira vez, para Yudi a segunda, enquanto Ágata já conhecia a técnica, pois ela se encontrava no Segundo Nível.

Ranja verteu nos copos Água Pitagórica ao cubo, um líquido alquímico muito poderoso, capaz de provocar modi-

291

ficações físicas caso não se dissesse a verdade. Corcundas, rugas, espinhas, mutações do nariz, dos olhos, da boca e das orelhas estavam entre as reações mais comuns. A Sábia árabe apagou as luzes e aguardou que os garotinhos bebessem. Somente Ágata deu uma de esperta e, na escuridão, conseguiu verter a bebida dentro da panela que estava sobre o fogão. Quando Ranja perguntou a cada um deles se tinha comprometido o Piansereno, todos responderam negativamente.

— Muito mal. Ninguém confessou. Agora, vou reacender as luzes e, infelizmente, um de vocês sentirá imediatamente os efeitos da Cascátia. Com mentiras não se brinca — anunciou Ranja, tendo a Governanta e os três cães ao seu lado.

Os quatro Anteus, entretanto, estavam normalíssimos.

Ranja e Butterfly olharam para Suomi: como era possível que não fosse culpada? Mentirosa!

Ranja virou-se para Ágata:

— Então, foi você que mentiu!

— Não. Eu sou uma Antea muito competente e leal — respondeu ela, com cara marrenta.

Ofélia e Oscar estavam cheirando a parte inferior do móvel da lindíssima cozinha quando o filhote começou a latir de modo insistente. Ranja Mohaddina aproximou-se do cachorrinho e descobriu que, na panela deixada sobre o fogão, havia Água Pitagórica ao cubo.

A Sábia árabe fulminou Ágata com o olhar e ela abaixou a cabeça. Miss O'Connor tomou a panela e, olhando Ranja, esboçou um sorriso constrangido. Mas a Sapiens, amiga e colega de Madame Crikken, foi duríssima:

— Ágata Woicik, beba imediatamente!

A Antea do Segundo Nível agarrou a panela das mãos da Governanta e bebeu o líquido. Poucos segundos depois, seu rosto encheu-se de bolhas pretas e roxas, o nariz ficou verde e alargou-se. Geno desatou a rir e explicou para Suomi

CAPÍTULO 10 – As palavras de sangue

como Ágata se transformara. A garotinha finlandesa desceu do banquinho, bateu com a bengala no chão em sinal de vitória e, juntamente com o amigo, saiu da Sala de Alimentos Sublimes.

– Nós vamos para a Psicofonia. Naso está esperando por nós, já perdemos tempo demais.

Ágata olhou para suas luvas brancas (as mãos também incharam!), tirou-as e viu que a pele estava coberta de manchas:

– Virei um monstrooooooooo!

Yudi ficou calado, com os olhos arregalados, enquanto Oscar agitava o rabo esfregando-se no roupão de Ranja. Miss O'Connor abraçou a Antea polonesa e, irritada, disse:

– O.k., você errou. Agora, eu tenho que levar você para a sala de Von Zantar. Sinto muito, mas o *Regulamento* é claro.

Ágata soluçava e Ranja apagou as luzes, indo dormir. A Sábia árabe pensou que Geno e Suomi estavam sempre na berlinda e rezou para que Madame Margot Crikken voltasse logo para a Arx. Havia incidentes e invejas demais envenenando o clima da antiga cidadela onde reinava a Magipsia.

CAPÍTULO 11

O GalApeiron dos Psiofos

Quatro médiuns espanhóis, duas magas francesas, seis sensitivos e Bob Lippman aguardavam miss O'Connor do lado de fora da Sala do Pensamento Sutil. Embora já passasse das 22h e o Badalo Trêmulo não tivesse tocado ainda por causa do estrago no Piansereno, o grupo estava impaciente para participar da prova dos Fantasmas. Os que se encontravam retidos do lado de fora da Sala da Hipnose estavam na mesma situação e impacientavam-se com o atraso de Eulália Strabikasios para os experimentos de Magia Branca.

Miss O'Connor, ladeada por Ágata — que encobria o rosto com as mãos —, avisou a todos que o Badalo não podia tocar, desculpando-se. Bob Lippman aproximou-se da Antea polonesa.

— O que aconteceu com você? — perguntou, perplexo.

— É tudo culpa daquela maldita cega e do italiano bobo — respondeu ela, entre lágrimas. Então, Bob jurou se vingar pela amiga.

Eulália chegou e Butterfly, ajeitando os cabelos, disse secamente:

— Creio que precisam da sua ajuda no Megassopro. Eu preciso ir ter com Zantar. Como pode ver, Ágata está encrencada.

A Sapiens grega arregalou os olhos e com mil caretas despediu-se do seu grupo de Psiofos, que mais uma vez fi-

GENO e o Selo Negro de Madame Crikken

cou decepcionado por não poder frequentar regularmente as provas na presença de Eulália.

— Vocês podem entrar livremente na Sala da Hipnose e seguir adiante com as habilidades de vocês. Hoje à noite, terão que se virar sem mim — disse, torcendo o nariz.

Ágata e a Governanta subiram as escadas e, ao alcançar o terceiro andar, encontraram Pilo Magic Brocca, que já tinha sido avisado da chegada delas por uma Parobola enviada pouco antes por Ranja Mohaddina.

— Von Zantar vai receber vocês imediatamente — exclamou o Mestre de Cerimônias, abrindo caminho.

A Sapiens irlandesa e a Antea polonesa atravessaram a ponte levadiça e entraram na Sala da Visão. O Summus Sapiens estava sentado na sua poltrona, o braseiro estava aceso como de costume e um cheiro amargo de resina perfumava o ambiente.

Yatto levantou-se e observou o rosto e as mãos da garotinha.

— Horrível! — exclamou com nojo.

Ágata começou a chorar desesperadamente.

— Eu imploro, Summus, não me expulse. Dentro de poucos dias acontecerá o Intercanto e eu quero ser aprovada na prova e passar para o Terceiro Nível.

O Grande Sábio da Arx meneou a cabeça.

— É com grande desgosto que devo dizer que não posso deixar você ficar aqui. Você bem sabe que o *Regulamento Iniciático*, RI-AM.6e, prevê a expulsão para quem comprometer o Piansereno. Por que cargas d'água você arranjou essa encrenca e também disse uma grande mentira, culpando a Antea finlandesa? — perguntou Von Zantar, aos gritos.

— Ela é antipática e também está sempre junto de Geno, que ninguém suporta mesmo — respondeu Ágata, enxugando as lágrimas.

CAPÍTULO 11 – O GalApeiron dos Psiofos

— *Ich verstehe*. Entendo. Mas não posso perdoar você — disse o Summus, que no fundo do coração apreciava a malvadeza de Ágata Woicik.

Miss O'Connor tentou minimizar a ação da garotinha, mas Yatto deu a entender que era melhor não levantar maiores suspeitas entre os frequentadores da Arx e entre os próprios Psiofos e Sapientes. O *Regulamento* devia ser respeitado.

O Summus Sapiens, Yatto Von Zantar, pronunciou o ato de expulsão:

— Ágata Woicik, você está expulsa da Arx Mentis por ter transgredido o *Regulamento*. Poderá regressar no próximo ciclo. Você repetirá o Segundo Nível e, caso não passe no Intercanto, será exonerada para sempre das artes da Magipsia. Este é o veredito!

Yatto removeu a Tuia branca da cabeça da garotinha e arrancou-lhe as luvas à força. Pegou um pequeno carimbo e imprimiu nas indumentárias a letra "R" de reprovada.

Ágata apertou os punhos, ajoelhou-se, mas miss O'Connor a fez se levantar, abraçando-a.

— Vá até seu quarto e prepare suas coisas. Vamos nos encontrar no Pêndulo Seco.

Enquanto a Antea expulsa encaminhava-se para seu quarto, acompanhada pelo Mestre de Cerimônias, Butterfly e Yatto ficaram alguns minutos confabulando.

Enquanto isso, Geno, Suomi e Eulália já haviam chegado ao Megassopro. Naso Bendatov estava no palco, ao lado do Piansereno, remexendo nas teclas. Quando viu Suomi, ficou boquiaberto.

— Mas, então, não tinha sido você!

— Tudo indica que não! Eu digo sempre a verdade... ou quase — disse a Antea cega, sorrindo.

GENO e o Selo Negro de Madame Crikken

— Foi Ágata! — Geno disse, com extrema satisfação, e Naso balançou todo o corpo em sinal de aprovação.

O tique da Sapiens grega aumentou: os olhos pareciam se mover sem nenhum controle! Agitada como nunca, ela andou em direção às teclas do Piansereno que estavam travadas pela Areia Moribunda e verteu algumas gotas de Arsênico Liberante, um veneno poderoso que eliminava a ação nefasta do pó mágico. A operação requeria grande atenção.

Naso e Eulália estavam muito concentrados, então Geno pôde lançar uma olhada entre os tubos do órgão e os pedais dos três teclados, para ver se algum mecanismo estranho permitia o acesso a algum lugar secreto. Mas nada. Suomi ativou suas percepções extrassensoriais e foi atraída pelo primeiro teclado. Aproximou-se e pousou as mãos sobre as teclas. Naso se virou subitamente.

— Não mexa, estamos tirando o pó vermelho.

A Sapiens tentou apertar as teclas e dos tubos saiu o canto de uma soprano: o que anunciava, por meio do Pêndulo Seco, a entrada e saída das Psiofas.

— Funciona! — gritou a Sábia grega, feliz.

Finalmente, Naso riu. Os dois Sapientes tentaram tocar outras partes do órgão para verificar se tudo estava novamente no lugar.

Geno, entretanto, havia percebido que duas teclas do primeiro teclado haviam permanecido travadas. Aproximou-se e tocou nelas. Nenhum barulho, nenhuma voz saiu dos tubos correspondentes. O garoto ouviu apenas um leve crepitar proveniente da parte posterior do palco cênico.

Eulália e Naso não perceberam nada, estavam demasiadamente empenhados em recolocar em ordem o som do Badalo Trêmulo. O jovem Hastor Venti lançou uma olhada por trás do órgão e viu que oito peças do assoalho estavam levantadas em pelo menos cinco centímetros.

298

Capítulo 11 – O GalApeiron dos Psiofos

— Há alguma coisa aqui por baixo! — murmurou, tomado por uma felicidade repentina.

Chamou Suomi, mas Naso ficou desconfiado.

— Não se pode ir atrás do órgão, é proibido pelo *Regulamento*, RI-AM.6e. Vocês deveriam saber disso! Vocês querem se meter em encrencas e serem expulsos também?

Geno pediu desculpas, mas assim que o médico virou para o outro lado puxou a bússola que o falcão lhe dera: a seta indicava o Sul. Colocou-a na direção das oito peças de madeira e a seta começou a girar em sentido anti-horário. A bússola parecia ter enlouquecido.

— Siiiiiiim! — gritou, sem perceber.

Suomi também gritou e Eulália a fez calar-se, dizendo:

— Boca fechada, por favor. Não estamos brincando aqui.

Naquele momento, o Badalo Trêmulo tocou meia-noite.

— *Otchen khorochó*. Muito bem. O Piansereno funciona que é uma maravilha! — exclamou Naso, lançando o colbaque para o ar.

— Muito bem, então agora nós vamos fazer a prova de Psicofonia? — O pedido de Suomi, que deixou o Sapiens russo pasmo, era útil a Geno, que assim teria tido tempo para encontrar a passagem secreta.

— Mas está muito tarde! — exclamaram os dois Sábios.

Suomi insistiu e Geno também tentou convencer o bom médico da Arx a realizar a prova, argumentando que, em caso contrário, eles se dariam mal no Intercanto.

Naso recolocou o colbaque e deu boa-noite a Eulália que, devido ao cansaço e ao tique costumeiro, estava completamente estrábica. Antes de sair do Megassopro, ela afagou o jovem Hastor Venti, mas ao chegar perto reparou que uma cordinha de um objeto especial saía do bolso do garoto. O talismã de Anoki Kerioki! Eulália Strabikasios teve um sobressalto, tanto que seus olhos até voltaram à posição normal por alguns instantes.

GENO e o Selo Negro de Madame Crikken

Naso captou a descompensação energética da Sapiens grega e olhou fixamente para Geno, que prontamente voltou a enfiar no bolso o preciosíssimo objeto. Mas esse gesto não o livrou de mais uma encrenca.

— Mostre! *Seitchás!* Imediatamente! — ordenou Naso Bendatov.

O jovem baixou a cabeça e mostrou o talismã. Suomi compreendeu que o mal estava feito!

— Mas isto é do... Lobo Vermelho! — exclamou Eulália, com a mão sobre os lábios, assustada.

O Sábio russo deixou-se cair sobre uma das poltronas da primeira fileira, voltou a tirar o colbaque e, com o semblante cansado, pediu uma explicação aos dois Anteus.

Geno não sabia se devia dizer a verdade ou não. Mas a palavra "fim" ainda não estava inscrita no destino de Hastor Venti. Outra vez, Rei, o Gerifalte de ouro, veio em seu auxílio. Entrou pelo portão do Megassopro e, como um fantasma plumado, deu quatro voltas ao redor do Piansereno, desconcertando todos. Suomi teve um calafrio.

"A visão, a visão que tive no UfioServo ainda vai se materializar", pensou aterrorizada.

Roi mirou e, com um hábil volteio, dirigiu-se para o garoto, arrancando-lhe o talismã das mãos com o bico, porém sem feri-lo.

Suomi estava assustada, sentia a ave voar sobre sua cabeça, mas não entendia o que estava acontecendo. O falcão apoiou-se exatamente sobre o Vocofone do Megassopro e fez balançar o pequeno totem de Lobo Vermelho. As luzes se reduziram repentinamente. Eulália, cada vez mais perturbada, sentou-se ao lado de Naso, esfregando os olhos.

Geno e Suomi permaneceram rígidos, sem respirar.

Do totem saiu um antigo canto dos espíritos sioux, que se elevou altíssimo graças ao Vocofone. Tambores, gritos

Capítulo 11 – O GalApeiron dos Psiofos

e antigas músicas de orações penetraram nos corações dos dois Sábios e dos dois Anteus.

O falcão ergueu voo novamente e, quando estava em cima de Geno, entregou-lhe o talismã de volta e saiu voando do Megassopro, deixando o auditório entregue a uma calma preocupante.

O pequeno totem de madeira brilhou como uma flecha, e Hastor Venti sentiu suas pernas ficarem leves e a cabeça girar como uma roda. Empunhando o talismã, elevou-se quase até o teto do auditório, sua visão ficou turva e o batimento do seu coração diminuiu. Perdeu os sentidos e permaneceu suspenso, levitando. No seu corpo entraram os espíritos de Anoki Kerioki, que falaram usando sua boca:

Deixem livre este jovem corajoso,
que conhece o valor da Amizade.
Salvará Lobo Vermelho.
Nele há a força do Pensamento.
Deixem livre este jovem corajoso,
que conhece a dor do Abandono.
Vai trazer a paz de volta à Arx.
Nele há a força do Amor.

O doutor Bendatov fechou a cara. Observou Geno, que estava estacionado lá no alto como uma nuvem humana, sem nunca ter experimentado a Levitação, exercício que só se podia fazer no Segundo e no Terceiro Níveis. Juntamente com Eulália, Naso ouviu as palavras dos espíritos Sioux e pensou que, em tantos anos de dedicação à Magipsia, nunca assistira a nada parecido na Arx Mentis. Eulália emitiu um gemido estranho e, por alguns minutos, manteve uma conversa telempática com Naso. Os Vertilhos brilharam e os dois Sábios dialogaram intensamente sobre o que haviam

GENO e o Selo Negro de Madame Crikken

visto e sobre o extraordinário poder mediúnico de Hastor Venti.

Quando os espíritos terminaram de falar, o corpo de Geno iniciou a descida e, chegando ao solo, caiu desmaiado. Suomi gritou muito alto o nome do amigo, agitando a bengala.

— Responda-me, por favor. Diga que está vivo. Responda, responda...

Os gritos da Antea finlandesa despertaram bruscamente o jovem que, estendido no chão, olhou para o teto e sentiu ter vivido uma experiência única. Levantou-se, abraçou Suomi, que tremia, e compreendeu que os dois Sapientes tomariam providências sérias.

Os dois garotos ativaram a Palavra Bloqueadora, porque temiam uma intrusão mental de Eulália e Naso, o que teria complicado as coisas um pouco mais. Como poderiam explicar o que havia acontecido sem revelar onde Anoki Kerioki estava? Ou talvez eles fossem os Sábios que os ajudariam, como o falcão havia escrito?

Naso e a Sábia grega não fizeram nada, sequer tentaram interrogá-los com as técnicas de Telempia ou Telepatia, e levantaram-se ao mesmo tempo das poltronas, com muita discrição.

— *Otchen khorochó*. Muito bem. Bela prova de Psicofonia. Parabéns para ambos — disse o doutor Bendatov como se nada tivesse acontecido, voltando a vestir o colbaque.

Geno reteve a respiração.

— Espero que Lobo Vermelho tenha ouvido os espíritos amigos que visitaram você. Aguardamos confiantes seu regresso. — A frase de Eulália Strabikasios desconcertou os dois Anteus.

— Mas... Vocês vão contar para Von Zantar? — perguntou Suomi, temerosa.

Capítulo 11 – O GalApeiron dos Psiofos

— *Niet.* Não é obrigatório explicar para o Summus o que acontece em todas as provas de Psicofonia. O *Regulamento* não prevê isso — retrucou Naso, encaminhando-se em direção à saída em companhia de Eulália. Geno engoliu em seco e esperou que os Timpatubos estivessem inativos. Para sua sorte, Von Zantar não estava à escuta com as Escantópias, já que estava tentando utilizar mais uma vez a Esfericonda para descobrir onde Madame Crikken tinha ido parar.

Geno tirou a bússola do bolso e virou-se para olhar para o palco, sussurrando para Suomi:

— Encontrei a passagem secreta, a bússola a apontou. Vou voltar quando não houver mais ninguém.

— Vamos voltar. Eu vou ajudar você — respondeu a garotinha, estendendo a mão em direção ao rosto de Geno.

Hastor Venti pegou a amiga finlandesa pela mão e apertou o talismã, pensando em seus pais e no Rei, que tinha demonstrado conhecer realmente o futuro.

O portão do Megassopro se fechou. Ninguém acrescentou outra palavra.

Na verdade, Naso e Eulália haviam combinado mentalmente uma coisa entre si. Na manhã seguinte, pediriam uma coisa importante a Yatto Von Zantar: a convocação urgente de Urso Quieto. Por outro lado, a relação entre o falcão e Geno tinha algo de incrível e, caso o Anteu italiano soubesse o que havia acontecido com Anoki Kerioki, seria necessário informar o xamã dos Sioux.

Quando atravessaram o Salão dos Fenicopterídeos, ouviram claramente o coro de crianças se elevar. O Pêndulo Seco estava avisando que Ágata Woicik saía da Arx Mentis. Os dois Sapientes se dirigiram cada um para seu apartamento, sem fazer comentários, enquanto Geno e Suomi percorreram o corredor de entrada. O jovem Hastor Venti

GENO e o Selo Negro de Madame Crikken

se apoiou nos vidros. Sob a luz do luar, viu miss O'Connor despedir-se da Antea de Segundo Nível, que lhe entregou a ficha com a data e o horário da saída. O portão já estava aberto, a garotinha polonesa segurava os Fogosos nas mãos. Foi embora sem virar para trás. Seu Selo Negro a aguardava no meio do bosque para levá-la de volta para casa. A noite não foi serena. Para ninguém.

Geno pensou novamente na passagem secreta, em Madame Crikken, nos espíritos Sioux e em Anoki, que precisava ser salvo. A força que sentia dentro de si era grande e, naquele momento, não se importava em saber se em seu sangue corria realmente o ClonaFort. Agora, ele já estava aprendendo as técnicas de Magipsia e sua mente estava pronta para outras provas.

O toque da Trombota tocada por miss O'Connor acordou todos os frequentadores da Arx, como de costume. O dia estava luminoso e, no céu, no horizonte da Vallée des Pensées, quatrocentos Psiofos voavam velozes sobre os bosques.

Estavam sentados sobre os selins das Bi-Flap e as asas de morcego levantavam-se e abaixavam-se ritmicamente. Estavam chegando para a Grande Congregação, o GalApeiron que preparava o Contra Único.

Às 8h30, o Salão dos Fenicopterídeos estava superlotado; alguns magos e sensitivos haviam decidido sair e meditar sobre os Hipovoos, outros já estavam ensaiando técnicas refinadas de Magipsia nas várias salas de aula da Arx.

Naso Bendatov e Eulália se encontraram com Ranja Mohaddina e Nabir Kambil, anunciando que queriam pedir a Von Zantar a convocação de Urso Quieto.

Não explicaram detalhadamente o que havia acontecido no Megassopro com Geno e os espíritos de Anoki, mas convenceram os colegas Sapientes de que a intervenção do velho

Capítulo 11 – O GalApeiron dos Psiofos

xamã Sioux era urgente. Juntos, enviaram mensagens telepáticas para o Summus, que respondeu de maneira afirmativa. Às 9h em ponto haveria uma reunião extraordinária em seu apartamento, no terceiro pavimento. Bob Lippman não estava nem um pouco preocupado com o caos que reinava na Arx Mentis e tentava chamar a atenção dos Psiofos vindos de todas as partes do mundo para assistir ao seu Contra Único. Yudi Oda, entretanto, recolheu-se na Sala Cercada para refletir.

A expulsão de Ágata o fizera entrar em crise, e ele queria a todo custo vingar-se e fazer Geno e Suomi pagarem caro por seu comportamento.

As salas de aula pululavam de feiticeiros e médiuns. Miss O'Connor ostentava um sorriso estranho e tinha orgulho de poder discutir com os Psiofos sobre novas técnicas a serem usadas durante as provas de Fantasmas. Pilo Magic Brocca estava preparando um único Ressaltafio para o Contra Único: o que seria utilizado por Bob Lippman. Naso despachou Parobolas para o Mestre de Cerimônias e a Governanta, para avisá-los da reunião extraordinária com o Summus Sapiens. Yatto aguardava o toque das nove horas em seu apartamento. O Badalo Trêmulo tocou. Os seis Sábios encontraram-se diante do grande mosaico da Sala da Visão, cada um deles apoiou a mão direita sobre a própria imagem e a parede se abriu.

Yatto estava de pé e René estava ao seu lado, impassível e com a expressão sempre triste. Assim que os Sapientes entraram, Butterfly enviou uma mensagem telepática para Yatto, perguntando se devia ou não apoiar o pedido que os outros Sábios iriam fazer. Von Zantar respondeu que sim.

E assim foi. O Grande Mestre da Arx aceitou a proposta de convocar Urso Quieto, inclusive porque não conseguira ver nada com a Esfericonda. Pelo contrário, a utilização da bola de cristal lhe havia conferido dores no corpo todo.

GENO e o Selo Negro de Madame Crikken

— Ilustres Sapientes, acompanhem-me à Loja Psique; vou ativar a O' Grande para que o xamã Sioux possa chegar o quanto antes, utilizando a Bilocação Transversal. Contudo, devo confessar que eu já tentei entrar em contato com Urso Quieto telepaticamente, sem receber resposta alguma — disse Yatto, saindo de seu apartamento com René. Os seis Sábios seguiram-nos, e somente Pilo Magic Brocca passou à frente deles, indo abrir a Loja Psique.

Os Sapientes permaneceram imóveis diante dos Três Gigantes. O Summus abriu os braços e, concentrando-se, projetou seu pensamento sobre as pedras, que se tornaram incandescentes. Assim, a Bilocação Transversal estava ativa e Urso Quieto deveria aparecer em poucos segundos. Mas uma descarga elétrica poderosíssima provocou faíscas e labaredas.

— O que está acontecendo? — perguntou Ranja, assustada.

— Nada. Urso Quieto não pode ser alcançado. Não ouve o chamado. Não escuta nosso pedido — explicou nervosamente Yatto.

— Será que alguma coisa grave aconteceu com ele? — A pergunta de Naso levantou suspeitas entre os Sábios.

— Anoki desapareceu, a Crikken foi embora e Urso não ouve nosso pensamento telepático. É estranho, muito estranho — comentou Nabir Kambil, virando-se para René, que não disse uma palavra sequer.

Eulália Strabikasios entrou em transe, fechou os olhos vesgos e, respirando profundamente, falou como uma vidente:

— Aqui ainda há a energia produzida por Madame Margot Crikken no momento de sua fuga. Porém, não consigo perceber nada mais. É como se a O' Grande não absorvesse mais os mecanismos mentais da Bilocação Transversal.

— Exatamente! — exclamou Von Zantar. — É a mesma sensação que eu tenho.

306

CAPÍTULO 11 – O GalApeiron dos Psiofos

– Então estamos presos aqui na Arx? Nós Sábios não podemos mais nos transferir para parte alguma? – perguntou miss O'Connor, alarmada.

– Temo que seja isso – disse Yatto, apertando os punhos.

– Devemos, sem dúvida alguma, destravar a O' Grande. Se todos nós nos concentrarmos conjuntamente, podemos conseguir – propôs Pilo Magic Brocca.

O Summus fez que sim com a cabeça, mas indicou que não podiam fazer isso todos juntos. Com a Congregação dos Psiofos acontecendo, era preciso que pelo menos alguns Sapientes permanecessem à disposição deles.

– Amanhã se inicia o período do Intercanto. Os Anteus partirão para suas viagens mentais. Teremos oito dias para resolver o problema e administrar a congregação dos Psiofos. Acho realmente que o problema estará resolvido para o Contra Único – esclareceu o Summus Sapiens, enganchando seu braço no de René, que parecia não ter absolutamente qualquer interesse naquilo que estava acontecendo.

Os Sábios concordaram e observaram, perplexos, o comportamento do garoto da túnica dourada. Nunca o haviam visto tão silencioso e sério.

Pilo Magic Brocca abandonou a Loja Psique; precisava preparar adequadamente o Ressaltafio para Bob Lippman, e o trabalho era bastante demorado. Bendatov decidiu dar uma nadada com os Subcandos, junto com um grupo de alegres Psiofos, enquanto Nabir Kambil foi meditar no seu apartamento. Eulália e Ranja permaneceram na Loja Psique, diante da O' Grande, e começaram a exercitar todos os influxos megapsíquicos para reativar os Três Gigantes.

Yatto afastou-se com René e Butterfly.

– Temos poucos dias à disposição. Durante o Intercanto, não teremos Geno para perturbar. Temos que manter os Psiofos tranquilos e precisamos absolutamente encontrar

307

GENO e o Selo Negro de Madame Crikken

Anoki. Vou para meu refúgio. Se você tiver novidades, entre em contato comigo somente através da Telepatia — disse o Summus muito sério, empurrando René à sua frente.

A Governanta de confiança sorriu e obedeceu às ordens. Quando Von Zantar chegou a seu apartamento, aproximou-se da porta branca e engastou o anel na maçaneta. Ouviu-se um estalo e a porta se abriu. Para abri-la era necessário usar o anel com o emblema da Arx Mentis, e esse era o único meio possível para fazê-lo! Terríveis enigmas, que somente Von Zantar e René conheciam, estavam escondidos naquele local onde nenhuma outra pessoa jamais pisara. Enigmas sobre a potência das novas técnicas mentais: experimentos que Yatto realizava usando o ClonaFort.

O dia foi atribulado; muitíssimos Psiofos queriam encontrar-se com o Summus e colocar-se à disposição para procurar Anoki Kerioki, mas, sobretudo, desejavam entender o que acontecera com Madame Crikken. Os médiuns e as alquimistas mais próximos do Summus Sapiens sustentavam que a Sábia francesa realmente fugira porque estava implicada no desaparecimento do pele-vermelha, mas uma parte dos Psiofos, os que não gostavam muito da gestão de Yatto e tendiam para a linha de conduta magipsíquica de Madame, ou seja, a do falecido Riccardo Del Pigio Ferro, não acreditava na traição de Margot.

A Governanta explicou muito bem o fato de Von Zantar não estar disponível e os Psiofos aguardaram pacientemente. Por outro lado, eles precisavam organizar a congregação e intercambiar as experiências magipsíquicas vividas em seus respectivos países. Miss O'Connor estava realmente muito atarefada e sua sala era uma das mais frequentadas.

Geno e Suomi, aproveitando-se da confusão, decidiram entrar novamente no Megassopro e descobrir o que havia sob o assoalho. As luzes do auditório estavam desligadas e os dois

Capítulo 11 – O GalApeiron dos Psiofos

garotinhos aproximaram-se do palco. Hastor Venti segurava a bússola na mão e, de maneira decidida, dirigiu-se para o primeiro teclado; tocou as duas teclas travadas e o chão de madeira levantou-se alguns centímetros. Geno ajoelhou-se, enquanto Suomi tentava captar o que poderia haver debaixo do enorme órgão da Arx, através de suas sensações.

— Sinto um cheiro estranho.

— É verdade, eu também posso senti-lo agora. Parece alcatrão — respondeu a Antea finlandesa.

Geno enfiou uma das mãos dentro na abertura e puxou com força. A tábua, em vez de quebrar, dobrou-se como se fosse de papel. Do fundo do buraco saiu um fio de fumaça muito fino.

— Não vejo nada lá embaixo — exclamou o garotinho, olhando para dentro.

Suomi começou a passar mal.

— Estou sufocando. Sinto falta de ar. Essa fumaça... esse cheiro de alcatrão... — Dobrou as pernas e sentou-se ao lado do amigo.

— É perigoso ficar aqui. Talvez seja melhor você ir embora. Eu fico. Preciso fazer isso. Preciso descobrir o que há lá embaixo — disse, agitado.

— Não, não vou deixar você sozinho. Vai passar. — Suomi suava frio e tentava respirar de qualquer maneira.

Geno olhou para o fundo do pequeno túnel escuro com a esperança de ver alguma coisa, de compreender se realmente lá embaixo, naquela escuridão com cheiro de alcatrão, havia uma passagem para chegar à prisão de seus pais. A fumaça continuava a sair e, de repente, em vez de subir para o teto do Megassopro, ela se desviou para o rosto de Geno. Como um fio preto, entrou-lhe pelas orelhas e pelo nariz.

Hastor Venti tossiu, levando as mãos à garganta. Voando em direção aos tubos do órgão, a fumaça formou um

309

círculo, depois um quadrado e, em seguida, um triângulo. O Anteu italiano não conseguia explicar nada a Suomi porque sua garganta ardia e as palavras não saíam de sua boca, que estava travada.

Com os olhos arregalados, viu o fio de fumaça que brincava diante dele. Era uma magia, um encantamento, que seguramente possuía um significado. E foi somente depois de alguns minutos que o jovem Hastor Venti compreendeu que se tratava de um sinal importante. Como nanquim preto, a fumaça proveniente do fundo do Megassopro escreveu uma frase aterrorizante no ar:

LIBERTE COM SEU SANGUE O CORAÇÃO DO FALCÃO

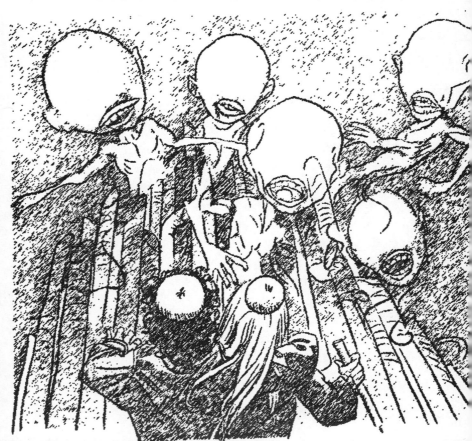

CAPÍTULO 11 – O GalApeiron dos Psiofos

Geno leu-a e, tomado pelo medo, urrou. Suomi apertou a bengala branca e, agitando-a, gritou:

– O que está acontecendo? Posso sentir seu medo.

As palavras de fumaça se desfizeram e a tábua voltou a dobrar-se sozinha, fechando a misteriosa passagem. O garoto abraçou a amiga com força, levantando-a com delicadeza. Explicou a frase que vira, mas os dois não conseguiram dizer mais nada, porque, das poltronas de veludo vermelho do Megassopro, despontaram dezenas de Olenos, os perigosíssimos espectros de miss O'Connor. Eram criaturas horríveis, com a cabeça enorme em relação ao seu diminuto corpo. Pareciam anões roxos, com orelhas pontudas e bocas largas e amarelas. Não tinham nem nariz, nem olhos. Seu corpo parecia feito de náilon e vapor.

– Os fantasmas! – urrou Geno, amedrontado.

Suomi ergueu a bengala e começou a agitá-la para a direita e para a esquerda.

– Como eles são? – indagou a garotinha, aterrorizada.

– Pequenos e de cor roxa transparente – respondeu Geno, arrastando-a para trás do Piansereno.

– Nunca ouvi falar de espectros roxos – disse Suomi, acocorando-se ao lado do órgão.

– São os de miss O'Connor. Temo que ela os tenha invocado – explicou Hastor Venti, lançando uma olhada por trás do Piansereno.

Uma dezena de Olenos circundou o grande órgão e, com as bocas abertas, começou a aspirar a energia psíquica dos dois garotos. Geno sentiu-se fraco e Suomi começou a balançar o corpo, como se não tivesse mais equilíbrio para permanecer acocorada.

Hastor Venti sentiu a cabeça explodindo, como se os Olenos tivessem exaurido todas as suas energias. Desespe-

GENO e o Selo Negro de Madame Crikken

rado, gritou o nome da mãe e do pai e, repentinamente, uma força tão incrível percorreu todo o seu corpo que os Olenos sentiram o influxo agressivo e assustaram-se, recuando alguns passos.

O piso do palco tremeu, as tábuas atrás do Pianssereno voltaram a se abrir de repente, um após o outro, os espectros de miss O'Connor entraram na misteriosa fenda.

Geno se lançou sobre o segundo teclado do órgão, fazendo ressoar ao mesmo tempo o Apitomolho e o Badalo Trêmulo. Todos os Psiofos, que estavam empenhados em provas magipsíquicas, ficaram alarmados. Mas os Sapientes também tiveram um sobressalto: Pilo abandonou o Ressaltafio que estava preparando, Nabir despertou de seu estado de meditação e Naso, ainda trajando seu Macacão Estanque, assustou-se. Todos se precipitaram para o Megassopro, temendo que alguém tivesse novamente danificado o Pianssereno. Mas quando entraram no Auditório viram no palco os dois garotinhos, que tremiam de medo.

— O que vocês estão fazendo aqui? O que aconteceu? — gritou o Mestre de Cerimônias.

Suomi começou a chorar convulsivamente e Geno, com os cabelos encaracolados que lhe caíam sobre a testa, fitou o doutor Bendatov e Nabir Kambil sem dizer uma palavra.

— Vocês serão expulsos! — berrou mais uma vez Pilo Magic Brocca, subindo no palco.

— Calma, calma. Nem sequer sabemos o que foi que aconteceu — salientou Nabir.

Bendatov reteve um espirro e viu miss O'Connor chegar às pressas, seguida de duas Psiofas xamãs.

— Não me diga que você deixou um Froder escapar novamente! — exclamou o médico, em tom decidido.

— Não, dessa vez trata-se de Olenos. Eu estava fazendo um exercício com as duas xamãs diante do espelho Hia-

CAPÍTULO 11 – O GalApeiron dos Psiofos

tus. Estávamos em perfeita sintonia com os espectros roxos, mas... – Miss O'Connor foi interrompida brutalmente por Geno Hastor Venti.

– A senhora está fazendo isso de propósito para nos assustar! – disse, descendo do palco.

– Mas como é que você ousa dizer isso para mim? – replicou a Governanta, azeda, percebendo que aquele jovem Anteu estava superando todas as pérfidas provas. Nem sequer os Olenos o haviam posto em apuros. E também Suomi parecia ter superado o choque bastante bem.

– Miss O'Connor, a senhora sabe! – A mensagem telempática de Geno chegou diretamente na cabeça da Sábia irlandesa.

Naso e Nabir viram os Vertilhos brilharem e compreenderam que alguma coisa estava acontecendo entre o garoto e a perita em Fantasmas. Permaneceram aguardando, sem interferir. Pilo desviou o olhar e ficou em silêncio.

– Eu não sei de nada. Você está louco! – respondeu mentalmente a Sapiens.

– A senhora sabe! – repetiu Hastor Venti com a força do pensamento, aproximando-se cada vez mais da Governanta. Os Vertilhos pareciam ter enlouquecido, brilhavam com uma luz verde fosforescente.

O ermitão careca e o médico trocaram um olhar eloquente. As ondas energéticas que emanavam da mulher e do jovem podiam ser muito bem percebidas. Eles também tentaram penetrar na mente da Sábia irlandesa para conhecer seus pensamentos, mas, assim que ela se deu conta disso, rebelou-se e gritou bem alto:

– Não tentem! Não é correto!

– Você está fazendo coisas que não são regulares. Você bem sabe que a invocação dessa espécie de espectros e de fantasmas é perigosa – afirmou Nabir Kambil, enfurecido porque tinha tido percepções ruins.

313

GENO e o Selo Negro de Madame Crikken

— Você está tomando as dores de um Anteu de Primeiro Nível? Você está me surpreendendo! Me desiludindo! Você está me preocupando, caro Nabir! — exclamou miss O'Connor com raiva, interrompendo o constrangedor diálogo telempático com Geno e saindo do Megassopro, seguida pelas xamãs.

Os dois Sábios viraram-se para Hastor Venti e, àquela altura, decidiram entrar em sua cabeça, porém a mente de Geno era impenetrável; a força da Palavra Bloqueadora, somada ao sangue que carregava marcas de ClonaFort e às contínuas e importantes experiências magipsíquicas, bloqueavam a intromissão dos Sapientes.

Mais uma vez, Nabir e Naso obtiveram a prova de que aquele Anteu era realmente especial.

— Quem é você? O que você veio fazer na Arx? Sua ficha parece ser regular, mas seus comportamentos não são — começou Kambil.

— Sou um garoto italiano. Sou bom em Telecinésia — respondeu Geno. Emocionado e quase sem saliva, lançou um olhar sobre os tubinhos do Macacão Estanque de Naso Bendatov e fez com que se mexessem como se fossem pequenas cobras. Queria desviar a atenção, mas não conseguiu.

— Nada de brincadeirinhas. Conosco, isso não funciona. Você precisa dizer a verdade. O que há de tão grave entre você e miss O'Connor? Por que você está no centro das atenções de todos? — perguntou o médico da Arx com uma expressão muito séria nos olhos.

— Não posso dizer nada para vocês. Por favor, não insistam. Ouçam seu coração. Ouçam também meu coração. Isso bastará. — O jovem Hastor Venti tinha sido sincero. Por outro lado, a carta do Gerifalte havia sido muito clara. Três Sábios o ajudariam e, talvez, dois dentre eles fossem justamente aqueles, mas não deviam ouvir dele a verdade sobre

314

CAPÍTULO 11 – O GalApeiron dos Psiofos

o sequestro de Pier e Corinna. Teriam que compreender a verdade por si só.

Suomi permaneceu rigorosamente em silêncio, enquanto os Sapientes permaneciam de pé, fitando o garoto. Nabir e Naso perceberam perfeitamente que tudo estava mudando na Arx. Talvez Geno representasse algo misterioso, mas também algo extremamente verdadeiro e novo. Compreenderam que Von Zantar escondia segredos demais. Geno e a fugitiva Madame Crikken seriam, então, os que podiam trazer a paz de volta? Era evidente que há anos Yatto adotara uma linha demasiadamente inescrupulosa e decerto, com a chegada do Anteu italiano e a rebelião de Margot, ele se aliara a miss O'Connor. A realidade ficava cada vez mais clara, inclusive porque a Sábia irlandesa jamais teria se comportado daquela maneira caso não tivesse contado com a aprovação do Summus Sapiens.

O médico e o ermitão viraram-se para Pilo e enviaram-lhe uma mensagem telempática:

— E você, o que sabe disso?

Magic Brocca abaixou os olhos e, com a mente, respondeu:

— Sei aquilo que devo saber. Não me envolvam em assuntos esquisitos. Sou o Mestre de Cerimônias, cuido das minhas coisas e só.

Pilo afastou-se de cabeça erguida, pouco ligando para seus dois colegas Sábios.

— Talvez ele não saiba de tudo, mas certamente está do lado de Yatto. É evidente! — disse Naso em voz baixa, virando-se para Nabir.

O ermitão assentiu e concluiu:

— Pois é, também penso assim. De qualquer maneira, daqui a pouco vai começar a Grande Congregação dos Psiofos e o Megassopro vai ficar lotado. Vamos embora.

GENO e o Selo Negro de Madame Crikken

Nabir Kambil pegou Geno pelo braço e, juntos, saíram do Auditório. Naso abraçou Suomi, ainda visivelmente abalada pela presença dos Olenos, e tranquilizou-a.

No meio-tempo, Pilo Magic Brocca havia chegado ao Salão dos Fenicopterídeos, onde era aguardado por numerosos Psiofos ainda alarmados pelo toque do Apitomolho e do Badalo Trêmulo fora de horário.

— Está tudo em ordem. Preparem-se para sua Congregação — anunciou o Mestre de Cerimônias, em evidente estado de agitação.

Às 9h em ponto os quatrocentos Psiofos ocuparam o Megassopro e fecharam o portão, deixando de fora os Sábios e Von Zantar, que deviam cuidar do encaminhamento do Intercanto para os quatro Anteus que sobravam. As mulheres usavam as Tuias laranjas, enquanto as dos homens eram cinzentas. O lugar reservado para René, na primeira fileira à esquerda, permaneceu vazio. Apenas uma Parobola enviada por Von Zantar explicou que o jovem estava impossibilitado de frequentar a Grande Congregação por estar empenhado em importantíssimos exercícios mentais.

A ausência de René provocou novas interrogações. Sempre, desde pequeno, René participara dos encontros, e isso por vontade expressa do Summus Sapiens. Todos os Psiofos conheciam as enormes capacidades psíquicas e mentais do aluno predileto de Yatto e a mudança alimentou suspeitas e dúvidas. Porém, o assunto foi encerrado por Pilo Magic Brocca, que explicou que havia falado pessoalmente com René e que ninguém devia se preocupar com a ausência. Ele estava concentrado em difíceis exercícios espirituais.

Médiuns, alquimistas, sensitivos, magos e xamãs se convenceram, embora não estivessem nada satisfeitos com a falta de René. Sentados nas poltronas vermelhas, trocaram

316

Capítulo 11 – O GalApeiron dos Psiofos

opiniões, narrando suas experiências magipsíquicas. Nos dias seguintes, os do Intercanto dos Anteus, teriam tempo para organizar o Contra Único para Bob Lippman. Contudo, o fato de Anoki Kerioki não ter deixado rastros seguramente não os ajudava a permanecerem serenos e organizarem o exame final. Nunca havia acontecido antes que um Anteu desaparecesse da Arx! Assim como nunca ocorrera que um Sábio fugisse, transgredindo o *Regulamento*. Eles não haviam assimilado a fuga de Crikken!

A única decisão que eles aceitaram foi a expulsão de Ágata Woicik, porque a consideraram justa. Muitos Psiofos, em particular os alquimistas e os médiuns, estavam céticos e consideravam que as promessas de Von Zantar de uma rápida solução para os problemas não podiam bastar. As tensões energéticas estavam muito elevadas e as meditações não conseguiam atingir estágios mentais profundos.

Entretanto, Suomi descansava em seu quarto, enquanto Geno, no quarto número 5, contemplava a foto dos pais. Pensava na frase de fumaça que aparecera no Megassopro, repetindo-a continuamente: "Liberte com seu sangue o coração do falcão." O destino de Hastor Venti, portanto, estava unido ao do Rei. Mas o garoto não compreendia o que ele devia fazer. Devia dar seu sangue para o falcão? E como? Que outro significado podia estar oculto por trás desta frase?

Em menos de um mês seus pontos de referência para reencontrar Corinna e Pier haviam se modificado de maneira perturbadora: Madame Crikken fugira, René não o ajudara mais e Anoki ainda estava preso no UfioServo. O caminho que levava para os seus pais parecia cada vez mais difícil e tortuoso. Lembrou-se do que Margot lhe dissera durante os inúmeros encontros realizados na casinha rosa de Sino de Baixo: "Somente você pode encontrar seus pais, você tem

GENO e o Selo Negro de Madame Crikken

seu sangue... é preciso verificar se o ClonaFort corre em suas veias..."

Assim, todos os indícios levavam ao sangue. Ao sangue do falcão, usado para escrever mensagens. Ao seu sangue, igual ao de sua mãe que o amamentara. Geno olhou as veias de suas mãos e pernas, roçou a pele e prestou atenção ao seu coração. A força da mente aumentara, mas aquele coração parecia estar sempre vazio de amor. Esperava que Naso e Nabir compreendessem sua situação e decidissem ajudá-lo até o fim.

— Amanhã é dia 20 de janeiro. Passaram-se trinta dias desde minha chegada e vou enfrentar o Intercanto — pensou, preocupado.

Olhou fixamente para o céu estrelado pela janela e pareceu que estava em Sino de Baixo, na sua cama e vendo as vigas cheias de cupins. Até ouviu tio Flebo roncando. As estrelas e a lua eram as mesmas, mas não o cheiro e a afeição de sua velha casa na rua do Doce Alecrim. Adormeceu assim, triste, apertando a foto dos pais junto ao coração.

Naquele exato momento, do outro lado da Arx, na Sala Cercada, Bob Lippman e Yudi Oda também não conseguiam dormir. Sentados nas bordas da fonte, eles pensavam no Intercanto. O Anteu americano estava preocupado com o Contra Único também, o exame que o promoveria a Psiofo. Sua ambição era tão grande que não se importava com Anoki, Madame Crikken ou René.

— Você acha que as coisas vão mudar aqui na Arx? — perguntou Yudi, em dúvida.

— Não sei. Durante os dois primeiros ciclos tudo correu bem. O Summus Sapiens sempre contou com o apoio da maioria dos Psiofos e as provas magipsíquicas nunca foram interrompidas. Acho que a fuga de Madame Crikken é posi-

Capítulo 11 – O GalApeiron dos Psiofos

tiva. Seguramente, ela é a causa dos problemas — respondeu Bob.

— Você tem razão. Estamos melhor sem aquela Sábia louca. Estou torcendo para que Suomi e Geno não passem no primeiro Intercanto. Realmente não consigo suportá-los. E não vejo a hora de voltar a ver Ágata. Farei o próximo ciclo com ela. Estarei no Segundo Nível! — Yudi olhou para o amigo americano com seus olhos puxados e eles riram juntos.

No terceiro andar, Nabir e Naso substituíram Eulália e Ranja, que não haviam conseguido destravar os Três Gigantes da Loja Psique. Não falaram sobre o que havia ocorrido no Megassopro; preferiam refletir um pouco mais sobre Geno Hastor Venti.

Concentrados ao máximo, eles tentaram modificar a situação dos Três Gigantes, mas a O' Grande parecia estar cada vez mais travada por alguma forma energética desconhecida.

Naquela noite, ninguém teve notícias de Yatto que, trancado em seu local secreto, estava preparando provas terríveis e novos experimentos. Miss O'Connor e Pilo Magic Brocca acertaram os últimos detalhes para o início do Intercanto, que deveria ocorrer na manhã seguinte. Cúmplices, porém áridos de emoções, eles não comentaram o ocorrido nem o aparecimento dos Olenos no Megassopro, e continuaram a desenvolver seu trabalho mantendo aparente tranquilidade.

A alvorada do novo dia já estava chegando, e inquietantes presságios envolviam a Arx Mentis como um véu negro.

CAPÍTULO 12

A verdade sobre
a foto despedaçada

Quando o sol surgiu, os vinte Hipovoos da Escuderia já estavam no céu. As selas e as rédeas prateadas refletiam a luz dos primeiros raios, e os cavaleiros se deixavam transportar felizes, respirando o ar pungente da Vallée des Pensées. Outros Psiofos haviam optado pelos Subcandos, que nadavam dobrando as asas brancas sobre as esplêndidas águas do Lagotorto. Grupos de magos e xamãs já haviam vestido os Macacões Estanques repletos de Oxigênio Plano e estavam prontos para submergirem nos fundos mágicos da Arx Mentis. As pausas previstas para a Grande Congregação eram respeitadas e um pouco de relaxamento ajudava os Psiofos a acalmarem as divergências.

Às 7h em ponto, miss O'Connor tocou a Trombota. O Intercanto começaria dentro de uma hora, depois do café da manhã metafísico. No horário determinado, os quatro Anteus se apresentaram na saída e esperaram diante da grande escultura do Hipovoo. A Governanta apareceu com seus três cães adoráveis, juntamente com o Mestre de Cerimônias, que parecia cada vez mais neurótico.

Geno, Suomi, Yudi e Bob estavam vestidos de acordo com as regras: com as Tuias na cabeça, as luvas, as botas, e segurando os Fogosos nas mãos. Juntos, entregaram as cédulas de identidade. Depois que saíssem, o Pêndulo Seco marcaria a hora e o dia, conforme o *Regulamento*.

GENO e o Selo Negro de Madame Crikken

— Façam boa viagem. Os seus Selos Negros estão à espera de vocês. Vocês bem sabem que o Intercanto nem sempre traz bons resultados. Depende daquilo que vocês aprenderam e das técnicas magipsíquicas que possuírem — explicou seriamente miss O'Connor, que acompanhou os quatro garotos até a saída sem dar um sorriso.

Três Sábios chegaram a passos largos. Nabir Kambil estava visivelmente preocupado, Naso continuava a espirrar sem poder dizer uma palavra sequer e Eulália Strabikasios, presa de um intenso nervosismo, tentava bloquear o chatíssimo resfriado do médico aspergindo-o com uma poção mágica fedorenta.

— Estamos aqui para nos despedir e desejar a vocês uma boa viagem — disse Nabir, também em nome dos outros.

Miss O'Connor fez um gesto de irritação e para relaxar, como sempre, deu um chute em Oscar, que ganiu assustado.

Geno apontou os olhos sobre a Sábia irlandesa; queria fulminá-la, tanto que a força do seu pensamento materializou de repente uma labareda sobre o vestido rosa-pastel da Governanta. Pilo apagou-a com um sopro e miss O'Connor reagiu, retribuindo o Anteu italiano com um olhar maléfico.

A voz de Von Zantar chegou como uma flecha.

— O que está acontecendo? Nem no início do Intercanto pode haver paz? — Yatto estava em companhia de René e de Ranja Mohaddina, que ostentava um sorriso estranho e cujos olhos azuis pareciam mais reluzentes do que de costume.

Naso, Nabir e Eulália ficaram bastante espantados de ver tanta harmonia entre o Summus e a Sapiens árabe. Geno também ficou desconfiado, mas estava demasiadamente agitado para pensar que Yatto também tivesse conquistado Ranja para seu lado.

Hastor Venti olhou para René com insistência, mas o garoto parecia ausente, como de costume, e seu rosto parecia de mármore.

322

CAPÍTULO 12 – A verdade sobre a foto despedaçada

Von Zantar apertou as mãos dos Anteus antes de sua partida e, naquele instante, chegou uma Parobola rodopiando. Parou aos pés de Geno.

Todos olharam para ele. Era bastante estranho que alguém lhe enviasse uma mensagem antes do Intercanto. Quem poderia ser? Um Psiofo?

Hastor Venti abriu a Parobola com discrição e, levando a folha de papel para perto dos olhos para que ninguém mais pudesse ler, sentiu o sangue correr mais rápido em suas veias.

ENTRE NO SELO NEGRO DE MADAME CRIKKEN.
VOCÊ NÃO VIAJARÁ SOZINHO.
TENHA CORAGEM.
O INTERCANTO SERÁ DIFÍCIL.
QUANDO VOCÊ VOLTAR PARA A ARX
SERÁ LEVADO PARA AQUELES QUE VOCÊ PROCURA.
AGUARDO SEU SANGUE, QUE SALVARÁ MEU CORAÇÃO.
OS ESPÍRITOS SIOUX DISSERAM A VERDADE.
MANDE LOGO UMA MENSAGEM TELEMPÁTICA
AOS TRÊS SÁBIOS QUE VOCÊ SABE.
VOCÊ DEVE DIZER ESTAS PALAVRAS:
"REATIVEM A BILOCAÇÃO TRANSVERSAL.
O REGRESSO DE ANOKI DEPENDE DE VOCÊS."
NÃO PENSE QUE RENÉ É SEU INIMIGO.
ELE NÃO PODE FAZER O QUE QUER.
SE VOCÊ ACREDITAR EM MIM, TAMBÉM AJUDARÁ RENÉ.

ROL O GERIFALTE DE OURO

A segunda mensagem do falcão estava novamente escrita com sangue. Um arrepio sacudiu Geno. "Quem é que vai entrar comigo no Selo Negro de Madame?", perguntou-

GENO e o Selo Negro de Madame Crikken

se, surpreso. Um Sábio ou um Anteu? Num instante, ele compreendeu que o Intercanto seria uma prova realmente difícil, mas o mero fato de que o falcão sabia onde seus pais se encontravam o deixou eufórico. Além disso, a revelação sobre a verdadeira vontade de René tranquilizou Geno, que se sentiu menos só.

Sem perder tempo, executou a ordem do Rei. Colocou a carta no bolso, enquanto Yatto, os outros Anteus e os Sapientes observavam seus gestos com curiosidade. Ninguém, entretanto, teve coragem de perguntar-lhe quem havia enviado a Parobola, a qual rapidamente rolou pelo chão, voltando para o lugar de onde tinha vindo.

Hastor Venti despachou a mensagem telempática para o médico, o ermitão careca e Eulália. Certamente, eles eram os três Sábios em quem deveria confiar. Excluiu logo Ranja.

Os Vertilhos brilharam assim que os três Sábios receberam a mensagem de Geno. Os olhares foram eloquentes. Somente Eulália entortou os olhos ainda mais do que o costume, batendo as pálpebras com extrema velocidade.

Impaciente como sempre, Oscar latiu e, abanando o rabo, saltitou em direção aos Anteus, em sinal de saudação. Yatto Von Zantar fez um sinal para miss O'Connor: havia chegado o momento de deixar os garotos saírem da Arx. O Summus vira perfeitamente os Vertilhos brilharem, sinal de que houvera uma breve troca telempática entre Geno e os três Sábios. Diálogo este que ele queria interromper imediatamente.

— Desejamos a todos uma boa viagem mental. Quem tiver resultados positivos irá para casa por três dias, e então voltará aqui para a Arx para enfrentar o nível seguinte. Quem não conseguir, se reencontrará no mundo real, porém sem nenhum poder magipsíquico, e nunca mais poderá frequentar a Vallée des Pensées — acrescentou a Sábia irlandesa, apoiando a mão no ombro de Bob. — Veja lá, esta é sua última viagem mental. Faça o melhor que puder. Quando

324

Capítulo 12 – A verdade sobre a foto despedaçada

voltar do Intercanto, enfrentará o Contra Único. Há um futuro como Psiofo para você.

O Anteu americano inseriu sua cédula de identidade no Pêndulo Seco, que marcou o dia e a hora da saída. O coro de crianças se elevou, o portão se abriu e Bob saiu, de cabeça erguida.

Então, foi a vez de Yudi, Suomi e, por último, de Geno. Desceram a escada esculpida na rocha e abandonaram a Arx Mentis. Depois de passarem pela ponte levadiça, ao lado da qual estavam estacionadas centenas de Bi-Flap, calçaram os Fogosos e partiram como foguetes em direção aos seus Selos Negros.

A trilha subia e depois descia, a corrida com os patins provocava entusiasmo e Geno não via a hora de entrar no Selo e ver quem é que iria partir com ele.

Quando chegou diante do enorme círculo negro com as bordas de prata, respirou a plenos pulmões. O vapor erguia-se ligeiro e o perfume de Alfazema Gorgiana lembrou-lhe a casinha rosa. A porta com as barras de ferro estava ali, pronta para ser aberta. O jovem Hastor Venti fixou os olhos e as barras desapareceram: a satisfação que sentiu foi grande! Da primeira vez, Madame Crikken tivera que fazê-lo.

"Madame, onde está você?", pensou com um fio de tristeza ao entrar no Selo. Agora, o depósito estava vazio. Somente a chave em forma de gancho pendia de um prego. Geno fez menção de pegá-la, mas sentiu que atrás dele havia alguém. Virou-se e, estarrecido, viu Suomi. Sobre o ombro dela estava Roi, o Gerifalte.

Estavam ali, diante dele. A garotinha segurava sua bengala branca, tinha a Tuia na cabeça e usava as luvas negras, enquanto o falcão mantinha a cabeça erguida orgulhosamente.

— Oi, Geno. Quando entrei no meu Selo, encontrei o falcão. Ele pousou sobre o meu ombro, abriu as asas e me arrastou até você — disse a garotinha, tirando os Fogosos.

GENO e o Selo Negro de Madame Crikken

— Estou feliz em rever você — disse ele, sorrindo. O jovem afagou a cabeça do falcão e percebeu que suas patas sangravam. O anel com as letras A. M. gravadas estava completamente sujo de sangue. A ave abriu o bico e emitiu um gemido estridente. Roi estava sofrendo.

— Foi justamente ele, o Gerifalte de ouro, quem me enviou a mensagem dentro da Parobola, e agora suas patas estão sangrando. Afastou-se da Arx e Yatto colocou sua tortura em prática — explicou Geno, constrangido.

— Eu tinha intuído isso. Sinto muito por Roi. Mas o que vamos fazer agora? — perguntou Suomi, emocionada.

Geno pegou a beirada da sua camiseta e enxugou o sangue do falcão. Roi bicou de leve as mãos do garoto e semicerrou os olhos. A hemorragia continuava.

Suomi ergueu as mãos e tentou agarrar as duas patas do falcão. Conseguiu. Segurou-as bem apertadas e, concentrando-se, enviou um fluido mental que reduziu o fluxo de hemácias.

— Precisamos nos apressar. Vamos entrar, e espero que o salvemos — disse Suomi, agitada.

— Claro. O Rei está em segurança conosco. Na mensagem, ele me escreveu que Nabir, Naso e Eulália vão nos ajudar. Eles terão que consertar a O' Grande para receber Anoki — explicou Geno.

— Anoki? Mas ele está no UfioServo! O que é que a Bilocação Transversal tem a ver com isso? Somente os Sábios podem utilizá-la! — esclareceu Suomi.

— Sim, eu sei, mas se o falcão disse que a salvação de Anoki depende dos Três Sábios... — respondeu Hastor Venti, acariciando Roi.

O falcão virou a cabeça e bateu as asas.

— Está bem. Eu tenho confiança nele — disse Suomi, apertando a bengala.

326

Capítulo 12 – A verdade sobre a foto despedaçada

— Então, vamos embora. — Geno pegou a mão dela, tranquilizando-a.

Se os dois garotos não passassem no Intercanto, seriam expulsos da Arx. Suomi, certamente, não queria renunciar a tornar-se Psiofa e Geno precisava de todas as maneiras conseguir passar para poder reencontrar os pais.

— Você tem razão, vamos enfrentar o Intercanto. Espero que Yatto Von Zantar não descubra que estamos viajando juntos. Conheço muito bem a RI-AM.13a — afirmou o garoto, que a essa altura já conhecia todas as regras perfeitamente.

— O falcão está conosco. Tenho certeza que tudo irá bem — disse a Antea finlandesa, com convicção.

Geno enfiou a chave em gancho na fechadura, que se moveu sozinha: duas voltas para a esquerda, duas voltas à direita, meia volta novamente à direita, três voltas à esquerda. A pequena porta se abriu e uma luz ofuscante iluminou os rostos dos dois amigos. Uma brisa tépida levantou os cabelos louros de Suomi.

— Coragem, vamos. Eu não tenho medo.

Os dois garotos entraram e, juntamente com Roi, voaram sobre uma nuvem do Céu Reflexivo. O cartaz era sempre o mesmo: "Sonhe e deixe-se transportar."

Suomi, embora fosse cega, sabia bem o que acontecia no segundo local do Selo; ela aprendera isso na sua viagem de ida, e não estava nem um pouco assustada. Segundos depois, apareceu o grande sol vermelho e o vento quente deu lugar à escuridão e às estrelas. Suomi e Geno adormeceram docemente um ao lado do outro, enquanto o Rei empoleirou-se numa pequena estrela, mantendo dobradas as patas ensanguentadas.

O azul da noite acompanhou-os na viagem mental. Iniciaram seu primeiro e misteriosíssimo Intercanto dentro do Passo do Céu Reflexivo.

Seus corpos foram projetados para dentro de um mundo antigo. No mundo do glorioso povo Sioux, em meio às pradarias verdejantes, entre manadas de bisontes e cavalos valentes que galopavam em direção às montanhas vermelhas.

Os dois garotos caminharam olhando para o horizonte e o falcão ferido voou, finalmente livre. O cheiro de capim e de terra entrava em suas narinas e o sabor da vida parecia mais selvagem. Pequenas nuvens de fumaça se elevavam lá no fundo, onde o céu se encontrara com a terra: eram os sinais de Urso Quieto, sentado tranquilamente, de pernas cruzadas, dentro de sua grande tenda.

Geno contava cada detalhe a Suomi, e a garotinha, com seus olhos verdes apagados, procurava colher mentalmente cada ruído, cada cheiro, cada movimento do ar.

— Estamos na terra de Anoki Kerioki. Será que vamos encontrar seu povo? — disse Geno, excitado. Tirou a Tuia, deixando que os raios de sol acariciassem seus cabelos encaracolados e pretos.

Quando eles chegaram diante da tenda das mil cores, viram o fogo aceso e um grande totem de mais de seis metros de altura que se destacava no centro de um espaço redondo. O falcão planou exatamente acima dele e, do alto, dominou a cena toda como um verdadeiro Rei.

Oito guerreiros Sioux saíram da tenda. Eram lindíssimos, com os cabelos negros que lhes desciam pelos ombros e os rostos pintados com desenhos brancos e vermelhos. Possuíam arcos e flechas, mas dois deles seguravam uma flauta de sabugueiro e varetas de bambu cortadas longitudinalmente. Eram instrumentos musicais.

Um deles avançou, tinha desenhos também nos braços e no corpo.

— *Hau*, bem-vindos à Cabana de Suor de Urso Quieto. Nós somos a primeira voz que ressoou nesta terra. A voz do

Capítulo 12 – A verdade sobre a foto despedaçada

povo vermelho que possui somente arcos e flechas. A gente branca chegou e deixou para trás lágrimas e sangue. Nós somos a primeira voz que ressoou nesta terra. A voz que ainda se ouve graças aos espíritos e à harmonia da natureza que nos protege.

Geno se emocionou ouvindo aquele discurso poético, que falava da tragédia dos peles-vermelhas, mortos e caçados pelos brancos. Suomi e Hastor Venti baixaram a cabeça em sinal de respeito diante dos guerreiros que demonstravam ter força, coragem e sabedoria.

Os oito peles-vermelhas se puseram a tocar e, um atrás do outro, iniciaram uma dança circular em torno do fogo, enquanto o sol baixava lentamente, avermelhando o céu. A tenda se abriu e dela saiu um velho. Usava um cocar de plumas de águia e os cabelos, brancos como neve, estavam presos numa trança. Seus olhos eram negros como carvão e as rugas do rosto, tão profundas que pareciam cicatrizes.

Enrolado num longo pano vermelho, abriu os braços e recebeu os dois jovens Anteus.

– *Hau.* Bem-vindos, jovens Anteus. Sou Urso Quieto, xamã Sioux. Acomodem-se na minha humilde tenda – disse o velho.

Geno pegou Suomi pela mão e, juntos, entraram na Cabana de Suor. Dentro da cabana fazia um calor sufocante. Havia pequenas bacias, das quais saíam fumaça e vapores. De pé diante de um grande tambor, havia uma pessoa os esperando: Margot Crikken!

– Madame!!! – exclamou Geno, boquiaberto.

Suomi também estremeceu ao ouvir o mero nome da Sábia francesa.

– Estou feliz de ver vocês aqui – disse a Sapiens anciã, com voz calma. Estava vestida impecavelmente, apesar do calor. Usava um chapeuzinho de palha muito gracioso, com peque-

329

GENO e o Selo Negro de Madame Crikken

nas plumas coloridas, e o vestido, longo até o chão, era amarelo como a bolsa. Ao lado dela, impassível, estava Napoleon.

Geno correu para junto dela e abraçou-a com força. Apoiou seu rosto sobre o vestido e sentiu o coração e o calor daquela mulher que o havia arrastado para uma aventura sem fim. Geno fechou os olhos e murmurou:

— Talvez eu saiba onde estão meus pais. Preciso voltar logo para a Arx. O falcão está me ajudando.

Madame Crikken retirou os pequenos óculos de prata e acariciou os caracóis do garoto.

— Entendo. Mas agora fique tranquilo. Urso Quieto precisa falar. A vida de Anoki está em perigo.

A Sábia se aproximou de Suomi e tomou-lhe uma das mãos, afagando-a.

— Por que fugiu da Arx? A senhora sabe que estão acontecendo coisas terríveis? Miss O'Connor soltou os fantasmas e René não pôde mais ajudar Geno. Yatto o tem em suas mãos — começou Suomi, falando de modo tão excitado que Madame Crikken ficou perturbada pela angústia de suas palavras.

— Sim, a situação está ruim na Arx Mentis. Por sorte, Naso, Nabir e Eulália estão nos ajudando. Mas é sobretudo o Rei, o Gerifalte de ouro, que escreve mensagens importantes com seu sangue. Ele sabe onde estão meus pais e está aqui conosco. Apoiou-se sobre o grande totem — explicou Geno.

Madame Crikken escutava atentamente e Urso Quieto também permaneceu silencioso.

— Como a senhora fez para usar a Bilocação Transversal? A O' Grande já não funciona. Yatto enlouqueceu com isso — continuou o garoto, dirigindo-se à Sapiens.

— Arrisquei-me bastante. Mas eu precisava vir falar com Urso Quieto. Somente ele sabe como despertar Anoki. E, certamente, eu não podia contar tudo para Yatto. Ele teria descoberto o UfioServo e o uso da Palavra Bloqueadora — explicou Madame Crikken finalmente.

CAPÍTULO 12 – A verdade sobre a foto despedaçada

— Pois é, agora estou entendendo. Mas, então, o que vamos fazer? Suomi e eu estamos passando o Intercanto juntos e, se formos descobertos, vai ser uma encrenca — disse Geno.

— A alma da lua vela sobre vocês. O Gerifalte é um espírito poderoso e certamente servirá de guia. É ele quem fez vocês virem para cá. Agora, precisamos nos concentrar e salvar Anoki. Não temos tempo a perder — exclamou Urso Quieto.

— Roi consegue fazer coisas humanas — acrescentou Geno.

— Sim, o Gerifalte é seguramente uma criatura extraordinária — respondeu o xamã, falando em voz baixa.

Madame Crikken ficou séria, pensando em Roi, aquela ave que ela não havia previsto no destino de Geno.

Um falcão de ouro que tinha um anel idêntico ao de Von Zantar e ajudava o sobrinho de Flebo Molecola. Uma circunstância estranha e aparentemente contraditória. Napoleon sentia que sua dona estava tensa e miou, obtendo assim algumas carícias.

Hastor Venti também estava visivelmente perturbado por emoções em excesso, mas o xamã decidiu iniciar o ritual sagrado mesmo assim. Urso Quieto pegou um saquinho de pano cru, sentou-se novamente no tapete verde e mandou seus hóspedes se acomodarem. Quando todos estavam sentados com as pernas cruzadas, abriu o saquinho e tirou dele uma máscara de madeira pintada com símbolos Sioux.

Era a Máscara Sagrada. Entregou-a para Geno, dizendo-lhe para segurá-la com delicadeza. Então, com os olhos fechados, ele entoou um canto lento como uma canção de ninar, que se uniu à música dos oito guerreiros Sioux que, do lado de fora da tenda, continuavam a dançar em volta do fogo enquanto a noite descia, iluminando de azul as imensas pradarias. O grande tambor da tenda de Urso Quieto começou a tocar sozinho, no ritmo da batida do coração. Cada

GENO e o Selo Negro de Madame Crikken

golpe era uma batida. Os corpos de Suomi, Geno e Madame Crikken vibraram como ondas sonoras. Palavras lentas e boas saíram da boca do xamã. Era a canção do chamado. Era a canção do Vento.

O Vento começa a falar
e a terra longínqua vem em minha direção,
o Vento chega ligeiro
e o sol acompanha as estrelas,
o Vento entra no coração
e as nuvens dançam com as chamas,
o Vento corre entre as folhas dos cactos
e o rosto de madeira trará a salvação.

Uma trovoada e um raio rasgaram o céu azul e o clarão iluminou até o lado de dentro da Cabana de Suor. Urso Quieto estava em transe e falava com o Grande Espírito. Era um diálogo silencioso, rompido somente pelas batidas do tambor, que marcavam o tempo. Um tempo diferente do normal. Era o tempo infinito. O tempo do Vento. O tempo do universo.

Madame Crikken se levantou, pegou a Máscara Sagrada e colocou-a sobre o rosto de Geno.

Um poderoso grito chegou sabe-se lá de onde. A máscara se modelou sobre o rosto do jovem Anteu. Nariz, boca, olhos se fundiram com a madeira e Geno sentiu uma dor insuportável. Suomi apertou a bengala e, com o coração que ainda batia no ritmo do tambor, rezou para que nada acontecesse ao amigo.

Hastor Venti levantou-se de repente e saiu da tenda, tomado pelos espíritos. Os guerreiros estavam ali, ao redor do fogo, esperando-o. Geno começou uma dança circular. Batia com os pés no chão e saltitava seguindo o ritmo do tambor. Os

332

Capítulo 12 – A verdade sobre a foto despedaçada

Sioux entoavam um canto profundo, e do horizonte, onde o azul do céu se fundia com a escuridão da noite, chegou o vento. Aquele Vento do qual Urso Quieto falara. Sopros e aragens de ar frio e quente levantaram poeira e pedras. Uma nuvem de vapores e fumaça se formou acima do fogo, e eles flutuavam como se estivessem fervendo. A escuridão da noite se rasgou, apareceu um sol gigantesco e as estrelas começaram a dançar. As cores do ar mudaram e, mais uma vez, o azul profundo que desenhava todas as coisas retornou.

Geno continuou a dançar e, repentinamente, a Máscara Sagrada se desprendeu de seu rosto, deixando a pele suada. A máscara voou para o alto e entrou naquele vórtice que o vento havia criado. As estrelas brilhavam como diamantes e a lua cheia iluminava a imensa campina. No alto, na montanha mais próxima, um lobo uivou ao céu, e somente nesse momento os vapores e a fumaça se diluíram. O corpo de Anoki Kerioki apareceu sobre o fogo dos Sioux. Do UfioServo, se materializara ali, na sua terra. Estava ainda suspenso no ar, envolvido pelo Vento dos espíritos. Os oito guerreiros se ajoelharam e Urso Quieto saiu da tenda, seguido por Madame Crikken e Suomi. A Máscara Sagrada girava como enlouquecida sobre o corpo de Anoki e, no fim, pousou sobre seu rosto. A lua escureceu e o vento fugiu para longe, enquanto o corpo do jovem pele-vermelha descia lentamente, pousando ao lado da Cabana de Suor. Urso Quieto se aproximou e com ele vieram também os oito guerreiros. O xamã removeu a máscara: Anoki finalmente voltou a abrir os olhos. O velho xamã pronunciou algumas frases em língua lakota e Lobo Vermelho sorriu. Avô e neto se abraçaram, cantando uma antiga canção dos peles-vermelhas.

Madame Crikken suspirou e Geno, que ainda não havia se recuperado totalmente, juntou-se cambaleando ao amigo,

Capítulo 12 – A verdade sobre a foto despedaçada

assim como Suomi, que estava feliz pelo Anteu do Terceiro Nível ter voltado à vida.

— Meu amigo. Você está salvo! — disse Hastor Venti com a voz marcada pela emoção.

Lobo Vermelho levantou a mão direita com dificuldade e apertou as mãos de Suomi e Geno. Lágrimas de felicidade molharam a terra dos Sioux. Geno puxou o talismã e, comovido, devolveu-o ao seu proprietário.

— É seu. Ajudou-me muito e, agora, é justo que retorne para você.

Urso Quieto mantinha as mãos fechadas em punho e, quando voltou a abri-las, apareceram nas suas palmas dois

GENO e o Selo Negro de Madame Crikken

colares com pequenos apitos de osso de alce pendurados. Presenteou Geno e Suomi com eles.

— Soprando esses apitos, não se ouvirá nenhum som. Somente Lobo Vermelho e eu podemos ouvir a música. Se precisarem, saberão como entrar em contato conosco.

Suomi tocou o apito e, sorridente, pôs o colar mágico no pescoço. Geno fez o mesmo.

— Anoki precisa descansar. Seu corpo não tem mais força. Ele vai se recuperar logo — disse Urso Quieto, enquanto os oito guerreiros levavam-no para o interior da tenda.

O xamã se despediu dos hóspedes e fechou-se dentro da Cabana de Suor, dizendo a Madame Crikken que precisava de sua ajuda.

— Mas... Anoki não vai voltar para a Arx? — perguntou Geno ingenuamente.

— Agora, decerto que não. Precisa se restabelecer. Não pode certamente enfrentar o Contra Único — explicou Margot.

— Óbvio, óbvio... eu entendo. Mas ele ficará bem, certo? Voltará a ser forte como antes? — perguntou Hastor Venti.

— *Oui*. Sim. Mas precisa somente de repouso. Vocês, porém, precisam voltar para dentro do Selo Negro. Embora vocês tenham a impressão de que apenas algumas horas se passaram, na realidade, os oito dias do Intercanto terminaram — disse Madame Crikken.

— Oito dias? Mas nós não fizermos nada do Intercanto! Precisávamos viajar com a mente e experimentar as técnicas de Magipsia. Como é que vamos fazer para explicar isso para Yatto Von Zantar? Vamos ser expulsos! Nossos poderes serão tirados de nós! — Suomi estava muito preocupada e temia o pior.

— Vocês fizeram o melhor Intercanto da experiência de Anteus de vocês. Vocês vão ver que as portas do Selo se abrirão sem problema, e nenhum Sábio nem Yatto jamais

336

Capítulo 12 – A verdade sobre a foto despedaçada

saberá quais experiências vocês fizeram – explicou com calma a Sapiens francesa, sentando-se suavemente ao lado do fogo.

– Quer dizer que não perceberão que nós viemos para cá? – indagou Geno.

– Não, não perceberão. A única coisa importante em que vocês devem pensar é que Anoki está vivo. Logo, ele voltará para a Arx. – Madame tirou o chapeuzinho e acariciou Napoleon, que ronronava.

– A O' Grande! A Bilocação Transversal! Os três Sábios devem tê-la consertado! – exclamou Geno de repente.

– O que você está dizendo? – Margot olhou para ele, atordoada.

– Madame, leia esta carta do Gerifalte. Está vendo, Roi escreveu que os três Sábios deverão destravar a O' Grande que a senhora havia parado quando foi embora. Talvez Anoki deva voltar assim... usando a Bilocação Transversal. – Geno Hastor Venti entregou a carta à anciã.

Madame Crikken leu rapidamente, à luz das chamas.

– Mas se destravaram a O' Grande, então Von Zantar pode descobrir para onde fugi e me alcançar. Ele pode vir aqui e...

Geno interrompeu-a, explicando que Nabir, Eulália e Naso jamais revelariam ao Summus Sapiens esse segredo. O falcão havia escrito isso com seu sangue e, portanto, era preciso ter confiança. Além do mais, Roi estava ali e escutava e observava tudo do alto do totem.

– Talvez a O' Grande deva ser destravada justamente para permitir que Anoki possa retornar à Arx de forma clandestina. Ele, certamente, não pode entrar pelo portão, porque não consta que ele tenha saído: o Pêndulo Seco não tocará – disse Suomi, com sabedoria.

– *Très bien*. Muito bem. Esta é, sem dúvida, a explicação mais correta – Margot afagou o rosto da garotinha.

337

GENO e o Selo Negro de Madame Crikken

A tenda voltou a se abrir, Urso Quieto chamou Madame novamente:

— Venham, venham logo. Anoki precisa lhes dizer uma coisa importante.

— Estamos chegando; mas, antes, leia esta carta do Gerifalte. A Bilocação Transversal servirá para fazer Anoki voltar para a Arx Mentis — explicou Madame, aproximando-se do xamã.

Urso Quieto leu a carta e, então, ergueu o olhar em direção ao totem. Roi emitiu um grito estridente.

— Exato. O Gerifalte é o verdadeiro espírito-guia — disse Urso —, mas Anoki não pode usar a Bilocação Transversal agora. Está fraco. Agora, pediu para falar com vocês ainda. Particularmente com Geno.

Hastor Venti entrou primeiro na tenda. Anoki estava deitado sobre o tapete. Levantou lentamente a cabeça e disse:

— Quando eu estava suspenso no UfioServo, vi imagens e experimentei sensações fortes. De repente, eu vi o falcão. Sim, realmente o Gerifalte. Traga-o para cá. Faça-o entrar.

Geno mal teve tempo de chamá-lo: o falcão, num átimo, voou para dentro da tenda e pousou sobre o tórax de Anoki. No bico, segurava um pequeno pedaço de papel.

— Pegue-o, sei que é para você — disse Anoki, dirigindo-se a Geno.

Hastor Venti ficou lívido: aquele pequeno pedaço de papel era, na verdade, a foto de uma criança de aproximadamente 3 anos, loura e sorridente. Um calafrio o fez estremecer. Instintivamente, tirou do bolso da calça a foto rasgada.

A foto de seu pai.

Com as mãos trêmulas, aproximou os dois pedaços: encaixavam perfeitamente!!!

Madame Crikken tentou parar o gesto de Geno, mas Urso a interrompeu:

Capítulo 12 – A verdade sobre a foto despedaçada

– Deixe estar. Tudo deve ser revelado.

– Tudo? O que significa isso? Quem é essa criança? E por que está na foto com meu pai? – perguntou Geno, olhando Madame Crikken e o falcão.

Naquele instante, o jovem Hastor Venti se lembrou que justamente Margot havia roubado a foto rasgada quando estava em Sino de Baixo. Então, quem era aquela criança?

– A criança faz parte da sua família – disse Madame Crikken, em voz baixa. – Eu não podia dizer tudo a você de vez. Mas agora...

– Agora, ele deve saber – afirmou Urso Quieto de modo categórico.

Geno voltou a olhar para a foto e, então, fixou o olhar em Lobo Vermelho.

– Você sabe? Por favor, diga-me a verdade. Quem é essa criança?

Anoki sacudiu a cabeça.

– Não sei.

Madame Crikken prendeu a respiração, Urso Quieto permaneceu muito sério, enquanto Suomi falou, decidida:

– Eu sabia que a foto rasgada escondia a presença de uma criança. Eu havia perguntado isso a você. Lembra?

– Sim, é verdade. Mas o que significa? – Geno estava realmente confuso.

O Gerifalte levantou voo e colocou as patas ensanguentadas sobre o fragmento de foto que mostrava a criança. A essa altura, Urso Quieto deu um passo para a frente.

– Geno, agora coloque uma gota do seu sangue sobre o outro pedaço da foto, o do seu pai.

O garoto não entendia nada, mas deu ouvidos ao conselho do velho xamã: apoiou com força o indicador da mão esquerda sobre a ponta de uma lança Sioux e do ferimento saiu sangue.

339

GENO e o Selo Negro de Madame Crikken

Uma gota caiu exatamente sobre a foto do seu pai.

O sangue do falcão e o de Geno se misturaram e, como se fosse cola, a foto voltou a se unir e ficou livre de qualquer mancha avermelhada. Pier Hastor Venti e aquela criança loura estavam ali, impressos naquela fotografia tirada tantos anos antes.

Ele afagou o rosto do pai e, olhando para a expressão alegre da criança, chorou.

— Digam, quem é? Digam-me a verdade ou eu vou enlouquecer!

— Aquela criança agora tornou-se um garoto. Vocês já se encontraram. Vocês se conheceram na Arx — disse finalmente Madame Crikken.

Geno sentiu o coração bater muito depressa, os músculos de todo o corpo dele se enrijeceram e pareceu-lhe que suas veias iriam explodir. Com as faces vermelhas e a testa suada, soltou um grito. Não pôde controlar a sensação. Gritou um só nome, com todo o fôlego que possuía:

— René!

A Sábia francesa assentiu com a cabeça, Urso Quieto semicerrou os olhos e Suomi repetiu três vezes o nome do Anteu predileto de Zantar e apertou sua bengala branca contra o peito. O falcão começou a girar como uma hélice ao redor da cabeça de Geno.

— René! É ele, certo? Ele é meu irmão! Ele foi sequestrado juntamente com meus pais. Por que vocês não me disseram isso? — Raiva e confusão, medo e angústia eram visíveis nos olhos pretos de Hastor Venti.

— Eu não podia dizer isso para você. René tinha bebido do ClonaFort e estava se tornando uma criança prodígio. Embora ele tivesse apenas 3 anos, podia ser um perigo. Por isso, Von Zantar decidiu sequestrá-lo também. E eu não pude evitar. Precisava pensar em você; você era menor e, na Arx, ninguém teria tomado conta de um recém-nascido.

340

Capítulo 12 – A verdade sobre a foto despedaçada

Nesses 11 anos, Yatto educou René, ensinou-lhe as artes da Magipsia e plasmou sua mente. Ele já não é mais um Anteu como vocês. Você mesmo viu isso. Eu e seu tio Flebo, entretanto, estamos convencidos de que ele pode ajudar você a encontrar seus pais. É a única pessoa que pode fazê-lo – explicou Madame Crikken, constrangida.

– Loucura. Parece loucura. Se ele realmente queria me ajudar, por que não me disse logo que era meu irmão? – disse Geno, com os olhos cheios de lágrimas.

– Como é que ele poderia fazê-lo? Von Zantar teria descoberto logo e você bem sabe o que ele teria feito. O Summus Sapiens é cruel. Agora, René está nas mãos dele. E sua chegada à Arx não podia, decerto, alterar os planos de Yatto. Se ele conseguiu transformar René num garoto de poderosos dotes mentais, imagine o que ele espera de você. Meu caro Geno, você deve ser forte e corajoso. Acredito que seu irmão não possa ajudar você logo, porque está impedido de fazê-lo. – Crikken foi interrompida pelo voo enlouquecido do Gerifalte.

Roi abriu totalmente as asas, plantou as garras sobre um tambor e, com as patas ainda repletas de sangue, escreveu:

SE VOCÊ ME AJUDAR, AJUDARÁ SEU IRMÃO.

Madame Crikken ficou boquiaberta. Urso Quieto levantou os braços em sinal de devoção ao falcão.

– Você? Salvar você significa salvar meu irmão e encontrar meus pais? – Geno abraçou Roi.

Seu destino estava naquele falcão.

– Voltarei logo para a Arx. E Yatto há de se ver comigo. Ele não pode ter destruído toda a minha família somente em função do ClonaFort e de suas pesquisas magipsíquicas bobas e perversas – afirmou Geno, que agora se sentia forte. Quase invencível. Gostaria de quebrar pedras e rochas para desafogar sua raiva. Gotas de suor desciam-lhe pela testa, e seus caracóis estavam molhados como se tivesse enfiado a cabeça sob uma torneira.

O nível de tensão era elevadíssimo.

Anoki só conseguiu dizer mais uma frase antes de adormecer:

— Estarei ao seu lado. Yatto não vai vencer essa batalha. Sou um guerreiro Sioux e vou manter minha palavra.

Assim, estava lançado o desafio contra o Summus Sapiens.

Madame Crikken ficou sem ar por causa da agitação e teve de se apoiar ao xamã para não cair, Suomi sentou-se sobre um tambor e Geno desabou no chão, ao lado de Anoki.

— Juntos, nós vamos conseguir. Mentiras demais estão arruinando a Arx Mentis — disse o jovem Hastor Venti, que abraçou o amigo pele-vermelha e depois saiu da tenda. Queria respirar um pouco de ar fresco.

Urso Quieto e Madame Crikken seguiram-no em silêncio, juntamente com Suomi, pronta para enfrentar uma nova viagem.

O xamã se dirigiu a ela e a Geno enquanto Roi voava ao redor do totem.

— O Vento levará vocês de volta para o Selo. Tenham um bom regresso para casa. Existem perigos e felicidades. Só a mente governará as ações de vocês. Quando Anoki estiver melhor, avisarei a vocês. Dentro de poucos dias, vocês estarão de volta à Arx. E Lobo Vermelho estará lá! Eu prometo! — Urso Quieto entrou de novo na Cabana do Suor e o fogo começou a se apagar lentamente.

— Mas Naso Bendatov, Eulália Strabikasios e Nabir Kambil aguardam uma mensagem nossa. Precisamos dizer que Anoki está salvo e que encontramos Madame Crikken — sugeriu Suomi.

Margot tranquilizou-a:

— Não se preocupem. Tudo será resolvido.

Capítulo 12 – A verdade sobre a foto despedaçada

— Madame, mas a senhora não vem com a gente? Nunca mais vai regressar à Arx? – a pergunta de Geno a fez sorrir.

— *Je reviendrai vite*. Voltarei logo. Nunca vou abandoná-lo, você sabe disso. Eu não quero que Von Zantar continue com suas loucas provas magipsíquicas. Vamos salvar seus pais e René com a ajuda do Gerifalte. Eu espero isso... espero-o realmente. *Au revoir*. Até a vista. – Margot acariciou os rostos do garoto e da Antea finlandesa e, então, entrou na Cabana do Suor.

Napoleon miou e esfregou-se nas pernas de Geno, em sinal de saudação.

O Vento da pradaria voltou, violento. Um vórtice branco e prateado arrastou embora o falcão, Suomi e Hastor Venti. Dentro de uma nuvem de ar tépido eles voaram sobre a terra dos Sioux, imersa na noite.

A voz dos Espíritos acompanhou o regresso do insólito Intercanto. Os dois garotinhos e Roi encontraram-se novamente no interior do segundo local do Selo Negro. Retomaram completamente a consciência dentro do céu luminoso. O falcão dourado dobrou as asas e abaixou a cabecinha para descansar.

Os olhos de Suomi, grandes e verdes como o mar, estavam mais belos do que nunca. Tinham outra luz.

Geno olhou para ela e por um momento acreditou num milagre.

— Você está vendo? Diga-me que você está enxergando! – pediu com um fio de voz.

— Não... eu... vejo somente escuridão. A minha é uma noite que nunca termina – respondeu tristemente a Antea finlandesa.

Hastor Venti apertou-a junto de si e sentiu que gostava dela. Suomi também o abraçou.

— A gente nunca vai se separar. Certo?

— Nunca! Você é muito bonita e, sobretudo, você é a garota mais doce e competente que eu já conheci. Talvez o

343

GENO e o Selo Negro de Madame Crikken

poder da Magipsia possa reacender seus olhos — disse Geno, falando de modo sentido.

— Eu queria tanto ver seu rosto. Queria ver as cores. Mas aprendi a olhar o mundo através da mente. Não tenha pena de mim. Não posso suportar isso — sussurrou Suomi, de cabeça baixa.

— Não, não sinto pena, mas admiração — disse Geno, segurando sua mão.

O céu do Selo se encheu de estrelas; o tempo do Intercanto havia terminado. Hastor Venti enfiou a chave em gancho e a porta que dava para o depósito se abriu.

Suomi saiu, soltando a mão de Geno.

— Vou para meu Selo, volto para casa, na Finlândia. Voltaremos a nos ver dentro de três dias. Anoki vai voltar e, juntamente com o falcão, reencontraremos seus pais. — A garotinha ajeitou os cabelos louros e estendeu os lábios para Geno.

Ele sentiu que estava tremendo até os dedos dos pés. Um beijo leve e a porta se fechou. Geno encontrou-se sentado sobre a nuvem do Selo: e pareceu-lhe a coisa mais normal deste mundo.

O rosto doce de Suomi ainda estava dentro dos seus olhos. Sentindo a felicidade dançar em seu estômago, enfiou a chave na fechadura para abrir a porta. Faltava só mais uma prova e, depois, ele estaria em Sino de Baixo.

Três voltas para a esquerda, duas voltas à direita, meia volta à esquerda e quatro à direita. A chave em gancho girou sozinha, como de costume.

Hastor Venti, juntamente com seu inseparável falcão, encontrou-se no Passo do Desencanto. As montanhas nevadas, o riacho e a campina estavam ali. O garoto se deitou na relva e aguardou que a água o molhasse, enquanto Roi finalmente pôde chapinhar com as patas e as asas, refrescando-se.

Capítulo 12 – A verdade sobre a foto despedaçada

O som do riacho era límpido e cristalino. A mente de Geno se fundiu com a harmonia e ele não sentiu mais o medo que sentira da primeira vez. Tudo ficou escuro e, no imenso vazio, ele conseguiu fazer a chave voar para dentro da fechadura. Os estalos se sucederam ritmicamente e o vão do grande Selo Negro de Madame Crikken se abriu.

O vapor enchia o cômodo e o perfume de Alfazema Gorgiana era fortíssimo. O barulho da ferragem ribombou: o Selo havia regressado para a casinha rosa. O Primeiro Intercanto do Anteu Geno Hastor Venti, portanto, havia terminado. A prova estava concluída. Ele conseguira voltar para casa, enfrentando uma aventura incrível e emocionante. Não via a hora de correr para o tio e contar-lhe tudo o que acontecera.

Naquele exato momento, um fato extremamente extraordinário estava ocorrendo na Arx Mentis. Muito embora os três Sábios amigos de Geno não tivessem tido notícias certeiras sobre Anoki e sobre Crikken, aguardavam um sinal, cheios de confiança. A tranquilidade deles foi afetada por causa de uma decisão realmente insólita tomada pelos Psiofos. Uma decisão que surpreendeu bastante o próprio Yatto Von Zantar.

Reunidos no Megassopro, os Psiofos haviam terminado o GalApeiron com uma tomada de posição anômala. Haviam estipulado a anulação do Contra Único, declarando ao Summus Sapiens que o desaparecimento de Anoki e a fuga de Madame Crikken deviam ser resolvidos, caso contrário o exame para o Terceiro Nível não faria sentido. Pela primeira vez desde 1555 o Contra Único foi suspenso.

Bob Lippman, que, como Geno, Suomi e Yudi, havia terminado seu Intercanto, estava prestes a retornar para a Arx com a intenção específica de subir aos céus com o Ressaltafio, mas foi impedido de fazê-lo. Pilo Magic Brocca enviou-lhe uma mensagem telempática.

GENO e o Selo Negro de Madame Crikken

"Por motivos gravíssimos, o Contra Único foi adiado. Volte para casa com seu Selo. Dentro de três dias vai iniciar o novo ciclo, apresente-se, conforme o *Regulamento*. Vamos resolver sua situação o quanto antes."

Bob ficou muito bravo. Pensou que a anulação fosse obra de Geno Hastor Venti. Odiou-o com todo o seu coração. Voltou para a América dentro do Selo, mas antes de sair enviou uma mensagem a Yudi Oda, que também tendo passado no Intercanto estava regressando para o Japão. Os dois Anteus juraram vingar-se. Seguramente, Hastor Venti não teria uma vida fácil quando voltasse à Arx.

Os Psiofos voaram embora nas suas Bi-Flap e os Sapientes começaram a preparar os materiais e as provas para o novo ciclo. Estava prevista a chegada de outros Anteus de Primeiro Nível, enquanto Suomi Liekko, Hastor Venti, Yudi Oda e a repetente Ágata Woicik estariam no Segundo Nível.

Naquele momento, Geno também estava pensando em sua volta à Arx Mentis. Olhou para o falcão e disse:

— Você também vai estar em apuros. Você fugiu, desafiando Yatto. Ele deve estar procurando você.

E era verdade. Yatto estava furibundo. Continuava a enviar descargas mortais com seu anel, tentando atingir o falcão fugitivo. Roi, que já havia chegado com Geno em Sino de Baixo, semicerrou os olhos, não se importando com a ira de Yatto apesar dos dolorosos ferimentos nas patas.

Hastor Venti respirou profundamente o ar de sua vila e, no piso do quarto secreto da casinha rosa, viu seus sapatos velhos. Tirou as botas pretas e calçou-os, feliz da vida. Removeu rapidamente a Tuia e as luvas, então dirigiu-se para a parede e desligou os interruptores, apagando as luzes. O Selo Negro voltou ao silêncio e a Alfazema Gorgiana desapareceu de repente.

Quando saiu da casinha dos fantasmas, era de tarde. Estava frio e a neve ainda cobria.a rua do Doce Alecrim. Era

Capítulo 12 – A verdade sobre a foto despedaçada

o dia 28 de janeiro. Ele começou a correr como louco, enquanto o falcão o seguia, voando. Quando chegou diante da porta do consultório, gritou o nome do tio com o fôlego que lhe sobrava.

Flebo abriu a porta e, em meio à admiração dos pacientes que aguardavam suas consultas, abraçou o sobrinho. Apertou-o com tanta força que o machucou.

– Geno, como você está? Como foram as coisas? Senti tanta falta de você! Muitíssima. – Flebo Molecola ajeitou os óculos e beijou o sobrinho adorado na testa.

O médico abriu os braços e os pacientes compreenderam que as consultas haviam terminado. Tio e sobrinho entraram em casa e Flebo queria saber tudo o que havia acontecido na Arx Mentis. E quando Geno, fulminando-o com o olhar, lhe disse que sabia tudo a respeito de René, o tio serviu-se de um copo de vinho tinto, que bebeu de uma só vez.

– Então você sabe. Agora, você sabe. Vocês são irmãos. – A voz de Flebo foi entrecortada pelo choro.

Geno abraçou-o, fazendo-o sentir todo o carinho que sentia por ele. Umas batidinhas na porta chamaram a atenção do tio e do sobrinho. Flebo abriu e Roi, o Gerifalte de ouro, entrou esvoaçando.

– Não se assuste, é meu amigo. Ele está me ajudando muitíssimo – explicou Geno.

O Rei planou sobre a mesa, fitando fixamente Flebo Molecola com seus olhos magnéticos. O médico sentiu como um choque, aquele falcão parecia humano.

– Mas você o trouxe até aqui? – perguntou, pasmo.

– Ele é meu guia – respondeu satisfeito Hastor Venti.

O tio e o sobrinho conversaram até altas horas da noite. Geno explicou as dificuldades que vencera e as que ainda o aguardavam, contou sobre a fuga de Madame Crikken, sobre a terrível aventura vivida por Anoki e sobre a intervenção de Urso Quieto. Disse que estava certo de reencontrar os pais e, com os olhos reluzentes, tentou esclarecer ao tio que, agora, o fim daquela dor que o atormentava havia 11 anos estava próximo, porque René seguramente o ajudaria. O falcão escutava, imóvel.

Flebo comoveu-se repetidas vezes e, segurando as mãos do sobrinho entre as suas, pensou que aquele garoto tão estranho e ingênuo estava enfrentando uma experiência sem igual.

Às 9h seus colegas de classe já estavam diante da casa. Era domingo, e a notícia do regresso de Geno havia se espalhado por toda a vila. O primeiro a tocar a campainha foi Nicósia.

— Você vai descer? — perguntou ele, gritando de felicidade.

— Já estou indo — respondeu Hastor Venti, saindo como um foguete, seguido pelo falcão.

Quando seus amigos viram a ave, assustaram-se.

Roi voou para um abeto coberto de neve e olhou-os com severidade.

Nicósia estava com as bochechas vermelhas e a franjinha, como de costume, tapava seus olhos. Estava ainda mais gorducho do que quando o vira pela última vez. Apertou a mão de Geno.

— Você trouxe um falcão com você? Ele é domesticado?

— Ele é mais humano do que muitos garotinhos — respondeu Hastor Venti com uma ponta de arrogância.

Nicósia, embora estivesse com medo do falcão, piscou o olho para Geno, murmurando:

— Eu não disse nada aos outros. Guardei o segredo. Eles acham que você estava se tratando numa clínica.

Geno sorriu e avançou em direção a Mirta Bini, que o avaliou de cima a baixo. Estava com seus horríveis óculos de costume e não esboçou sequer um sorriso.

Marlônia e Gioia, entretanto, o saudaram com um tímido entusiasmo, maravilhadas com o falcão. Galimede aproximou-se dele, dando-lhe um tapinha nos ombros.

Capítulo 12 – A verdade sobre a foto despedaçada

– Então? Você está curado? Agora você está adestrando falcões?

– Estou melhor. Mas vou embora novamente daqui a alguns dias – respondeu, olhando o primo de Nicósia diretamente nos olhos.

– Deram eletrochoques em você? – A pergunta pérfida e malvada de Mirta não deixou Geno nem um pouco nervoso.

– Não. Mas a mente funciona melhor que antes. Como você pode ver, consigo ter amigos melhores que você. – Hastor Venti indicou Roi e, depois, fitou a garotinha com tal intensidade que Mirta sentiu a cabeça girando.

– E a velha louca, você voltou a vê-la? – Galimede realmente queria tirar Geno do sério, mas ele permaneceu impassível.

– Você fala de Madame Crikken? Sim, voltei a vê-la. Mas isso não deve interessar a vocês – concluiu, deixando os amigos pasmos com sua segurança.

Mirta pegou um bocado de neve.

– Vamos fazer uma batalha?

– OK.

Geno estava pronto. Num instante, bolas de neve voaram para todos os lados. Nicósia escondeu-se atrás de uma árvore, mas de nada adiantou; daí a poucos minutos ele já estava cheio de gelo e neve. As risadas e a correria alegraram o reencontro.

Na rua do Doce Alecrim o estardalhaço dos garotinhos divertia também os adultos, que observavam o grupinho das janelas.

Gioia e Galimede correram até a casinha rosa.

– Vamos, Geno, venha cá. Vamos ver se a velha louca ainda está aí com seu gato.

Geno estacou no meio da rua, exatamente na esquina com o Beco do Lírio Negro. Pilhas de gelo e neve encobriam

349

o mato e também o letreiro da farmácia. Seu coração ficou triste novamente. Nicósia abraçou-o.

— Mas você encontrou seus pais ou não?

— Talvez sim. Você vai ver que logo voltarão para cá e reabrirão a farmácia — respondeu Geno em voz baixa.

Nicósia olhou para ele com carinho.

— Tenho certeza que você vai encontrá-los. Você é forte!

O falcão planou lentamente sobre o letreiro da farmácia e com o bico tentou arrancar a hera e os galhos secos que o envolviam.

— Aquela ave é demais. Faz realmente coisas estranhas — exclamou Galimede.

Mirta, que correra para a frente, subiu no portão da casinha rosa para entrar. Marlônia gritou que não o fizesse, porque era perigoso. Gioia também tentou dissuadi-la, mas a garotinha teimosa não deu ouvidos a ninguém. Estando quase no topo, ergueu uma perna, mas escorregou devido ao gelo que havia se acumulado sobre o portão. Ela estava caindo quando Geno, do meio da rua, olhou fixamente para a cena. Seus olhos negros ficaram grandes, as pupilas se dilataram como uma gota de óleo no mar. Com a força do pensamento, conseguiu impedir a queda de Mirta. A garotinha pousou lentamente no chão, sem se machucar.

Nicósia ficou boquiaberto, Gioia e Marlônia se aproximaram da amiga e, com ar estupefato, olharam para Geno. Galimede assustou-se e correu de volta para casa, deixando o grupinho no meio da rua.

Mirta se levantou, limpou a neve dos óculos e da saia. Caminhou em direção a Geno e, quando esteve perto dele, murmurou:

— Obrigada... mas... como é que você fez isso?

Hastor Venti tossiu.

CAPÍTULO 12 – A verdade sobre a foto despedaçada

— Nada. Eu não fiz nada.

— Não é verdade. Você a salvou. Você impediu a queda dela. Todos nós vimos isso — disseram as outras duas garotinhas.

— Vocês estão equivocadas. — Geno olhou para Nicósia e sorriu, depois voltou-se para Mirta, dizendo: — Não somos amigos. Sei que você me detesta porque acha que eu sou louco e porque meus pais eram taxados de malucos. Mas eu não quero que alguma coisa ruim aconteça com ninguém. Nem mesmo com você.

Mirta Bini enrijeceu-se, sentiu-se ofendida pela verdade daquelas palavras. Ergueu os ombros e foi embora, seguida pelas amigas.

Nicósia ficou a alguns metros de distância de Geno. Tinha medo dele.

— Como é que você consegue fazer essas coisas? Eu me lembro bem que, da outra vez, você lançou umas pedras somente com o olhar. E agora... você até salvou Mirta! — O amigo robusto com a franjinha sempre diante dos olhos estava realmente perturbado.

Geno não podia explicar nada para ele. Ele não teria acreditado. Abraçou-o.

— Se você for um amigo, fique ao meu lado. Um dia, vou contar tudo para você.

Nicósia viu que um apitozinho de osso estava pendurado no pescoço de Hastor Venti. Voltou a olhar Geno no rosto, observando bem os seus olhos.

— E o que é isso? Onde foi que encontrou?

— É um apito que não apita. Ganhei-o de um homem sábio que vive longe, muito longe daqui. — A resposta aumentou a curiosidade de Nicósia.

Quem era ou quem estava se tornando Geno Hastor Venti continuava a ser um mistério. Nicósia Fratti, porém, sentia que podia confiar naquele garoto tão estanho que tinha um amigo falcão e um apito que não apitava.

351

GENO e o Selo Negro de Madame Crikken

Geno sorriu para ele.

— Amigos. Somos amigos. E talvez um dia eu apresente a você outros garotos que não vivem aqui. Conheci-os em outro lugar. Acho que você vai gostar deles. Um, então, se parece comigo.

— Não acho mesmo que alguém possa ser como você — disse Nicósia, rindo feliz.

— De fato, talvez seja melhor que eu — respondeu Hastor Venti.

— E você conheceu também umas garotas? — perguntou o amigo, fazendo uma expressão cômica.

— Sim. Especialmente uma. Chama-se Suomi. É muito linda. — Geno sentiu seu coração bater com força.

— Você a beijou? — Nicósia riu de novo e suas faces ficaram ainda mais vermelhas.

— Sim. Eu a beijei. Ela estava saindo de um Selo e eu estava sentado numa nuvem. — Hastor Venti olhou para o amigo, que se dobrava de dar risada.

— Você é o mentiroso de sempre. Não vai mudar nunca! — Nicósia sacudiu a cabeça e os dois caminharam chutando a neve, enquanto o falcão voava sobre suas cabeças.

A noite chegou depressa e Flebo havia preparado um ótimo jantar. Ele não queria mostrar ao sobrinho que estava preocupado com sua nova partida. Não podia parar o destino. Queria poder ir com ele e voltar a abraçar também René, que ele não via há onze anos; mas adormeceu assim, sobre a mesa da cozinha, com os óculos no nariz.

Deitado sobre a cama com a luminária azul acesa, Geno fitava as vigas com os cupins, sentindo-se feliz por ter salvado Lobo Vermelho. Era forte. Importante. Sentia a coragem correr pelas suas veias. Sorriu, pensando que o Clona-Fort que tinha no sangue talvez fosse menos poderoso que a alegria da descoberta de ter um irmão. E não só isso, mas

CAPÍTULO 12 – A verdade sobre a foto despedaçada

os efeitos daquele medicamento não eram nada em comparação com a amizade que sentia por Anoki e Nicósia e com o amor por Suomi.

Ele estava seguro de que logo encontraria seus pais e, mais uma vez, as palavras de Madame Crikken ribombaram em sua mente: "Você é filho deles. Tem o mesmo sangue. A mente e o coração se unem e o amor entre pais e filhos é tão grande que pode fazer milagres."

Olhou para as velhas fotos que trouxera consigo e suspirou. Adormeceu pensando que tudo em Sino de Baixo parecia igual a antes, mas não era verdade.

Havia um mundo, seu próprio mundo estranho, que o aguardava na Arx Mentis.

Uma pancada de vento abriu a janela, talvez fosse o mesmo Vento que Urso Quieto havia invocado e que agora chegara até os Outeiros Melífluos. Um sopro de ar acariciou o rosto do garoto adormecido e a voz longínqua dos espíritos Sioux penetrou em sua mente: "Liberte com seu sangue o coração do falcão."

Geno acordou e, diante dele, viu o falcão com suas plumas de ouro. Roi tinha um olhar especial – seus olhos refletiam a imagem desfocada de duas pessoas: Corinna e Pier.

Pareceu a Geno que os tinha ao seu lado. Teve a sensação de tocar nas mãos de sua mãe.

– Mãe, espere por mim, estou chegando. Estou chegando.

Os olhos do falcão fecharam-se e a imagem desapareceu.

O garoto, porém, sentiu o carinho da sua mãe. Sentiu de verdade. O sonho estava prestes a se tornar realidade.

A mente não pode enganar. O amor é uma força que nenhuma magia pode romper. Geno havia compreendido isso olhando dentro dos olhos do Rei. O Rei que o estava ajudando como... um irmão.

FIM

REGULAMENTO
Iniciático da Arx Mentis

PARA ANTEUS
DO
1º NÍVEL

PARA ANTEUS DO PRIMEIRO NÍVEL

REGULAMENTO
Iniciático da Arx Mentis

Corria o ano de 1555 quando os primeiros Sapientes, provenientes de diferentes países do mundo, criaram, na secretíssima Vallée des Pensées, a Arx Mentis, a Cidadela da Mente. Um lugar onde estudar e praticar os poderes da Magipsia, ou seja, da arte do pensar, do meditar e da magia.

Uma única lei sempre reinou ali soberana: a do respeito ao Regulamento. As RI-AM, as Regras Iniciáticas da Arx Mentis, são sagradas para Anteus, Psiofos e Sapientes.

Os diferentes Grandes Sábios que se sucederam no decorrer dos séculos foram aperfeiçoando algumas normas aos poucos. As últimas modificações foram obra do atual Summus Sapiens, Yatto Von Zantar, e são rubricadas por ele.

Anteus, Psiofos e Sapientes que transgredirem voluntariamente as primeiras quatro RI-AM serão expulsos da Cidadela da Mente por toda vida.

RI-AM. 1 – A Primeira de todas as Regras
Não revele a existência da Arx Mentis

RI-AM. 2 – A Segunda de todas as Regras
Não exerça a Magipsia para provocar dor

RI-AM. 3 – A Terceira de todas as Regras
Não procure os locais secretos da Arx Mentis

RI-AM. 4 – A Quarta de todas as Regras
Não crie obstáculos às decisões do Summus Sapiens

RI-AM. 5 – Regras de transporte

5A — SELO NEGRO – Todos os Anteus recebem de presente de Psiofos ou Sapientes um Selo Negro: ele é o único meio de transporte para alcançar a Arx Mentis. Cada um pode escolher o perfume do vapor. Depois de ter passado pelos três locais utilizando a mente, é necessário ler atentamente este Regulamento Iniciático. Todos os objetos, indumentárias e caixas são transferidos para os quartos da Arx pelo Summus Sapiens, por meio do pensamento telecinético. O Selo Negro permanecerá no bosque à espera do regresso dos Anteus para os Intercantos. Caso o Selo Negro seja danificado ou se faça entrar nele pessoas não adequadas, corre-se o risco de expulsão da Arx por toda vida, e o Selo será destruído.

5B — FOGOSOS – Patins especiais. Encontram-se no terceiro local do Selo Negro. Possuem rodinhas que são ativadas ao apertar uma pequena tecla posicionada sobre a ponta. Na parte posterior, há dois tubos de aço dos quais sai fogo. Depois de calçar os Fogosos, é necessário manter o equilíbrio e se deixar transportar. Os Anteus do Primeiro Nível usam esses patins para chegar à Arx. Caso se empreste os próprios Fogosos para outra pessoa, a punição é a proibição de entrar na Sala Cercada durante uma semana.

5C — BI-FLAP – Bicicletas voadoras. São usadas unicamente pelos Psiofos para chegar à Arx Mentis. Nas laterais, possuem duas grandes asas de morcego, que se agitam quando se pedala. As Bi-Flap devem ser estacionadas ao lado da ponte levadiça. É proibido usar as Bi-Flap no mundo real. O transgressor ficará de fora de um GalApeiron.

5D — BAIXALTO – É o elevador que possibilita subir rapidamente para a Arx. Pode ser usado unicamente pelos Psiofos. Se um Anteu for pego no BaixAlto, será punido severamente: terá uma semana de provas com os Hipovoos cancelada.

5E — As técnicas de Bilocação Fechada e Bilocação Transversal são efetuadas unicamente na Loja Psique.

5F – BILOCAÇÃO FECHADA – A presença simultânea em dois locais diferentes. Essa técnica não pode ser utilizada no interior da Arx, porém unicamente no mundo exterior, e em casos excepcionais. O efeito dura 24 horas. É necessária a ativação da Roda Cônica, mediante uma elevada concentração mediúnica. A autorização para usar a Bilocação Fechada é concedida pelo Summus unicamente aos Sapientes e a Psiofos selecionados. Os Anteus podem assistir às provas unicamente através de requerimento. Os transgressores serão punidos de modo exemplar com expulsão da Arx por tempo indeterminado.

5G — BILOCAÇÃO TRANSVERSAL – A presença de um Sapiens no mundo exterior e sua integração. O abandono da Arx Mentis por tempo indeterminado é concedido unicamente para realizar tarefas especiais entre as pessoas. É necessário entrar na O' Grande e deitar-se, permanecendo em equilíbrio entre os Três Gigantes, as pedras chatas e ricas em energia que formam um triângulo mágico. A permissão para usar a Bilocação Transversal é rara e é concedida pelo Summus Sapiens unicamente aos Sapientes, em casos excepcionais. Os Sábios que transgredirem esta regra não poderão mais ingressar na Arx pelo resto da vida.

RI-AM. 6 – *Regras do tempo*

6A — PÊNDULO SECO – É o relógio que se encontra atrás do portão de entrada da Arx Mentis. Marca os dias e as horas de entrada e saída dos Anteus e Psiofos. O Pêndulo Seco é ativado puxando a corda que se encontra ao lado do portão. Quando um Psiofo entra, ouve-se um tenor cantar, quando se trata de uma Psiofa, uma soprano canta, enquanto para os Anteus ouve-se um coro de crianças. Entra um de cada vez. Entrar ou sair sem ter acionado o Pêndulo Seco acarreta a exclusão temporária da Arx. Nenhum Anteu pode ir embora antes do Fim do Intercanto.

6B — BADALO TRÊMULO – É um grande sino que se encontra na torre mais alta da Arx Mentis e marca as horas. É proibido ir vê-lo. Os transgressores serão expulsos pela duração de três ciclos.

6C — TROMBOTA – É tocada todas as manhãs às 7h pela Governanta. É proibido dormir além da hora consentida, sob pena de ser excluído das provas magipsíquicas por um dia.

6D — APITOMOLHO – É o apito que assinala a hora do jantar. Anteus e Psiofos devem se dirigir para seu próprio quarto. Apenas aqueles que estão empenhados em experimentos magipsíquicos podem se ausentar.

6E — PIANSERENO – É o antiquíssimo e majestoso órgão que se encontra no Megassopro desde 1555. Controla e ativa o Pêndulo Seco, o Badalo Trêmulo e o Apitomolho. Apenas o Sapiens médico pode cuidar de sua manutenção e ninguém pode se aproximar dele caso não seja autorizado. Quem danificar ou quebrar o Piansereno será expulso imediatamente. O Summus Sapiens é quem decidirá quando poderá retornar.

RI-AM. 7 – Regras de vestimentas

7A — TUIA – Trata-se dos bonés em forma de tigela que são usados também pelos Anteus e estão associados às luvas e às botas. Podem ser de três cores: preto, para o 1º Nível; branco, para o 2º Nível; vermelho, para o 3º Nível. Todos os Anteus devem usar a Tuia. Os transgressores serão punidos com dois dias de jejum. A mesma punição se aplica a quem não usar as botas e as luvas.

7B — SKERJA E ÓSCIO – A Skerja é uma túnica laranja usada durante as provas de Meditação. O Óscio é a almofada em que se deve apoiar. É severamente proibido usá-los fora da Sala do Oblívio. A penalidade é polir as Estáforas Invertidas.

7C — MACACÃO ESTANQUE E COLEIRA DE COURO – O Macacão é de cor azul e possui em torno do pescoço dois tubinhos que são usados para respirar embaixo d'água. O Macacão Estanque contém Oxigênio Plano, que possibilita nadar por longas horas sem retornar à superfície. A Coleira de Couro, na qual estão pendurados dois laços, é presa no pescoço do Subcando.

7D — RÉDEAS E SELA – São os instrumentos para cavalgar os Hipovoos. É indispensável mantê-los limpos e em ordem. Quem não realizar sua limpeza com rigor não poderá frequentar Psicofonia por três dias.

RI-AM. 8 – Regras dos contatos

8A — PAROBOLA – Trata-se de esferas de madeira com alavancas. Podem conter mensagens escritas. Quando têm uma carta em seu interior, tocam como um carrilhão, rodopiam por corredores e salas até pararem precisamente diante da pessoa procurada ou de seu quarto. É proibido roubar a Parobola de outra pessoa. A punição será o confisco da Parobola e a proibição de usar a Telempia durante uma semana.

8B — VERTILHOS – São triângulos que brilham no momento em que um contato telempático está ocorrendo. A força do pensamento é dirigida para dentro deles e por este motivo é aconselhável utilizá-los raramente, caso contrário o corpo fica exaurido. Na Arx, eles são usados pendurados no cinto quando se quer ter contatos mentais. É proibido utilizá-los no mundo real quando em público. Quem transgredir esta regra será excluído por dois ciclos.

8C — TELEPATIA – É a forma mais antiga de comunicação entre pessoas mentalmente dotadas. Esta técnica é utilizada tanto fora como dentro da Arx. É proibido mandar mensagens ofensivas ou de morte. Quem transgredir será expulso pela duração de um ciclo. Durante o tempo que frequentarem a Arx, bem como do Intercanto, os Anteus não podem entrar em contato telepaticamente com Psiofos que se encontram no mundo real. Penalidade: expulsão imediata.

8D — TELEMPIA – São duas as técnicas de Telempia, e para usá-las é preciso muita energia mental. A primeira ajuda a compreender quem passou nas últimas horas por um local; a segunda (a mais utilizada), coloca duas ou mais pessoas em contato através de um diálogo mental ativado pelos Vertilhos. Como acontece com a Telepatia, a Telempia também não pode ser utilizada pelos Anteus durante o Intercanto ou para se pôr em contato com os Psiofos que se encontram no mundo real. Penalidade: expulsão imediata. Os Sapientes, exclusivamente, podem ativar essa técnica em casos de emergência.

8E — VOCOFONE – É o microfone do Megassopro, do qual saem as vozes da mente, fazendo-as serem ouvidas pelos presentes. É um instrumento de comunicação muito importante e quem o quebrar deverá permanecer em silêncio em seu apartamento durante quatro dias.

8F — ESTÁFORAS INVERTIDAS – As duas bocas falantes dão indicações verdadeiras e falsas. É preciso aperfeiçoar a mente e intuir a coisa certa a ser feita.

RI-AM.9 – Regras do deslocamento de objetos

9A — ARGOLAS DE SOPHIA – O exercício com esses objetos é típico da prova de Telecinésia. Ninguém deve perder suas Argolas, sob pena de realizar uma limpeza a fundo no canal que vem do Lagotorto. O deslocamento de outros objetos com o pensamento é aceito unicamente se as Argolas estiverem guardadas no bolso.

RI-AM.10 – Regras de voo

10A — HIPOVOOS – São os magníficos cavalos alados de cor preta. Desde sempre, há vinte deles na Escuderia que agora traz o nome do falecido Summus Sapiens Riccardo Del Pigio Ferro. Trata-se de animais mágicos que são cavalgados mantendo contato mental. São sensíveis e exigem grandes cuidados. A morte de um Hipovoo representa uma perda gravíssima para a Arx. Quem ferir ou provocar a morte de um cavalo alado é expulso por seis ciclos e não poderá mais cavalgar nenhum deles. É proibido cavalgar um Hipovoo sem o controle do Mestre de Cerimônias. A punição é ficar trancado na Escuderia por duas noites.

10B — RESSALTAFIOS — Pipas de Transpapel e corda Forte. São os instrumentos de voo mais perigosos. É necessário transferir corretamente as próprias energias mentais à corda e ao Transpapel. É unicamente com o pensamento que se consegue fazê-los voar de modo correto. Os Ressaltafios são usados no Contra Único.

R1-AM.11 — Regras da Natação

11A — SUBCANDOS — São cisnes branquíssimos. Sabem nadar perfeitamente debaixo d'água e podem permanecer sem oxigênio durante horas. Mas são extremamente delicados. Possuem plumas macias e sensíveis. Conferem felicidade e serenidade a quem os cavalgar no fundo do Lagotorto. É proibido alimentá-los. Quem provocar o ferimento ou a morte de um Subcando é expulso por seis ciclos e não poderá voltar a nadar.

R1-AM.12 — Regras da alimentação

12A — JANTARES EM HOMENAGEM ÀS LETRAS — No início de cada ciclo é oferecido o jantar em Homenagem a uma Letra. A Letra escolhida indica um dote específico da mente. Os alimentos cozidos de acordo com a Filosofia da Cozinha Metafísica são muito energéticos. Não se pode levar para a Arx alimentos provenientes do mundo real. O transgressor será punido lavando pratos e talheres durante dois dias.

R1-AM.13 — Regras das viagens mentais

13A — PRIMEIRO INTERCANTO — Na primeira viagem mental não se pode levar nenhum objeto nem livro. Deve ser vivenciada em plena harmonia com a atmosfera do Selo Negro. Durante a viagem, não se pode ter contatos com outros Anteus ou Psiofos: a penalidade é a exclusão da Arx durante dois ciclos. Todas as entidades magipsíquicas ou situações mediúnicas vividas durante os oito dias deverão ser enfrentadas unicamente com os meios do pensamento. Quem não passar no Intercanto voltará ao mundo real sem mais deter poderes magipsíquicos e não poderá frequentar a Arx pelo resto da vida.

RI-AM.14 – Regras de convivência da Arx

14A — APARTAMENTOS – Os quartos dos Anteus encontram-se no pavimento térreo. As portas não poderão ser trancadas com chave. Todas as chaves permanecem com a Governanta. Os apartamentos das Psiofas e das Sapientes encontram-se no primeiro piso, enquanto os dos homens estão localizados no segundo andar. Os Anteus são proibidos de entrar nos quartos deles. Penalidade: a Governanta trancará o transgressor em seu próprio quarto, onde permanecerá durante três dias sem comer e não poderá comunicar-se telepaticamente ou telempaticamente com os outros. A Parobola lhe será retirada. Caso não mantenha o silêncio, sua punição será prolongada ou será imposta outra mais pesada. No terceiro andar localiza-se o apartamento do Summus Sapiens. Terão acesso a ele unicamente os Sapientes, apenas depois de terem sido anunciados pelo Mestre de Cerimônias. Os Sábios entram nele apoiando as mãos sobre o mosaico que retrata suas imagens em escala natural. Quem tentar entrar no quarto do Summus sem aviso prévio corre o risco de ser expulso durante três ciclos.

14B — SALÃO DOS FENICOPTERÍDEOS – O Salão é acessível, sobretudo, aos Psiofos, onde eles podem repousar. Os Anteus podem frequentá-lo, mas não por muito tempo.

14C — SALA CERCADA – Este é o local de encontro dos Anteus. É possível brincar ali e intercambiar opiniões sobre as provas magipsíquicas. Brigas serão severamente punidas com três dias de trabalho na Escuderia.

14D — SALA DA VISÃO – É a ampla sala de recepção do Summus Sapiens. Não é possível ter acesso a ela sem ter sido anunciado pelo Mestre de Cerimônias. Quem entrar nela escondido será punido com três dias de trabalho na manutenção dos Ressaltafios.

14E — LOCAIS DAS PROVAS – É obrigatório que os Anteus e Psiofos mantenham a compostura em todas as Salas em que são desenvolvidas as provas e os experimentos. Durante as provas, os experimentos são realizados sob a direção do Sapiens especialista, no horário estabelecido pela Programação do Mês. Fora desse horário, cada um é responsável pelo próprio comportamento e responde pelas consequências caso danifique ou quebre os instrumentos magipsíquicos: a expulsão será imediata.

Y. V. Z.

Orientação e disposição das salas

Subsolo

♦ MEGASSOPRO ♦
Psicofonia, GalAlpeiron

Pavimento térreo

♦ SALA ALIMENTOS SUBLIMES ♦
Cozinha Metafísica, Controfísica, Cascátia

Primeiro piso

♦ SALA DA HIPNOSE ♦
Retrocognição, Vidência,
Magia Branca (Arcoloria – Odoria – Venofia)
♦ SALA DO PENSAMENTO SUTIL ♦
Telecinésia, Telempia, Telepatia, Fantasmas

Segundo piso

♦ SALA DO OBLÍVIO ♦
Meditação
♦ SALA LÍMBICA ♦
Sonhos vivos, Fases do Sono-Sonho
♦ SALA DA LEVEZA ♦
Levitação, Bioenergia

Terceiro piso

♦ LOJA PSIQUE ♦
Materialização, Biosmia,
Bilocação Fechada, Bilocação Transversal

Este livro foi composto na tipologia RotisSerif,
em corpo 11,5/14,5, e impresso em papel off-white 80g/m²
no Sistema Cameron da Divisão Gráfica
da Distribuidora Record.